文学里的社会和人生

中国现当代文学文本细读十八题

赵焕亭　著

Wenxue Li De
Shehui He Rensheng

人民出版社

责任编辑:宫　共
封面设计:胡欣欣

图书在版编目(CIP)数据

文学里的社会和人生:中国现当代文学文本细读十八题/赵焕亭 著.—北京:人民出版社,2023.12
ISBN 978-7-01-026163-8

Ⅰ.①文…　Ⅱ.①赵…　Ⅲ.①中国文学-现代文学-文学研究②中国文学-当代文学-文学研究　Ⅳ.①I206.6

中国国家版本馆 CIP 数据核字(2023)第 241663 号

文学里的社会和人生
WENXUE LI DE SHEHUI HE RENSHENG
——中国现当代文学文本细读十八题

赵焕亭　著

人 民 出 版 社 出版发行
(100706　北京市东城区隆福寺街 99 号)

北京汇林印务有限公司印刷　新华书店经销
2023 年 12 月第 1 版　2023 年 12 月北京第 1 次印刷
开本:710 毫米×1000 毫米 1/16　印张:17　字数:260 千字
ISBN 978-7-01-026163-8　定价:52.00 元

邮购地址 100706　北京市东城区隆福寺街 99 号
人民东方图书销售中心　电话 (010)65250042　65289539

版权所有·侵权必究
凡购买本社图书,如有印制质量问题,我社负责调换。
服务电话:(010)65250042

序 言

现当代文学文本的社会学论述

《文学里的社会与人生：中国现当代文学文本细读十八题》是赵焕亭新近的重要著述。最近，他将书稿通过微信发给我，让我先睹为快。阅读之后，我感到，最大的感受就是她对现当代文学文本作出了社会学的论述。

在《文学里的社会与人生》中，赵焕亭首先对现当代文学史上的经典之作和尚待经典化的作品展开解读。在许多解读文学文本的文章中，绝大多数都是就文本本身作出解读，也就是说着力于解读出作品的思想内涵和文化意蕴，并且解析文学作品的美学特色和艺术魅力之所在。在赵焕亭这里，她在文本之外做足了两项功夫：一是对文本的阅读史做了较为详细的梳理；二是就文本解读的相关理论做了深入的阐述。朱自清的散文代表作《背影》自1925年写成发表后的几十年里经常被选进大中学文学（语文）教材，并且受到学界和普通读者的广泛关注，进而被经典化。赵焕亭在解读这篇经典散文之前，一方面就修辞论美学理论及其应用进行了充分的论述，让读者了解并掌握到建立在这一理论基础上的解读方法；另一方面将《背影》诞生以来的阅读史按照"春晖时代""寒冬时代"和"夏日时代"一一做了梳理与介绍，进而让读者了解到经典的文学作品与阅读语境的密切关系。这样，我们透过阅读史的叙述了解到经典文学作品解读与中小学语文教材（包括教学参考书）的编写与教学之间的紧密联系。如果说修辞论美学给解读文本提供了方法论的支撑，那么阅读史的叙述更是一种历史的反思，让我们看到文学文本解读过程中可能出现的陷阱和误区，更避免了因阅读方法和阅读思维的僵化导致阅读走进了死胡同。所以，在赵焕亭的这部著作中，不只是单纯地对一部作品的解读，而是为我们解读文学作品提供了与众不同的阅读途径和方式方法，并且拓展了我们的阅读思维。赵焕亭对于《背影》的解读，通过修辞论美学的具体操作，进而从文本中发现了不为人注意的重复修辞，通过对重要修辞的分析，抓住了儿子对父亲的不满，从中挖掘出父亲对儿子的专制，再结合具体语境的分析以及传记学的剖析，确定了朱自清与父亲之间的传统与现代的对立，控制与独立的冲突，专制与自由的矛盾，并且与五四新文化这个时代联系起来，强调了父子对立的实质，进而表达朱自清内心的苦闷。赵焕亭的这个解读走出了常见的文本表层意义的拘囿，摆脱穿凿附会的政治上否定的误读，抛弃了一些解读者的浪漫想象和过度诠释，从而得出一个令人信服的崭新的观点，进而开拓了读者的文化视野。与此同时，赵焕亭注意到对于《背影》普遍的解读——"父爱"以及与此相联系的儿子的悔悟。吴周文先生则将其视为"爱的二重奏"，这当然不是误读。赵焕亭借用双重文本理论阐释了容易被人忽视的潜文本，进而揭示出朱自清反叛传统文化的内心焦虑，这就带领读者走进了朱自清内隐的精神世界，触摸到朱自清痛苦而焦虑的灵魂。由于赵焕亭对《背影》的阅读史进行了梳理，并且运用新颖的修辞论美学进行解读，所以她的解读也就构成了《背影》解读史新的篇章，那么她的观点也就理所当然地纳入了《背影》解读的知识谱系之中。赵焕亭在细致解读了《背影》之后将其作为经典解读的范例，从而给当下的中学语文教学提供经验和借鉴，进而拓展思维空间，根据自己所掌握的理论知识，结合自己的人生阅历和知识结构与审美经验，对经典文学作品作出属于自己的解读。

《牛棚小品》是丁玲晚年的重要作品，赵焕亭以传记研究的方式，将其与丁玲的另一篇重要作品《杜晚香》进行对读，发现了丁玲晚年的多元创作现象，并且通过"作家心态与创作"的理论进一步挖掘其中的"真诚的心态"与"自由的心态"在丁玲创作中发挥的作用以及这二者之间的复杂关系，再由此深入到丁玲的创作个性上予以进一步的探析。同样以传记研究方式，赵焕亭还对刘白羽的《心灵的历程》进行了解读。而这一解读并不是单纯对文本的解读，而是通过文本结合相关史料，理清了刘白羽与丁玲的关系变迁，进而解读出一段作家的心灵史和精神史，并且解开了文学史上的谜团。令人感到回味无穷的是对傅光明的《书信世界里的赵清阁与老舍》解读。赵焕亭别具慧眼，从文本中发现了"三个世界"：赵清阁与老舍交往的世界；韩秀与傅光明交往的世界；傅光明自己的精神世界。赵焕亭的解读突破了文学作品解读的单一性，或者说冲出了线性思维方式，从而读出了丰富而多彩的多重世界，而且这里的世界既有著作叙述对象的，又有著作者自己的。所以，这种解读显然对于我们具有很大的启发。相比前面的解读对象，《叩问童心》则是普通作家的作品，其影响力自然比前面那些解读对象要小得多。但是，赵焕亭在阅读中既读出了她对爷爷爱心的深刻理解，对书中田出心态的准确把握，又读出了自己的思考：爱与宠爱的平衡点、严格要求与压力过度的问题、隔代相爱可能产生的问题以及如何度过青春叛逆期的问题等等。

在解读徐玉诺的诗歌《最后咱两个换了换裤子》时，赵焕亭将其与冯小刚的电影《一九四二》予以并置，实现了跨文体的解读。人们从中可以看出河南人在灾难面前的人性温情，突现了既哀怨又难舍还勇于作出牺牲的妇女形象。丁玲的《水》和赵清阁的《旱》都是20世纪30年代以农村自然灾害为题材的小说。赵焕亭将二者放在一起进行了比较。在文本比较的基础上，赵焕亭将其上升到两位作家的左翼革命文艺观和自由主义的文艺观，从而揭示了导致作品差异的深层原因，并且突出了这两部作品在文学史上的意义与地位。

《春暖花开的时候》是姚雪垠的一部中篇小说。小说在人们的心目中属于非纪实文学作品，但是小说中那些写实性的叙事，其实在很大程度上都有生活原型，所叙述的事件虽然包含一定的虚构成分，而且还可能存在一定程度的艺术加工，但脱不了现实的影子，有些甚至就是将生活中的人和事件直接搬进小说，因而这就为历史考证带来一定的可能性。正是在这样的基础上，赵焕亭将姚雪垠的这部小说视为自传体作品，其根据就是姚雪垠常常以自己的生活经历创作小说，赵焕亭以小说中的方中允描写与原型范文澜的实际情况作了比较，指出了二者的高度相似性，这就形成了对这部小说进行历史解读的基础，由此挖掘出这部小说的史料价值："这部作品是研究河南抗战史，研究民国兵役制、吏治状况等问题难得的文献材料。"

对于传记文学的论述在赵焕亭的这部著作中占有重要的地位。她集中论述了关纪新的《老舍评传》、黄昌勇的《王实味传》、朱珩青的《路翎传》、田本相的《曹禺传》、陈漱渝的《搏击暗夜——鲁迅传》和施建伟的《林语堂传》等传记作品。赵焕亭对于传记的研究善于通过对传主作为小说人物原型的追溯，来追索传主人生中的谜团。尤其值得肯定的是，她敏锐地发现陈漱渝著的《鲁迅传》就微信时代关于鲁迅的错误传言进行了辨析，澄清了关于鲁迅人生的一些误解，同时充分肯定了陈漱渝对于客观评价受到鲁迅批评的一些人士以及陈漱渝对鲁迅评价出现的偏差进行了深入的探讨。

以往我所读到的文学文本解读，基本限制于小说、诗歌、散文与戏剧剧本的常见文体，这次我读到赵焕亭的《文学里的社会与人生：中国现当代文学文本细读十八题》则有所不同。赵著中所解读文体十分丰富，既有常见的散文、小说和诗歌作品，又有具有戏剧元素的徐玉诺的散文诗，而且还专门列出一章，解读传记文学作品。传记文学作品虽然也属于散文，但是人们常常关注的是短小的艺术散文，而将传记仅仅视为历史类读物，看中的是传记的史料价值。到了赵焕亭这里，传记首先是文学作品，是一座文学富矿，特别是现当代作家传记既为现当代文学研究提供翔实的史料，又可以作为文学文本进行研究和解读。赵焕亭的这一文本选择自然有她的考虑，但是我以为与她多年来一直从事现当代作家传记研究有着密切的关系。她在研究这些作家传记时一定十分细致地阅读了大量的作家传记文本，而且在阅读中渐渐地感受到这些传记文本所发出的审美的力量，并且看到了这些作品与人们常见的小说、诗歌和散文一样，也都蕴涵着极其丰富的生活和人生的信息，因而也就理所当然引起她的极大关注。当现当代作家传记作为文学作品进入赵焕亭的研究专著之时，我觉得文学研究的空间得到了拓展，或者说我们的现当代文学研究出现了新的增长点。

赵焕亭的这部论著着重于社会学的解读和批评。社会学批评是一种具有广泛影响而且历史悠久的文学批评。不过，在漫长的文学批评史中，社会学批评一度由于被狭隘为时代背景下的人物的社会属性和阶级属性的分析与研究，因而也在一定程度上被庸俗化。其实，社会学文学批评应该拥有更为广泛的思维空间和更为丰富的思想内涵。这就需要将社会学文学批评与政治化的阶级属性进行剥离，探讨文学文本中人与时代、人与社会和人与历史的关系，揭示人物（包括文学文本中和作家本人）的社会属性和历史属性。因而，从事社会学文学批评还是可以大有作为的。赵焕亭以她的学术研究立足于社会学批评，并且与文本细读结合起来，从而形成了她自己的文学批评特色，她将文本与阅读史、与历史、与社会关系相结合，并且揭示文本建构与作家人生的关系，因而在社会学批评上做了有益的探索，这在文学批评史上具有一定的意义。

孙德喜
2023 年 8 月 26 日于扬州存思屋

目 录

序　言 1

第一章　散文里的人间真情 1
　第一节　《背影》的修辞论美学阐释 2
　第二节　《牛棚小品》显示丁玲晚年的创作个性 48
　第三节　《心灵的历程》对刘白羽和丁玲关系的书写 57
　第四节　《叩问童心》：祖父的呵护与母爱的需求 73
　第五节　《书信世界里的赵清阁与老舍》展现的三个世界 77
　第六节　《两岸书》中大爱无疆、大道低回的精神品格 84

第二章　诗歌、小说、剧本里的历史侧影 91
　第一节　《雨夜》《聊且号叫》和《蚯蚓歌新抄》的辑议 92
　第二节　《最后咱两个换了换裤子》引发的思考 111
　第三节　《水》与《旱》反映了 20 世纪 30 年代上海多元化的
　　　　　文学生态 124
　第四节　《春暖花开的时候》对河南抗日救亡运动的反映 142
　第五节　《腐蚀》对理想人性的张扬 155
　第六节　《童年泪》对河南地域文化的反映 164

第三章　传记里的纪实人生 179

第一节　《林语堂传》童年叙事的作用 180

第二节　《老舍评传》对老舍文学密码的揭示 193

第三节　《王实味传》对传主悲剧命运的剖析 198

第四节　《路翎传》原型考证的价值 216

第五节　《曹禺传》戏剧史视角的专业考察 229

第六节　《搏击暗夜——鲁迅传》的时代性、学理性与文采性 241

参考文献 255

后　记 261

第一章　散文里的人间真情

"散文里的人间真情"这一章分为六节，分别解读了朱自清的散文篇目《背影》、丁玲的散文篇目《牛棚小品》、刘白羽的自传著作《心灵的历程》、杨稼生的儿童教育著作《叩问童心》、傅光明的通信著作《书信世界里的赵清阁与老舍》、痖弦与杨稼生的通信著作《两岸书》。关于朱自清《背影》的解读，主要运用了王一川修辞论美学的理论，揭示了五四时期知识分子的现代原忧，发掘了在不同历史背景下人们对《背影》所包含的父子关系的不同理解，设计了《背影》创新阅读的教学案例。关于《牛棚小品》的解读，主要注重于对丁玲晚年创作个性特色的分析，展现了丁玲积极向上的人生态度，尤其是在逆境中与丈夫彼此鼓励、相濡以沫的真挚感情。关于《心灵的历程》的解读，主要梳理了该著所展现的刘白羽和丁玲友谊曲折的发展历程。关于《叩问童心》的解读，详细分析了贯注全篇的祖父对孙女的挚爱真情。关于《两岸书》的解读，主要展现了海峡两岸两位作家在通信、交往过程中所展现的大爱无疆、大道低回的精神品格。关于《书信世界里的赵清阁与老舍》的解读，主要分析了该著所展现的"赵清阁与老舍交往的世界""韩秀与傅光明交往的世界""傅光明自己的精神世界"这三个"世界"，强调了作品所传达的对宁静和温暖的向往。

本章关于这些散文篇目和散文著作的解读，尽管切入的角度不同，但是各节都关注了人与人之间的真挚感情。《背影》中的父子情深，《牛棚小品》中的夫妻互助，《心灵的历程》中的战友之谊，《叩问童心》中的祖孙之韵，《书信世界里的赵清阁与老舍》中的友人信任，《两岸书》中淳朴敦厚的人文情怀，都一一予以阐释和展现，体现了文学对美好人性的歌颂。

第一节 《背影》的修辞论美学阐释①

选择对朱自清的《背影》进行修辞论美学阐释②，主要基于两方面的考虑。首先是对中学语文教学改革的关注。新一轮课程改革对中学语文教学提出了创新阅读的要求。2001年的语文新课程标准对初中阶段阅读的要求中有这样的表述："对课文的内容和表达有自己的心得，能提出自己的看法和疑问，并能运用合作的方式，共同探讨疑难问题。""欣赏文学作品，能有自己的情感体验，初步领悟作品的内涵，从中获得对自然、社会、人生的有益启示。对作品的思想感情倾向，能联系文化背景做出自己的评价；对作品中感人的情境和形象，能说出自己的体验；品味作品中富于表现力的语言。"③这里再三强调"自己的"：自己的心得、自己的看法、自己的体验、自己的评价等。显然，是在强调个性化阅读和创新阅读。在这种理念下，语文阅读教学不应再仅仅满足于传授已有的定论，而应追求阅读的开放性和创造性。教师要通过正确引导来打开学生思路，让学生根据个人体验，进行创造性的阅读。为适应这种开放性、生成性的教学要求，语文教师就要努力摆脱"教书匠"的角色，而向科研型、学者型教师转换。要研究教材，吃透教材，多角度去开掘教材中的教育资源。在阅读方面，尤其要借助经典名篇深厚的文化内涵来创造性地培养学生丰富的情感、积极向上的人生态度和正确的价

---

① 这一节的内容主要来自于笔者的硕士毕业论文《修辞论美学视野中的〈背影〉——兼论中学语文创新阅读》。
② 修辞论美学又称文化修辞论，是王一川教授提出的一种美学理论。王一川教授较早在《语言的胜景》《语言乌托邦》等书里提出这一理论构想；此后在《中国现代卡里斯马典型》一书中对中国20世纪小说中的"卡里斯马典型"（Charismatic Figure）做了修辞论阐释，从实践上对这一理论做出了初步验证；继而，又在《修辞论美学》一书中进一步构建了较为严整的理论框架，并对当代电影、审美文化进行了修辞论阐释，从理论到实践使修辞论美学更加成熟。
③ 中华人民共和国教育部：《全日制义务教育语文课程标准》（实验稿），北京师范大学出版社2001年版，第11页。

值观。

然而，在现实中，中学语文教学的创新阅读较为缺乏。语文教学长期以来所形成的固定化模式，特别是在文本解读方面"唯参考书是从"的僵化思维依然存在。尤其对于经典名作的解读，更不易创新。面对名作时，不免产生一种仰望姿态，审美惯性和思维惰性使广大师生自动化地放弃自己的思考而认同定论。这种忽视个体体验而人云亦云的阅读在一定程度上损害了学生审美独立性的培养，影响了学生的可持续发展。这种局面有待改进。

那么，如何在阅读教学中克服僵化分析模式，对作品做出创新解读呢？这就是要研究的问题。值得说明的是，这是一个非常复杂的理论问题，同时也是一个现实的实践问题。本研究无意于从理论层面探讨创新阅读的机制、方法等，只想从实践层面通过一个案例，即对《背影》的研究来说明如何创造性地解读文本。

其次是对修辞论美学的关注。修辞论美学是一种新的美学理论。它主要关注文本与文化语境的"修辞"关系。这里的"修辞"是广义上的修辞，主要指"文化修辞"。这里的"修"不仅仅指话语的外在润饰，而是指以实际效果为目的的对话语的组织和调整；"辞"，不仅仅指话语，也指人的生存方式。艺术文本是对人生、对生活的审美置换。这种美学理论主要研究艺术文本与文化语境及历史的关系，重在揭示话语和语境的互赖性和人类生存的智慧性，它所说的艺术的修辞性首先强调艺术话语拥有一种与文化语境的互赖关系，研究语言构造如何在文化语境中产生并发挥实际作用。其次，强调艺术以其特有的话语组织象征性地转换了实际生活中难以解决的种种矛盾、混乱或危机，从而间接地影响这些实际生活问题的解决。

修辞论美学把作为修辞现象的艺术分为三个层次：在显性层次上，它是个人的虚构性文本；在隐性层次上，它是话语与文化语境互赖的产物；在终极层次上，它是历史的无意识镜像。显然，这种艺术本身就是对文化和历史的一种修辞论阐释，修辞论美学只不过是进一步完成这种阐释即深度阐释罢了。因此修辞论美学的阐释框架也来自上述三个层次：文本、文化语境和历史。这个框架由如下三个阐释圈构成：文本阐释——文化语境阐释——历史阐释。文本阐释就是要求把被阐释对象视为个人的审美虚构文本，由此发现其独特的、个性化的修辞术，这需要分析文本的抒情和叙事结构等；文化语境阐释指任何文本都是特定文化语境的产物，所以，理解文本就需要重建这种文化语境，把文本置于这种语境中，以便使文本的文化意义显露出来；历史阐释意味着在文本阐释和语境阐释的基础上，发掘隐藏至深的历史力量。

修辞论美学不仅继承了认识论美学的历史视界，吸收了感兴论美学的个体体验崇尚，接纳了语言论美学的语言中心立场。而且，它构建了自己的阐释框架。所以，运用它分析文本时，既有理论指导，又有操作方法，能够对文本进行有效的深度阐释。因此，这一理论引起了笔者的关注。

近年来，高校文艺理论的研究有许多突破，而中学基层教师埋头教学，难得有机会接触文艺理论新成果，原有的文艺理论知识比较单一，在教学中显得捉襟见肘。对此，笔者深有体会，在中学从教十多年后走进北师大，感受最深的是"山中方一日，世上已千年""乃不知有汉，无论魏晋"。世界变化之大，莫名惊诧；文论发展之快，叹为观止。遗憾的是，新的文艺理论成果没有得到及时应用，文艺学与中学语文的教学关系没有得到足够重视，这是造成中学语文教学中文学作品分析刻板僵化的原因之一。科技知识不能及时转化成生产力，是资源的巨大浪费；先进的理论束之高阁，应是理论研究的悲哀。把文艺理论的种子播撒到中学语文教学的大田里，使中学语文教学直接受益。这是一件十分有意义的事情。因此，尝试用修辞论美学来解读《背影》。

这里主要在修辞论美学的视野下来研究朱自清的《背影》。运用修辞论美学关于"文本与文化语境相互依赖"的理论，借助现代语文教育史、现代文学史、现代史的史料构建《背影》阅读的文化语境，从而对《背影》阅读史及《背影》主题做出新的阐释。

尽管研究《背影》的文章有很多，但迄今为止，还没有人以修辞论美学的视角来关注《背影》。之所以选择《背影》作为研究对象，主要是因为《背影》是中学语文教材中的传统名篇，也是五四散文的典范。典范性在某种意义上就有着普遍性。

下面将在修辞论美学视野中,对《背影》作二个方面的研究:首先,考察《背影》的阅读历程;其次,在此基础上对《背影》主题思想作以再审视;最后,从《背影》阅读史及主题阐释中得出对语文创新阅读的一些启示,并对《背影》创新阅读做课堂教学的初步尝试。

对《背影》的修辞论阐释及教学实践有可能在中学语文创新阅读方面提供一种新的视角。这对于改变文本阅读的僵化模式,培养学生创新思维有一定启迪作用,对于语文教材研究、语文教育史的编写都在一定程度上起促进作用。此外,以下主要考察《背影》近 80 年间被阅读、被解析的历程,从中看出影响阅读的重要因素,便于人们思考在各个历史时期政治形势、文艺思潮对语文教育的影响等问题。

一、《背影》阅读史

《背影》是朱自清的一篇纪实性散文,该文写于 1925 年 10 月,朱自清赴清华大学任教不久,《背影》最初发表在文学研究会的刊物《文学周刊》第 200 期(1925 年 11 月 22 日出版)上,是该期刊物的第一篇文章,《背影》发表后受到好评。1928 年 10 月,作者将其和另外 14 篇散文放在一起结集出版时,就以《背影》命名,而且《背影》这一文还位居首篇。可见,作者对它的偏爱。所以《背影》既是一篇散文,也是朱自清第一本散文集的名字。我们这里所谈的《背影》仅指单篇散文。

《背影》这篇散文全文约 1500 字,凝练地讲述了 1917 年冬,父子二人在南京浦口车站分别及分别前后的景况。文中四次提到父亲的背影。文章开头写道:"我与父亲不相见已二年余了,我最不能忘记的是他的背影。"这是"点题"。文章中间在详细刻画了父亲艰难爬月台的"背影"之后,又特意写了父亲混入来来往往的人群中的背影,这是"析题"。文章最后写作者在晶莹的泪光中,仿佛又看到父亲的背影,这是"扣题"。全文结构严谨,笔法纯熟,感情真挚,内涵丰富,是朱自清早期散文的代表作之一。

《背影》自 1925 年诞生至今的近 100 年间,曾得到极高的赞誉,也曾经被指责得一塌糊涂,短短的一篇《背影》在中国现代文学史、中国现代语文教育史上却留下了一个长长的令人深思的"背影"。今天，我们来重新打量《背影》这个中国现代文学史、中国现代语文教育史的见证者，我们或许会有新的发现。"对文学的审视，需要近距离的抚摩、品味欣赏，也需要远距离的鸟瞰与观望，看它在历史长河中的沉浮情景，前者易获得微观的感性的感受，后者则能得到客观的理性认识。"① 那么就让我们先来看看《背影》的阅读史吧。

根据《背影》入选中学语文教材的情况统计，《背影》在 1930—1950 年间，入选多家教材，在教材中占据稳定地位；1952—1978 年，从中学语文教材中消失。1982 年重又走入人民教育出版社出版的初中语文教材。

《背影》的阅读状况与入选教材状况有密切关系，所以，参照它入选教材的情况，大致把其阅读史分为三个阶段：1925—1950 年、1951—1977 年、1978 年以来（十一届三中全会以来）。我们分别把这三个阶段称为《背影》阅读史上的春晖时代、寒冬时代、夏日时代。这样称谓的原因如下：

春晖，指春天的阳光。春晖也是朱自清 1925 年 3 月到 7 月间所服务的一所中学名称。这所学校就是位于浙江上虞白马湖的春晖中学，该校的校刊叫《春晖》。朱自清曾在上面发表《白马读书录》《教育的信仰》等文章。朱自清在《春晖的一月》一文里由衷地写道：美的一致，一致的美，真诚、闲适是春晖中学给自己的三件礼物。

朱自清在湖光山色、钟灵毓秀的春晖中学与夏丏尊、丰子恺结下终生友谊，度过了一段美好的时光。"春晖"是个吉祥的名字。《背影》在 1925—1950 年间一直受人宠爱，仿佛沐浴在春日的阳光里，因此，把这段时间称为《背影》阅读史上的"春晖时代"。

寒冬季节，严霜夜结，万物凋零。《背影》在 1951—1977 年间，受到不公正的批评，在 1951 年大讨论后的近 30 年间，备受冷漠，仿佛遭到寒潮袭击后进入冰冻状态，因此，把这段时间称为《背影》阅读史上的"寒冬时代"。

---

① 奚学瑶：《散文的传统与现代化》，国际文化出版公司 1999 年版，第 24 页。

夏日是生机盎然、繁荣活跃的。朱自清曾在《我是扬州人》里写到扬州的夏日：人们在护城河上，乘船、吃茶、打牌、听唱片，无拘无束，自由自在，洋溢着热烈祥和的气氛。自1978年起，《背影》的阅读重又逐渐升温，80年代重新走入中学语文全国通用教材后，更是炙手可热。在思想解放的形势下，人们畅所欲言，红红火火谈《背影》。因此，把1978年以来的这段时间称为《背影》阅读史上的"夏日时代"。

（一）春晖时代——《背影》在1950年以前的阅读状况

《背影》自1925年发表后就受到称赞，声誉鹊起。1930年入选国文教材后，影响面更广。吴晗先生的话可以说明《背影》在当时中学生心中的地位："这篇散文被选作中学国文教材，在中学生心目中，'朱自清'三个字已经和《背影》成为不可分割的一体了。"[①] 1948年朱自清病逝后，报刊上醒目的标题有：《长向文坛瞻"背影"》《一代文宗溘然长逝——朱自清的〈背影〉去矣》等等，可见《背影》在当时的社会影响之大。

从1925年到1950年间，《背影》频频入选各类语文教材，这一现象本身就说明《背影》当时是被认可的。对于它的思想内容，一般教材都认为是表现了父亲对儿子无微不至的关怀，儿子对父亲的无限怜惜之情。对于它的艺术特点更是一致肯定。以下选取两家教材的课后点评加以说明：

叶楚伧主编的《初级中学教科书国文》（正中书局1934年版）第2册第13课的课后点评是：

> 文体　本篇是"主美"的叙事文，虽然含有许多伦理上的亲子之爱的"善"的意味，然其给予读者是一种"趣味"，并不是一种"教训"，所以这是"美"的亲子之爱而不是"善"的。
>
> 章法　本篇行文，以总叙起，以总叙结，中间依照时间先后的顺序，次第说来，是顺行叙事。
>
> 风格　本篇是纯写实的。文中虽有怆然哀思之处，但论其作风，

[①] 苏双碧、陈梧桐主编：《吴晗文集》第4卷，北京出版社1988年版，第212页。

却不是沉郁,而是"清新"。

　　思想　文中所表现的思想有两种：一种是表现少年人的心情和老年人不同,一种是表现亲子间的自然的真爱,而尤以后者为本文的中心思想。

同年,朱剑芒主编的《初中国文》(世界书局)第1册第9课《背影》的课后参考这样写道:

　　文体　本篇为描写老父慈爱的叙事文,内容系追叙老父送行时的情形,与别后的惦记,所以在记叙体中,还夹杂些极端悲伤的抒情分子。

1937年,宋文翰、朱文叔主编的《新编初中国文》(中华书局)第3册《背影》一课的课后题解及习题是这样的:

　　题解　本篇节录《背影》,为作者想念父亲、追忆前事的作品。习题:一、这篇文章里告诉读者些什么?
　　二、为什么上了二十岁的儿子出门,做父亲的还不放心?
　　三、写一篇父亲爱自己的文章。

1936年,《新少年》杂志创刊,并开设了"文章展览"一栏,由叶圣陶按期选一篇文章,并在后边加以点评。这一栏目开办初始,第一篇选文就是朱自清的《背影》(节选)。选文后所附叶圣陶的点评有两千多字。叶圣陶一开始就写道:"这篇《背影》,大家说是朱自清先生的好文章,各种初中国文教科书都选择它。现在我们选读它的中部。删去的头和尾,分量大约抵全篇的三分之一。"接着,叶圣陶从《背影》的生字、难语到主旨、艺术特点逐层详细讲评。叶圣陶认为《背影》的主旨是:"把父亲的背影作为叙述的主脑,从其间传出父亲爱惜儿子的一段深情。"关于《背影》的艺术特点,叶圣陶特别指出其语言简练含情。他说:"这篇文章通体干净,没有多余的话,也没有多余的字眼,即使一个'的'字一个'了'字,也是必须用才用。多读几遍,自然有数。如果读得合乎自然语调,人家听了一定很满足很愉快,因为他听见了一番最精粹的说话。"

由这些解读可以看出,新中国成立前的教科书及文化刊物普遍认为《背影》是一篇文质兼美的散文。

《背影》在1950年以前的教材中频繁出现,教材后面的题解,大都公认这是一篇歌颂父爱的文章,虽有怆然哀思之处,但风格依然清新。那么,《背影》这一时期得到普遍认可的原因是什么呢?这与传统的文化心理有关,更与这一时期的社会动荡有关。

孝道是一种独特的民族文化。《说文解字》上对"孝"的解释是:"孝,从老省(省掉匕),从子,会意字。敬爱,奉养父母。"《墨子·非命》云:"古之圣王,举孝子而劝之事亲,尊贤良而劝之为善。"这都说明"孝"在传统文化中的地位。中国传统的学校教育也十分重视"孝"的教育,1903年颁布的《奏定学堂章程》以"忠孝"二字为教育宗旨。中国古代有许多教育孩子尊敬父母、赡养父母的故事。《二十四孝》中有"王小卧鱼"的故事:王小的母亲病了,想喝鱼汤。时值寒冬,河冰坚厚。王小就赤身卧于河冰之上,用自己的体温融化河冰,捞鱼为母亲炖汤。西汉刘向的《说苑·建本》记载:伯俞做错了事,母亲用拐杖打他,他哭了。母亲问:"以前我打你,你都没哭,这次为什么哭呢?"伯俞答:"这次您打我,不能使我感到疼痛了,(母亲已经老了)。"这就是"伯俞泣杖"成语的来历。这些故事都生动地说明"孝道"在中国文化中有很深的历史渊源,是一种独特的民族文化。在这样的文化背景下,饱含父慈子孝意味的《背影》被人们普遍认同,这是情理之中的事。

此外,应指出的是,20世纪40年代的中国,军阀混战、日本侵华战争、国内战争连绵不断,许多家庭生活窘迫,漂泊不定。《背影》所描述的困顿中的离别情,许多人读了都感同身受,从而引起了强烈的共鸣。这是《背影》在1950年以前产生广泛社会影响的重要原因之一。

总之，在1925—1950年的这段时间内，人们对《背影》思想意义的认识较为一致，《背影》作为表现亲子之爱的美文而广为传颂。

(二) 寒冬时代——《背影》在1951—1977年间的解读状况

1951年发生了一场关于《背影》教学的大讨论。这次大讨论是以《人民教育》第3卷第3期上刊登黄庆生老师的一篇文章开始的。该文题目是《一篇很不好教的课文——〈背影〉》。

作者黄庆生认为《背影》不好教的原因主要在于《背影》一课的教学目的难以确定。在备课时，他三易教学目的，最终也没能说服自己，最后上课时，放弃《背影》思想内容的讲解而只讲文法，不免讲得自相矛盾。上课结束，学生评价说："这课书一点意思都没有。"黄老师第一次把《背影》的教学目的确定为：使学生了解及渲染父爱的伟大，以引起他们对自己父亲的热爱。然后，他自己又推翻了这一教学目的。他认为，如果把文中父亲出于本能的爱说成是伟大的，则将置送子参军那种具有崇高理想和鲜明目标的父爱于何地？黄老师第二次把教学目的确定为：使学生体会父爱的深厚，因而爱护自己温暖的家庭，进而热爱自己的祖国。然后，他马上感到困惑：作者的思想感情完全局限于父子之间和家庭之中，就是牵强附会，也很难跳出父子的小圈子而和祖国人民有联系。如果按教材内容讲，不但不能引起学生对祖国的热爱，反而会破坏青年学生对新社会的集体观念，甚至可能引起对人民祖国的仇恨情绪。因为班上学生们的父亲三分之一是地主成分，有的还在镇压反革命时受到了镇压。这样，黄老师在万般无奈的情况下第三次把教学目的确定为：使学生知道纪念亲属的文章要怎样去写，才能感人至深。按这个教学目的去上课，纯技术地去处理课文，效果是很惨的。黄老师狼狈地跑下讲台，仿佛被撵了出来。所以，黄老师在文章中写道：

朱自清的《背影》在目前来说，的确是一篇很不好教的东西，这课书，在今日青少年面前，抽象而预弱地渲染着一个父子之爱，是与当前三大政治任务——抗美援朝（参加军干校）、土地改革、镇压反革命——相矛盾的。假若将《背影》的思想感情在今天向学生渲染太深的话，那么就可能使本想参加军干校的同学，或感于父母年迈而迟疑不前。也可能使地主或恶霸地主家庭出身的学生，在思想情感上无故勾起"家道中落"或"失父之痛"一类无谓的纷扰，这是不言而喻的。再者，纵使《背影》的超阶级情感与目前的政治任务不相矛盾，光就朱自清那三次感情脆弱，有点林黛玉式的下泪，就可能给感情尚未完全成熟的青少年学生以不健康的感染。在伟大的毛泽东时代青少年的眼泪，只有欢笑的眼泪，胜利的眼泪，以及对万恶敌人忿恨的眼泪。试想假如我们全国的教育工作者，都尽力把现在青少年的眼泪引向那狭小的个人的日常生活事物的行动上去，那我们将来社会主义或共产主义的建设者，就将要成为怎样的不可思议的人物了。眼泪在不健康的地方多流一份，在健康的地方势必相对地少流一份。这应当也是不言而喻的。我教《背影》这课书是失败了，究竟是教材有问题呢？还是我的教学能力太差或认识上有毛病呢？二者必居其一。谁是谁非，我自己的确搞不清楚，只好提出来向编辑同志们请教，向诸位教师同志请教。①

从文章中可以看出，黄老师首先明确否定了《背影》的思想内容，说它抽象而颓弱地渲染着父子私爱，与当时三大政治任务相矛盾。其次，深刻严肃地批判了朱自清的三次眼泪，说那是脆弱的、不健康的眼泪。

针对黄老师的文章，《人民教育》加了编者按：

> 黄庆生同志教《背影》这篇文章中，提出了两个问题，提得很好。黄同志这样肯用心思和对学生的负责态度都是值得全国教师们学习的。
>
> 《背影》是表现小资产阶级不健康的感情的，在现在实在没有选作教材的必要，语文课本中是不应该有它的地位的，这是一。第二，作者既然要教这篇文章，就不应该从文章本身中去追求什么正面的健康

---

① 黄庆生：《一篇很不好教的课文——〈背影〉》，《人民教育》1951年第3期。

的思想教育目的，而应该把这篇文章当作表现小资产阶级感情的典型作品加以深刻的批判，提高学生的批判能力。

由《背影》可能引起相类似的许多问题，希望全国中学语文教师同志参加研究，并将现有中学语文课本中不适当的文章检举出来。[①]

"编者按"明确否定了《背影》的思想内容，这是《人民教育》的"编者按"，而《人民教育》是新中国教育部的机关刊物，它的"编者按"意味着什么呢？即使政治嗅觉不灵敏的人，也能闻出点政治气息来。此时，对《背影》的批判已端倪渐显。特别应指出的是，"编者按"的最后用了"检举"二字，希望全国中学语文教师把课本中不适当的文章揭发出来，好像这些文章是暗藏的阶级敌人似的。问题的严重性可想而知。果不其然，紧接着，《人民教育》第3卷第6期上刊发了署名"编者"的一篇文章，题目是《对〈背影〉的认识》。另外，又选登了6位中学教师讨论《背影》的文章。这6篇文章要么认为《背影》不该入选教材，要么主张把它作为反面教材。其中，陈士黉和左海两位老师认为《背影》思想不健康，根本不该选入教材。陈士黉老师认为：在《背影》里，通篇找不到"爱人民"、恨丑恶的影子，只看见泪光中的一个软弱的肥胖的背影！《背影》表现了旧中国中小资产阶级没有出路和知识分子向上爬而跌了脚的悲哀。左海老师认为：选文应该把政治标准放在第一位，艺术标准放在第二位。如果我们留恋了《背影》的艺术性而忽略了它的思想性，那么我们的教学态度是不够认真负责的。

其他4位老师认为可以把《背影》作为反面教材，通过它来批判旧中国，引导学生热爱新中国。张海帆老师认为，《背影》表现的是旧社会的东西，我们讲课文时正可以从介绍课文的时代背景方面，用历史观点和阶级观点予以分析批判，使学生深刻地认识到生长在旧社会里的知识分子，他的思想和情感是多么狭隘，多么脆弱而不健康，以至于多流了许多不必要的眼泪，反观出生长在毛泽东时代里的新青年该是多么愉快而幸福。汪宗超老师

---

① 黄庆生：《一篇很不好教的课文——〈背影〉》，《人民教育》1951年第3期。

对《背影》一课则设计了3个问题：

1. 为什么父子东奔西走，家中光景却日见中落呢？
2. 父亲年轻时做了许多"大事"，为什么老境却"如此颓唐"呢？
3. 今天，人们还有这种感伤吗？

汪老师的答案是：旧社会是个半殖民地半封建的社会，广大人民外受帝国主义的压迫，内受封建势力的压迫及连年军阀内战的影响，遭受着极大的苦难，所以，作者的家庭一日不如一日。非但作者家庭如此，凡是善良的中国人民的家庭都是一日不如一日的。任凭你怎样东奔西走，做了许多所谓"大事"，只要不是从事革命，摧毁旧社会制度，建立新社会，就永远无法改变那个苦难的情况。随着经济的根本好转，新社会的逐步前进，"失业""没钱""穷"及什么"老境颓唐"将成为历史的名词。

闵耀汉教师认为《背影》中不健康的感情部分，正好进行批判，通过分析课文中人物的思想活动，阐明爱的阶级性，借以引导同学从泛情、软弱、狭小的私爱中解脱出来。

白盾老师认为《背影》的教学目的是：使同学们认识到小市民的家庭情感与无产阶级的家庭情感的本质不同处，并使同学们因此而肯定后者，否定前者。

总之，后4位老师用对比的手法和革命的话语评论《背影》，得出新旧社会两重天的结论。如果说4位老师从批判的角度给《背影》在语文教材中留下一席之地的话，那么，《人民教育》编者则将《背影》从这一席之地上放逐。编者在《对〈背影〉的认识》里从思想内容到艺术技巧给《背影》以全面彻底的否定。

关于内容，编者认为，《背影》宣扬父子间的私爱并充满了小资产阶级感伤主义的情绪，这种情绪是官僚阶级没落时期的产物，对旧社会没有流露出丝毫的反抗和抱怨，无力的挣扎也并不能挽救家庭的破落和找到一线希望，终于无可奈何地沉浸在绝望的呻吟里和横躺在死亡线上等待着末日的来临。以这种情绪来感染青年学生，是绝对有害的。这种作品起消磨斗志的作用，使人们沉醉在个人主义的哀情之中，毒害了许多心地纯洁的青年们！《背影》在历史上已经起了腐蚀青年的作用，在新的历史时期，是决不能再有它散布"秋天的调子"的地盘了——当作语文课本的范文。

关于艺术技巧，编者有以下几点论述：第一，《背影》在文字技巧方面有些艺术性，但正因为这样，它就愈能以父子之私爱的感伤情调来感染青年学生，正如毛泽东的《在延安文艺座谈会上的讲话》中所讲的"内容愈反动的作品而又愈带艺术性，就愈能毒害人民，就愈应该排斥"。第二，只批判内容不批判形式的教学方法对初中生来说是有害的。因为内容与形式是统一的。《背影》的有些片段描写不错，这只能解释为：它恰当地把父子间的私爱和颓废情绪表达出来了。这里的文字技巧正是建筑在不健康的感情之上的，如果腾空取出文字技巧，加以抽象化，那对学生没有实际意义。第三，《背影》在文学技巧方面也存在着一些毛病，可以举出的就有五处。第四，《背影》不是新文学运动以来比较成功的作品，认为它是比较成功的作品的看法，仍然是旧的小资产阶级观点的看法，值得吸取经验的作品多得很，艺术性比它高的也很多。与其费了九牛二虎之力通过批判它来肃清青年学生中的旧思想，还不如直接选用正面批判的文章效果好，例如，教丁玲同志的《向青年朋友们谈旧影响》一文。

总之，编者认为，《背影》这种表达颓废的父子之间的私爱的写作经验，不需要年轻一代再来学习。《背影》不能再在教材中待下去了，否则将贻害无穷。这次讨论所带来的直接结果是：到1952年修订教材时，《背影》从中学语文课本中消失。到1979年，《背影》才又出现在部分地区的中学语文教材中。自1951年大讨论之后一直到1978年以前的这段时间内，人们极少谈论《背影》。50年代编写的几部《中国现代文学史》，有的不提《背影》，有的一笔带过，有的则采取否定态度。这样，1951年以后，《背影》的解读基本上处于沉寂期。

1951年《人民教育》所展开的对《背影》的讨论批判使得在1950年以前作为超稳定教材的《背影》，在新中国成立后就被审查出列，这并非偶然事件，而是有着深刻的社会意识形态背景。

一般来说，代表一定阶级利益的集团，在革命胜利后，首先要在意识形态方面做宣传工作，以巩固新政权。早在1949年7月，为迎接新中国成立做理论准备，中华全国文学艺术工作者代表大会（第一次文代会）在北平召开，这次大会确立了毛泽东"文艺为工农兵服务"文艺思想在全国文艺界的领导地位。在执行这一文艺思想时，过分强调文艺的政治标准，把"政治标准第一，艺术标准第二"的原则变成"政治标准唯一"。这一偏颇在"文革"中更为严重。1951年《人民教育》的"编者按"用毛泽东《在延安文艺座谈会上的讲话》的精神来批判《背影》，可以说是及时响应了第一次文代会的精神，是刚刚成立的共和国新政权配合政治形势所展开的理论宣传工事之一。

联系《背影》受质疑的前前后后，明确当时文艺界的政治形势，会更加深刻理解它的处境。1951年4月25日，《文艺报》4卷1期发表贾霁批判电影《武训传》的文章《不足为训的武训》；5月20日，《人民日报》发表毛泽东为该报写的社论《应当重视电影〈武训传〉的讨论》；6月10日，《人民日报》发表文章，批判肖也牧作品中的"小资产阶级观念"。1951年底开展文艺整风运动，这期间，受到冲击的作家作品就更多了。由此看来，当时对《背影》的讨论批判不是偶然事件，而是各种因素综合作用的结果。

60年代初，经过周恩来、陈毅等人的努力，调整党的文艺政策。1961年6月1—28日，中共中央宣传部在新侨饭店召开会议，讨论《关于当前文学艺术工作的意见》，强调贯彻"双百"方针。在这种形势下，已陷入低谷的朱自清研究也有所回升。何以聪发表《朱自清早期散文的艺术特征》，朱德熙发表《于平淡中见神奇》，这两篇文章都给予《背影》以肯定，这在《背影》阅读的寒冬时代，可谓"万里冰封"中的"一剪寒梅"。

文艺政策调整所带来的春风毕竟是短暂的，1962年中共八届十中全会上，毛泽东发表讲话，指出阶级斗争要"年年讲、月月讲、天天讲"。此后，"左"倾指导思想比以前更加泛滥，到最后终于导致了1966年5月"文化大革命"的爆发。《背影》在1951年大讨论后直到"文革"结束的将近30年间,从中学语文教材中消失。

"文革"期间,对《背影》的评论几乎是个空白。这种"不解读"本身就是一种解读。事实上,对《背影》的认识,仍停留在1951年讨论的层面,这是中学语文教育的伤痛,也是文艺批评的悲哀。然而,1951年对《背影》的过早批判,无意间使它免遭更猛烈的冲击。因为在那个年代,沈从文、冰心、许地山、田汉、俞平伯、朱光潜等作家及作品都受到不同程度的批判。即使是鲁迅这位被毛泽东称为中国文化旗手的作家,"文革"期间,他的《故乡》也被认为是"展示了没落地主阶级动摇于希望与绝望之间的心理"而被禁忌。①

政治斗争的风云是无情的,那时,对作家作品的评判是依作家的政治立场决定的。我们无法判断朱自清在"文革"中的命运,但我们至少可以知道,他要面临一次痛苦的选择。从这层意义上讲,朱自清及其《背影》躲过了"文革",可谓"不幸之幸"。

1951—1977年这一时期,《背影》被认为是青年人心灵的腐蚀剂而备受冷漠,在大批判后被长期放逐。

(三) 夏日时代——《背影》在1978年以来的阅读状况

根据《背影》自1978年以来阅读状况变化的特点,把它在夏日时代的阅读大致分为解冻期(1978—1981年)、高峰期(1982年)、沉稳期(1983年以来)来考察。

1. 第一个时期:解冻期

1978年十一届三中全会以后,各种报刊开始陆续刊登研究《背影》的文章,人们最先看到的是1978年12月甘竞存发表在《雨花》上的《重读〈背影〉》,该文如此评价《背影》的思想内容:

> 《背影》是一篇很短的抒情散文,内容简单朴素,只写了两个人物,"我"和父亲。"我"已经二十岁了,要回北京念书。父亲不放心让

---

① [日]藤井省三:《鲁迅〈故乡〉阅读史》,董炳月译,新世界出版社2002年版,第134页。

别人送，定要亲自送上火车，嘱托车上的茶房好好照应，亲自穿过铁道去为"我"买了几个桔子来，然后才依依不舍地离去了。有人认为：这里全写的是身边琐事和个人感情，毫无社会意义。其实不然。作品中的两个人物，"家中光景一日不如一日"，祖母死了，父亲赋闲，只好回家变卖典质，办丧事。所有这些正是从一个侧面反映着当时社会生活的动荡不安，原来的所谓"殷实人家"也渐渐变得生活下降了。这种人因为他们过去过着好日子，后来逐年下降，负债渐多，渐过着凄凉的日子，"瞻念前途，不寒而栗"。在这种情况下，他们容易触目伤怀，悲从中来，或者如鲁迅所说："涸辙之鲋，以沫相濡，亦可哀也。"从这个意义上说，《背影》所抒发的思想感情在旧社会具有一定的典型意义，所以能够打动不少读者的心。用今天的眼光来看，这种感情的范围过于狭窄，反映着小资产阶级的局限性。但是，我们要把旧时代的作品放在一定的历史范围内去考察，不可苛求于前人，更不能不分青红皂白地一笔抹煞。①

这里，甘竞存在指出《背影》局限性的同时，肯定了它的社会意义，这种评价虽然仍带有 50 年代对《背影》批评的痕迹，但是作者能够以历史的眼光客观评价《背影》，已是难能可贵。特别应指出的是，这是继 1951 年对《背影》大批判后，第一篇公开为《背影》恢复名誉的文章。

继甘竞存的文章之后，秦亢宗于 1979 年 5 月在《语文战线》上发表《简练·质朴·自然》一文，重点分析了《背影》的艺术特色，同时也肯定了它的思想内容：

> 过去有人认为《背影》取材于家庭琐事，所表现的是父子之间的温情，情调悲伤，毫无思想意义可取。这种看法似乎失之粗疏。文章写道："近几年来，父亲和我都东奔西走，家中光景一日不如一日"，原

---

① 甘竞存：《重读〈背影〉》，《雨花》1978 年第 12 期。

来能独立支持的小康之家，弄得"变卖典质"，亏空负债，作者还为父亲"老境却如此颓唐"发出感叹，这一切都联系着一个社会上的失业问题，因此，文章中反映出来的哀伤情绪，表达了当时一般小资产阶级知识分子在社会动荡不安时苦于世态炎凉的思想感受，是不无一定的社会意义的。①

秦亢宗的文章与甘竞存的文章相比，不再讲《背影》中的哀伤情绪是狭窄的，反映着小资产阶级的局限性，而是采取同情的笔调，指出了小资产阶级的这种哀伤情绪是社会动荡不安、世态炎凉造成的，把批判的锋芒由指向小资产阶级转向了当时的社会。因此可以说，这是一篇扭转批评指向的文章，在《背影》研究史上有一定代表性。

接着，张怀久于1980年11月发表在《上海教育》上的《语文教材中朱自清散文简介》中这样评价《背影》的思想内容：

文章尽管没有对旧中国进行控诉和抨击，但从父亲劳累终生却家境难免日趋衰落的凄婉评价中，从父亲在"家中光景很是惨淡"中为"我"送行的娓娓叙说中，透露出对黑暗社会的愤意，而读者从有产者屡经挣扎仍不免破产的境遇中，也不难想象阴影笼罩下旧中国劳动人民的生活状况了。②

这篇文章把《背影》思想内容的评述由50年代的"小资产阶级向上爬却跌了脚的悲哀"转到"透出对黑暗社会的愤意"。笔调由讥讽变为赞扬，这意味着对《背影》评论的逐渐升温，对其社会意义的开掘也越来越深刻。

以上表述的是这一时期人们对《背影》思想内容的解读状况，关于它的艺术形式，争论空间不大，多数论者都认为《背影》视角独特，详略恰当，语言朴实等。从这篇评论文章可以看出，从1978年到1981年这段时间

---

① 秦亢宗：《简练·质朴·自然》，《语文战线》1979年第5期。
② 张怀久：《语文教材中朱自清散文简介》，《上海教育》1980年第11期。

里，对《背影》的解读经历了一个转折期。对《背影》的评论一经解冻，迅速转到肯定的方面来，多数文章不再批判其小资产阶级情调，而是深入开掘其社会意义。对其艺术特色，也高度评价。

对《背影》评论笔锋的这种肯定性转向与拨乱反正、解放思想的政治形势有关。1976年10月，"四人帮"被粉碎，"文革"结束。文化沉积层的解冻，要略迟于政治表面层的疏松。政治运动开路于前，文化解放运动继发于后。所以《背影》阅读的真正解冻是从1978年开始的。1978年，党的十一届三中全会召开，从根本上冲破了"左倾"错误的干扰，进一步解放了思想。文艺界开始拨乱反正。1979年展开了文艺与政治关系的大讨论，1979年，《上海文学》第4期发表《为文艺正名——驳"文艺是阶级斗争的工具"观》的评论员文章，文章引起了强烈反响，并导致对"政治标准第一，艺术标准第二"的批评标准的进一步探讨。

1979年10月第四次文代会上，邓小平在祝词中指出，党对文艺工作的领导，"不是发号施令，不是要求文学从属于临时的、具体的、直接的政治任务"[1]。1980年7月26日，《人民日报》发表《文艺为人民服务，为社会主义服务》的社论，扩大了文艺服务对象，标志着文艺新时期的到来。正是在这一大气候下，甘竞存、秦亢宗、张怀久相继发表了《背影》的评述文章，为《背影》正名，基本上肯定了《背影》的社会意义。这些文章虽带"旧痕"，但已展露"新姿"，逐步地对《背影》有了较为客观的认识，摆脱了纯阶级斗争的分析方法。在这种情况下，部分地区的语文试验教材也开始收入《背影》。

2. 第二个时期：高峰期（1982年）

1982年秋，新编初中语文教材普及使用，这套教材的第3册第4课是《背影》。为配合教学，人民教育出版社委托五省区（广东、广西、江西、湖北、湖南）教学参考书编委会编写了一套教材参考书。其中，第3册教学参考书对《背影》的评价是：

本文以"背影"为线索，通过描写父亲在车站送别儿子的情景，

---

[1] 《邓小平文选》第3卷，人民出版社1993年版，第208页。

表现父亲爱护儿子的深挚感情，抒发作者在生活困顿、精神压抑境遇下对父亲倍加怀念之情。本文写父子之间相爱相怜的感情，是真挚动人的。但是情调比较低沉，字里行间充满着无可奈何的淡淡的哀愁。这是作者与当时所处的环境造成的，在光景惨淡的时刻，为了"谋事"糊口和读书寻求出路，父子不得不依依惜别，不知何时再能相见。这是旧社会贫寒的知识分子颠沛流离生活的缩影。

文章刻画父亲的背影，信笔写来，没有什么华丽的词藻和渲染，却于平淡质朴的语言中渗透着一片真情实意，所以能如此感人。

1982年是《背影》阅读的高峰期，评论文章如火山喷涌一般出现。笔者所看到的该年度评论《背影》的文章就有40多篇。有评析思想内容的，有称赞艺术特色的，这里略举一二：

韦志成在《〈背影〉的教学设想》①中谈到《背影》思想内容时，认为《背影》反映了在反动派压榨下中小有产者的困顿状况以及父子惜别的深情。陈合汉的《浅谈〈背影〉的艺术特色》②一文详细分析了《背影》的三大艺术特色：第一，结构严谨，在虚线中套实线，人物感情发展是虚线，人物活动是实线。第二，抒情含蓄，在平淡中有波澜，感情蕴藉，情节跌宕。第三，语言洗练，在质朴中见奇特，极简单的对话中见出极不平静的心情。

1982年评论《背影》的文章数量激增，是《背影》研究的丰收年。概括地说，这是70年代末到80年代初思想解放成果的初步显现。具体说来，这与当时新文学史的出版及《背影》正式入选中学语文教材（人教版）有直接关系。

1979—1981年间，《中国现代文学史》的唐弢本、九院校本、山东本、人大本相继出版，这些《中国现代文学史》的朱自清部分，大都给予《背影》以极高评价。中学语文教学对选文的解读常常借鉴文学史教材的观点，

---

① 韦志成：《〈背影〉的教学设想》，《教学通讯（文）》1982年第7期。
② 陈合汉：《浅谈〈背影〉的艺术特色》，《教学通讯（文）》1982年第7期。

这也是一个事实。所以，1982 年，《背影》走入中学语文教材后，人们对《背影》的评价也较高。1982 年，《语文学习》杂志专门开辟了"1982 年秋季教材新选课文试析"专栏，这给评论《背影》的文章提供了更多发表的机会，如庆基、洱泠合写的《墨淡情浓说〈背影〉》就是在这个专栏中发表的。

80 年代以后，《背影》阅读进入稳步发展期，这与 80 年代朱自清研究的逐步深入有关，人们对朱自清其人其事的了解，有助于《背影》一文的挖掘。文艺政策的宽松，促成了朱自清研究专著的陆续出版。朱金顺的《朱自清研究资料》、时萌的《闻一多朱自清论》等著作的出版，为《背影》的解读提供了翔实的资料。

3. 第三个时期：沉稳期（1983 年以来）

《背影》的解读度过了 1982 年的喧嚣之后，进入了沉稳期。这一时期，时而见到一些评论文章出现在《中学语文教学》一类杂志或一些高等院校的学报上，其中，有些文章对《背影》的研究向纵深发展，这主要表现在对《背影》的心理学解读和文化学解读上。

《语文学习》1987 年第 12 期刊登了岑健的《〈背影〉魅力新说》，该文从年龄心理学和接受美学的角度分析《背影》的魅力动源：

> 实际上，《背影》抒发的是一种"人到中年"的复杂感情，展现的是中年人的成熟心理活动。按年龄心理学来分析，人生步入中年，就既不会像青年那样热情、浪漫、激动，也不像老年那么迂腐、保守，而是无论在生理还是心理方面都是趋向完全成熟。中年横跨青年、老年两个阶段，它拥有十分广阔的接受面，因而抒发中年人的感情，就容易为人们所接受，能在更广泛的读者群中产生共鸣。而朱自清的《背影》抒发的正是那么一种带有中年人自责忏悔的深沉的感情，从中可见旧中国整个小资产阶级的庞大而灰暗的背影。

这段分析从年龄心理学的角度阐述了《背影》魅力的源泉，让人耳目一新。

《语文教学通讯》2000 年第 17 期发表了作家傅书华的《永远的〈背

影〉》,该文认为《背影》负载了一种晚辈对长辈的忏悔情结,这是一种民族集体无意识:

> 《背影》以慈爱作为父辈的主要特征,以忏悔作为子辈的情感基调,根源于对父辈的认可、趋同,对子辈的否定、批评。中国的传统文化是尊父弑子的文化,这种文化有其不合理性,那就是对君、父、上级、既定的社会规范等等的无条件服从;这种社会文化也有其合理性,那就是每一个人都要从年少走向年长,从儿子成长为父亲,这是每一个人都要必经的人生历程。这种种的合理性与不合理性相互渗透交混成为民族的集体无意识,《背影》就是以父子之爱为形式对这种集体无意识的生动展示,这也是《背影》以短小的篇幅涵括了巨大的社会历史文化而成为名篇的主要原因。

这种认识较以前的不同之处就是把儿子对父亲的忏悔上升为一种民族集体无意识。从民族文化的心理来认识《背影》的意义及其魅力之源,有一定深度。

近年来,《背影》阅读的心理学、文化学趋向从一个侧面反映了当代心理学、文化学的发展及影响,这正是文化语境影响文本阅读的生动体现。

总的来看,自1978年以来,《背影》的阅读经历了解冻期、高峰期、沉稳期,对《背影》的评价较50年代更为客观公允,对其主题的解读出现多元化的态势。运用阶级分析法解读《背影》的文章大大减少,运用心理学、文化学解读《背影》的文章逐渐增多。诸多评论仁者见仁,智者见智,百花齐放,百家争鸣,重新确立了《背影》在中国现代散文史以及在中学语文教育史上的地位,成就了《背影》阅读的"夏日时代"。

以上我们较为详尽地描绘了《背影》自1925年诞生以来的风雨历程。《背影》的阅读经历了春晖时代、寒冬时代、夏日时代。它在春晖时代被视为亲子之爱的美文;在寒冬时代被视为青年心灵的腐蚀剂;在夏日时代被视为父爱的颂歌、黑暗社会的缩影、民族的集体无意识等等。这是一个被"肯定——否定——再肯定"的过程,这一过程构成了一种独特的文化现象,值得我们深思。

通过《背影》的阅读史,我们可以看出,不同的历史时期,人们对《背影》的理解是不同的,这除了个人因素之外,主要还与解读者所处的文化语境有关,而这种文化语境又最终受制于历史发展阶段的制约。关于《背影》阅读效果与文化环境、历史发展阶段的关系,可以借用修辞论美学关于文本阐释、文化语境阐释、历史阐释的三个阐释圈来说明。

图示如下:

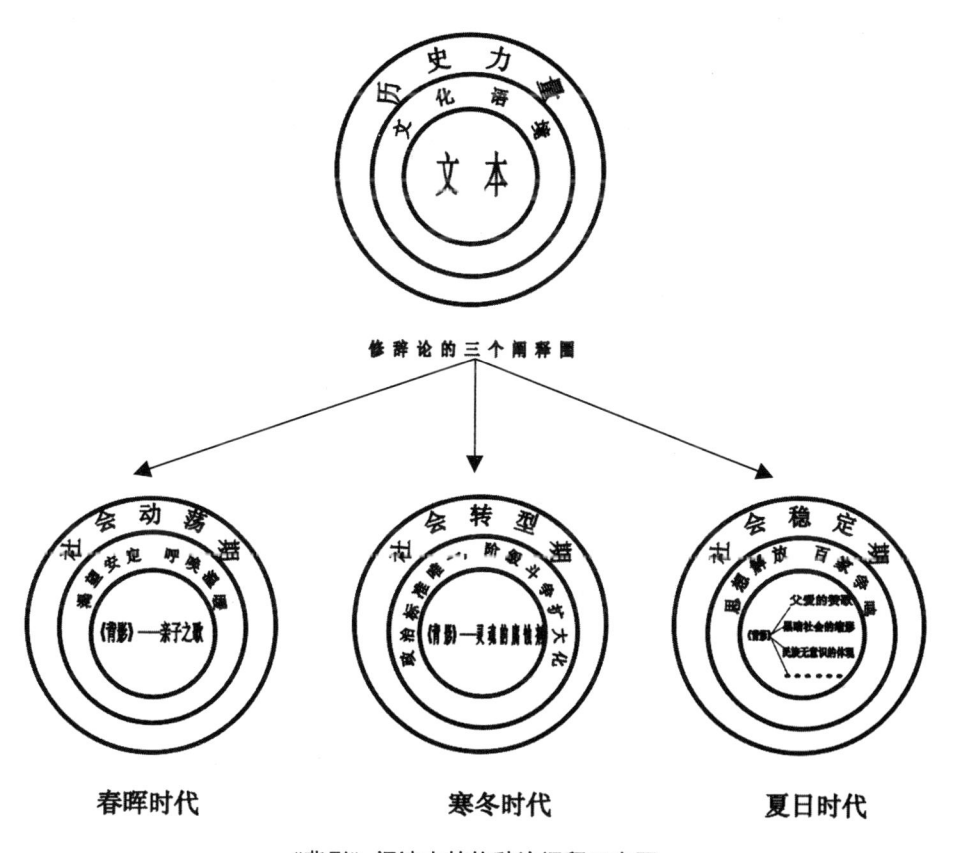

修辞论的三个阐释圈

春晖时代　　　　寒冬时代　　　　夏日时代

《背影》阅读史的修辞论阐释示意图

二、《背影》的修辞论阐释

《背影》的阅读史部分，使我们看到评论《背影》的文章很多，结论也有多种。但是现有的众多的评论文章由于受历史时空所限，还存在下列问题：第一，使用的分析方法陈旧，多数仍是从思想内容到艺术手段的固定分析模式。这种模式容易造成内容和形式的割裂，分析也不容易深入下去。第二，许多文章缺乏对《背影》时代大环境，即20世纪初叶中国社会政治文化状况的深刻剖析，因而使《背影》意义的理解流于表面，仅仅把它看成是一般家庭题材的歌颂父爱的文章，特别关注父亲形象，而忽略了文中"我"的存在，至多把"我"看成是一个陪衬的对象。事实上，"我"在文章中绝不是一个可有可无的人物，"我"身上包含着复杂的情感，这一形象有着丰富的文化内涵。为弥补上述不足，下面将在修辞论美学的视野下，通过对《背影》中"重复"手段的分析，联系时代文化语境，揭示"儿子"形象的时代内涵，从而给予《背影》以新的阐释。

（一）重复叙述的意蕴

修辞论美学认为，重复是一种有效的修辞手段。人们常常可以通过分析这种语言手段去认识文本的意义。重复，一般说来，是指文本中某些东西不止一次地反复呈现，这每一次呈现之间约略相似但又有变化。重复的类型很多，有语词重复，事件重复，结构重复等等。无论基本类型如何，但重复某种东西，都会造成一种特殊的感染力，使被重复的东西显得格外突出，或具有特别意义。《背影》对"我"心理活动的描述有四次重复：

第一次，当父亲已托茶房送行但又不放心，踌躇再三，决定还是自己送行时，作者写道："其实我那时已二十岁，北京已来往过两三次，是没有什么要紧的了。"这说明"我"自己已感到完全有能力独立行事，父亲实在没必要送行。

第二次，当父亲跟脚夫讲价钱时，文中写道："总觉得他说话不大漂亮，非自己插嘴不可。"这说明"我"坚信自己会把事情处理得更好。

第三次，当父亲又嘱托茶房照应儿子时，文中写道："我心里暗笑他的迁；他们只认得钱，托他们只是白托！而且我这样大年纪的人，难道还不能料理自己么？"这说明"我"对世态炎凉已有深刻认识，并且有强烈的自信心。

第四次，当看到父亲很艰难地攀爬月台而感动得流泪时，文中写道："我赶紧拭干了泪，怕他看见，也怕别人看见。"怕父亲看见，是怕父亲伤心，说明"我"压抑自己而体谅父亲；怕别人看见，说明"我"强烈的自尊，告诉自己不应像小孩子一样脆弱。

文章不厌其烦地写"我"的心理活动，表面上是衬托父亲无微不至的关怀，事实上，这种重复在客观上已造成了特别的意义，这种意义也许是作者写文章时所未意识到的。关于"重复"的修辞功能，修辞论美学认为："作为文化的一种修辞术，重复的功能集中表现在，通过重复某种东西，文化的一些隐言的或无意识的层面显露出来。所谓'隐言的或无意识的'，就是说为人熟视无睹的、视而不见的或难以捉摸的，但又确实存在并在整个文化战略上发挥特殊作用。这些文化层面可能涉及面广，或文化战略，或文化压力，或文化规范等。而我们通过分析本文的重复现象，就能够窥见这些微妙而重要的文化层面。"①从《背影》中"我"的心理活动的重复描写中，不难看出，"我"张扬个性的冲动及自尊、自信；同时，我们又看到这种自尊和自信常常受到来自父亲的冲击，这种冲击主要体现在父亲对"我"的束缚和制约上。而这种束缚和制约也可以通过对文本重复现象的分析，让它自动显露出来。文中对父亲行为及语言的描写构成了三次重复：

第一次，"我非自己插嘴不可，但他终于讲定了价钱。"儿子被取消了说话的权利和机会，一切由父亲包办。

第二次，父亲去买橘子之前嘱咐道："你就在此地，不要走动。"仿佛在对一个不懂事的小孩子下命令，儿子不可违抗。

第三次，儿子争着要去买橘子时，父亲不肯。"我本来要去的，他不肯，只好让他去。"儿子没有一点主动权，永远处在被支配的地位。

---

① 王一川：《修辞论美学》，东北师范大学出版社1997年版，第111页。

由这三次重复，可以见出父亲支配地位的绝对性。当然，从字面理解，上述重复行为都体现了父亲对儿子的关怀，但是文本无意识中也流露出了"我"的无奈和被动，这种无奈和被动实质上是历史原因造成的，这里的"我"是一个历史角色，是被历史力量预先地、难以抗拒地规定在服从地位上的青年一代的代表，是那个时代站在"父亲"对立面的青年人的代表。

通过对上述两组重复叙述的分析，我们不难看见，儿子面临顺从父亲和张扬个性的选择冲突。儿子的努力处处显得无济于事，根本抵不过父亲权威的力量，父亲永远处在支配地位。尽管如此，儿子要求独立自主的火花又时时从夹缝中迸溅出来。这是20世纪初，知识分子向传统的挑战。父亲代表着传统，儿子代表着反传统。表面看来，父亲的言行是对儿子的关心；深层探微，这些言行一再重复，权威似的出现模式有力地证明了父亲对儿子的自认为是理所应当的支配地位。而儿子心理活动描写的四次重复，表面看来是衬托父亲的慈爱，实质上是曲折委婉地传达出了儿子寻求独立的呼声，这呼声来自人的本性，来自意识深层。朱自清曾在《那里走》里提到过这种生命本能的冲动和受到压抑后的无奈："以理性之指导，我辈正安于矛盾，安于困苦，安于被掠夺，安于作牺牲；而无奈生物的素质逼我们去挣扎，去呻吟，于是成为言不顾行的鄙夫了。我们自然不只得甘心，但即不甘心又将奈何？"[①]

《背影》所隐含的这种父子冲突的意义，构成了对文本基本效果的暗中颠覆，从而让我们读出了《背影》的另一种苦涩。这苦涩不是父亲生计艰难的苦涩，而是儿子要求独立却又无法不屈从于父亲的苦涩。这正是那个时代已经觉醒但又受禁锢的青年一代的苦涩，是20世纪初中国知识分子面临传统与反传统的痛苦。朱自清曾在1922年创作的《毁灭》中表达过这种知识分子的苦闷，觉醒的自我不可能再像蒙昧时期那样安于命运的摆布，但现实使他仍然无力掌握自己的命运，于是，焦虑和苦闷就成了他挣不脱的心灵牢狱。因此，这里的"儿子"已是鲁迅在《〈呐喊〉自序》中所说的那种铁屋

---

① 朱乔森等编：《那里走》，《朱自清全集》第4卷，江苏教育出版社1996年版，第226页。

子中被惊醒的人，这种人有了自觉意识，正处于选择的十字路口。而一个人处于选择关口时，往往是痛苦和焦虑的，往往发出带着伤痕似的《离骚》般的哀叹！

《背影》中的儿子想独立行事却又屈从于父亲的安排，他遵从父命，却又时时嫌父亲不合时宜。他是如此尴尬和矛盾，处处显示出选择的冲突和内心的焦虑。那么，这种选择冲突和内心焦虑的深层根源是什么呢？要回答这个问题，需要走出《背影》，考虑作者情形和《背影》产生年代的文化状况，即要重建理解《背影》的文化语境。

(二)《背影》的文化语境

这一部分，我们将从朱自清父子的现实矛盾、五四精神对朱自清的影响、中国知识分子的"现代原忧"这三个方面逐层深入地考察《背影》的文化语境，以便理解朱自清内心焦虑的深层根源。

第一个方面，现实生活中，朱自清和父亲之间的冲突是尖锐的、长时间的。关于朱自清和父亲之间的矛盾冲突，朱自清本人在《笑的历史》[①]中通过一个少妇的口吻，有所透露："你有了事以后，虽统共只拿了 70 块钱一月，他们却指望你很大。他们恨不得你将这 70 块钱全给家里！"《笑的历史》以朱自清的前妻武仲谦女士为原型，写一个从小就爱笑的女子嫁到婆家后，在封建礼教的高压下变得"勉强笑笑，也只是觉得苦，觉得很费力"。表面看，是一个女子由活泼爱笑到笑不出来的经历，实质上，是专制对自由的霸权。此外，关于朱自清父子之间的矛盾，关坤英在《朱自清评传》中的记述更为具体，并有史料依据：

> 根据已得到的材料，我们已经知道朱自清从大学毕业后不久，一直到写《背影》时的 1925 年，他和父亲有过一段感情的摩擦，父子之间的矛盾有时是很激烈的。他上北大的第二年（1917 年），父亲的差事交卸了，一家大小断了经济来源，从此生计日艰，进而债台高筑。1920

[①] 朱自清：《笑的历史》，《小说月报》，商务印书馆 1923 年，第 14 卷第 6 号。

年，他从北大毕业，理所当然，他要负担家庭的经济，但是承担多少，承担有没有限度，他个人有没有独立支配经济的自由，在这些问题上他和父亲发生了一次一次龃龉。1921年暑假，他回到扬州八中任教务主任，父亲凭借与校长的私交，让校长将儿子的每月薪金直接送到家里，而朱自清本人不得支领。这种专制式的家长统治激怒了朱自清。一个月后他愤然离去，到外地执教。父子从此失和，这年冬天他不得不接出妻儿，在杭州组织了小家庭。1922年暑假，他想主动缓解和父亲的矛盾，带着妻儿回扬州，但父亲先是不准他进家门，后则不予理睬。过了几天没趣的日子又悻悻而去。以后父子之间的裂痕越来越深，这就是《毁灭》中所说的"败家的凶残"，"骨肉间的仇恨"。1923年暑假虽又回家一次，但与父亲的关系仍未好转。[①]

这段话不仅使我们看到了朱自清父子之间激烈的矛盾，而且有助于我们理解父子矛盾的根源。表面看，父子冲突是经济原因造成的；本质上看，是自由和专制的矛盾斗争造成的。经济冲突只不过是形式上的显现。实际内容是一个要保护传统文化，维护对儿子的支配权；一个要向传统文化挑战，追求自由独立。因此，父亲的封建家长制垄断与儿子张扬个性的要求发生了激烈的冲突。且不说后来父亲不让儿子进家门的冷酷，只就他通过与校长的私交而支取儿子全部薪金这一做法本身来说，就是对儿子的极大不尊重，是对人格尊严的侮辱。这在一般人都是不能忍受的，更何况受过五四精神洗礼的朱自清呢？

第二个方面，五四精神对朱自清的巨大影响。

朱自清于1917—1920年在北京大学哲学系学习，北大是以新伦理革命为中心的五四新文化运动的摇篮。五四精神与北大的文化场域塑造着朱自清，他的思想接受着时代大潮的洗礼。

1916年底，《新青年》的主编陈独秀应北大校长蔡元培之聘，出任北大

[①] 关坤英：《朱自清评传》，北京燕山出版社1995年版，第165—166页。

文科学长。《新青年》编辑部也从上海迁往北京。这样，新文化运动的中心就由上海移往北京。陈独秀曾在《青年杂志》创刊号上发表《敬告青年》一文。这篇发刊词大力宣传人权、自由，号召青年勇敢奋斗，挣脱封建专制和陈腐伦理的束缚，争取人格独立的新生活。

《敬告青年》一文写道："解放云者，脱离夫奴隶之羁绊，以完其自主自由人格之谓也。我有手足，自谋温饱，我有口舌，自陈好恶；我有心思，自崇所信；绝不认他人之越俎；亦不应主我而奴他人；盖自认为独立自主之人格以上，一切操行，一切权利，一切信仰，唯有听命各自固有之智能，断无盲从隶属他人之理。"[1]

这是"人的发现"，是自我意识的觉醒，是自主自立的宣言，是向传统挑战的檄文。陈独秀还在《吾人最后之觉悟》中断言："伦理的觉悟，为吾人最后觉悟之最后觉悟。"反对旧道德，提倡新道德；反对旧文学，提倡新文学成为五四新文化运动的两面大旗。

郁达夫在《中国新文学大系·散文二集·导言》中说："五四运动的最大成功，第一要算'个人'的发现，从前的人，是为君而存在，为道而存在，为父母而存在。现在的人才晓得为自我而存在了。我若无何有君乎？道不适于我者还有什么道？父母是我们的父母，若没有我，则社会、国家、宗族等那里会有？"这段话是对五四新文化运动反对封建纲纪伦常的最好概括。

在这种以人的解放为核心、追求人格独立时代精神的感召下，朱自清于1920年加入了北大部分学生组织的"新潮社"。"新潮社"的月刊《新潮》坚持与《新青年》一致的立场，高举"伦理革命"的旗帜，猛烈抨击一切封建"纲常名教"，痛斥封建家庭为万恶之源，高声呐喊个性解放。朱自清曾在《新潮》上发表《怅惘》《小草》等新诗。当时朱自清与傅斯年、叶圣陶、杨振声、康白情、孙伏园等社员一起讨论稿件或学术问题，他有自己的深刻见解却从不剑拔弩张，孙伏园回忆说："佩弦有一个和平中正的性格，他从来不用猛烈刺激的言词，也从来没有感情冲动的语调，虽然那时我们都在

---

[1] 陈独秀：《敬告青年》，《青年杂志》1915年第1卷第1号。（第2卷改名为《新青年》）

二十左右的年龄,他的这种性格近乎少年老成,但有他在,对于事业的成功有实际的裨益,对于分歧的意见有调解的作用,甚至他一生的学问事业也奠基在这种性格。"①

亲身参加《新潮》创办的朱自清,无疑受着新思想的熏染,他对传统陈腐的家庭伦理道德有着激愤之情,他不满于父亲的专横,努力争取个人的独立和自由。然而朱自清的父亲认为儿子胆敢违抗父命,那是大逆不道。当他听到朱自清的母亲埋怨儿子不往家里寄钱时,他大怒。由此可见,朱自清父亲独断暴戾的一面。他把儿子看成是自己的私有财产,可以自由支配和驱使!他不能想象儿子竟敢有违父命!他定要树立父亲的绝对权威和维护"父为子纲"的旧伦理!

朱自清追求自由的愿望具有时代特征,而这种追求又是那么艰难曲折,阻力重重。"被推着,被挽着,长只在俯俯仰仰间,你曾做得一分半分儿主?"②这是向以父亲为代表的专制制度发出的诘问和责难!朱自清大半辈子都没有摆脱父亲对他的束缚。他直到逝世前,才替父亲还清高利贷。他弟弟朱国华在一篇文章中写道:"从大哥踏上工作岗位的第一天起,他便按月负责偿还父亲达四千元的高利贷(后与二哥一同偿还),一直到逝世前不久才还清。"③来自父亲的钳制其实是传统旧势力、旧观念在作祟,儿子对父亲的反抗不仅仅是经济上要求自主,更主要的是他对旧家庭的不满,他厌恶姨娘的挑唆,他憎恨旧的婚姻制度,他曾告诫弟弟不要纳妾。从这一层来看,朱自清父子之间的矛盾是时代语境造成的,他们之间的矛盾实质上是传统与反传统的斗争,是新思想和旧思想的斗争,是20世纪初中国知识分子的共同境遇。

从上面的分析可以看出,对以父亲为代表的旧传统,朱自清有反抗的意识及行动:为抗议父亲的武断,他曾不辞而别,离家出走;为了摆脱父亲的束缚,他曾辞去扬州八中的教职。然而,他的反抗是不彻底的,在他反抗

---

① 季镇淮:《闻朱年谱》,清华大学出版社1986年版,第114页。
② 朱自清:《毁灭》,《朱自清全集》第5卷,江苏教育出版社1996年版,第79页。
③ 朱国华:《朱自清与〈背影〉》,《人民政协报》1989年10月25日。

的同时，他常常觉得内疚，他与父亲搞僵后，总想寻找机会赎罪，他曾带妻儿回家寻找机会和解；他专门做《背影》以表达悔恨之意；他替父亲还债直到自己生命结束前不久。因此说，朱自清是一个矛盾的焦虑体，他常常徘徊在传统与反传统之间，常常倍受选择的煎熬。这痛苦令人窒息，甚至让人感到死的诱惑："仿佛像白衣的小姑娘，提灯笼在前面等我；又仿佛是像黑衣的力士，擎着铁锤在后面逼我。"这就是长诗《毁灭》里表述过的痛苦和煎熬。那么造成至深痛苦的文化渊源是什么呢？这要从中国知识分子的"现代原忧"说起。

第三个方面，中国知识分子的"现代原忧"。

"原忧"指原本性的焦虑，它产生于一对互相冲突的力量："原债感"和"原任感"。原债感认为个体的一切来自父母或君王所赐，生的使命就是偿还宿债。在家事父，竭其力尽孝；在外事君，致其身尽忠。"原任感"认为个体的一切由"天"所赐，生的根本是要承担天命，伸张正气。舒展个性，追求自由。原债感表现为孝敬父母或忠于君王，"原任感"表现为替天行道或张扬个性。实现"原任"往往与偿还"原债"发生直接冲突，从而使个体处于两难选择。这就是焦虑产生的深层文化原因，我们称之为"原忧"。这是我国历代知识分子常常面临的问题。[①]

"现代原忧"是指在现代新的文化语境中对"原忧"的新解。20世纪初中国知识分子面对中国古代文化传统的溃散与西方文化的强势切入而产生了选择困窘。这种选择困窘表现在，中国知识分子固有的"原债感"产生了两种彼此对立的新含义：一是接受西方文化中的革命价值观，如弑父、决裂等，这构成反传统的"原任感"；一是出于固有"原债感"而保卫传统，这构成卫传统的"原任感"。表面看来，"反传统"和"卫传统"是相互对立的，事实上，二者有相通之处，反传统意识中的革命行动总是遭受无意识层面保守态度的强烈抵触，而卫传统意识中的保守行动又总是受到无意识的革命要求的抵消。这就是"原忧"在现代中西文化冲突语境中显现出来的新内

---

① 王一川：《修辞论美学》，东北师范大学出版社1997年版，第122—126页。

涵，谓之中国知识分子的"现代原忧"。

这就是说，无论是反传统者还是卫传统者都是一个矛盾体，是一个充满了内心焦虑的矛盾体。事实正是这样：

五四时期，反传统的代表人物鲁迅认为必须变革几千年来的祖宗法规，然而以他自己为原型的小说《孤独者》的主人公魏连殳在祖母"大殓"仪式上悉听遵命，"一切都是可以的"，躬行所憎恶的一切礼仪。此外，鲁迅提倡白话却用文言做小说史和碑文，他不喜欢白话新诗而爱做旧体诗。他反对家长专制，但为了孝道，却终生供养着母亲送给自己的礼物——朱安。他抨击中国的历史完全是吃人的历史，但他又塑造了祥林嫂这样善良的形象。美国新一代汉学家林毓生也认为，陈独秀在激烈反对孔教的同时又认定孔教是一切道德体系的最小公分母。胡适一面主张全盘摒弃中国传统，一面又主张渐进地改革这一传统。这说明，即使是像鲁迅、陈独秀、胡适这样较为典型的反传统论者，在某些时候也表现出卫传统的一面。这种思想和行动之间的矛盾同样也表现在郭沫若、茅盾、郁达夫等人身上，他们在一系列文章、演讲中，对封建礼教展开猛烈抨击，可在实际生活中，却无力做出彻底反抗。

五四时期，卫传统的代表人物胡先骕、梅光迪、吴宓、林纾等人虽然竭力反对新文化运动，但实质上，他们不是全盘否定西学，而是主张"采之益宜慎"。他们被称为儒家文化的守灵人，然而，除林纾外，他们都曾留学西方，他们是滑稽的"西装革履"的复古派。

总之，无论是反传统论者还是卫传统论者，其思想都是复杂和矛盾的。不管他们是否意识到这一点，也不管这种矛盾呈现的具体方式如何。对于五四时期一代知识分子所表现的种种矛盾现象，金克木有过生动的描述："胡适'全盘西化'还没讲完，随即提倡'整理国故'，吴宓教外国文同时大讲《红楼梦》，据说能讲得全场落泪。还有，周作人的矛盾使他不光荣地退场，辜鸿铭的矛盾使他的人出名而书很少人读。"诸多事实证明，20世纪上半叶中国知识分子整体处在一个矛盾尴尬的地位。这是历史语境造成的。这正是那一代知识分子既"呐喊"又"彷徨"的重要原因。这也正是《背影》无意识潜文本透露出的意蕴。

以上我们详述了《背影》产生的文化语境,当我们把《背影》放在这样一个文化语境中考察时,我们发现:《背影》中"儿子"的无奈和被动实质上是历史原因造成的,文中的"我"是一个历史角色,是新文化运动时期青年的代表,是那个时代站在"父亲"对立面的"儿子"的代表。

朱自清处在一个文化选择的特殊地带,他是一个尴尬的历史角色,这种尴尬不是出于个人的,而是出于整个阶级的原因,这个阶级已被某种权力预先地、难以抗拒地规定了现在的位置,这种权力就是支配文化的更深刻的历史力量。东西方价值观念的激烈冲突是 20 世纪初中国知识分子所共同经历的文化变革,在这场思想灵魂深处的革命中,理想与现实的冲突,理智与情感的斗争,使一代知识分子进入了一个精神的"断乳期",他们的痛苦和焦虑是难免的。因此,我们认为,《背影》反映了 20 世纪初中国知识分子顺从长辈与张扬个性之间的选择冲突,这不仅仅是代沟问题,而是传统与反传统的斗争。文中透露了一代知识分子在两种文化夹击下的矛盾和痛苦,是一代知识分子内心焦虑的凝缩模式。

细读《背影》,总感觉有一种悲剧意识蕴含其中,朱自清与以父亲为代表的旧传统之间的恩恩怨怨,不仅仅是朱自清一个人的困境,而是一代知识分子的共同境遇。五四知识分子从西方借来了人权、民主等现代文明的圣火,试图将自己从"父亲"那里解放出来,获得人格独立,可是,要成为真正的"人之子"何其难也!且不说传统势力的禁锢和束缚,即便是知识分子自身,由于受传统文化的浸染,也难以挣脱忠孝的精神枷锁。这一代知识分子上下求索、追求自由的理想具有正义性质,是人性的自然要求,然而,这一正义要求遇到了来自传统文化的巨大阻碍。恩格斯认为,悲剧是历史的必然要求和这个要求实际上不可能实现之间的冲突。[1] 按这个关于悲剧的定义,我们可以说,朱自清的一生是个悲剧。他终生追求自由,然而他没有等到真正解放——他在新中国成立前夕溘然长逝,他的英年早逝留下了"千古文章未尽才"的遗恨。颠沛流离的生活透支了他的健康,传统与反传统的内心焦

---

[1] [德]恩格斯:《致斐·拉萨尔》,《马恩选集》第 4 卷,人民出版社 1972 年版,第 346 页。

虑化作了一颗苦难的魂灵！他的悲剧是20世纪上半叶中国知识分子的悲剧。他1500字的《背影》是这种悲剧的凝缩模式。正如沈从文所说："佩弦先生的《背影》，是近二十五年国内年青学生最熟悉的作品。佩弦先生的土耳其式毡帽和灰棉袍，也是西南联大人记忆最深刻的东西。但这两种东西必需加在一个瘦小横横的身架上，才见分量———种悲哀的分量！"①

（三）内心焦虑的审美置换

双重文本是指一部文学作品总是由文本和"潜文本"构成的。文本指作者创作出来的作品实体，潜文本是指读者在阅读过程中构建起来的作品虚体。这种构建出来的虚体可能不止一个。不同的读者可能会有不同的构建。一切文学作品都具有双重文本性。关于这一点，修辞论美学有专门的论述：

> 双重本文，既可以说是一切本文所共有的特性，也可以视为文化的一种修辞术。文化在建构自身或实施总体战略的过程中，可能会分别撇开和掩蔽某些东西，或使其呈现扑朔迷离的局面，这种情形正集中体现为文学本文的双重本文性。本文总是由意识本文（表层结构）和无意识潜本文（深层结构）组成的。面上的意识文本往往较直接地指向文化的显而易见的东西，而面下的无意识潜本文则把文化的隐蔽的东西关闭起来。换言之，文化习惯于让显露层面从意识文本中呈现，而让隐蔽层面在无意识潜本文中暗藏。这正是明修栈道、暗渡陈仓之法。②

按这段话去推理，我们认为《背影》的双重文本性表现在：《背影》的结构中交织着一明一暗两条线索。一条是歌颂父亲慈爱的线索，一条是显示儿子内心焦虑的线索。父亲的慈爱体现在意识文本里，儿子的焦虑被禁锢在无意识潜文本里。正是这一明一暗的存在，显示了生活的复杂性，造成了

---

① 沈从文：《不毁灭的背影》，《新路》1948年第16期。
② 王一川：《修辞论美学》，东北师范大学出版社1997年版，第131页。

《背影》无限的文化张力。

表面上，《背影》表达了儿子对父亲的忏悔，实质上，这种忏悔是父子长期失和造成的，而这种失和状态给儿子造成了巨大的精神创伤，这种父子反目使他痛苦和焦虑。"父为子纲""子不言父之过"等传统文化的重负使朱自清在反叛父权专制时产生道德上的焦虑和心理上的忧悒。父亲来信触发了这种焦虑，勾起了他心中的沉痛，强烈的骨肉亲情占据了他的胸怀，父亲那句"大约大去之期不远矣"，使他受到震撼，难道真的要应了"树欲静而风不止，子欲养而亲不待"的古语了吗？不，他要尽早与父亲冰释前嫌，他要借文章给老父以安慰，同时也释解自己心中之块垒。

于是，《背影》的字里行间充满了老父的慈爱和儿子的忏悔，以致作者写道："我那时真是太聪明了"，对自己追求独立自主的合理要求也给予否定。这句话由于采用了第一人称叙事，有极强的说服力，因此许多人都用它来解释朱自清的"少不更事"，事实并非这样，二十岁的朱自清不是"少不更事"，而是"少年老成"。他当时的三次流泪足以说明他已被父亲的体贴入微所感动，他是成熟的。他对茶房本性的深刻认识说明他那时对社会就有了准确透视——关于宁波茶房的劣根性，他在《海行杂记》中有专门叙述。

因此，尽管《背影》表层文本把"亲子之爱"渲染得几乎天衣无缝，然而，衣毕竟是有缝的。我们运用修辞论美学通过对"重复叙述"的分析，还是找到了文本深层暗含着的作者的内心焦虑和冲突——只因这是一篇写实散文。"我写《背影》就因为文中所引的父亲来信里的那句话。当时读了父亲的信，真是泪如泉涌。我父亲待我的许多好处，特别是《背影》里所叙的那一回，起来跟在眼前一般无二。我这篇只是写实。似乎说不到意境上去。"[1] 这是朱自清关于散文写作，给《文艺知识》编者的笔答，说明了《背影》写作的契机。与父亲的时空距离使他对父亲多了几分理解和歉意。真实的记述反映了生活的复杂性。正因为写实，不事雕琢，不加虚饰，才让我们从中发现了作者的内在冲突和焦虑。从这个意义上讲，《背影》是作者内心

---

[1] 朱自清等：《答编者问八题》，《文艺知识》（第一集之三），风雪出版社1947年版，第26页。

焦虑的一种文本置换。作者借写作《背影》释解了内心的焦虑，也使父子冲突得以缓和。

朱自清写作的目的达到了。他弟弟朱国华在《朱自清与〈背影〉》一文中写道：

> 一九二八年，我家已搬至扬州东关街仁丰里一所简陋的屋子。秋日的一天，我接到了开明书店寄赠的《背影》散文集，我手捧书本，不敢怠慢，一口气奔上二楼父亲卧室，让他老人家先睹为快。父亲已行动不便，挪到窗前，依靠在小椅上，戴上了老花眼镜，一字一句诵读着儿子的文章《背影》，只见他的手不住地颤抖，昏黄的眼睛，好象猛然放射出光彩。

朱自清借《背影》表达了自己对父亲的孝敬，父子矛盾得以缓解。朱国华说："父亲在看到《背影》以后的几年后，便去世了，他是带着满足的微笑去世的。"①

1924年，朱自清以前妻武仲谦女士为原型写的小说《笑的历史》发表后，父亲大为不满，父子矛盾加深，朱自清一直感到强烈的自责。这次写的《背影》使父亲心情大为好转，朱自清自己也减轻了内心焦虑。由此可见，《背影》写作是朱自清对生活的修辞，其叙事目的和归属实质上是作者在进行情绪调整。从文学的功能上看，这篇文章的最大作用就是慰藉，慰藉父亲也慰藉自己。正如海德格尔所说："语言是在子的家。人以语言之家为家。"② 艺术作品是人追求生存智慧的结晶，文化文本通过组织和调整话语这种修辞手段来达到修饰生活的目的。《背影》是朱自清对焦虑的一种"赋形"，即赋予它一种话语形式，在此意义上说，《背影》是作者抵御焦虑侵袭的盾牌，是作者内心焦虑的审美置换。

---

① 朱国华：《朱自清与〈背影〉》，《人民政协报》1989年10月25日。
② [德] 马丁·海德格尔：《关于人道主义的书信》，熊伟译，孙周兴选编《海德格尔选集》（上），上海三联书店1996年版，第358页。

双重文本性的客观存在，使一部作品的意义处于永恒的变化之中。文本在它诞生的那个年代，可能会诱导人们关注它显言的意义，而在以后的时日里，却可能导引人们去解读它未曾被人们注意的隐言的意义。《背影》就是这样，在不同的历史时期，人们对它的理解不同。起初，人们多认为它是表现亲子之爱的作品；后来，认识到它的深层内涵如黑暗社会的缩影、民族无意识等；今天，我们用修辞论美学的方法，对它重新解读，则发现它揭示了 20 世纪初中国知识分子在追求个性与克尽孝道、在反传统与传统之间的矛盾和尴尬，从而展现了人性的真实。

如此分析《背影》的目的不在于否定《背影》所包含的表层意思：对父亲的尊重和忏悔。因为传统与反传统之间本来就是对立统一的关系，传统的并非是完全不合理的。中国传统文化中有许多应该继承的东西，如孝敬长辈。乌鸦反哺、羔羊跪乳，况人乎？孝敬父母，人之常情。但是，我们也要意识到个体的存在，不能一味地被秩序所束缚，而过分压抑自己，泯灭了自我。反传统和卫传统的关系是十分复杂的，反传统并不应该否定传统中的一切，而应该只反对传统的流弊。或者说，反传统正是为了继承传统中的优秀成分。正如鲁迅所说，"不能革新的人种，也不能保古的。"现代人应追求孝道的现代性转化，正如《中国社会意识的危机》一书的结论：真正掌握了西方自由精髓的中国人，不应追求全面反传统，而应追求传统的创造性转化（creative trans formation）。[①] 我们要坚持传统，发展传统。长辈做得正确，就顺从，否则，就应该独立。要孝敬但不要奴性，要平等而不要专制。尊敬父辈是应该的，但超越父辈是必然的。没有超越就没有历史的进步！

三、《背影》教学的创新尝试

这一部分将首先总结一下《背影》阅读史研究及《背影》主题的修辞论阐释对中学语文创新阅读的一些启示，然后，把自己在《背影》课堂教学中的创新尝试以教案的形式记录下来。

---

① 林毓生：《中国社会意识的危机》，贵州人民出版社 1986 年版，第 262 页。

(一)《背影》研究对中学语文创新阅读的启示

对《背影》阅读史的分析，使我们清晰地看到了《背影》解读的历史轨迹，《背影》在民生艰难、渴望温暖的社会动荡期，被视为一曲亲子之歌；在强调阶级斗争的社会转型期，被视为没落阶级的感伤主义作品；在学科发展、思想解放的社会稳定期，被视为父爱的赞歌、黑暗社会的缩影、民族集体无意识的体现等。对《背影》主题新的探索使我们发现"儿子"形象的时代内涵：一代知识分子在传统与反传统之间的矛盾和焦虑，《背影》是作者内心焦虑的审美置换。这一研究结果表明，在某种意义上讲，文学作品没有标准答案，文学的方程式是多解的，优秀的文学文本更是具有开放的"召唤结构"。文本是沉默的，但读者所处的历史背景、生活阅历、文化素养是各不相同的，因而对文本的理解也是不同的，一部伟大作品的意义永远处在一个解读的过程中，所以说，对文学作品进行创新阅读是可能的也是必要的。

以上用修辞论美学理论对《背影》所做的研究结果，给中学语文创新阅读教学带来诸多启示，其中主要有如下三条：

第一，实现创新阅读，要求语文教师创造性地使用教材，根据时代语境的变化发展及时对作品阐释做出新的调整。《背影》阅读史的修辞论阐释昭示了这样一个规律：文本的解读在很大程度上受历史阶段、主流文化及文艺思潮的影响，一个时代有一个时代的解读。这就启示我们：今天在讲授传统经典名作时，不能照搬原有的指导材料，而要适应当下的文化语境，对文本做出新的阐释，这种阐释可以是对原有解读的改造，也可以是全新的发现。总之，要及时更新文本解读的内容，以保持语文教学的先进性和时代性。目前，中学语文教材的课前提示及课后分析中，还存在有不适应时代发展的陈述。这种照搬过去观点的解析，不利于创新阅读的发展。在新的课程理念下，应把教材看作师生对话的一个中介，一种可以改造的客观存在，积极审视教材，科学地处理加工教材。中学语文教师要深入研究语文教材，敢于挑战教材，创造性地使用教材。在阅读方面，语文教师要做优秀的"牧羊人"，要有发现"新草场"的胆量和能力，引导学生对文本做出独特新颖的解析。

第二，实现创新阅读，要求语文教师以史鉴今，避免对作品做过度分析，而努力揭示作品中的"立人"因素。对《背影》阅读史的回顾和分析，使我们真切地看到了中学语文教育所走过的风雨历程，特别是新中国成立后到"文革"结束前的那一段坎坷。由于种种复杂的因素，反映父子之情的《背影》被看成是资产阶级的挽歌而遭摒弃，《背影》及其他一些文学作品从语文课本中剔除。文学教学被弱化，传统经典名篇的人文教育价值被忽略，语文教育质量出现大滑坡。这段惨痛的历史教训使我们从反面认识到，语文教育应把握自身的学科特点，坚守自己的教学规律，坚持自己的教育目的，完成自己的教育任务。

今天，我们引导学生解读作品时，要善于发现作品中的"立人"因素。例如，《背影》的修辞论阐释揭示了"儿子"在两种文化选择时的矛盾和斗争，这种矛盾和困惑仍是今天青少年所面临的问题。在全球化语境下，文化选择问题日益突出，如何理解民族性和世界性的关系，如何解决传统文化与西方文化的冲突等，许多学生感到无所适从，或者是从一个极端走向另一个极端。教育是人学，应关注人的和谐发展。语文教育更应自觉承担起"立人"的重任，充分挖掘经典名作中的"立人"因素，让学生从小学会辩证地思考问题，培养学生健全的人格。小而言之，我们要通过《背影》的教学，引导学生正确处理与父辈的关系，教育他们既要孝敬父母，又要个性独立，既要尊重父辈，又要超越父辈。大而化之，我们要引导学生既立足于民族文化的土壤，扎下民族精神的根，又要做出开放的态势，吸收其他民族先进的文化。要继承又要发展，让语文学习充满成长的气息，使学生从文学作品中获得情感的高峰体验；让语文学习确立"立人"的终极目标，使学生从老师的正确引导中获得人生的有益启示。

第三，实现创新阅读，要求语文教师运用文艺理论研究的新成果来指导阅读教学。

《背影》的修辞论阐释抓住文本中"重复叙述"这一语言现象，仔细分析，穿透文本表面，深入言说者的内心世界，从而发现了"儿子"形象的时代意义。这一新的发现显示了《背影》新的文化内涵，使人们顿悟到《背影》经典之所在：它揭示了复杂的人性，展现了生活的原生态。或许是有意，或许是无心，朱自清这个语言大师为我们设下了一个"背影"的迷宫。几十年来，多少人穿梭其中，寻寻觅觅、嗟然喟叹。我们曾经从"父亲"的背影去揣度他的面貌特征，从他的黑布马褂去思考他的卑微人生，从他的老态龙钟去感受父爱伟大。今天，当我们带着修辞论美学这架"显微镜"再次进入"背影"迷宫的时候，我们看到的不仅仅是父亲的慈爱和儿子的内疚，而是惊奇地发现"儿子"面对两种文化选择时的焦灼和苦闷。《背影》原来是20世纪上半叶一代知识分子共同居住过的"家"，这个一代知识分子的"精神家园"给我们留下了永恒的思索。这一新的发现得益于修辞论美学，这启示我们：工欲善其事必先利其器。中学语文教师要紧跟时代的步伐，及时了解与自己教学相关的文艺理论研究的新成果，并把这些成果运用于语文教学中，革除文本解读人云亦云的旧习惯，开拓文本解读的新天地，从而突破文本分析的僵化模式，带领学生创造性地阅读。

（二）《背影》创新阅读教学案例

修辞论美学视野中的《背影》研究揭示了《背影》新的内涵，但如何把这一发现有效地落实到语文课堂教学中去，这是一个现实问题。在这方面，笔者已经做出了初步探索，在给学生讲《背影》一课时，尝试引导学生去发现《背影》所蕴含的深层意义，让学生利用网络、历史资料等，构建理解《背影》的文化语境，从而发现《背影》中"儿子"的矛盾和尴尬，并进而认识到这种处境是一代知识分子的共同境遇。这种认识是教材及教学参考书所没有涉及的，引导起来有一定难度，但正因为如此，才有利于创新阅读的发展。这一尝试在一定程度上锻炼了学生辩证思考的能力，使学生对《背影》的理解更加深入了，为学生今后在人生的各个阶段阅读《背影》打下了基础。下面是课堂教学实录：

《背影》创新阅读教学案例
第一课时

教学目标

1. 熟读课文，感知内容。
2. 理清课文思路。

教学过程

导语：《背影》是朱自清的一篇纪实性散文，最初发表在 1925 年 11 月的《文学周刊》上，它的发表使朱自清声誉鹊起。20 世纪二三十年代，清华大学的高年级学生看到从"工"字厅走出的朱自清，会情不自禁地向一年级新生介绍说："瞧，他就是写《背影》的朱自清！"那时，朱自清因为他的《背影》而成了清华园一道亮丽的风景。那么，《背影》究竟写了什么，何以有如此魅力呢？今天让我们来学习《背影》这一课。

师：请同学们快速阅读课文，并划出不懂的字词。

读完课文，师生共同完成如下工作：

生字：交卸（xiè） 奔丧（sāng） 差（chāi）使 琐屑（xiè） 颓（tuí）唐 蹒跚（pán shān） 踌躇（chóu chú）

生词：祸不单行——不幸的事连续发生。 亏空——欠人钱物。
　　　发之于外——把情绪表现出来。 妥贴——合适，恰当。

师：我们已扫除了阅读课文的"拦路虎"。那么，让我们再来通读课文。

生：读课文。

师：我们来思考几个问题。

问题一：本文写了哪几次"背影"？着重写的是哪一次？

生：本文四个地方写到"背影"，第一段写难忘"背影"，第六段两次写"背影"，结尾一段追忆"背影"，其中重点写父亲爬月台买橘子时的"背影"。

师：问题二：作者写父亲爬月台时，用了哪些动词？请在书上划出来，大声朗读并体会这些词语的作用。

生：在书上划出"戴""穿""探""爬""攀""倾"等动词。——这些动词逼真地刻画出父亲的"背影"形象。

师：问题三：课文中第二、三段写祖母去世及父亲失业的文字是多余记述吗？

生1：不多余。写祖母去世、父亲失业是为刻画父亲爱子情深的形象作铺垫。父亲在精神打击、经济拮据的双重困境中，对儿子照顾还那样细心，这就更使儿子感动。

生2：作者写这两段并不是有意要作铺垫，只是客观地记述当时的事实罢了。这两段是后面"车站送别"的背景和原因，必须写。要是没有父子同时奔丧回家，同时起身北上，哪来的"浦口送别"？

师：两位同学的回答都有道理。本文的二、三段或许不是作者刻意为之，只是出于叙事的需要写上了。但客观上对送别场面起到了铺垫和烘托的作用。

问题四：你能说一说这篇课文的文章脉络吗？

生：开头先点出"背影"；中间再回忆几年前父亲送我的前因后果，并仔细描画出送别时父亲的"背影"；最后又回到现实，叙述写作的起因，追忆父亲的"背影"。

师：根据大家的回答，我把课文的文章脉络用图表示出来：

板书：

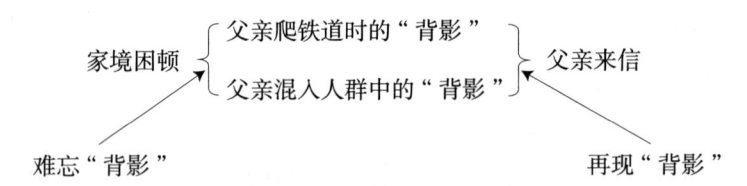

家境困顿 ｛父亲爬铁道时的"背影" / 父亲混入人群中的"背影"｝ 父亲来信

难忘"背影"　　　　　　　　　　　　　　　　　　再现"背影"

结语：这节课我们主要扫除了阅读障碍，理清了文章脉络。下节课，我们将深入学习这一课。为此，请大家课后完成下面的作业：

《背影》这一课里写的事情发生在1917年，这正是中国现代史上著名的新文化运动时期。请同学们利用互联网或历史教材，查找有关五四新文化运动的背景资料，了解那一时期青年人反抗传统，追求个性解放的热潮。

第二课时

教学目标

1. 从"重复叙述"切入，对课文思想内容作深度解析。
2. 学习课文语言简练、结构严谨的艺术特点。

教学重点

引导学生体会重复叙述的作用，培养学生创新阅读的能力。

教学过程

导语：同学们，这节课，我们继续学习《背影》，我们首先来讨论一下这篇课文的思想内容。读了这篇课文，你认为它表达了什么样的思想感情？

生1：表现了父亲对儿子深挚的爱。

生2：表达了父亲对儿子深深的忏悔。

生3：反映了那个时代人民生活的困苦。

生4：透露了父子之间的不和谐。

师：几位同学说得都有道理，《背影》这篇课文内涵丰富。优秀的文学作品往往最容易懂得，但又最不易懂得。刚才大家谈的前三种理解，课文中表现得比较明显，而第四种理解，课文中表现得不很明显，但的确存在，现在，我们重点来讨论这一点。从课文中哪些地方可以看出父子之间的不和谐？试着找一下。

生：课文中有几处心理描写，比如："其实我那时已二十岁，北京已来过两三次，是没有什么要紧的了。""我心里暗笑他的迂。""总觉得他说话不大漂亮，非自己插嘴不可。"从这些话中可以看出儿子嫌父亲啰唆，想自己独立办事。

师：说得有道理。这几处心理描写，事实上构成了一种意义上的重复。重复叙述是一种修辞现象，重复某种东西，常常表达一种特殊的情感。比如某个人在你的生活中很重要，你可能会多次想起他，念叨他；再如，上课时老师认为是重要的地方可能会重复讲述，多次强调；同样，作家在创作的时候，也会有意识或是无意识地重复某种东西，我们通过分析这种重复表述，基本上可以见出作者的内心世界。从《背影》中作者自我心理的几次重复描述可以看出作者不满足于父亲的安排，而追求个性独立、争取实现自我价值的一面。

课文中还有对父亲行为的几处描写，请大家找出来，体会一下这些描写是否也构成重复叙述的效果。

生：课文中讲父亲跟脚夫讲价钱时，没有儿子插嘴的余地；写儿子争着要去买橘子时父亲不肯；父亲去买橘子时又吩咐儿子不要走动等等。从这些描写中可以看出父亲绝对的支配地位，儿子没有半点自主权。在父亲面前，二十岁的儿子只有听话的份儿，不得反抗，反抗了也没有用。

师：这就是重复叙述造成的效果。由上面两组重复叙述，我们不难看出，儿子面临顺从父亲和张扬个性的选择冲突以及内心矛盾，这种选择痛苦与新文化运动时期青年人追求解放的大环境有一定关系。上节课的课后作业是让你们查找新文化运动的有关资料，找得怎么样呢？

生1：我从网上了解到，五四新文化运动时期，从西方请来了德先生、赛先生，青年人追求独立自由，渴望冲出封建家庭，挣脱父辈的束缚。

生2：我看过巴金的小说《家》。《家》就表现了五四时期青年人对封建家长的激烈反叛。

师：《家》这部作品有一定的代表性。五四时期许多知识分子都反叛旧家庭，但这种反叛并不彻底。《家》里的觉慧在他祖父去世时，表现得极其哀伤。事实上知识分子在反抗传统时，往往受到许多因素的制约，所以他们的内心往往是矛盾和焦虑的。《背影》的作者朱自清也面临这种痛苦，这是他们那一代知识分子共同的境遇。

生：从《背影》中可以看出作者是带着一种复杂的情感写这篇文章的。这篇课文是作者在看了父亲来信后写的，当然，课文主要表达了对父亲的内疚之情，但从中也可以看出作者在处理与父亲的关系上，有许多矛盾和痛苦。写《背影》可能会减少一些痛苦吧？

师：是的，文学作品的写作往往是作家纾解情感的一种方式，从这一角度来看，《背影》的写作使朱自清得到了一丝心灵的宁静。看来，每个同学对《背影》的理解都不同。有的看出了其中的父爱，有的体会到了"儿子"

的忏悔，有的读出了时代的动荡，人民生活的困苦，还有的感觉出了父子之间的不和谐。大家说的都有道理。一篇伟大的作品永远处在一个解读的过程中，《背影》之所以美名远扬，就是因为它恰到好处地记录了一段真实的感情，这种感情引发一代又一代人思索晚辈与长辈、继承与发展、认同与反叛这样永恒的话题。《背影》意蕴丰厚，为我们从不同角度进行解读提供了可能。随着你们年龄的增长，阅历的丰富，你们将来对《背影》可能会有更多的体悟。

师：《背影》不仅思想内容丰富，而且它的表现手法也很有特色。下面我们通过两个问题来学习本文的艺术特点。

问题一：找出课文中父亲说的五句话。谈谈作者用了什么修辞手法，这样的语言有何特点？

生：父亲说了五句话：

> 事已如此，不必难过，好在天无绝人之路。
> 不要紧，他们去不好！
> 我买几个橘子去，你就在此地，不要走动。
> 我走了，到那边来信！
> 进去吧，里边没人。

这五句话非常简洁，用了"白描"的修辞手法，单独抽出来看，这五句话很平淡，但放在文章的情景中，却很感人。

师：不仅父亲的这五句话非常简练，《背影》全文的语言都有这个特点：简洁、质朴，没有铺陈、渲染，也没有华丽的辞藻。

问题二：这篇文章是怎样安排结构的？

生：全文一共七个自然段，首尾两段内容较少，但前后照应。中间五段插入回忆，内容较多。

师：这样就形成一个两头尖、中间粗的"梭子"型结构。这样的结构给我们以严谨、优美的感觉，是吗？

课堂小结：同学们，这节课我们主要探讨了《背影》的思想内容和艺术特色。下面还有些时间，你可以做课后练习，也可以讨论有关问题。有什么疑问，可个别跟老师、同学交换意见。下面是这节课的课外作业：

重复是一种语言手段，它是指作品中某些东西不止一次地反复呈现，每次呈现之间可能约略相似但又有变化。重复的类型很多，有词语重复，事件重复，结构重复等，这些重复往往具有特别的意义。通过这节课的学习，我们对此已有了感性认识，课后请从你学过的课文或看过的作品中找出重复叙述的地方，进一步感受重复叙述所造成的特殊效果。

朱自清的《背影》在现当代文学史上产生了深远的影响，台湾女作家三毛、大陆作家张承志都写有散文《背影》，取材、立意与朱自清的《背影》有相似之处，请大家找来读一读，感受一下20世纪中国文学中的"背影"现象。

结　语

以上尝试在修辞论美学视野下，在考察《背影》阅读史的基础上，对《背影》主题做了新的阐释，进而引申出有关中学语文创新阅读的一些启示，并努力把对《背影》的新阐释落实到语文课堂教学中去。这种从修辞论美学角度对《背影》所做的意义研究及阅读教学实践，有可能为中学语文创新阅读的开展提供一条新途径。

修辞论美学具有理论批评化的特征，它的许多概念，如互文本、重复叙述、双重文本、审美置换、语言模型等都渗透在具体的文本分析中。这篇《背影》研究，重点涉及了"重复叙述"，可谓沧海一粟，挂一漏万。但全篇始终贯穿着修辞论美学"文本与文化语境相互联系"的理念和精髓，只要我们把握了这一特点，就可以有效地解读文本。现行中学语文教材选用了相当数量的古今中外经典名篇，如《愚公移山》《我与地坛》《孔乙己》《项链》等，这些优秀篇章是人类文明的结晶，是前人智慧的积淀，同时也是语言艺术的典范，具有永恒的思想和语言魅力，能够常读常新。如果用修辞论美学的方法去分析研究，很可能会对作品有深入的思考或新的发现，从而培养学生开拓创新、研读经典名作的能力。叶圣陶先生曾说:"语文教材只是些例子。"笔者希望这篇《背影》研究也只是个例子。

这篇硕士论文的雏形诞生于 2003 年"非典"时期的师大校园。"非典"时期,老师的嘱咐、家人的安慰使笔者惶恐的心情得以平静,在经历了短暂的慌乱之后走进图书馆,开始搜集资料。一连数周跑到过刊室去查阅旧期刊,新中国成立前的期刊不易寻找,也不准复印,所以,一发现有用的资料,如获至宝,立即抄录。在旧馆临时存放处,偶尔被特许进入书库去翻检旧教材,当我沿着昏黑、狭窄的楼道爬上去,看到一架一架布满灰尘的古书,嗅着有些霉味的空气,摸着发黄、发脆的书页时,有些惊奇又有些欣喜。一瞬间,我对"历史""尘封"这些字眼有了切切实实的感受,对自己劳动的意义也有了更深的认识,钩沉历史,以史鉴今,难道不是一件神圣的事业吗?于是,增添了写作的动力。就这样,论文在"非典"的肆扰、老师的关怀、思乡的寂寞中渐渐完成主体部分的写作。

我的两位导师王一川老师和陈雪虎老师,对这篇论文的完成,起了至关重要的作用。王一川老师丰厚的学养引领我进入文本分析的领域,谨严的治学风格使我注重研究中的实证考释,高屋建瓴的指点使我在"山穷水尽"时又"峰回路转",宽严相济的指导策略使我受益匪浅:论文稍有进展,他鼓励有加,增长了我写作的信心;写作粗疏时,他严厉指正,又使飘飘然的头脑清醒起来。论文就是在这一喜一悲、一波三折中逐渐完成的。陈雪虎老师的年轻、博学激励我勤勉上进,他的谦和胸襟启迪我不骄不躁。陈老师从论文选题到文献检索,从谋篇布局到引文注释,都给予细致有效的指导。在写作思路受阻、心烦意乱的时候,陈老师总是耐心为我排忧解惑,指点迷津。忘不了陈老师办公室的灯光,忘不了陈老师手书的写作提纲!师大求学,得遇两位恩师,感到三生有幸,以己之愚钝忝列其门,又常自惭形秽,愿今后通过自己的努力进取,来报答老师的培养。恨问学得迟,怨离去得疾。山高水长,师恩浩荡!

论文的完成,曾受到阎苹老师、郑国民老师、刘勇老师、杨联芬老师、王立军老师、张彬福老师的指点,得到张晓梅、董立河学长的帮助,也获得王春芳、陈亚琼、雷锦霞、张晓丽、曹建召、高芳等学友的修正,在此一并致谢!

在这篇关于"背影"的论文彻底收笔之际,脑海中仍有挥之不去的"背影",此时此刻,朱氏父子的背影渐渐幻化成花白头发的母亲辛勤劳作的背影、来校时丈夫送我上车后离去的背影、女儿挎着书包独自上学去的背影。朱氏父子的背影是这篇论文的话题,远方亲人的背影是这篇论文的支撑。"背影"让人想起生活的沉重,更让人品味深深的理解和默默的分担。大音希声,至爱无语,"背影"已凝成一片永恒的召唤。

第二节 《牛棚小品》显示丁玲晚年的创作个性

丁玲(1904—1986)是新文学史上一位重要作家,一生创作了200多万字的作品。她的创作历程大致可分为三个时期:早期指从1927年到1936年她进入解放区之前;中期指其从解放区时期到新中国成立初期(1936—1955年);晚期指其1975年出狱以后直到1986年去世。从1955年到1975年,她蒙冤受害,被迫搁笔。

对于丁玲晚年创作个性的认识,大致有两种观点:一种认为丁玲晚年失去了创作个性,另一种则认为丁玲晚年依然保持着她早期的创作个性。持前一种观点的人相对多一些,主要有王雪瑛、袁良骏、张永泉、谢冕等;而罗守让、李征宙等人则认为丁玲晚年依然保持着她早期的创作个性。丁玲晚年创作了《杜晚香》和《在严寒的日子里》(未完稿)这些有政治倾向的小说,并在多种场合下十分鲜明地强调作家应少写自己,多写百姓;少写问题,多写光明。因此,有人认为:九死一生的丁玲心有余悸,一次又一次的命运坎坷对她的作品来说也是一次又一次的消解,其早期创作中的个性完全丧失了,丁玲晚年失去了创作个性。也有学者认为:"以《莎菲女士的日记》那样独特的创作为起点,却以《太阳照在桑干河上》这样概念化的作品为终点,丁玲的这一条创作道路除了使人感到惋惜和悲哀外,还能给人们怎样的启示呢?"① 甚至有人说,丁玲直到晚年也未曾悟出什么是一个作家的生命价值,她创作的全部价值加起来是个负数。笔者认为,由于缺乏对丁玲文学创作整体的、科学的把握,上述评价失之偏颇。且不说丁玲晚年创作了大量有史料价值和文学价值的怀人散文,也不谈她公开向世人剖析自我的《魑魅世界——南京囚居回忆》,单从记录她北大荒流囚生活的《牛棚小品》刊出背景的介绍及其美学价值的分析来看,就足以证明丁玲晚年的创作还是有鲜明个性特色的。

一、《牛棚小品》刊出的背景

《牛棚小品》是一篇散文,共分三章(窗后\书简\别离),1978年3月写于北京友谊医院,发表于1979年《十月》第2期。《牛棚小品》记载了丁玲多年生活磨难中的一个断面,即1968年夏至1969年春被隔离在北大荒"牛棚"中的一段历史。在"牛棚"中她被监禁了10个月,不能与隔壁"大牛棚"中的丈夫陈明自由来往,而且,由于缺乏营养,患了夜盲症。

1982年4月8日,丁玲在《十月》杂志授奖大会上专门讲了《牛棚小品》刊出的故事。丁玲说,1978年党的十一届三中全会后,全国开展的"实践是检验真理的唯一标准"的大讨论给自己带来很大希望,自己不久就可以重返文坛,拿什么新作作为见面礼给读者呢?她思前想后,认为《杜晚香》比较合适。《杜晚香》塑造了一个社会主义新人形象——东北农垦区的劳动模范杜晚香。当她把稿子给山西长治的熟人看后,熟人说,不是时鲜货,靠它亮相,怕是不行。但丁玲坚持认为,在十一大报告中提到文艺作品应少宣传个人,要多写普通劳动者,《杜晚香》正符合中央精神。

1979年回京后,丁玲把《杜晚香》先给一家报社,后又给《人民文学》,但这两家的编辑都建议删改,她舍不得删削,于是又投稿给《十月》。正当《十月》编辑部准备排印时,《人民文学》编辑部又要索回稿件。无奈之下,为了大家不伤和气,丁玲让《十月》出让稿子,并答应把《牛棚小

---

① 王雪瑛:《论丁玲的小说创作》,《上海文论》1988年第5期。

品》给《十月》作为替代品。"因为《十月》不愿舍弃《杜晚香》,我只得把它拿出来交换。"①

《牛棚小品》就这样羞羞答答出世了。

二、丁玲晚年的创作心态

丁玲复出后在拿什么作为给读者的见面礼这个问题上是颇为慎重的。她坚持拿出《杜晚香》,后来因为两家编辑部争稿,才又拿出《牛棚小品》。由《牛棚小品》刊出的背景,我们可以看出晚年的丁玲不仅不愿过多宣扬自己,不愿絮叨自己的苦难,而且有一种强烈的社会责任感,她有意在承担一个作家对社会的使命。丁玲深知《牛棚小品》的文学魅力,她对自己的作品心里有数。"难道我个人不了解我自己的作品吗?不过,昨天,今天,我反复思考,我以为我还是应该坚持写《杜晚香》而不是写《牛棚小品》。自然,这里没有绝对相反的东西,但我自己还是比较喜欢《杜晚香》。是不是由于我太爱《杜晚香》,人民更需要杜晚香的这种精神呢?我想或许是的。"②

丁玲复出后的创作思想是很复杂的。一方面,蒙难多年、阅历丰富的她积极响应党的号召,紧跟时代步伐,为社会主义建设呐喊助威;另一方面,感情细腻、性格倔强的她深知作家独特的主体感受、作品的审美因素决定着作品的生命力。

毋庸讳言,政治运动深深影响了她晚年的创作,但是,如果就此认为丁玲晚年把政治归属感当成唯一的价值取向,她晚年的创作完全失去了独立的文学品格,这未免有失公允。原因在于:

首先,在她的《杜晚香》《在严寒的日子里》等晚期作品中,她对共产党的讴歌是真诚的。她真心热爱党、热爱社会主义。她真诚地用一个党员作家的标准去写作,而不是故意做作。1979年夏,丁玲刚回北京不久,华裔美籍作家於梨华女士访问她时,听说她曾在北大荒喂鸡,感慨地说:"你是

---

① 丁玲:《丁玲创作生涯》,百花文艺出版社1984年版,第271页。
② 丁玲:《丁玲创作生涯》,百花文艺出版社1984年版,第271页。

一个作家，不让你写文章，却叫你喂鸡！"① 丁玲解释道："从时间上讲，我先是作家，后当党员；但从责任义务上讲，我首先是党员，后才是作家，是一个党员作家。"② 丁玲说的是真心话。她始终认为党的核心力量是可靠的，她从来没有对党失去过信心。

正因如此，在丁玲复出后，在很多人都以为她要大唱今日之《离骚》时，她却推出了《杜晚香》。1981年丁玲访美期间，她让期望听到"新的叛逆语言"的西方各界人士彻底失望。有人据此认为，"丁玲晚年已深深陷入一个走不出的怪圈，其突出表现在失落感、失语症、恐惧情结等方面"。③但到底是丁玲晚年陷入了政治怪圈，还是某些研究丁玲的人陷入了思维怪圈，先给了丁玲一种预设的选择呢？王蒙先生在《我心目中的丁玲》一文中说，丁玲像"爱护自己的眼珠一样爱护自己的政治可靠性、忠诚性、政治信用性，亦即她的一个老共产党员的政治声誉"。丁玲说话就从来不含糊："我爱我的文学事业，但我首先是共产党员。"她是一个勤勉的作家，更是一个忠诚的共产党员。她认为自己受罪时，党也在经历磨难，自己与党是同命运的，不值得抱怨。有人嘲笑她遭受了那么大的罪后，竟然不揭露、不控诉，而是悟出"作家是政治化了的人"。对此，傅光明说："有些作家文人尽管他巴不得赶紧被'政治化'了，好享受与之相匹配的那级政治待遇，可他表面上却还要装出一副好像特别讨厌'政治化'这个提法的超脱样子，愤世嫉俗、不食人间烟火似的。这何尝不矫情呢？见到这样的人，我就禁不住像吞了只苍蝇般的恶心。丁玲好歹是'政治化'的率真。"④

是的，或许很多人都认为作家无法脱离政治，但只有丁玲大胆、明确地指出："文艺作品总是有内容、有主题的。梁信为什么写《红色娘子军》和《从奴隶到将军》，而不写别的？作为社会主义时代的作家，怎么能不为

---

① 马蹄疾、陈漱渝编：《二十世纪中国怀人散文·丁玲集》，知识出版社1997年版，第197页。
② 马蹄疾、陈漱渝编：《二十世纪中国怀人散文·丁玲集》，知识出版社1997年版，第98页。
③ 许传宏：《析丁玲晚年的文学价值取向》，《当代作家评论》2001年第4期。
④ 刘思谦等：《文学研究理论方法与实践》，河南大学出版社2004年版，第486页。

人民写东西，不为共产主义写东西呢？创作本身就是政治行动，作家是政治化了的人。"①丁玲永远是这样的直率，这样的坦荡。她毫不隐讳地称自己是"歌德"派，并创作了长篇诗歌《歌德之歌》献给党的60岁生日。"现在，我搜索自己的感情，实在想不出更多的抱怨，我个人是遭受了一点损失，但是党和人民、国家受到的损失更大。我遭受不幸的时候，党和人民也同受蹂躏。许多功劳比我大得多的革命元勋、建国功臣所受的折磨比我更大更深。"②从她的话中我们可以理解丁玲的胸怀和赤诚，由于她的真诚，她的"歌德"类作品中也不乏精彩动人之处。

其次，作为一位老作家，作为以《莎菲女士的日记》这样极个性化的作品而成名的作家，她并非不知道文学作品的生命力在哪里。她在许多场合也谈到她对文学的理解，表达她个性化的创作主张。1984年，法国记者苏姗娜·贝尔纳在《会见丁玲》的采访录里有这样一段记述：

"您认为女作家应重点写什么？"

"不能划框框，每人都应写她最熟悉的东西。"

她停了一刻，又说："我个人是主张写爱情的。"她说这句话时，声音变得那么纯真。"爱情对于人生的幸福是非常重要的，每一个人都需要爱情，从古到今，爱情一直与生活、与文学不可分开。我们中国有很美的爱情故事，有《红楼梦》《西厢记》《白蛇传》等写爱情的作品，只有写美好的、高尚的感情，才得以流传下来。"③

丁玲如是说，也如是做。晚年，她通过《魍魉世界——南京囚居回忆》和《风雪人间》写出了自己经历过的最熟悉的生活，真实生动地记录了她一生中的两大灾难——"文革"时期的蒙难和囚禁南京的痛楚。这些极具特色的作品是灵魂的袒露，是人生的哲学思考，同时也饱含一种深沉的忧患意

---

① 丁玲：《散文论》，《丁玲选集》第3卷，四川人民出版社1984年版，第568页。
② 丁玲：《丁玲创作生涯》，百花文艺出版社1984年版，第245页。
③ 孙瑞珍、王中忱：《丁玲研究在国外》，湖南人民出版社1985年版，第246页。

识。这里，我们能说丁玲晚年失去了创作个性吗？

笔者认为：丁玲晚年的创作是比较复杂的，既有塑造社会主义新人形象的小说，也有展现自我心灵世界的散文。她的小说和散文有着各自不同的风格，对丁玲来说，这两种创作并不矛盾。一个作家为什么不可以有多种风格的作品呢？"司空图的《诗品》把风格分为 24 种：雄浑、冲淡、纤秾、沉着……这自然是对风格研究的一大贡献，但我们也要知道，风格绝对不止这 24 种，世界上有多少成熟的作家就有多少种文学风格。而且，越是大作家，他的风格也越多姿多彩，而终生只有一种风格，乃是一种遗憾，这正如布丰所说：'一个作家绝不能只有一颗印章，在不同作品中都盖同一印章，这就暴露出天才的缺点。'"[1] 构成风格的核心是作家的艺术个性，丁玲作品呈现出的不同风格正说明她艺术个性的丰满，说明她创作的多元化。风格可以偏爱，但不可以偏废。你可以不喜欢丁玲晚年的作品，但不可以说她就没有自己的艺术个性。

我们可以用"作家心态与创作"的理论来理解丁玲晚年的这种多元创作现象。

作家心态主要有两种：一种是真诚的心态，即热情地、心甘情愿地为某种目的而创作的心态；一种是自由的心态，即超越功利欲求的、排除非艺术因素干扰的创作心态。在前一种心态下，作家往往进行技术性创作；在后一种心态下，作家往往进入审美的创作境界。相对来说，后一种心态下的创作更容易出优秀作品，但也不能否认，前一种心态下的创作同样可以获得成功。中国现当代文学的创作实践表明：从政治角度出发也可以创作出优秀作品，例如《红色恋人》《青春之歌》《红岩》等这类红色经典作品。我们不能片面认为，文学创作一旦与政治联姻，就"席勒化"了，就成了政治公式的图解了，作家就失去创作个性了，等等。

丁玲晚年不同风格的作品各有其存在的理由。她晚年的小说创作的确有程度不同的概念化痕迹，但除此外，她晚年还留下了大量散文、杂文、文

---

[1] 盛海耕：《品味文学》，上海教育出版社 2001 年版，第 195 页。

论等。她纪念鲁迅、瞿秋白、艾思奇、冯雪峰、胡也频等先辈和友人的散文，凝聚着火一般的真情；她在《谈写作》中直言不讳地讲述自己的文艺观。丁玲晚年并没有失去创作个性，她作品的选材、情思、语言等都有自己鲜明的特色。"文革"后，巴金、季羡林等人都写了以"文革"为题材的回忆性散文，并都涉及了"文革"的特殊产物——"牛棚"，而丁玲的《牛棚小品》更是以其女性特有的细腻记述在文学史上留下了珍贵的一笔。《牛棚小品》无论从思想价值还是从艺术价值上说，都堪称当代文学史上的精品，是丁玲个性化创作的典范。为什么这样说呢？下面就让我们来具体看看丁玲晚年作品中哪些地方体现了丁玲的创作个性。

三、丁玲晚年创作个性在《牛棚小品》中的体现

所谓创作个性，是指作家在作品中所表现出的比较固定的特性，这种特性在一定的社会条件和教育影响下形成。丁玲早期作品有鲜明的个性特色。《莎菲女士的日记》从人性的角度对女性的生存意义进行了探索；《阿毛姑娘》写了主人公对真爱的追求；《从夜晚到天亮》运用了细腻的心理描写……所有这些都体现了丁玲早期创作个性的凌空高蹈。丁玲晚年以《牛棚小品》为代表的一类作品继承并发展了她的这种创作个性。这类作品以自由的心态、理性的思考抒写生命意识，讴歌忠贞爱情。丁玲丰富的人生阅历、杰出的艺术才华使她晚年的这类作品更加呈现着"武将军"的洒脱和"文小姐"的细腻。

1936年，丁玲逃离南京，在其穿越重重封锁抵达陕北时，毛泽东题赠《临江仙·给丁玲同志》以示欢迎。"壁上红旗飘落照，西风漫卷孤城。保安人物一时新。洞中开宴会，招待出牢人。纤笔一支谁与似？三千毛瑟精兵。阵图开向陇山东。昨日文小姐，今日武将军。"[①] 丁玲到陕北后任西北战地服务团团长，冒着枪林弹雨到前线慰问、宣传，后又负责《解放日报》文艺副刊的编辑工作，一支纤笔写出了许多锦绣文章。能文能武的丁玲既有"武将

---

① 丁玲：《丁玲创作生涯》，百花文艺出版社1984年版，第367页。

军"的洒脱风格,又有"文小姐"的细腻气质。这种品格在她晚年的作品中也有体现。

首先,《牛棚小品》中有一种"武将军"的豪迈、洒脱。《牛棚小品》充满了豪迈、乐观的气息。它虽然记述的是"牛棚"生活,但全文的写作不是出于一种受害意识,文章主旨不在暴露,而是着意写顽强的生命、坚忍的意志和患难的夫妻情义。它不同于一般的伤痕文学作品,它没有残酷的揪斗场面,更没有撕心裂肺的哭喊,而是有一种洒脱,一种峭拔,一种生动的、浪漫的风格。它竭力描摹束缚中所获得的片刻快乐,努力捕捉生活中的美好情愫。正如一些论者所说:"《牛棚小品》则以欢娱之笔写凄惨之景,字字是血,声声皆泪,却又意趣高超,神采飞动,毫无缠绵感伤之弊。"[1] 文章无论是记述还是描写,字里行间都洋溢着乐观主义精神,体现了"武将军"的敏捷、爽朗、豪迈、洒脱。且看《牛棚小品》最后的"别离"部分:

> 我看见远处槐树下的井台上,站着一个向我挥手的影子,他正在为锅炉房汲水。他的臂膀高高举起,好像正在无忧地、欢乐地遥送他远行的友人。[2]

多么潇洒的送别啊!这段春意盎然的描写给离别场景增添了一抹亮色!陈明高高举起的臂膀仿佛在说:没有过不去的河,挥挥手告别昨日的伤痛,扬扬眉迎接严峻的明天。一切苦难都会过去的!同是五四女作家,冰心、庐隐的文章有婉约之美,丁玲的文章则焕发着阳刚之气。难怪尼姆·韦尔斯称她是"一个女性非女子气的女人"[3]。

其次,《牛棚小品》中有着"文小姐"的细腻才思。《牛棚小品》以女性特有的笔法进行了探幽入微、细腻传神的心理描写,生动地展现了人物的内心世界。例如,作者写自己透过玻璃窗向外看时的心理:

---

[1] 郭成、陈宗敏:《丁玲作品欣赏》,广西人民出版社1986年版,第14页。
[2] 杨桂欣:《观察丁玲》,大众文艺出版社2001年版,第148页。
[3] [美]尼姆·韦尔斯:《续西行漫记》下册,陶宜、徐复译,上海复兴出版社1939年版。

> 我悄悄地从一条窄窄的缝隙中，向四面搜索，在一群扫着广场的人影中仔细辨认。……我找到了那个穿着棉衣也显得瘦小的身躯……我的心急遽地跳着，赶忙把制服遮盖了起来，又挪开了一条大缝。我要你走得更近些，好让我更清晰地看一看……可是，忽然我听到我的门扣在响，陶云要进来了。我打算不理睬她，不管她，我不怕她将对我如何发怒和咆哮。但，真能这样吗？我不能让她知道，我必须保守秘密，这个幸福的秘密……于是，我比一只猫的动作还快，一下就滑坐在炕头，好像只是刚从深睡中醒来不久，虽然已经穿上了衣服，却仍然恋恋于梦寐的样子。①

这段描写既写出了心理变化的起点和终点，又展示了心理运动的过程；既表达了意识的自然流动，又把人物心灵的轻微颤动作瞬间的定格。曲径通幽，妙处难与君说。读这一段，我们仿佛跟作者一起进行一场冒险行动，惊心动魄又欲罢不能。读完了，心还在怦怦直跳，有些后怕，又有些快意。为了保住"窗后窥视"这个秘密，她听到陶云回来时，立即像猫一样"滑"坐在床上。一个"滑"字，境界全出，多么生动！像在跟看守"捉迷藏"。为了拿到书简，她"装模作样"捅炉子，出炉灰。读着这些情节，我们在为作者的处境掬一把辛酸泪的同时，也为作者的生存智慧发出会心的微笑。她是多么"诗意地"栖居在"牛棚"里的呀！

再如，文中有一段写她接到书简还没来得及看时的心理：

> 把该做的事都做完了，便安安稳稳地躺在铺上。其实，我那时的心啊，真像火烧一样，那个小纸团就在我的身底下烙着我，烤着我，我表面的安宁，并不能掩饰我心中的兴奋和凌乱。②

---

① 杨桂欣：杨桂欣：《观察丁玲》，大众文艺出版社2001年版，第138—139页。
② 杨桂欣、杨桂欣：《观察丁玲》，大众文艺出版社2001年版，第138—139页。

这里，寥寥数笔写出了自己收到书简的兴奋，怕人看见的心虚，故作镇定的安稳。丁玲就是这样一位擅长心理描写的大师。她善于以语言为媒介，调动读者的审美想象，用委婉又粗犷、柔情又豪情的语言来细细描摹人物心理。《莎菲女士的日记》《夜》中有精彩的心理描写，《牛棚小品》中的心理描写更加炉火纯青，是"庾信文章老更成"。

窥一斑而知全豹，丁玲晚年创作的以《牛棚小品》为代表的一类作品，坚韧和峭拔并重，苦难与超脱共存。从人性出发，以艺术见长，有着重要的美学价值。

综合《牛棚小品》刊出的背景及其创作美学价值的分析，笔者认为丁玲晚年的创作个性特色是：一方面，她以一个党员作家对社会的高度责任感，强调歌颂光明，服务社会主义建设，并努力通过小说创作来实践这一主张；另一方面，她创作了以《牛棚小品》为代表的一类作品，真实生动地记录了她对人生的哲学思考和智慧探索，从人性出发凸显了老而弥坚的主体精神和自由意志，唱出了逆境中求生存的凯歌。尤其是她的后一类作品突出表现了她的创作个性，那"武将军"的豪迈洒脱和"文小姐"的细腻才思都是她晚年创作个性的典型体现。

丁玲晚年的创作并没有失去个性，丁玲就是丁玲，她就是这样存在着。说矛盾也好，说和谐也好，说她是60年代的右派也好，说她是80年代的左派也好。总之，她既是战士又是作家，既是共产党员又是普通女性，是多重角色的组合。她是真实的、有个性的。周良沛在《丁玲传》的封面上，以丁玲喜欢的仙人球作"标识"，以示丁玲与其他作家的区别。我想，这很有意味，"仙人球"怎么可能没有个性呢？

第三节 《心灵的历程》对刘白羽和丁玲关系的书写

在1956年前后，时任作协党委副书记的刘白羽直接领导和参与了"丁陈反党集团"的定案。1984年"丁陈反党集团"冤案平反之后，刘白羽登门向丁玲致歉并取得了丁玲的谅解。刘白羽不仅向丁玲致歉，还向当年丁陈案受牵连和迫害的其他同志如徐光耀等人道歉。有人认为，刘白羽的道歉不具诚意，认为他后来甚至对于自己的道歉又有反悔之意。事实果真如此吗？刘白羽和丁玲原本有矛盾吗？两人之间交往的历史细节是怎样的？这里主要从刘白羽《心灵的历程》的记述来考察二人关系变化的曲折过程，让人们看到二人的友谊是如何在革命的年代里建立、如何被极左运动的风暴所摧折，最后又是如何在拨乱反正的形势下得以恢复的。这样大致可以解答人们的上述种种疑惑。

《心灵的历程》是刘白羽历时5年写出的长篇纪实文学，于1992年脱稿，编入1995年10月华艺出版社出版的《刘白羽文集》中，并于2003年由解放军文艺出版社分3册出版单行本。这部回忆录的重要史料价值在于作者以见证者的身份呈现了中华民族近百年的风云历史，记下了许多珍贵的历史瞬间，涉及许多重大历史事件和人物。重大事件如延安整风、辽沈战役、新中国成立等，知名人物上至领袖、总理，下至战友、朋友等。其中，这部回忆录多处记述了作者与丁玲的交往。从这部书中，可以看出刘白羽与丁玲的关系大致经历了三个阶段：友谊的建立——友谊的摧折——友谊的恢复。

一、友谊的建立

刘白羽与丁玲在1955年胡风案发生之前有矛盾吗？否！此前，二人非但没有矛盾，而且较一般人的关系密切。他们的友谊建立在抗日的烽火岁月中。在刘白羽的《心灵的历程》里，有他和丁玲初次相识的场面、有丁玲对初到延安的他悉心照顾的情景、有他与丁玲一道在延河边洗衣的镜头、有二人在张家口畅谈的回忆、有他到丁玲家吃湖南菜的情形、有丁玲托付他到常德替自己看望母亲的背景等。总之，这部著作包含了刘白羽与丁玲交往的种种细节。

刘白羽与丁玲的最初相识是在1937年冬抗日烽火中的山西汾河前线。"我们到八路军司令部，第一个出来迎接我们的就是丁玲。她是一个穿着一件黄呢日本军大衣、腰间束着皮带的女战士。我后来看到一期美国杂志封面上刊登的就是穿着这件战利品的头像，她笑得那样直率、热诚，在这灾难深重的中国显示出人民必胜的信念。"① 这里所描绘的丁玲形象，我们可以从丁玲留下的抗战时期的那张戎装照上看得出来。在笔者看到的所有对丁玲身着戎装形象的描述文字中，刘白羽的这段文字最富有民族自豪感！他从丁玲身着战利品的微笑中看到了中国人民必胜的信念，这是战士出身的刘白羽独特而真切的感受！可以说，丁玲留给刘白羽的"八路军女战士"的第一印象是深刻而美好的。

《心灵的历程》还记载了刘白羽一行人经西安于1938年达延安，受到丁玲照顾的情景："她从南京的那个魑魅鬼蜮中逃出，就如久别母亲的女儿，一直奔来延安，现在她已在前方经历了一番战火风霜，又回到延安后方来，这当然跟我们初来乍到的客人大不相同。"② 初到延安时，当毛主席询问刘白羽做些什么工作时，当时只有22岁的刘白羽激动得脖颈、面孔都红了，是热心的丁玲帮她回答："他想打仗。……"刘白羽顺势请求去敌后打游击。后来毛主席果真派刘白羽陪同美国驻华大使馆的海军武官卡尔逊到华北各游击区开展一项机密的军事行动。③ 可以说，丁玲较早地以延安老战士的身份欢迎和帮助了刘白羽。

在《心灵的历程》中，当刘白羽记述延安时期人与人之间和谐、融洽的气氛时，首先谈到了有着哲学家气质兼文艺家身份的亲密朋友艾思奇，紧接着，就谈到了丁玲："今天，回想起半个世纪以前那遥远的友爱时，我必然记起丁玲。丁玲是个久负盛名而又有点传奇色彩的作家，但我现在从头到尾仔细思索，丁玲一直是一个自始至终从来没有大作家做派的人。因此，她成为'文抗'这个小单元里和谐的核心、快乐的核心。艾思奇是'文抗'的主任，丁玲是副主任，但她在我们之中是极普通的一员。她和别人一道赶着小毛驴到延河边上汲水；我们大家闹嚷嚷地抱着肮脏的衣衫，捧着一罐从木炭灰里过滤出的'肥皂水'到河边洗涤的时候，她也总走在人们中间，赤着双臂，一边说笑，一边洗衣。丁玲是一个非常聪明的人，她的娓娓谈话充满

---

① 刘白羽：《刘白羽文集》第7卷，华艺出版社1995年版，第215页。
② 刘白羽：《刘白羽文集》第8卷，华艺出版社1995年版，第278页。
③ 刘白羽：《刘白羽文集》第8卷，华艺出版社1995年版，第284—285页。

智慧，充满炽情。她又是一个十分风趣的人，她的心如明镜、如烈火，光可鉴人。"①刘白羽生动细腻地描绘了丁玲在延安的生活情景，丁玲平易近人、融入群众的形象跃然纸上。

刘白羽还写道：丁玲的窑洞常常成为大家工作一天之后的聚会之所，在麻油灯昏黄朦胧的光线中，丁玲给大家讲述自己的母亲、讲述葬身龙华的胡也频等。无论是在杨家岭还是在兰家坪，刘白羽都多次到丁玲的窑洞里聚谈。当谈到丁玲与自己的孩子生气时，刘白羽有精彩的描述："丁玲是个热心肠的人，又是一个刚强的人，她向我们展露心迹的伤痕时，总是平静地说着，无限伤情，却滴泪不流。我看到丁玲哭过一次。在兰家坪，有一天，我去她那里，突然发现她站在窑洞前的坪场上，暴怒得脸色苍白，嘴唇颤抖，不知为什么事正同孩子怄气，然后她在一个木墩上颓然坐了下来，伤心地泪流满面。"②丁玲的很多同代人描写过她，诸如尼姆·威尔斯、姚篷子、徐霞村等。尼姆·威尔斯笔下的丁玲"是一个女性而非女子气的女人"：她有着发光的眼睛，丰满的嘴唇，坚实的下巴和天真迷人的微笑。她总是含羞地说些惊人的话。她是一个具有抑制不住的精力和热诚的发动力③；姚篷子笔下的丁玲在爱情失意之后久久地徘徊于恋人窗下、痛苦万分④；徐霞村笔下的丁玲"开朗，但不狂放""敏感""心怀坦荡"⑤。他们三人笔下的丁玲形象都生动逼真，但都没有写到作为母亲的丁玲，只有刘白羽描绘了被孩子气哭的丁玲，这一描述生动刻画了丁玲生活中的一个侧面。一贯坚强的丁玲会被自己的孩子气得泪流满面，可见，孩子在她心中的分量。刘白羽的这一描绘丰富了丁玲在人们心中的形象，显示了丁玲作为母亲丰富的情感世界。

《心灵的历程》还记述了如下场景：丁玲在1941年被调到《解放日报》

---

① 刘白羽：《刘白羽文集》第9卷，华艺出版社1995年版，第352页。
② 刘白羽：《刘白羽文集》第7卷，华艺出版社1995年版，第354页。
③ [美]尼姆·威尔斯：《续西行漫记》，解放军文艺出版社2002年版，第239页。
④ 篷子：《我们的朋友丁玲》，载杨里昂、彭国梁编著《绝代的张扬：民国文坛新女性》，广东人民出版社2016年版，第168页。
⑤ 赵焕亭：《丁玲与冯雪峰的"德娃利斯"情谊》，《文艺理论与批判》2008年第2期。

担任文艺副刊主编时,向刘白羽征求意见:"白羽,你看去好还是不去好?"刘白羽支持她去,因为他认为那里时时刻刻接触大局,眼光会放得更远。丁玲说:"我也是这么想,一个作家最怕的就是老陷在文艺这个小圈子里。"可见,当时,二人是互相信赖、有共同语言的真挚朋友。丁玲在《解放日报》任副刊主编期间,因为发表了《野百合花》《三八节有感》等几篇杂文而受到批评时,也曾把自己的危机告诉刘白羽:

> 有一天,我和丁玲从杨家岭前面走过,她指了指中央所在地的山顶,告诉我说:"今天,将要有一场暴风雨!"
> 我明白她的意思,就安慰她:"你要镇定,对就是对,错就是错……只要对党取负责态度,党是会理解的。"
> 她深以为然地点了点头。
> 果然,不久以后,她辞掉了《解放日报》的编辑工作,又回到"文抗"来了。①

这里刘白羽记述了自己所知道的丁玲从《解放日报》又回到"文抗"的前后过程。刘白羽认为丁玲是个坚强的人,她并未因在高级干部学习会上受到批评而有过稍微的低沉和丧气。在后来的整风运动中,她作了剖析自己、维护党的原则的发言,并勇敢地参与了斗争。"文抗"时期,丁玲任副主任,刘白羽当时是"文抗"的支部书记,他们始终保持着亲密的友谊。

当年,对于延安整风运动,国民党反动派造谣称大批知识分子被关押、文艺界人士被屠杀等。为了澄清事实、以正视听,周恩来副主席派刘白羽、何其芳到国统区宣传党的文化政策、介绍《讲话》精神。当他们两人到达重庆后,许多文艺界人士纷纷询问丁玲等人的情况。刘白羽详细向大家介绍了丁玲的情况。他说,丁玲跟自己在一个单位,一直很好,并没有因为发表《三八节有感》而受到什么批判;倒是她自己参加整风,加深认识,在《解

---

① 刘白羽:《刘白羽文集》第 9 卷,华艺出版社 1995 年版,第 364 页。

放日报》写了一篇自我剖析的文章。丁玲和大家一样学会了纺线，而且纺出来的是头等细纱等等。① 作为丁玲的同事，刘白羽的介绍让人们感到可信，让大后方的人们知道了解放区整风的真实状况。

抗战胜利后，丁玲、陈明、肖三、杨朔等人发起成立延安文艺通讯团，到解放区展开工作。他们在1945年11月底到达晋察冀边区首府张家口。刘白羽是在1946年从哈尔滨到达张家口的，他要从这里赶回北平。在这里，他见到了丁玲："我在小山丘日本洋房里，找到丁玲的住房，我几乎把她吓了一跳，她欢乐地叫了一声，我们就紧紧地握手，计算起来我们已经分手五年，最后一次见面是1942年，她从'文抗'里第一个被调到中央党校去参加整风，我从兰家坪山坡上目送着她挟了行李，向延河边缓缓走去的背影，不知为什么酿起一丝惜别之苦。随后整风陡起，我们都卷入那个来得有些鲁莽、却灌注给我们以神圣甘泉的伟大的解放思想的斗争。我在党校三部，她在党校一部，当然没有见面的机缘，随后我被派去重庆，她完全没有料想到，我会忽然在她面前出现。听见她响亮的叫声、笑声，对面的房门打开，肖三走了过来。"于是②，睽别数载的三人愉快地谈论着彼此的经历，主要是刘白羽谈了许多东北的见闻。

1949年开国大典前后，刘白羽经常与丁玲一起参加活动。对此，《心灵的历程》有多处记述，例如，刘白羽记述了1949年9月第一次政协会议召开的第二天，在代表休息室里，丁玲告诉刘白羽：以法捷耶夫为首的一个苏联代表团两三天内就要来到北京。10月2日将举行世界和平斗争日纪念会，苏联还派来个红军歌舞团。再如，刘白羽还记述了1949年10月2日那天在怀仁堂举行的"世界和平斗争日"纪念大会上，自己与丁玲在一起的情景："啊，以法捷耶夫为首的苏联代表团步入会场，他们对大家鼓掌，然后向西面走廊的休息室去了。昨天，我和丁玲站在天安门上面，看见一辆汽车缓缓驰来，停在下面看台的外宾席后面。丁玲指着一个下车的，有一头银白色头

---

① 刘白羽：《刘白羽文集》第9卷，华艺出版社1995年版，第423页。
② 刘白羽：《刘白羽文集》第9卷，华艺出版社1995年版，第599页。

发的人告诉我：'那就是法捷耶夫！'现在，他就从我面前走过，他那张淡红色的很像亚洲人的脸，一双眼睛蓝得像清澈的小湖，头发像燃烧的雪花，他神采奕奕，很有风度。"刘白羽在这里虽然主要是记述苏联代表的情况，但是客观上透露了他与丁玲当时的密切关系。不仅是会场上站在一起，而且会后，他们也有着密切的交往，时常聚会。

就在怀仁堂举行"世界和平斗争日"纪念大会的当晚，刘白羽和其他代表兴致未尽，又拥到丁玲家谈到午夜时分。"我说我准备立刻回到战争中去。我跟丁玲谈到进军澧县、常德的情景，她对故乡显然怀着无限深情，她有一阵默然不语，然后说：'母亲老了，她一生坎坷，为我更是操碎了心，我想接她一道住，让她过一段安静的晚年；你回前线，能帮我找一找母亲，去看看她。'"①虽然后来刘白羽接受周恩来布置的拍片任务而未能回到前线，当然，也未能去看丁玲的母亲，但是，我们从丁玲当年的嘱托中可以看出丁玲对刘白羽的信赖。

《心灵的历程》还写到了在第一次政协会议期间，刘白羽利用大会休息的间隙整理他的小说《火光在前》。为了摆脱他人的干扰，也为了放松一下，他在写得疲倦了的时候，就跑到东总布胡同22号丁玲的住所去吃一餐，请丁玲给做湖南菜："我跟她说我是来吃午饭的，她有点惊奇地说你们六国饭店的饭还不好吃？我说我还想吃你的湖南菜。丁玲不但做得一手非常好的湖南菜，而且她做菜就像制作艺术品一样，津津有味，兴趣甚浓。……的确，整个会议过程中，我从未到别人那里去过，总是去找丁玲，我们之间有很深的友谊，丁玲也是个十分热情的人。这些日子，在会场、在饭店总是在紧张中度过，只有到了丁玲那家庭气氛很浓的屋子里，我才感到舒畅。"从这段记述中，可以看出刘白羽是把丁玲看成故友的。他在丁玲那里感到适意和放松。

---

① 刘白羽：《刘白羽文集》第9卷，华艺出版社1995年版，第991页。

二、友谊的摧折

刘白羽与丁玲在1955年胡风案出来之前的关系一直是友好的。胡风事件引发了肃反运动，刘白羽时任中国作协"肃反"领导小组组长。（1953年刘白羽从解放军总政治部文化部副部长的位置上调往中国作家协会，1955年增补为党组副书记。1956年作协成立书记处，刘白羽任第一书记）由于在胡风案中，从胡风处搜交的往来信件中，刘白羽看到有关"丁玲是实力派"的记录，他就把这些材料向党委做了汇报。于是，作协开始了对丁玲反反复复的调查工作。在丁玲案的审定中，刘白羽是主要组织者和参与者。丁玲成了被审查、被批判的对象，刘白羽成为20世纪50年代周扬领导下的中国作协的骨干力量。从此，两人的友谊罩上了阴霾。

关于这段历史的细节，《心灵的历程》记述很少，基本采取了回避态度。主要是因为《心灵的历程》极少写新中国成立之后的事情。对此，我们目前可以从王维玲的文章中看到刘白羽本人的解释。王维玲在采访刘白羽的文章中写道："我又谈到《心灵的历程》下部的写作。'您当时是中国作协的重要领导成员，在今天仍健在的领导成员中，恐怕您是最了解情况的人了。《心灵的历程》只写到1949年建国，为何不把建国后一直到1998年您离休这段经历、心灵感受写出来呢？刚好使《心灵的历程》这件艺术品完整起来。'白羽庄重严肃地望着我说道：'你说的这些，我都想到了，可是不行！有些人知道，我最了解情况，就是想让我出来讲话、写文章，我宁肯遭诽谤、受中伤，也不能这么做！我的日记是我的，但又不完全是属于刘白羽的，它是党的。将来我死后，交给党，由组织上保存，按照党的原则和需要去处理。'"[1] 原《中华儿女》杂志社社长杨筱怀曾经在2002年做出努力，愿意为刘白羽的写作提供一切便利条件，建议刘白羽写出《心灵的历程》下部，即主要叙述新中国成立后刘白羽的心路历程。刘白羽答应了。遗憾的是，2003年杨筱怀遭遇车祸意外身亡，2005年刘白羽驾鹤西归。人们最终也没看到

---

[1] 王维玲：《至真至诚刘白羽》，《北京日报》2005年11月25日。

《心灵的历程》的下部。

事实上，《心灵的历程》部分地涉及了新中国成立后的一些重大事件，如"文革"以及1976年天安门广场上悼念周总理的活动等。但是，刘白羽对于20世纪50年代自己在作协工作的具体情况没有记述，对于自己在20世纪50年代发表的批判性文章也只字未提。对于这种刻意的回避，或许刘白羽确实有某种难言的苦衷。总之，我们难以从刘白羽自己的叙述中看到当年他在政治运动中的身影。所以，目前关于刘白羽在"丁陈反革命案件"中的角色和行为，我们只能在他人的记述中获得一些详细信息，从而考察那一时期他与丁玲的关系状况。郭小川、王增如和李向东、黎辛、梁诗雄对此事均有过陈述。

郭小川说："1955年底，康濯写了一个揭发丁玲的材料，说'丁玲自由主义，攻击周扬'。原来没有准备搞丁陈的，刘白羽来作协后鬼得狠，野心勃勃，对丁陈斗争是刘搞的。他一来作协就感到作协有一股势力，要搞作协，必须把丁玲这一派打下去。因为反周扬的人很多，打丁玲是杀鸡吓猴，把作协的阵地抓到自己的手上来。"[1]

王增如、李向东编写的《丁玲年谱长编》中记载：1955年9月6日，刘白羽代表党组作总结发言说："党组扩大会议从匿名信问题开始，揭发了存在我们党的文艺队伍里边最严重的问题——以丁玲同志为首的，丁玲、陈企霞为中心的反党集团。……罗烽、舒群、白朗三同志，他们之间就有着不正常的小集团关系，同时他们与丁玲这个集团也是结合着的。另外，还有其他暗流、细流也常汇流到丁玲这里来。"[2] 这里，刘白羽的身份是中国作协党组的代言人，他的发言既是个人的，更是集体的。

黎辛是当年整风与反右斗争中作协的总支书记。他在《送白羽》中这样叙述了刘白羽在处理丁玲事件上的作为："1955年，中央肃反领导小组成员、中宣部副部长、中国作家协会党组书记周扬要白羽'经受锻炼'，带领

---

[1] 陈徒手：《人有病天知否——一九四九年后的中国文坛纪实》，人民文学出版社2000年版，第115页。

[2] 王增如、李向东：《丁玲年谱长编》上卷，天津人民出版社2006年版，第339页。

公安部的同志去逮捕胡风，在胡风家抄走胡风的信件与日记。胡风在日记中说丁玲与冯雪峰的好话，并说丁玲'是可以合作的'。周扬指示刘白羽约作协总支书记阮章竞向中宣部部长陆定一写材料，揭发丁玲等人的错误。……这时作协党组副书记邵荃麟病休，作协的工作由代副书记刘白羽做。接着批斗其他反党集团与进行机关内部肃反也都是白羽出头露面做的。反右斗争为荃麟领导、白羽协助做的。"①

当年在胡风案之后，刘白羽与阮章竞给陆定一写了揭发丁玲的材料。黎辛对此有进一步的阐释。他在《读〈丁玲与胡风〉一文所想起的》一文中写道："刘白羽与阮章竞为什么写作给陆定一呢？刘白羽在世时，为着建议与帮作协写作历史，曾约我共同回忆过去作协的旧事（有录音、笔记，有时也有刘白羽的秘书参加）时，告诉我是周扬叫写的。我问刘白羽，周扬是作协党组书记、中宣部副部长，中央肃反五人小组成员，他可以处理，为什么要你俩向陆定一报告呢？刘白羽说他叫我做我就做，我想这样做，周扬不出面，陆定一批了，他处在执行的位置。"② 由此可见，在当年丁陈案的酿成中，刘白羽有不可推卸的责任。尽管他本人也处于执行者的位置上，但对周扬在党内展开的宗派主义斗争起了推波助澜的作用。

梁诗雄的记述是这样的："中国作协的反右运动在刘白羽的主持下，把30位作家、理论家、翻译家打为右派分子，另有11位受到了批判和处分，被周扬称赞有'大功劳'。比例之高，超出一般的单位，成为重灾区，尤其是'丁玲、冯雪峰右派集团'震惊全国。"③

从上述各种叙述材料可以看出，在当年"丁陈反革命集团案"以及"丁玲、冯雪峰右派集团案"的审定过程中，刘白羽是骨干力量。尽管当时邵荃麟是作协党组书记，刘白羽是副书记，但由于邵荃麟较为温和的性格以及曾经一度的自身难保、病休等原因，在实际工作的开展上，刘白羽投入的时间和精力更多一些。在当时来说，军人出身的刘白羽是把反右斗争看作一

---

① 黎辛：《送白羽》，《文艺理论与批评》2005年第6期。
② 黎辛：《读〈丁玲与胡风〉一文所想起的》，《新文学史料》2008年第1期。
③ 梁诗雄、刘白羽：《首先是共产党员，然后才是作家》，《报林》2005年第9期。

场战斗而加以重视的。为了保卫革命者出生入死打下的红色江山，他不惜一切代价地投入了新的战斗。因此，尽管丁玲是自己多年的老上级、老朋友。但是，一旦革命需要，刘白羽则"大义灭亲"。今天看来，刘白羽的行为多了一些盲从，少了一些独立思考。但是，在当时的形势下，许多像他那样的老革命都可能这样做。正如徐光耀在给刘白羽的回信中所说："以往的种种不幸，都不是您我之间的恩怨造成，那是一个时代、一种体制所造就的错误，个人可以承担某些责任，但不能承担主要的、更非全部的责任。个人是承担不起的。你我都有对党的无可怀疑的忠心，我们都是尽力按照上面来的精神行事的，悲剧是这种忠心到了分不清是非的地步，如果您我调换了位置，我整起您来也会毫不手软的。"① 在当年的反右斗争中，刘白羽不仅对丁玲是这样的，他对其他许多人如徐光耀、秦兆阳、李清泉、陈涌等都是这样的，他是把"反右"作为党交给的神圣任务来执行的。所以，丁玲和刘白羽的友谊被肃反运动的风暴所摧折是必然的。

值得指出的是，尽管刘白羽与丁玲的友谊关系被政治运动所侵袭，但是，彼此心底的理解还是存在的。就与丁玲的关系而言，刘白羽和周扬是不同的。丁玲与周扬在年龄、资历等方面旗鼓相当，而刘白羽从年龄、资历上来说，基本属于丁玲的弟弟辈和下级。而且，刘白羽与丁玲曾有过长期密切的交往。刘白羽与丁玲的谈话则既严肃又温和，不失原则也不失人情味。陈徒手在《丁玲：在北大荒的日子》一文中摘录了当年刘白羽与丁玲的一次谈话记录：

刘白羽：最近报上批判右派的文章你看了没有？

丁玲：我很想老老实实地到下边去做点工作，做个普通农民，人家做什么，我就做什么。

刘白羽：一段时期把创作放一下，到实际中去锻炼改造有必要。

丁玲：前些时候，我看了少奇同志的书。

---

① 转自《劫后传书泯恩怨——作家刘白羽与徐光耀通信》，《炎黄春秋》2001年第6期。

刘白羽：你可以看些文艺上有关批判修正主义的书。

丁玲：最近我想柯庆施，那时他是个傻小子，老实，也经过一些锻炼，因此马列主义也不是从书本上得来的。我过去是满不在乎，实际上是政治幼稚，觉得没关系，这就是没政治。

刘白羽：到下面做工作有好处，能锻炼阶级感情。原来我们考虑过你的身体，不要太勉强。我们是考虑你和雪峰的年纪体力问题，要考虑周到一些。

丁玲：我想搞工业，大工业不行，就搞搞林业工作，我想到伐木场去工作……

谈话之中，丁玲突然间喃喃说出："姚蓬子、冯雪峰管我叫冰之，左联同志都叫我丁玲。"这种忆旧，让刘白羽诧异不已，最后说了"要读党报社论，一个作家首先是一个战士"几句，就草草结束了谈话。刘白羽还交待，在下去之前，时间好好支配一下，有些批判大会还要参加。丁玲心里明白，这是以罪人之身陪斗。[①]

陈徒手认为刘白羽与丁玲两人的谈话前后不搭，像是漫不经心的一次闲谈。的确，刘白羽与丁玲的谈话是耐人寻味的。丁玲在刘白羽面前是敞开心扉的，她谈对柯庆施的看法，谈自己的政治幼稚，谈姚蓬子、冯雪峰对自己的称呼，其间所流露出的困惑和痛苦是毫不遮掩的。作为丁玲故友的刘白羽，现在却要命令式地给丁玲下通知，确实很尴尬，但他又必须这样，因为这是革命工作。现在，我们可以从刘白羽的一段纪念丁玲的文字中看看他当时的复杂心情："有一件事时时在我心中翻腾。丁玲被迫离党后，有一天到我这里来，他说：ّ白羽！离开党我很痛苦……'当时，她哭了，我也哭了。这证明在严重挫折时，她的心所依恋的就是党。那以后我们长谈过几次，她表示还要做一个党员，我也劝她应当争取回到党内来，她含着泪默默点头。"面对丁玲被开除党籍的局面，刘白羽落泪了，这说明从心底里他对丁玲是关

[①] 陈徒手：《丁玲：在北大荒的日子》，《南方周末》1999年10月15日。

心和同情的。

对照当年的谈话记录以及刘白羽后来的回忆文字，不难看出，虽然当时刘白羽与丁玲处于整和被整、批判和被批判的关系中，但是二人的友谊还没有彻底地恩断义绝。这正是他们日后友谊可以恢复的感情基础。

三、友谊的恢复

粉碎"四人帮"之后，刘白羽在极左潮流肆虐中的表现，特别是在"丁陈反革命案"中的极端做法被一些当年参加运动的人所诟病，认为不可原谅。但是，当他向丁玲表示歉意时，丁玲给予了谅解。原因在于刘白羽与丁玲有着深厚的友谊基础，彼此容易理解，因此，尽管在整风、反右斗争中，二人变成了批判与被批判的关系，但是他们最终摆脱积怨、握手言欢，实现了友谊的超越，可谓"劫后忏悔泯恩怨，文坛佳话传千里"。

《心灵的历程》多处表达了对丁玲的忏悔。或许是刘白羽对丁玲怀着特殊的忏悔之意，或许是刘白羽的一生中与丁玲的交往确实比普通朋友频繁，不管是何原因，阅读《心灵的历程》，有一种明显的感觉，丁玲多次、频繁地在刘白羽的笔下出现。例如，著作就在详细记述肖三其人之前，刘白羽又插了一句："关于丁玲，我在后面还要以友谊的心和赎罪的心讲谈。"这就为后来记述自己向丁玲表示悔罪埋下了伏笔。

果然，在刘白羽回忆起1949年10月2日那个激动之夜时，他再次表达了对丁玲的悔意："亲爱的读者！当我老年回忆到那值得喜庆的日子，闪着欢笑，流着眼泪的那个深夜，一种深沉的罪恶感却不能不升上我的心头——那就是几年以后，在一次暴风骤雨的运动中，我辜负了我与丁玲一道共过患难而又一道承受喜悦而建立起来的友谊，在那闪着欢笑、流着眼泪的可爱的深夜，我们何曾想到后来命运会做出那样无情的安排。丁玲呀，你在国民党魑魅魍魉世界中受过磨难，谁知你竟在自己创造的世界里又受到如此深沉的灾劫。对于这一切，我作为作家协会党组负责人之一，应当承担我的历史责任。……欠了债，只有自己偿还，我到丁玲那里去了，我说：'丁玲！我向你请罪来了！'但是丁玲对我十分谅解，十分宽容，从此又恢复了我们之间的友谊，是延河水清澈的友谊，是第一个十月一日欢乐泪花冲击的友谊。"

刘白羽表示，在自己的心灵历程中，对丁玲所犯的错误，是他最苦涩、最悲痛的历程，他一生中最痛苦的错误是给丁玲造成的苦难。他对于自己对丁玲所犯的错误是绝对不会忘记的，一直到他怀着内疚默默死去。刘白羽真诚的忏悔赢得了丁玲的谅解。在丁玲逝世的第二个月，即1986年4月，刘白羽就写了带检讨性的纪念文章《丁玲在继续前进》发表在《人民文学》上。文章写道："……丁玲一生中更巨大的坎坷降临到她头上。如果说前半生的坎坷来自敌人阵营，而后半生的坎坷，却来自自己阵营，这是不能不令人唏嘘惋惜的。想到这里，我心情沉重，思之痛心，因为我作为作家协会党组成员，在丁玲所遭受的苦难中，我必须承担历史的重责因而对丁玲永怀深深内疚。"

刘白羽的忏悔是真诚的吗？有人怀疑过刘白羽忏悔的诚意。笔者认为这毋庸置疑。刘白羽对20世纪80年代文艺界的落实政策是支持的。他的反思与忏悔是真诚的，值得肯定。

关于丁玲问题平反时刘白羽的态度，马烽的说法是这样的："周扬、白羽、默涵过去都是比较左的。刘白羽这个人，跟上周扬整丁玲是不遗余力的。可是丁玲问题平反的时候，中央文件下来，刘白羽第一个说，确实我们错了。而且，丁玲死了以后，刘白羽写了一篇文章，悼念文章带检讨性的。过去，我呀，孙谦呀，总觉得刘白羽这个人是'老左'，很偏激，看了他这篇悼念文章，观点立刻有点转变。"[1]

关于刘白羽的为人以及他向丁玲道歉的生动细节，周良沛在《未能如烟而去的往事》中都有记述。周良沛笔下的刘白羽是十分生动的。周良沛曾经受刘白羽的好友方纪之托，给刘白羽捎去一坛窖藏几十年的绍兴酒。刘白羽不是感谢，而是严肃地告诫年轻人不要讲究品茗饮酒、自毁前程。刘白羽这种让来客觉得有些生硬、尴尬的告诫令周良沛产生了特殊的感觉：

---

[1] 转引自陈为人《从丁玲展开的马烽人生》，《新文学史料》2008年版第2期。

……不论你听得怎么不对劲，人家也就是那么一个人，就是那么为人，办事。这倒让我在日后文坛的是非中，不论他有什么错，我都看作他思想状态的必然，还不把他和搞阴谋的那些家伙混在一起。

……

对丁玲的问题，刘白羽始终是认账的。关于丁玲的《复查改正意见》，周扬不表态，他签字同意。……在这之前，他走到丁玲家，刚进到客厅门口，他那大块头的个子是百多度的弯下腰去赔礼道歉，丁老太太忙着接迎过来，"你这是干什么？事情都早过去了嘛！""人谁无错，只要胸襟磊落就行。"两人促膝谈心，没有谁在演戏。丁玲去世，《生平》中一句"丁玲同志是受'左'的错误迫害时间较长，创伤很深的作家"，"作协"要删，亲属、朋友坚持不删，告别仪式为此一再拖着，白羽也是支持同情家属，不时来问情况，出主意，想办法的。①

关于刘白羽向徐光耀道歉一事，早已是轰动一时的"劫后传书泯恩怨"的文坛佳话。然而，也有人对这段文坛佳话产生疑惑。例如，石湾发表《刘白羽的忏悔与反悔》一文，对刘白羽向徐光耀致歉的真诚性，提出质疑。原因是石湾作为作家出版社副总编，他在出版刘白羽的最后一部散文集《天籁集》时，在选文上与刘白羽意见相左。刘白羽坚持在《致徐光耀信》后，附上黎辛的《致黄秋耘信》，而石湾坚持要附上徐光耀给刘白羽的复信。刘白羽不同意这样做。最终双方彼此妥协的结果是把原有的《致徐光耀信》也删去了。对此，石湾表示非常遗憾："就这样，《天籁集》作为刘白羽此生最后一个散文集，由我签发，于2002年12月出版。遗憾的是，在这部散文集中，找不到他晚年著作中最大的一个亮点：《致徐光耀信》。"②

石湾在《刘白羽的忏悔与反悔》一文中说："我在终审书稿时，发现在《致徐光耀信》后，附了一篇黎辛的《致黄秋耘信》。首先，我觉得既然收

---

① 周良沛：《未能如烟而去的往事》，《文艺理论与批评》2001年版第4期。
② 石湾：《刘白羽的忏悔与反悔》，《文学报》2012年第12期。

录了写于 2001 年 3 月 29 日的《致徐光耀信》，就应该附上徐光耀 2001 年 4 月 3 日给他的复信。其次，从体例来看，如果一定要收录黎辛的《致黄秋耘信》，也应该将此文移至《附录》，而不能紧随《致徐光耀信》其后。当我认真读完黎辛的《致黄秋耘信》，立即明白了刘白羽的用意，即他对两年前向徐光耀所作的忏悔，竟然有了反悔之意。"石湾的判断是否理由充足？为了探个究竟，笔者专门找来黎辛的两篇文章：《关于中国作家协会的反右派斗争及其它——〈黄秋耘访谈录〉读后》（《新文学史料》1998 年第 4 期）以及《再谈中国作家协会的反右派斗争及其他——〈黄秋耘访谈录〉读后之二并致黄秋耘》（《文艺理论与批评》2000 年第 4 期）。仔细读了这两篇文章，并没有从中看出刘白羽对自己向徐光耀所做忏悔有反悔之意。刘白羽坚持附上黎辛的文章，大约是《关于中国作家协会的反右派斗争及其它——〈黄秋耘访谈录〉读后》一文中有以下内容："您说'作协机关领导反右派运动的核心小组组长是刘白羽'，'主要就是刘白羽领导中国作协机关的反右派斗争，甚至可以说独断一切'与事实不符。刘白羽是领导作协整风与反右的三把手。1955 年荃麟病休，批判丁玲、陈企霞反党小集团刘白羽是主要执行人。"①

笔者认为，这段文字把刘白羽定位为作协整风与反右的三把手，而不是独断一切，这似乎能够减轻刘白羽在整风和反右运动中的责任。这也许是刘白羽坚持选录黎辛文章的主要原因。因此说，仅凭刘白羽坚持在《天籁集》中收录黎辛的《致黄秋耘信》这一做法，并不能说明刘白羽后来的忏悔是虚情假意的，只能说明刘白羽意在借助黎辛的观点来为自己减责。刘白羽向徐光耀致歉的信就摆在那里："字字血泪，正义之言鞭挞着我的心灵，你在那历程中所承受的痛苦，都是我的罪孽所造。光耀同志，我羞惭，我恸心，我无颜求你原谅，但我要说出我永恒的遗憾，包括在那失去理智的时代，我对你不礼貌的行动，我只有在远处向你深深地谢罪谢罪……"② 看了

---

① 黎辛：《关于中国作家协会的反右派斗争及其它——〈黄秋耘访谈录〉读后》，《新文学史料》1998 年第 4 期。
② 编者：《劫后传书泯恩怨——作者刘白羽与徐光耀通信》，《炎黄春秋》2001 年第 6 期。

这段字字千钧的文字，我们很难说刘白羽的致歉不是真诚的。再说，2002年出版《天籁集》时，刘白羽有必要对自己此前的道歉反悔吗？仅仅凭借刘白羽坚持不选《徐光耀的回信》就猜测他有反悔之意，理由不够充分。总体来讲，刘白羽是个坦荡磊落之人，对自己说过的话还不至于出尔反尔。

刘白羽不仅登门向丁玲道歉，而且在丁玲住院期间，还多次到医院探访。他的道歉是真诚的！他那种公开道歉、勇于解剖自己的精神是难能可贵的。向人道歉是一种精神的自我疗伤，也是灵魂的洗礼与升华！刘白羽与丁玲的友谊正是在他的多次道歉中放射异彩！关于刘白羽道歉的真诚性，我们还可以从郑伯农的记述中体会到："在我的印象里，他对总结文学战线的历史教训，纠正历次政治运动对人和事的错误处理，态度是积极的。譬如，对于丁玲，他从心底感到搞错了，诚恳地登门道歉。他很佩服丁玲，不仅佩服她的文学才华，更佩服她历经磨难不改对革命的忠贞。"①

通过对刘白羽和丁玲关系的考辨，可以看出，二人关系发展变化的历程具有典型的时代意义。他们的个人命运与时代紧密相连，他们友谊的变化折射出历史的风云变幻。刘白羽和丁玲都是有着坚强党性原则、心中燃烧着圣火的革命作家。他们在 20 世纪 30—40 年代抗日的烽火岁月中建立起了革命的友谊；在 50 年代的肃反运动和反右斗争中，他们的友谊受到了极大的冲击，彼此成了批判者和被批判者；在 20 世纪 80 年代拨乱反正、思想解放的新形势下，刘白羽主动向丁玲道歉，二人恢复了以往的友谊。因此说，刘白羽和丁玲关系发展的每个阶段无不打上了时代的烙印，他们关系的变化过程在一定程度上折射了中国现当代革命史、政治史和思想文化史。

第四节 《叩问童心》：祖父的呵护与母爱的需求

新版《叩问童心》是杨稼生做文、杨先生的孙女杨田田插画的一部图文并茂的散文集。它主要记述了杨田田成长的一些故事。但这不是一般的

---

① 郑伯农：《烈士暮年壮心不已——我所接触的晚年刘白羽》，《中华魂》2006 年第 4 期。

"育儿经",而是一部让人感动、引人思考的著作。

《叩问童心》是一首"真"的诗！一曲"爱"的歌！真情、挚爱贯注全篇。书中有这样一段话："谁都是一个半圆，两个人扯住手合起来就是一个圆。田田读懂爷爷的时候也是一个圆。我知道我肯定能欢欢喜喜、勤勤恳恳挣来这个'圆'的。"新版《叩问童心》的出版说明杨稼生先生已经挣到这个"圆"了。这是多么令人感到欣慰和羡慕的一件事啊！然而，爷爷为了挣得这个"圆"所付出的心血，可不是用一般的语言能够形容的。

读此书，不能不为爷爷在田田成长过程中所付出的巨大努力而感动！这种努力中所包含的小心翼翼、如履薄冰，尤其使读者心颤！进而也引起人们的许多思考。

一、祖父对孙女的精心呵护

爷爷对田田的爱不同于一般的祖父对孙女的那种爱。由于父母离异，田田在一岁的时候就开始跟着爷爷奶奶生活了。在这种情况下，爷爷对田田的爱，或许还包含着更多的希望——希望田田的健康成长能够挽回她父母的婚姻，希望田田的快乐成长能够补偿命运带给她的缺憾！同时这份爱中也承担着更多的责任——只允许教育成功不允许教育失败！从这部书的许多篇目都可以看出，爷爷的倾心倾力与紧张担忧。

爷爷唯恐对田田的爱不够满心满意、不够完美无憾而竭尽全力。《一个冬日的午后》记述了这样一件事：为了让田田用上合意的台灯，爷爷亲自动手为台灯改装一个可以控制指示灯的开关。文字所描绘的爷爷那种改装开关时的忙碌、改装之后的兴奋，实验失败之后的沮丧、寻找同一牌子台灯时的心急如焚、怕田田看到台灯烧坏而伤心的忧虑，读来让人倍感心痛和酸楚！

爷爷唯恐对田田的教育出现什么闪失而竭力掌握好分寸。在《一百分》中，依爷爷的心愿，他希望田田成为一个自强不息、志存高远的人。所以，在考试分数上，应该追求一百分。理由是："……不，必须十全。跟做人一样，不能树九成德，缺一成德！""不树起当将军的志气，连士兵也当不好。"然而，爷爷写道："这话对田田太远，不着边儿。于是，就让她99.5分去！"

由此可见爷爷对田田的教育是颇费了一番心思的。他时刻在寻找着宽严相济的最佳平衡点。然而，这是很难掌控得恰到好处的。管理上放松了要求，怕田田落后了；要求严格了，又怕给的压力太大，适得其反。因此，爷爷常常在严格要求与田田的承受力之间寻求平衡。爱之深，往往责之切！这就造成了文本内部之间的紧张，爷爷对田田的谨言慎行、委婉措辞正是这种内在紧张的一种表现。

爷爷为田田一时改不掉的坏习惯而忧心忡忡、提心吊胆。例如，在《水上有桥，桥下有水》一文中，作者表达了对于田田"浮躁"毛病的担忧，"爱他人就一定怕他人有灾""对田田，我是真爱着的，因而也真是怕着的"，这样的语言表达了爷爷对田田健康成长、平安生活的希望和担忧！再如，田田不能抗拒劣质食品的诱惑，说话、写作时的大人腔，写字时贴作业本太近，上课时做小动作等不良习惯都使爷爷忧心忡忡。为了提高田田的学习成绩，爷爷真可谓是到了呕心沥血、殚精竭虑的地步！《你是干啥吃的》中写道："整个寒假，我陪着田田，在进行曲中快速劳作，她那涣散的劣习似乎是先天的。就算是阿斗，我必鞠躬尽瘁，有信心移山移水重新打造一个田田！"这表达了培养田田成才的决心和信心！这种担忧和努力，撼人心魄，催人泪下！

爷爷为了田田能够开心快乐、家庭能够和睦幸福而用心良苦。《不会丢失的书》记述了这样的故事：田田在幼儿园弄丢了妈妈买的《妈妈教我学唐诗》，爷爷在费了很大周折，仍然找不回这本书之后，又想办法为田田找来了类似的两本书。这两本书的内容包含了丢失的那本书的全部诗篇。于是，爷爷教田田背诵下那些篇目，以此挽回丢书的损失，使那本妈妈买的书成为一本刻在脑海中的书，也就是一本永远"不会丢失的书"。其间，爷爷倾注了复杂的感情。他希望田田母女之间有更多共同的美好的记忆！阅读《成年人的童话》可以知道，在田田继母娶进门的前一天，爷爷似乎是有意把邻居辛慧姑娘请到家里，让她现身说法给田田上了一课，让田田知道为什么要称呼继母为妈妈。《小心翼翼托平一碗水》表达了对于田田亲生母亲再婚生子后又遭离异的同情和关心。其间，照料那外姓小宝宝的精心，对田田给妈妈倒防裂油行为的理解和支持等，都显示了爷爷在为人处世上的厚德明理。爷爷不仅呵护着田田稚嫩的心灵，还时时处处为田田的姨姨（继母）和妈妈着想，生怕她们感到不便和委屈。在《小孩子的童话》一文中，奶奶因为田田考试粗心、严重丢分而生气，动手打了田田。田田的姨姨看到后怜惜地落了泪。这一情形被爷爷看在眼里，爷爷的反应是："我吊悬很久的心落地了。"这句话无意间透露了爷爷的心迹：时刻担忧田田与姨姨能否和睦相处。

爷爷在照料田田成长的过程中，既获得了天伦之乐，也时时惴惴不安和忐忑焦虑。作品中所透露的这种不安和焦虑给笔者带来了更多的思考。

二、孩子对母爱的渴望是无尽的

当上帝为你关上一道门的时候，同时会为你打开一扇窗。由于父母离异，田田在很小的时候就不得不与妈妈分开生活，这是不幸的。但是，田田遇到善良、睿智的爷爷，则又是一种莫大的幸运！就像萧红遇上那位给她带来无限童年快乐的爷爷一样幸运！这大概就是我们通常所说的"因祸得福"吧。就此来说，田田是幸福的！对于小孩子来说，不幸与幸，似乎都是命运的安排。对于成年人来讲，怎样才能在力所能及的范围内让孩子更快乐些呢？这才是我们最需要思考的问题。特殊的生活环境是否会给田田带来一些尴尬甚至是痛苦呢？从《大人话》《小孩子的童话》里可以看出，田田有时会遇到令她很难回答的问题："你说咱家谁最亲你？""姨姨和妈妈是仇人吗？"这样的问题实在是难为了孩子！田田不得不狡黠技巧、反客为主。她回答说："都亲""不是仇人，两个同时亲我的人咋能有仇呢？"田田时有的这种与其年龄不符的大人相、成人腔时刻在引发读者思考：怎样让儿童的心灵更自由、更舒畅些呢？能否减少一些令孩子难以回答的追问呢？

尽管爷爷奶奶倾力为田田打造了一个温馨的生活环境，但是爷爷奶奶的爱永远也无法代替爸爸妈妈的爱。这在《扯手》里有所反映。田田虽然在每个周末都有一天时间去跟妈妈团聚，但是，孩子对母爱的渴望是无尽的，那短短的一天时间是远远不够的。难道不是吗？田田对妈妈微小的敲门声竟是那样敏感："那天午后，家人都出去乘凉去了，剩下田田俺俩在家，我在看书，田田在旁边画鸟。田田忽然惊颤一下，说：'是妈妈！'当时我什么感觉也没有。田田推开纸笔，踢着小碎步扑向门边开门，果然是妈妈来了。田田匍匐在妈妈脚下，立即有了孩子气，小脸蛋像牵牛花刚开，小胳膊细嫩像牵牛花的绿蔓往妈妈腿上缠绕，缠绕着缠绕着，田田成了个小不点。"这里所描写的田田缠绕妈妈时的孩子气以及在妈妈面前撒娇的样子不仅让爷爷感到怜惜，就是一般的读者也会为之动容的！尤其是又看到爷爷写的下面的一些话，泪水一下子溢满眼眶："田田从一岁起跟着我们，都七年了。田田几次小声对我说：'哪一天了，我跟妈妈睡一晚上吧？'这话酸酸地沾在人心上。田田在我们膝边绕了两千个日日夜夜了，这种亲情享受成为一种奢侈啮噬我心。"如果不是爷爷换位思考、通达事理，恐怕很难写出这样的文字。他不仅没有把抚养田田当作一种负担，反而觉得拥有田田、享受亲情是一种奢侈，这样等于侵占了田田母女相处的时间。在这里，爷爷的自责实际上揭出了许多特殊家庭应该思考的问题：对于儿童来说，爷爷奶奶的爱能够完全代替爸爸妈妈的爱吗？如何让特殊家庭的儿童享受到更多的父母之爱呢？

除此之外，这本书也给读者带来了其他方面的一些思考，比如：爷爷在对田田教育过程中的一些"急行军""高密度""高强度"的做法，是否存在一定偏颇呢？爷爷过多的注意力、过于严格的要求和过高的期望是否会对田田造成一定的压力呢？孩子在青春叛逆期，能否把自己所有的心里话都讲给爷爷奶奶听呢？如何正确引导孩子安全度过叛逆期呢？在田田的成长过程中，是否也暴露了隔代抚养的一些弊端如宠爱、娇惯呢？应该怎样做到隔代抚养的趋利避害呢？

以上就是笔者阅读《叩问童心》的感动与思考。拙笔真情祝愿祖孙情永驻人间！点滴思考愿做阅读的引玉之砖！

第五节 《书信世界里的赵清阁与老舍》展现的三个世界

拿到复旦大学出版社 2012 年出版的《书信世界里的赵清阁与老舍》这本书的当天就饶有兴趣地读完了它，原因在于：首先，这本书用楷体字出示了大量作者与韩秀之间通信的原文，使笔者产生了阅读的好奇心。其次，这本书图文并茂，易读易记。最后，因为笔者是河南人，对家乡先贤赵清阁自然有一种敬慕感，早先读过赵清阁编著的《沧海往事——中国现代著名作家书信集锦》和张彦林的《锦心秀女赵清阁》，如今这部关于赵清阁的书自然也引起了笔者的兴趣。

  这部书几乎原生态地呈现了作者傅光明先生与韩秀女士从2009年12月9日起到2011年1月31日期间书信交流的整个过程，记录了大部分书信的主要内容。这些书信既包括传统的纸质书信和信卡，也包括当今常用的特殊的书信——电子邮件。这部书虽不能称厚重但却因为收录、引用了大量信件而颇具吸引力，正如韩秀2010年3月29日给傅光明的邮件中所说："信是用笔用心写给一个人看的，那种情分何其贵重。我正好是一个写信的人，不但有无数种用来写信的信笺与卡片，而且每写一信，精挑细选，总要让其传达最诚挚的情感。……给你的信，虽是电子邮件，多半又是在回答你的问题，但是多年来养成的习惯毕竟有一种力量，不只是就事论事，也不会错字连篇，更没有敷衍与草草了事，于是这些书信来往就有了动人之处。"的确，傅、韩二人都用最真诚的态度在给对方写信，因此，这些信件的意义远远超过了通信的初衷，无论是从学术价值还是文化艺术价值来讲，都值得一读。

  傅光明在书中写道："和韩秀通信，我时常真切感到，奇妙的书信世界常能透露出史料与人生的一种纷纭复杂而又内蕴十足的趣致。"这里道出了书信的魔力。正是书信，不管是传统的纸质书信，还是新媒体时代的电子书信，都是人们沟通的极好渠道，原本陌生的两个人通过书信常常建立起永久的友谊。这部书插入了几十封傅、韩通信的全文或者片段，还有作为附录的赵清阁给韩秀的12封信以及老舍致赵清阁的4封信。作者将这些书信加以解读与勾连，从而产生了奇妙的效果，使得这本仅仅8万字的小书展现了三个丰富的世界。第一个是赵清阁与老舍交往的世界；第二个是韩秀与傅光明交往的世界；第三个是傅光明自己的精神世界。

第一个世界：赵清阁与老舍交往的世界

傅光明向韩秀发送电子邮件的最初目的就是向韩秀询问关于赵清阁与老舍交往的一些细节，诸如"您是什么时候认识老舍及其家人的？您所知道和了解的老舍与家人的感情、关系是怎样的？对老舍在 1966 年 8 月 23 日于北京市文联挨打回家后的情形是否有所了解？对老舍投湖后家里的情形是否了解？如何看待和评价作家老舍和他的死？"等等。在初期的电子邮件里，韩秀对傅光明的采访式提问给予了充分的回应。2009 年 11 月 10 日，韩秀在第一封回复的电子邮件里就道出了老舍对赵清阁的一次重要经济援助的事实：1959 年赵清阁因为不愿写歌颂三面红旗的剧本导致生活面临困境，是老舍把 800 元人民币交给韩秀的外婆，寄往上海，为赵清阁解决了困难。①2009 年 11 月 11 日韩秀第二封回复的电子邮件则写了老舍自杀的前一天被街道造反派毒打的一个重要原因是街道上的人嫉妒他家有上级特别照顾的无烟煤。对此，韩秀在 2009 年 12 月 14 日的邮件中进一步解释说："街道不同于其他地方，街道是一个极其恐怖的所在，街道上的人对各家各户的实际情形了如指掌，他们的折磨才是会将人的精神摧垮的。"韩秀的这一分析很能说明人性的可悲，不分青红皂白、不了解真相的盲目嫉妒是非常可怕的，街道造反派对老舍的毒打进一步把老舍推向了绝望的深渊。韩秀的这一分析使笔者想起朱健国《"争议浩然"何处去》一文中的相关内容，该文称有人怀疑在 1966 年 8 月 23 日的老舍事件中，浩然是假保护、真迫害，因为老舍当时被浩然说成是现行反革命而被送到了街道派出所。此外，蒋妮的《老舍的沉浮人生》也提到此事。看来，"老舍之死"这一事件在诸多细节和人事等方面至今仍是个谜。2009 年 11 月 11 日韩秀第二封回复的电子邮件中还写到了赵清阁对老舍之死的反应：老舍的死讯，是造反派拿这个消息消遣她，她才知道的，从此，赵清阁 30 年如一日晨昏一炷香纪念这个可怜的人。无疑，这是最感人的一笔，充分说明了赵清阁对老舍的深厚

---

① 傅光明：《书信世界里的赵清阁与老舍》，复旦大学出版社 2012 年版，第 131 页。

感情。

韩秀 2009 年 12 月 13 日的邮件是在读了傅光明的《老舍之死口述实录》之后写的，其中提到了一些重要的信息，如《骆驼祥子》的英文版税是诺奖得主赛珍珠帮助老舍亲自向侵权的出版社追回的。"文革"期间批斗老舍时，是草明揭发说老舍把《骆驼祥子》卖给美帝国主义的。对此，韩秀提出了如下疑问："这种事情，少有人知，难不成是舒先生在 50 年代忠诚老实运动中自己交代的？这种交代又如何让草明这种人知悉？或者，1966 年运动初期有人揭发？那揭发者又是谁？是谁知根知底？"① 对这些问题，傅光明的回答是："关于老舍卖版权的事情，据北京文联的人透露，老舍在回国之后不久，就向组织坦诚报告了他的个人情况，包括与清阁先生的交往。"② 但韩秀在 12 月 14 日的邮件中仍指出：对这件事首尾真正清楚的是万家宝（曹禺）。在 12 月 14 日的另一封邮件中，韩秀进一步指出了对万家宝的不满，认为他说大话、不诚实。说他 1981 年在华盛顿的一场演讲中，称自己三岁就念莎士比亚，还说《方珍珠》（老舍写于 1950 年的作品——笔者注）是自己写的。韩秀称万家宝的这一说法当场遭到质疑。③ 看来，韩秀对万家宝是有看法的，她认为万家宝对老舍是不够厚道的。

在 2010 年 1 月 18 日的邮件中，韩秀提到了湖南文艺出版社 1989 年 10 月出版了赵清阁自己编写的《皇家饭店》，里面收录了《落叶无限情》这篇小说。韩秀认为这篇小说写的就是赵清阁与老舍之间的一段凄婉爱情："这诚然是小说，但是文字所表达的心境却是真实的。记得我小时候，看过清阁姨的信中文字。'各居一城，永不相见'，印象极为深刻。"④ 韩秀的这一叙述更加证实了《落叶无限情》是一篇写实性小说。总之，傅、韩的通信，特别是前期的通信，主要对老舍和赵清阁的关系及其相关问题做了深入探讨，呈现了赵清阁与老舍交往的世界，很好地完成了二人通信的原初目标。

---

① 傅光明：《书信世界里的赵清阁与老舍》，复旦大学出版社 2012 年版，第 13 页。
② 傅光明：《书信世界里的赵清阁与老舍》，复旦大学出版社 2012 年版，第 14 页。
③ 傅光明：《书信世界里的赵清阁与老舍》，复旦大学出版社 2012 年版，第 19 页。
④ 傅光明：《书信世界里的赵清阁与老舍》，复旦大学出版社 2012 年版，第 32 页。

第二个世界：傅光明与韩秀交往的世界

本书关于韩秀电子邮件原始内容的大量呈现让读者如身临其境，仿佛也介入了韩秀与傅光明的精神世界，充分感受到他们之间那种真诚和美好。在傅、韩互通邮件之初，两人主要谈论老舍与赵清阁的相关信息，但是，随着时间的推移，邮件的主要内容逐渐转移到了傅、韩之间深层次的思想交流。傅光明给韩秀传去了《沈从文与老舍的疏离与遥望》《萧乾与沈从文：从师生到陌路》的文章，韩秀回信说老舍和沈从文都是逃家的男人。2009年年末，韩秀给傅寄赠了题为"Love and Peace"的岁末信卡，傅则跟韩聊起了如何教女儿背诵古典名作。韩秀表达了自己对正体字的一往情深，她认为学写正体字是一种陶冶性情的极佳训练，并称中国传统文化的美好是她在新大陆站稳脚跟最重要的因素。这样，两人的通信从生活、学习、工作、家庭、教育等各个层面展开了交流，远远超出了当初计划的主题。

傅光明在2009年《岁末感言》中写了韩秀带给自己的温馨和感动，也表达了对官本位体制的质疑。韩秀回信表示，与傅的结识让自己对中国生出了希望。此后，两人的通信内容进一步扩大，其间虽然也涉及一些赵清阁与老舍的信息，但是，更多表达了傅光明和韩秀对人性的探索，体现了他们真诚待友的品质、认真做事的态度。韩秀认为，二人所做的工作都是揭示人性，只不过一个以学术的力量，一个以文学的力量。傅光明把自己对周思源讲座《孰优孰劣话黛钗》的点评以及《另眼看"鬼狐""士林"》的文章传给韩秀。这样，他们的通信内容就由赵清阁、老舍扩大到了《红楼梦》《聊斋志异》《儒林外史》等，继而扩大到傅的翻译作品《古韵》，他们还谈知识分子的独立人格，谈足球、旅行、诺奖、儿女，谈社会的浮躁、友情的温暖等等。

傅光明与韩秀彼此的修养、才情使得他们的交流在一个相当雅致而深刻的层面上展开。共有的社会批判意识与高度的社会责任感是他们能够深度交流的基础。无疑，这次跨越太平洋的异质文化交流，带给双方的是惊喜和愉悦，而几乎原貌呈现交流过程的这部小书自然带给读者诸多启示，比如韩秀对曹禺的直接批评、对胡絜青未能给予被批斗的老舍以温情的描述、对"文革"时期街道居民劣根性的认识、对赵清阁入党问题的看法、对老舍火葬地点的质疑、对于上山下乡运动的痛恨、对于正体字的褒扬等都给笔者留下了深刻印象。这本书展示了文化的多元视角，过去看不到、看不清的东西，被揭示出来了。这正是第二个世界的魅力：跨海书信交流、异质文化碰撞催生新的思想和认识。

第三个世界：傅光明的精神世界

这部书除了呈现前两个世界之外，还明显地呈现了第三个世界，即作为该书作者的傅光明自己的精神世界。该书虽然大量引用了韩秀的信件，但是，它从形式到内容都体现了作者的主体性，充分显示了作者自己的学术个性和精神追求。形式方面主要指采访的运用、叙述的朴实、图片的插入，内容方面主要指作者的人生境界，傅、韩通信的过程就是本书作者精神世界获得超越的过程。

该书体现了傅光明治学的特征之一——熟练地运用采访。运用采访这种田野调查的形式做学术研究是傅光明不同于一般的现代文学研究者的重要特点，使用采访的方式研究老舍是傅光明比较纯熟的方法，这从其著作《老舍之死口述实录》中已经看得十分清楚。这部《书信世界里的赵清阁与老舍》实际上是又一部关于老舍研究的采访记。韩秀在 2010 年 4 月 22 日的邮件中点出了傅光明的这种研究方式："说老实话，我是接受了你的采访，只是我们使用的是笔谈的方式。你用这个采访出清阁先生的来信以及清阁先生的作品，是为她说话，是为舒先生说话，也是把我介绍给大陆学界、大陆读者……"这本书呈现出的几乎就是整个的采访过程。既有采访的具体时间，又有采访的问题与结果，更有对采访的"后期制作"。看似简单地把两人的通信按时间顺序罗列出来，实际上这些信件是根据内容的需要经过作者精心挑选与编撰了的。把那么多的书信恰如其分地删节、连缀与说明，这是很见功力的，也是使用田野调查法必不可少的一步。

该书体现了傅光明朴实、透明的叙述方式。这种叙述方式就是坦诚地与读者对话，向读者如实交代了该书写作的经过。在作者的描述下，全书的形成轨迹清晰地展现给读者，这既在作者事先预料之中，又是通信过程水到渠成之结果。作者不仅记述了与韩秀商量如何适当修改通信内容以适应发表需要的事实，而且还详细描述了该书上篇和续篇的身世来历：上篇是先写好全文，后来给陈子善主编的《现代中文学刊》发表时，被删减了的；续篇则正好相反，是先给陈思和主编的《史料与阐释》一个简版，随后才补充丰富起来的。在作者把成书经过呈现给读者之后，他说："就这样，'续篇'已在这里了。"这一句话有很强的现场感，把读者拉入情景，仿佛你面前就站着作者，他正在亲切和气地、娓娓动听地向你讲述自己的奇遇，讲述此书的来龙去脉。

该书体现了傅光明的编辑美学思想。插入图片是傅光明编书的一个重要特点。作为一名长期担任《中国现代文学研究》丛刊的副主编，他利用现代文学馆特有的馆藏资源，长期以来在丛刊封面与封底的内侧插入"唐弢文库版本欣赏"的彩色图片。这些插图大大增添了丛刊的文化价值和美学含量。同样，《书信世界里的赵清阁与老舍》一书中也有大量插图，如老舍 1942 年书赠赵清阁的 5 首诗、老舍赠赵清阁的手书扇面、老舍给赵清阁的书信手迹、赵清阁的画作"泛雪访友"与"晚荷逸趣"、赵清阁给韩秀的书信手迹、韩秀寄给傅光明的"猫头鹰"图案的信卡、《古韵》的封面等等，这正体现了傅光明编辑的美学追求。上述三个特点就是该著所体现的傅光明学术研究的特征：研究方法上的调研性、叙述方式上的朴实性和著作编辑上的审美性。

该书还体现了傅光明的人生境界。《书信世界里的赵清阁与老舍》这部采访记的价值已经远远超出了老舍研究，这里更多呈现了研究者自己的学养与魅力。那浓郁的书卷气、达观的人生态度洋溢其中。从一定意义上说，这是一本教人如何摆脱苦恼、笑对人生的书。读完此书，你会发现作者在与韩秀交往的过程中，从韩秀那里接收到一种宁静和温暖，这种宁静和温暖使作者从对人事的纠结忧郁、焦虑不安中解放出来，获得了一种力量，懂得了简单、真诚即可获得幸福、温暖，因此逐渐走向澄明与禅界，追求健康愉快而有尊严的生活，实现了人生的超越。正如陈思和在该书序言中所说："看重的是光明先生这种化委屈为淡定、化块垒为清流的人生态度。"该书通信中所呈现的宠辱不惊、闲庭信步的世界就是傅光明自己的精神世界。

总之，这部书以其真诚、简单、透明展现了丰富、深刻、博大，一本小书里呈现三个世界，而这三个世界都是由通信引出的，故曰"傅、韩通信引出的三个世界"。

第六节 《两岸书》中大爱无疆、大道低回的精神品格

当我读完《两岸书》①这部痖弦与杨稼生两位先生的通信集之后，心中反复感叹着一句话，这就是"大爱无疆，大道低回"。大爱无疆，一种大气、包容、宽广的文明积淀；大道低回，一种清雅、内敛、谦卑的精神品格。读痖弦的信，仿佛面前站着一位来自远方的智者，那种博大胸襟、洞察世事、人情练达、诙谐幽默令人惊喜。读杨稼生的信，则仿佛与一位朴实的山民对话，那种善气迎人、古道热肠、人淡如菊、心素如简令人感动。全书于中原文化、台湾文化、教子育人、养生保健的侃侃杂谈中，渗透着一种深切的文化关怀与责任担当，一种立人达人而功成不居的仁者风范，一种上善若水、大音希声、大象无形的思想境界。

一、痖弦的德善情怀

阅读书的前半部分——痖弦致杨稼生的书信，我从中看到了一位诗坛巨子、副刊编辑家的德善情怀。痖弦对河南故乡、南阳故里的那种眷恋和深情使我想到了另一位中原骄子，诺贝尔物理学奖的获得者——崔琦。崔琦12岁的时候离开家乡宝丰到香港读书，后来成为美国普林斯顿大学教授。他在荣获1998年度的诺贝尔物理学奖之后，接受了凤凰卫视主持人杨澜的采访。杨澜问道："如果那个时候妈妈没有送你出去读书，你如今会怎样？"

---

① 痖弦、杨稼生：《两岸书》，河南文艺出版社2014年版。

崔琦的回答出人意料："如果我不出来，二年困难时期我的父母就不会死。"①崔琦后悔得流下了眼泪。颇为相似的是，痖弦接受台湾地区华文作家龙应台的采访，在谈到自己当年在豫衡联中读书、流亡、离家、从军的情景时，他流泪了。他感到自己的经历就如古诗所写"十五从军征，八十始得归"的悲惨故事。尽管他在台湾文坛地位显赫，但他始终没有忘记养育他的家乡和亲人。2008 年，76 岁的痖弦与女儿小米一起跨越 5000 公里行程，把父亲的魂灵象征性地借用一把黄土从青海劳改农场的废墟地带回到河南南阳杨庄营母亲的坟头，完成了他晚年最大的心愿。痖弦的这一行动催人泪下！一个人最大的魅力不是地位、荣誉，而是有仁爱之心。在家国同构的传统观念下，仁爱之心首先体现为爱父母、爱家乡，进而才扩展到爱祖国，爱人类。

　　痖弦和崔琦的经历和情感有诸多共同之处：少小离家，身处异乡；晚年探乡，拳拳深情。他们都由父母之爱延展到了家国之爱、人类之爱。这种爱超越了地域和信仰，是一种至善至美的胸怀和境界。痖弦多次回到大陆访问、讲学、送书。他向台湾文坛推介了大批河南作家，仅仅在他写给杨稼生的书信中提到的河南作家、编辑、学者就有近 30 位之多，这些人如苏金伞、孙荪、周大新、曲令敏、樊洛平、邓万鹏、王连明、席根、刘芳、何宝民、牛雅杰、高春林、南豫见、于黑丁、庞嘉季、周同宾、陈广民、郝金焕、王大海、吴庆安、周熠、方向真等。这一连串的名字显示了河南当代文学的实力，是河南当代文学的自豪和骄傲。这些人的名字能够出现在痖弦的书信中，这本身就是一种对河南文艺的宣传和鼓励。痖弦的笔一头连着大陆，一头连着台湾，他把这些来自家乡的文化人的信息传递到台湾，同时，也不断向家乡报告着台湾文坛的状况，余光中、林海音、杨牧、三毛、白先勇、洛夫、叶嘉莹、琦君、黄启方、黄碧端、王鼎钧、蔡步荣、蔡文布、张堂琦、刘慧琴、苏伟贞、张晓风等，这些台湾文化名人的消息不断出现在痖弦的笔端。痖弦以这样的方式把海峡两岸的文坛联系在一起了，把中原大地与台湾宝岛的文化气息融合在一起了。

---

① 李红：《崔琦的眼泪》，《山西老年》1999 年第 11 期。

从痖弦的信中可以看出这位编辑兼诗人身上所蕴含的巨大的文化价值，更可以感受到他对故乡的那颗滚烫的赤子之心。他在信中常常使用一些南阳方言如"十来一儿""拔园""拍话""赶趁""歇晌"等，同时，他还饶有兴趣地解释他所使用的方言词的含义。他不仅对家乡饮食念念不忘，而且对河南曲剧情有独钟，长期致力于河南曲剧资料的搜集、整理和研究。他在1993年4月9日给杨稼生的信中写道："我认为天下第一美食便是浆面条、胡辣汤和韭菜盒子。天下第一乐音，河南曲子！"① 这种眷恋故土的情感是如此具体、真切！

痖弦的仁厚宽广不仅表现在他的家国之爱上，还表现在他的敬业精神上。他给海内外投稿作者写的书信数量之大、信息密度之高都是惊人的。许多作者从他的书信中感受到温暖和鼓舞，并由此成长为知名作家，这正如痖弦自己所说："我有一种能力，能闻到天才的香味，当年我帮过忙的人，今天都成为重要作家。"② 我们知道，在这种发现人才的睿智背后，不仅蕴藏着许多辛勤的汗水，更有那高尚的牺牲精神和大爱精神。他给那些不曾谋面的投稿作者写了无数的书信，却荒芜了自己的诗歌园地。难道这不是一种牺牲和大爱吗？我们仅仅从他写给杨稼生的这些书信就可以看出他在一个普通作者身上所投射的关注和爱心。他给杨稼生的每封信篇幅不长却句句掏心掏肺，让人感到亲切踏实。痖弦对投稿作者的关心、对编辑工作的这种执着就体现了一种大爱精神。

二、杨稼生的善良仁爱

读完《两岸书》的第二部分——杨稼生给痖弦的书信时，我脑海里自然蹦出孙犁这位当代优秀散文家的形象。杨稼生多像孙犁啊！从创作历程到创作风格，再到个性禀赋、处世为人等，都有很多相似之处。从创作历程来说，两人都有长达20余年的写作中断期。新中国成立前，孙犁的《荷花淀》

---

① 痖弦、杨稼生：《两岸书》，河南文艺出版社2014年版，第15页。
② 痖弦、杨稼生：《两岸书》，河南文艺出版社2014年版，第114页。

《芦花荡》等短篇小说以清新独特的风格引起了文坛广泛的关注。1956年以后，孙犁因病长期搁笔，直到1977年以后，又如井喷般地写了一系列的散文和评论，使其晚年的创作达到了一个高峰。杨稼生在1954年与人合作出版短篇小说集《初中毕业生》，1956年出席全国第一次青年文学创作会。在1957年反右运动之后，被放逐到大山里开荒种树20余年。山中的生活，虽然阻断了他的写作，但却给他积淀了刻骨铭心的生命体验。他在1979年搬出深山到文化局工作之后，文思沛然，作品频现。从作品风格来说，杨稼生、孙犁两人都善于记述生活中细小的事情，以小见大。孙犁写战争题材，很少描绘血与火，而是更多地展示战争中人物心灵的美；杨稼生写饥荒题材，却没有直接写饥馑和粮荒，而是更多地表现物质匮乏年代里人情的温暖。他们的作品题材虽小，故事虽短，却都清新疏朗，有一种吸引人的神奇力量。从行事为人来说，两人都十分低调，不事张扬，淡泊名利。就文学价值来说，杨稼生的《叩问童心》《海蓝海蓝的眼睛》《我女儿必经此地》《今天，您好》《北湾》与孙犁的《耕堂劫后十种》相比，毫不逊色！

道如行路，靠德承载。杨稼生的"大道"之中包含着无尽的善良和广博的仁爱。这种品质体现在多个方面：

首先，杨稼生具有感恩情结。他有一颗感恩之心，知恩必报的思想在他的书信里表现得非常突出。笔者注意到在他给痖弦的信中有一个问题被他四次反复提及和追问。2004年，当他看到痖弦出版的《聚伞花序》中展示了70多位台湾作家和艺术家的面貌而没有高柏园先生的信息（高柏园曾在1997年为杨稼生写过一篇评论文章，是经痖弦转寄的）时，他在11月4日给痖弦的信中写道："曾给我写书评的高柏园先生是谁？他怎么没有出现在《聚伞花序》中？"[①] 在2005年2月16日的信中，他善良地推测了两件事："一、为我写书评的高柏园是痖弦吧？二、先前你信上说的'安纪芳请我吃饭'和'綦文甫请我吃饭'，都说反了吧？一定是你破费了。"[②] 在2005年4月18日

[①] 痖弦、杨稼生：《两岸书》，河南文艺出版社2014年版，第173页。
[②] 痖弦、杨稼生：《两岸书》，河南文艺出版社2014年版，第174页。

的信中再次追问高柏园是谁,并解释说,想以《理智不敌感情》为序言或跋出一本集子,需要弄清高柏园是谁。他说:"若高柏园即痖弦就好了。"① 在2005年7月25日给痖弦的信的结尾,他又一次追问:"请告我高柏园是谁。"② 杨稼生对高柏园其人的执着探询,体现了他对这个为他写过书评的人的感激之情。自己的作品被陌生的读者或评论家评论,这本是一件极平常的事情,杨稼生却时时挂在心间,多次念叨那位高柏园先生,这表现了他的善良和朴实。受人滴水之恩,必当涌泉相报!

其次,杨稼生具有悲悯情怀。他的善良还表现在他对农民怀有悲悯、恻隐之心。"恻隐之心,仁之端也!"他在写给痖弦的信中谈到了一双拖鞋的最终归宿。那是痖弦在舞钢杨家小住时穿过的黄色拖鞋,它在杨稼生又穿了两个夏季之后,被送给了一个赤脚的卖瓜农民。杨稼生在给痖弦的信中写道:"去年初秋,一位乡下卖瓜人,赤脚站在门前,我把这双拖鞋脱给他,他那份感激,使我心酸,想到了我们的父辈。这双拖鞋最后的归属是很意外的,绝非施舍,物薄而意重。"③ 从这些话语中,可以看到杨稼生对劳动者的同情和爱怜。看到这些文字,我不禁想起了鲁迅在《一件小事》中记述的一个情节:车夫搀着老妇人走进巡警分驻所之后不久,一名巡警走近"我"说:"你自己雇车吧,他不能拉你了。"这时,"我没有思索的从外套袋里抓出一大把铜元,交给巡警,说,'请你给他……'"不难想象,当杨稼生把自己正穿在脚上的拖鞋脱给卖瓜农民时,他同样是没有思索的,那种下意识的动作正体现了对劳动者天然的亲情和无限的关切。这种关切源自对农民的深深理解和感恩,正如他在《购粮本、计工本》一文中所写:"记工本套上了红色套皮,托在我的掌心上,立刻显示出它的分量:有了它,亿万家的粮本上的数字才成为真实的粮食,它们是血缘关系,没有工本,哪有粮本?为'革命'停产的年代,是它,维系住中国农民的忠诚,为'革命'种田,撑起万千人的豪言壮语。"看了这样的肺腑之言,我们不能不为这篇散文的结

---

① 痖弦、杨稼生:《两岸书》,河南文艺出版社2014年版,第176页。
② 痖弦、杨稼生:《两岸书》,河南文艺出版社2014年版,第177页。
③ 痖弦、杨稼生:《两岸书》,河南文艺出版社2014年版,第164页。

尾所感动:"读书人庄稼人蹇踬多灾,以粮本和工本这两个中国历史上的特殊产物在特殊年代有缘深山为邻,也是幸遇。此刻我把脱去红色套皮的粮本也放入掌心与工本挨着,让他们暖暖和和地哭泣吧……"在自己被下放劳动的日子里,他没有怨愤,而是时常接济和帮助比自己生活更艰难的哑妇人一家。他的《购粮本、计工本》《头,楔子》等作品虽然描述的是物质短缺年代里的苦涩记忆,但处处浸透着一种人与人之间的温情和感动。

杨稼生的书信像他的作品一样透露着一颗大爱之心。只有具有大爱之心的人才会向那些地位低微的劳动者致以尊重,才会把朋友视为亲人。杨稼生向曾经被自己责难和抱怨的邮递员真诚道歉,向被自己疏忽(没有及时把痖弦到舞钢的消息通知到友人)的朋友赵中森真诚道歉,而且他相信能够得到赵中森的谅解。他写道:"朋友是一种亲情,会自动谅解的。"[①] 这种源自人性深处的关怀和信任在物欲横流、信任危机的滚滚红尘中,显得弥足珍贵!

杨稼生的善良还表现在他为桥桥焚香、给痖弦寄毛衣这些看似细小的事情上面。自2005年痖弦的妻子桥桥去世之后,每逢清明节家祭和桥桥祭日,杨稼生和妻子就会焚香祭奠桥桥,这份真情淳朴感人。为了让痖弦穿上合身的毛衣,杨稼生的妻子曹凤莲和女儿的友人小慧四次返工,并最终寄出了尺寸、色泽都满意的毛衣,还特意在毛衣前胸处绣上一片叶子,在毛衣衣袋里放上写有"叶有根"的字条,让痖弦感受到了故土亲情。可以说,这件毛衣的一针一线都凝聚着家乡人的牵挂和体贴!这件毛衣的邮费是毛衣价格的5倍,这就是"千里送鹅毛"的情义吧!为了探询毛衣是否安全寄到,杨稼生多次出入邮局查询。可想而知,当这件以"特快专递"寄出的毛衣历时8个月终于抵达痖弦手中时,他的那份感动!难怪在痖弦给杨稼生的信中,多次写到这件毛衣正穿在身上的情景。这一切的一切,都透露了杨稼生的善良和淳朴,一种至善至情。

杨稼生的仁爱不仅表现在他对普通劳动者、对友人的宽厚和奉献上,

[①] 痖弦、杨稼生:《两岸书》,河南文艺出版社2014年版,第172—173页。

还表现在他对家乡、对祖国的那份挚爱上。他的书信中常常表现出对舞钢的赞美,他认为舞钢依山傍水,风景秀丽,气候宜人,因此建议痖弦在舞钢买房养老。他对于痖弦退休后选择加拿大定居,距离祖国越来越远而感到一丝遗憾。他在给痖弦的信中写道:"没见过面,又言辞别,真是悲哀!而这悲哀又岂止于你我?四十年前您从大陆浮槎东渡,四十年后又继续东渡,去到比台湾更远的一个地方。此去经年,大家互相念着,遇四时佳节,稼生当致函那个'中国院'报平安,祖国好,家乡好!"① 这段话令人泪湿,这里既包含"每逢佳节倍思亲,遍插茱萸少一人"的兄弟亲情,也包含深沉的家国之爱!我相信,当杨稼生说出"祖国好,家乡好!"这些字眼的时候,他不仅仅是在向痖弦报平安,他更是在内心真诚祝福自己的祖国和家乡!

　　书信体现着写信人的品性和志趣,只有当通信人在学识水平相当、思想基本一致的情况下,通信才能够持续下去。正如《两岸书》的序言作者温慧敏所写:"书信从产生那天起就以独特的方式传递独特的心灵密码。"② 痖弦与杨稼生之间已经持续了20多年的通信传递了两人的同心之言,表现了两人的性情和人品。痖弦的博爱中不乏低调,他不大喜欢主动去接近名人、不主张去"烤红火"的行事原则都说明了这一点。杨稼生的大道低回则直接以修德积善、助人为乐为承载。从痖弦与杨稼生之间这193封通信中,可以充分感受到二人在精神品格上的相似之处:宅心仁厚,儒雅博爱;高标做事,低调做人。这就是大爱无疆、大道低回的精神,这正是中华民族的传统精神,痖弦和杨稼生以他们的《两岸书》共同诠释了这样的精神品质。

---

① 痖弦、杨稼生:《两岸书》,河南文艺出版社2014年版,第147页。
② 温慧敏:《同心之言——〈两岸书〉序》,载痖弦、杨稼生《两岸书》,河南文艺出版社2014年版,第2页。

第二章　诗歌、小说、剧本里的历史侧影

"诗歌、小说、剧本里的历史背侧影"这一章共分六节。这六节的论题依次是:"《雨夜》《聊且号叫》和《蚯蚓歌新抄》的辑议""《最后咱两个换了换裤子》引发的思考""《水》与《旱》反映了20世纪30年代上海多元化的文学生态""《春暖花开的时候》对河南抗日救亡运动的反映""《腐蚀》对理想人性的张扬""《童年泪》对河南地域文化的反映"。

第一节对徐玉诺发表在《豫报副刊》上的三首轶诗《雨夜》《聊且号叫》和《蚯蚓歌新抄》的解读,揭示了徐玉诺1925年在福建厦门、泉州一带生活的状况和思乡之情。第二节对徐玉诺创作的长篇叙事诗《最后咱两个换了换裤子》的解读,反映了20世纪20年代河南农村妇女的悲苦命运和自我奉献的伟大品格。第三节对丁玲的小说《水》和赵清阁的小说《旱》的比较性解读,显示出丁玲与赵清阁二位作者不同的生命轨迹、创作风格和文艺观念,展现了中国现代文学灾荒题材写作的多重维度,折射了20世纪30年代前期丰富、复杂的多元化文学思潮。第四节对姚雪垠创作的中篇小说《春暖花开的时候》的解读揭示了20世纪30年代抗日救亡运动在河南省大别山地区的蓬勃发展,反映了国共两党合作过程中的复杂纠葛等历史事实。第五节对茅盾创作的中篇小说《腐蚀》的解读,关注到了在《腐蚀》连载期间茅盾发表了《"最理想的人性"——为纪念鲁迅先生逝世五周年》一文以及《腐蚀》对鲁迅杂文《半夏小集》的引用,从而推出《腐蚀》关于"理想人性"的张扬渗透着鲁迅元素,揭示了茅盾与鲁迅思想的相通之处。同时,也反映了国民党对青年人进行精神腐蚀的历史事实。第六节对林蓝电影文学剧本

《童年泪》的解读，展现了豫西方言、豫西民俗和豫西庙会文化，反映了20世纪40年代河南农民抗争苦难、反抗压迫的情绪和愿望。

诗歌、小说和剧本虽然都是虚构作品，它们区别于历史，然而在一定层面上讲，它们就是历史，甚至比历史更典型。在此意义上，第二章关于这些诗歌、小说和电影剧本的细致解读，从不同层面呈现了20世纪20年代至40年代作家的人生经历和思想状况，反映了文学思潮、政治斗争、阶级压迫等种种社会现象。

第一节　《雨夜》《聊且号叫》和《蚯蚓歌新抄》的辑议

序　言

这里首先来谈谈《豫报副刊》上徐玉诺三首诗歌钩沉的背景。关于五四爱国诗人徐玉诺的诗歌作品集，目前已经出版的著作有：1983年河南人民出版社出版的刘济献选编的《徐玉诺诗选》，1987年人民文学出版社出版的刘济献选编的《徐玉诺诗文选》，2008年河南大学出版社出版的秦方奇编校的《徐玉诺诗文辑存》，2014年史大观、徐帅领等编的《徐玉诺大系》，2015年长江文艺出版社出版的海音、史大观选编的《徐玉诺诗歌精选》。除这些作品集之外，还有三篇关于徐玉诺诗文的重要研究文章，它们分别是解志熙的《出色的民俗风情诗及其他——徐玉诺在"明天社"时期的创作再爆发》（《中国现代文学研究丛刊》2015年第12期）、邓小红的《徐玉诺集外诗文辑录之一》（《平顶山学院学报》2017年第3期）和《一个新文学作家的爱与憎——新辑徐玉诺集外诗文述略》（《中国现代文学研究丛刊》2017年第3期）。上述所有这些书籍和文章中都没有记述徐玉诺1925年在《豫报副刊》上发表的《雨夜》《聊且号叫》和《蚯蚓歌新抄》这三首诗歌的详细内容。所幸的是，秦方奇编校的《徐玉诺诗文辑存》在"集外辑"部分的"编者说明"里留下了这三首诗歌的查询线索：

辑录徐玉诺佚文过程中，少量佚文已经有线索可寻，甚至已经知道其确切的刊物和刊期,但由于客观条件限制,一时难于辑获,所以只得暂编为《徐玉诺佚文存目》,待到条件允许时再来补齐。如徐玉诺1925年在《豫报副刊》上发表的诗歌《雨夜》《聊且号叫》《蚯蚓歌新抄》和关于女子命运的三封通信,因为全国唯一的原刊已经是鲁迅博物馆收藏的文物,不能轻易示人,而面对鲁博制作的字迹微小模糊的电子版,望文兴叹之余,只能希望同行诸君他时有幸看到原刊时,能够顺手提供一些帮助。①

受秦方奇先生之托,笔者于2016年在北京鲁迅博物馆跟随黄乔生老师访学之时,根据《徐玉诺诗文辑存》提供的这条线索,在黄老师和北京鲁迅博物馆工作人员的帮助下,得以查阅到《豫报副刊》的部分图片。但是,由于这些资料年代久远,面目模糊,字迹漫灭,很多地方难以辨认,笔者曾多次揣摩斟酌、校对勘误,但都未能彻底完成。2022年暑假,笔者再次找出这些资料,同时查阅梁小岑主编的《河南现代革命文化艺术史(1919.5~1949.9)》和李允豹主编的《河南新文学大系·史料卷1917~1990》中关于《豫报副刊》的目录资料,对徐玉诺发表在《豫报副刊》上的作品进行再次校勘整理。下面仅就其中的三首诗歌《雨夜》《聊且号叫》《蚯蚓歌新抄》依次进行辑校和解读,关于女子命运的三封通信另文阐述。

在辑校和阐释之前,首先来说明一下《豫报副刊》。在河南近代新闻史上,有两份《豫报》。一份是在孙中山革命派的支持下,由留日的河南籍学生集资在东京创刊,由日本运到国内发行的报纸。该《豫报》创刊于1906年12月(第1期实际印刷出版的时间为1907年1月19日),1908年4月30日出至第6期后停刊,总共6期。时隔19年之后,即1925年5月4日,另一份《豫报》由吕蕴儒、高歌等人在开封创刊,地址在砖桥街。该报坚持4个月,于1925年9月3日停刊。该报是一份民办进步报纸,受到鲁迅支持。《豫报副刊》上发表有鲁迅的4篇通信。社长吕蕴儒是舞阳县人,他是鲁迅在北京世界语专门学校任教时的学生,主要编辑人员还有向培良、高歌、尚钺、徐玉诺等人。其中,向培良、高歌、尚钺三人都是鲁迅的学生。

---

① 秦方奇:《徐玉诺诗文辑存》,河南大学出版社2008年版,第612页。

随《豫报》发行的《豫报副刊》是综合性的文艺副刊，每期出版 16 开 4 页，共刊出 140 期（按：实际上出刊 142 期，原因是第 83 期和第 132 期的期号各重复一次，这应该是当时编辑疏忽造成的），到 1925 年 9 月 29 日停刊。吕蕴儒、向培良曾经把出刊的《豫报副刊》寄给鲁迅。目前北京鲁迅博物馆里收藏的鲁迅藏书中的《豫报副刊》应该就是当年鲁迅收到的吕蕴儒等人寄自河南的报纸。

以上就是本次关于《豫报副刊》上徐玉诺三首轶诗钩沉的缘起和《豫报副刊》的基本情况。下面就徐玉诺 1925 年在《豫报副刊》上发表的三首诗歌，按照发表的时间顺序依次做以辑校和解析。

一、《雨夜》表达缠绵悱恻的乡思

雨　夜

徐玉诺

眼泪滴到诗篇里，
诗便湿湿地酸化了；
愁丝郁结在黑发里，
发便苍苍地变白了。

在寂寞而且黑暗的长夜里，
心是狂热呀！
天却洒着冰冰的雨滴。

漫漫地长夜沉沦着
宇宙静止在孤寂；
只有倦怠怠一只小蝇儿
嗡——嗡——地，
在黑暗飞来飞去。

> 在乱麻般的情绪中，
> 思念比天①丝还要细
> 拈起又断了，
> 断了又拈起。

关于这首诗的排版格式，本次辑校时只是把竖版换成了横版，其余关于标点符号、断行格式、诗行首字缩进位置等悉照原文。这里对原作的解释部分，一律以脚注形式出现。后面关于《聊且号叫》和《蚯蚓歌新抄》的校勘整理也照此原则，不再赘述。

《雨夜》发表于 1925 年 5 月 4 日《豫报副刊》第 1 号（创刊号）。全诗以雨夜为背景，紧扣寂寞而写。夜深人静之时，最易勾起人的愁绪，更何况是雨夜！在那伴随着淅淅沥沥、滴滴哒哒雨声的漫漫长夜里，与家相隔千里、归期未有的诗人难免更添愁思。"那眼泪滴在诗篇里，诗便湿湿地酸化了；那愁思郁结在黑发里，发便苍苍地变白了。"这里的"眼泪"和"愁思"都被拟人化了。从"诗被酸化、黑发变白发"可以见出思念对作者残酷的折磨，"剪不断、理还乱"的愁绪把人折磨得几乎疯狂。作者内心的狂热与冰冷的雨滴形成对比，宇宙的孤寂与小蝇儿的嗡鸣形成对比。在沉寂的长夜里，只有一只小蝇儿发出嗡嗡的飞旋声，这不禁增加了作者心中的焦虑与酸楚，因此，作者把无形的"思念"比喻成有形的"蚕丝"："拈起又断了，断了又拈起。"这个比喻让读者感受到作者怀乡情愫的缠绵悱恻。

古往今来，写乡愁的古诗有很多，但是在五四时期，以雨夜为背景并采用拟人、对比、比喻等多种修辞手法抒写乡愁的白话新诗却并不多。唐代李商隐的《夜雨寄北》："君问归期未有期，巴山夜雨涨秋池。何当共剪西窗烛，却话巴山夜雨时。"畅想的是将来与亲人团聚时，回顾"今天"雨夜作诗的情形。宋代张咏的宦游怀乡诗《雨夜》："帘幕萧萧竹院深，客怀孤寂

---

① "天丝"即"蚕丝"。蚕丝是熟蚕结茧时所分泌丝液凝固而成的连续长纤维，也称天然丝，是一种天然纤维。徐玉诺家乡河南鲁山盛产此物。

伴灯吟。无端一夜空阶雨，滴破思乡万里心。"运用"滴破"一词极化了诗人的思乡之苦。鲁迅的古体诗《别诸弟》："谋生无奈日奔驰，有弟偏教各别离。最是令人凄绝处，孤檠长夜雨来时。"写的是雨夜念及家乡的弟弟而倍感伤心，直接表达自己离开家乡回南京一路上的离愁别绪。而徐玉诺的《雨夜》则把雨夜思乡的愁绪具象化为柔软绵长的蚕丝，这是一种艺术化的独创性表达。

二、《聊且号叫》表达迫切的归乡之情

聊且号叫

徐玉诺

我渴一般思念着家乡，
无心地立在海后滩上怅惘，
孤帆渐渐地远了，
只留下一片柔波闪烁着金光？
海鸥低细着——要落下又飞起，
渐渐地看不见了？
深处，远处水连天处，混成一片苍茫。

我疯狂地思念着家乡，
孤另另①地呜咽在南普渡山上；
一凸一凹的，
苔般的林庄，
笼罩着烟雾，
渺茫，迷离，
天知道，那里是我底家乡，
我底心因苦痛而号叫，

---

① 今写作"零零"。

我底叫声似乎就日边消减了；
——好久，好久，没有一点回响。

呵，山原的云雾！
呵，海洋的苍茫！
我底精神因怅惘而呆痴，
我底心意因思念而疯狂。

《聊且号叫》这首诗发表于 1925 年 5 月 7 日《豫报副刊》第 4 号。在《聊且号叫》这首诗的后面，编者郭绍虞写下一段这样的话来说明诗歌的来历、作者的去向、发表诗作的意图：

> 这是玉诺最近寄来的几首诗。他因于被一种绵连的乡思以压迫于是决计要归他的故乡了。这几首诗并未得他的同意而先行披露是应肯对他道歉的。但是使人家能知道他眷恋于这种"寡妇老年人的哭泣，受伤半死人的呻吟"的土匪世界的故乡则把来发表一下亦并不足怅然的。一四，五，一，绍虞

从郭绍虞的这段编者按，可以知道，至少在 1925 年 5 月 1 日之前，徐玉诺不在开封，也没有参与《豫报副刊》的编辑工作，只是从外地寄给《豫报副刊》一些诗歌以支持该刊物的创办。那么，此时徐玉诺在哪里呢？据秦方奇《徐玉诺年谱简编》记载："1923 年 8 月初，徐玉诺到厦门大学任教兼任《思明日报》编辑。……1924 年 2 月，因不受重用，辞去厦门大学教职，转任厦门集美师范学校。1924 年 8 月任厦门大学编辑部主任。……1925 年 5 月中旬，由厦门大学返回河南开封，并筹办《豫报·副刊》。"[①] 这些记载说明，徐玉诺在 1923 年 8 月至 1925 年 5 月中旬期间，一直在厦门工作，任职

---

① 秦方奇：《徐玉诺诗文辑存》，河南大学出版社 2008 年版，第 633—635 页。

于厦门大学和厦门集美师范学校。因此,《雨夜》《聊且号叫》是徐玉诺从厦门寄到开封《豫报副刊》的诗歌。自然,这两首诗歌的写作地点就是厦门,其写作背景是在作者离开家乡将近两年之久,在极度思乡,而且是在工作很不顺畅的情况下写就的。《聊且号叫》中的"我疯狂地思念着家乡,孤另另地鸣咽在南普渡山上"这一句正说明了这一点,因为南普渡山(今写作普陀山)就在厦门。

几乎在这些思乡诗创作的同时,徐玉诺已经计划回归中原故里。他在1925年5月5日写给顾颉刚的信中写道:"弟不日北归,这些或寄你,或留圣陶兄处。"① 这些材料都可以互为印证。1925年4月下旬徐玉诺去泉州游玩,因周荫人高毅开战被困泉州多日,5月1日从泉州回到厦门,与同事孙贵定博士的矛盾激化,随后就离开厦门返回中原了。林语堂的三哥林憾在《漫话·怀玉诺》的文章中写道:"有一天,我记得是礼拜六,他突然到我家里,说要看我。我留他吃午饭,当斟酒对饮时,他才告诉我:'本下午有船,想回家去'。我劝他吃过午饭后,同到几个朋友处一谈再决定。终于暂时为我们劝阻住下。但是,不久,因为到泉州去游玩,为匪乱困住十天,回来和厦大编辑委员会孙博士有意见而决然回家(本是早已辞职),以后我曾谋再请他到厦门某学校教书兼某报副刊编辑,没有成为事实。"② 林憾的这段记述详细说明了徐玉诺离开厦门之前的情形。

从这首诗歌的题名《聊且号叫》,可以充分感受到作者强烈的情感波澜。作者身处南国,面对大海,因为思念中原故乡、思念故乡亲人而忍不住大声嚎叫。他对家乡的思念就像口渴之人急需饮水般的迫切。"渴"这个词的使用,形象生动地描绘了作者思乡之情的浓烈。孤帆远去,海鸥低细,加重了作者对家乡的思念。作者孤独地站在海的后滩上,站在南普渡山上,面对苍茫一片的大海,他的嚎叫声很快就被旷野吞食了。空旷、寂寞之情油然而生,怅惘到疯狂。如果说《雨夜》里的乡愁还可以克制的话,那么到了《聊

---

① 徐玉诺:《泉州的民众艺术——致顾颉刚》,《歌谣》1925年5月17日第91期。
② 林憾:《漫话·怀玉诺》,《语丝》1928年第25期。

且号叫》这首诗中，这种乡愁已经无法控制了，作者只能疯狂般地嚎叫了。

三、《蚯蚓歌新抄》表现了劳动者的敏捷才思

蚯蚓歌新抄

徐玉诺

闽南民间流传儿歌之一；或谓秋夜夫妻帐中相问答。逗趣之裒，非儿童所宜唱。然趣寄奥妙，语意恳挚；余自去岁十一月得来，每读以遣愁。欲抄给海内小朋友，而厦音别字不易懂，若用国语译意，又可惜原歌音节；今将歌中别字之无关音节者，依义改置；必不得已者，存原字而加以注音义。如"只"改作"此"，"袂"改作"靡"，"偶□①"改作"怎样"，（甲）改作（教），均与原音无损，而较明白者。

三月三十一试抄

男：蚯蚓爬轮沙，因② 乜（1）都（3）会叫③ 歌？④

女：——伊是身腰长，身腰软；因此⑤ 上，伊即会叫歌？

（1）ㄅㄧ，意云什么；下同。

（2）读如ㄍㄚ，与沙叶，下同不另。⑥

（3）读如豆语助。

男：囗蠷（1）身腰长，身腰软，因乜都靡⑦ 叫歌？

---

① 该字似是拼接而成：左右结构，左：单立人旁，右：上"ク"，下"主"。原文字迹模糊或者无法辨认的字，一律使用"□"来代替，下同。
② 闽南话的意思是"它们"。
③ "叫"即"唱"，下同。
④ 此句的注释序号只有（1）和（3），比本节末尾处的注释序号少一个。该句的含义是：它们为啥会发出响声呢？
⑤ 根据徐玉诺在这首歌谣前面的一段说明文字可以知道，这里的"此"在徐玉诺用于抄写的原本中是"只"。
⑥ 这条注释在原文中没有对应的序号。
⑦ 根据徐玉诺在这首歌谣前面的一段说明文字可以知道，这里的"靡"在徐玉诺用于抄写的原本中是"袂"。

女：——伊是头大，尾小，教①伊怎样会叫歌？

(1) 弓ろ广即青蜓。

男：杨埔禅（1）头大，尾小，因乜都会叫歌？

女：——伊是粪肚下有一唔（2）；因此上，伊也就会叫歌。

(1) 即知了。

(2) 丂云一，蝉肚反叠之发音器官？

男：毛蟹屎肚②下有一唔③；因乜都靡叫歌？

女：——伊是洞里坐，水内寝；教伊怎样会叫歌！

男：水鸡（1）洞里坐，水内寝；因乜都会叫歌？

女：——伊是口澜，屎肚大；因此上，伊即会叫歌。

(1) 卩又ㄟ弔ㄟ

男：水缸，口阔，屎肚大；因乜都靡叫歌？

女：——伊是土做成；教伊怎样会叫歌！

男：土做个土笛子（1）④；因乜都会叫歌？

女：——伊是空数多因此上伊即会叫歌！

男：绩筐（1）空数多；因乜都靡叫歌？

女：——伊是着纱缠，着纱护；因此上，伊就靡叫歌。

(1) 用竹编成放线穗者。

男：纺车，着纱缠，着纱护；因乜都会叫歌？

女：——伊是口尖舌利；因此上，伊就会叫歌。

男：铜针（1）口尖舌利；因乜都靡叫歌？

女：——伊是铜打个⑤；教伊怎样会叫歌？

---

① 根据徐玉诺在这首歌谣前面的一段说明文字可以知道，这里的"教"在徐玉诺用于抄写的原本中是"甲"。
② 屎肚：食肚，即腹部。
③ 唔：动物腹部指甲盖大小、微微凸起的地方。
④ 此注释序号对应的注文，后面缺失。
⑤ 个：的。

(1)①

男：铜打个铜锣；因乜都会叫歌？

女：——伊是着②君③搥④；因此上，伊即会叫歌。

男：纸打个纸钱，着君搥因乜都靡叫歌？

女：——伊是纸做个；教做⑤怎样叫歌？

男：纸做个风车，（一）⑥因乜都会叫歌？

女：——伊是食着半天风；因此上，伊就会叫歌。

（一）

男：东西塔（1），食着半天风，因乜都靡叫歌？

女：——伊是石打个；教伊怎样会叫歌！

(1) 在泉西门内开元寺的东西听说人取高之塔。济入四城大礮⑦之大东西塔高。其高设法用数学测量；授⑧说，塔顶每月十五日叩钟，众人每到下月初一，才能听见。

男：石打个锥头，（1）；因乜都会叫歌？

女：——伊是着君舂，着君踏；因此上，伊呀就会叫歌。

（1）

男：踏斗（1）⑨着君因乜都靡样歌？

女：——伊是木做个；教伊怎样会叫歌？

---

① (1) 这个注释序号对应的注释内容在本节后面缺失，原文如此。下面也有这种情况，不再说明。
② 着：让。
③ 君：敬辞，指对方。
④ 搥，读 chuí，同"搥"，口语中读 duǐ，意思拿什么东西击、扎、刺、捅等。
⑤ 根据诗歌意思推测，这里应该是"伊"而不是"做"。
⑥ （一）疑为（1），本节末尾的（一）应该是与之对应的注释序号，但缺少注释内容。
⑦ 今写作"炮"。
⑧ 原文是"授"，疑为"据"。
⑨ 原文虽然在此处标记了注释符号，但后面没有对应的解释。据考察，"踏斗"是一种木制的长矮凳，几乎与床同长，约一砖头高与宽。一般在紧贴床的正面外边缘地上放置，供人上下床时做脚踏板。

男：眠床，三更半冥，因乜都会叫歌？

女：——是夫妻相和顺；因此上，伊就会叫歌。

(1)

男：苦呀苦

卖田卖厝来乞某① (1)

思量卜② 来起③ 家——

十日八日一疋④ 布，

三日五日一缠纱；

呢⑤ 呀呢

尔今不□⑥ 早去嫁——

莫得来破我家！⑦

莫得来破我家！

(1) 某即妻；统称妇人为"女查⑧ 某"，少女曰"妮某"，了⑨ 头曰"□⑩（女查）某嫺⑪"。

这里需要说明两点：第一，歌谣中带括号的数字序号是徐玉诺原诗中本来就存在的，上标的数字序号及诗歌末尾对应的注释内容是笔者所加。第二，为方便理解，笔者在歌谣中添加了对话者的性别"男"和"女"。

《蚯蚓歌新抄》这首歌谣 1925 年 7 月 13 日发表于《豫报副刊》第 3 版，

---

① "乞某"，娶妻。
② 卜：要。
③ "起"，"发"之意。
④ 今写作"匹"。
⑤ 今写作"你"，下同。
⑥ 原文模糊不清，疑是"放"。
⑦ 该句的意思是：(懒婆娘) 别来败了我的家。
⑧ 该字在字库里缺失，打不出来。文中的"女查"是用"女"和"查"合并而成的字。
⑨ "了"应为"丫"。
⑩ 此处空一个字符的位置，疑是漏掉了"女查"字。
⑪ 嫺，xián，同"娴"，文雅，优美。

它是徐玉诺对闽南歌谣进行搜集整理研究的成果之一。徐玉诺在抄录此歌谣时，在歌谣前面特意做了一段说明文字，对这首歌谣做了两种似乎是矛盾的解说，一说是闽南民间流传儿歌之一，二说是秋夜夫妻帐中相问答，非儿童所宜唱。笔者认为这两种解释确实都成立。其一，这首歌谣中讲出了许多动物的形态、习性等，因此把它理解成用于教育儿童的动物启蒙歌完全可以。其二，这首歌谣也可以理解为夫妻之间帐内床笫的助兴之歌。因为这首歌谣前面部分可以看作是夫妻一问一答，互相斗嘴、抬杠儿，通过一连串的对歌，做一种语言游戏。歌词中那些农村田间地头、生活中的物件和小动物都具有隐喻内涵，暗含夫妻床笫之欢。最后一小节"苦呀苦"这段歌词在排版格式上，整体缩进两个字符的位置，在内容上与前面似乎也有所隔离，但其实在内涵上是紧密相连的。这一节的含义是丈夫半嗔半怒地抱怨妻子说，自己卖田卖屋娶了媳妇，想象着媳妇过门后是纺织好手，可是呢？现在却不是这样，所以抱怨媳妇说，你还不如早日嫁给别人呢？省得来破坏我家。这是男子心中矛盾的表达，"美娇娘"和"懒婆娘"形成鲜明的对比，这就是生活的真实与哲理，既感到幸福又感到遗憾和不满足。

《蚯蚓歌新抄》具有较高的文学艺术价值。《蚯蚓歌新抄》在修辞手法、句子形式、主题意蕴等方面具有多重的审美价值。歌谣每一处描述的对象与下一处描述的对象在某一特征上具有相似性，如"身腰软""头大尾小""粪肚下有一呵"等等，因此，这些描述对象能够上下相承接，它们依次是蚯蚓、田蠳、杨埔禅、毛蟹、水鸡、水缸、土笛子、绩筐、纺车、铜针、铜锣、纸钱、风车、东西塔、锥头、眠床。同时，在句式上，它反复使用"因乜都会叫歌？""因此上，伊就会叫歌。""教伊怎样叫歌？"等，这种手法具有连绵回环的表达效果，具有一种含蓄之美。这首歌谣最后落脚在"眠床在三更半冥会叫歌的原因是夫妻相和顺"上，给读者留下"夫妻荤段子"的感觉，但最后所显示的夫妻和谐的主题是有积极意义的。整首歌谣言精制简、意蕴丰赡、重章叠句、妙喻藏理、荤素巧谐、卒章显志，这或许正是徐玉诺欣赏它的原因所在。

《蚯蚓歌新抄》具有较高的语言学研究价值。其一，它有助于认识闽南语与河南话之间的联系。《蚯蚓歌新抄》是徐玉诺对闽南地区民间歌谣进行田野调查和理论探讨的一项成果。徐玉诺之所以特别关注闽南民歌"蚯蚓歌",除了受五四时期歌谣运动的时代氛围影响之外,还与这首民歌中的许多用语与河南话十分接近有一定关系。由于历史原因,今天的闽南语较为完整地保留了唐代洛阳话的发音,因此又叫河洛话,意即河南洛阳话。《蚯蚓歌新抄》中的水缸、绩筐、纺车、铜锣、风车等这些名词在中原语汇中非常普遍。其二,它有助于研究台湾地区语言文字的注音方式与大陆之间的联系。在《蚯蚓歌新抄》中,徐玉诺使用比较多的注音符号注释了一些字的发音。注音符号由1913年中国读音统一会制定,1918年由北洋政府教育部发布。这些注音符号目前大陆已经不再使用,但台湾地区还在使用,而台湾话对闽南话有密切继承,因此从这个意义上讲,对徐玉诺《蚯蚓歌新抄》的探究,对于我们考察台湾与大陆在语言文字的使用和注音方式之间的联系等也有启发意义。

总之,《蚯蚓歌新抄》具有很高的文学艺术价值和语言学价值,表现了劳动者丰富的生活经验、乐观的精神和敏捷的才思。探究徐玉诺《蚯蚓歌新抄》的抄录、注释工作,对于研究五四歌谣运动的成效,对于研究古汉语发音、发掘中国南北文化之间的关系以及大陆与台湾之间语言文字的密切联系等都有重要意义。同时,对于研究今天闽南地区民歌的渊源和发展历史也很有启发意义。

下面就《蚯蚓歌新抄》对民间文学艺术传承的贡献作以专门讨论。

《蚯蚓歌新抄》是徐玉诺对闽南地区民间歌谣进行田野调查的一项收获。1918年2月,在蔡元培的支持下,刘半农起草的《征集全国近世歌谣简章》,分送各省官厅学校。当时以北京大学为中心,在全国开展的民间歌谣的征集活动,与五四新诗运动几乎同步发生。它所开展的民间方言、俗语调查研究,开掘了歌谣的学术价值和文艺价值,推动了五四新文学建设,歌谣成为五四新诗的主要创作资源之一。作为五四诗人的徐玉诺在创作新诗的同时,积极参与到这场民间文学的调查研究中。他在1925年搜集整理的《蚯蚓歌新抄》就属于这场歌谣征集调研活动的成果之一。同期,他还积极参与到当时的民间故事《孟姜女》的讨论之中,并给顾颉刚提供了在泉州搜集到的一些民间书籍材料。

在整理创作《蚯蚓歌新抄》的同时,1925年,徐玉诺还在《厦大周刊》上发表了《孟姜女塞上风沙》,其中就引用了厦门的《孟姜女》唱本,这个唱本是以歌仔册形式流行的俗语唱本,里面有大量的闽南口语。歌仔原本为口头流传的戏剧,为了便利记录与传诵,开始将之编辑成册,初为手抄,清末出现印刷本。徐玉诺当年看到的《蚯蚓歌》也应该是歌仔册形式。

正是有像徐玉诺这样的热爱民间文学艺术的一批作家、学者的整理,如《蚯蚓歌》之类的一批民间文学脚本才得以传承下来。今天,这种民间艺术形式不仅在福建厦门、泉州一带能够看到,而且在海南省、台湾地区以及广东的潮汕等地,也保留了下来。潮汕地区今天还有《蚯蚓歌》的艺术表演,如吴玉东、方展荣演唱的《蚯蚓歌》[①]的斗歌内容与徐玉诺搜集整理的《蚯蚓歌新抄》很类似。此外,与《蚯蚓歌》类似的曲子还有《蛤蟆鼓儿》等。这些曲子词的命名一般以起首段所讲的某种动物名称加"歌"或"鼓"这样表示属性的名词来确定。今天,这种民间艺术仍然颇受欢迎,并由此演绎出很多类似的相声脚本,如央视11频道"戏曲"栏目播出的刘宝瑞、郭启儒表演的相声《蛤蟆鼓儿》[②]就是这种形式。一些艺术类书籍中记载有这方面的脚本,如薛永年、陈新主编的《中国传统相声小段汇集》中就收有这样的内容。

为了深入理解徐玉诺《蚯蚓歌新抄》的含义及其对民间文学传承的历史贡献,下面特引出吴玉东、方展荣演唱的潮剧《苏六娘》中的片段《桃花过渡·蚯蚓歌》的歌词和薛永年、陈新创作的现代版《蛤蟆鼓儿》的歌词,以便读者进行比较认识。

---

① 潮剧《蚯蚓歌》:吴玉东、方展荣演唱_腾讯视频[EB/OL]. https://v.qq.com/x/page/o09703wtose.html? 2020年5月23日。
② 刘宝瑞,郭启儒:相声《蛤蟆鼓》央视网CCTV—11戏曲频道 http://tv.cctv.com/2012/03/16/VIDE5Ly9GspFxhluarz3jTB0120316.shtml.2012年3月16日。

桃花过渡·蚯蚓歌

渡伯："话话话"照生么真实输伊了，唔输服，重换再来斗厚蕴（蚯蚓）歌！

桃花：来就来，怕你唔成！

渡伯：袂惊就来！厚蕴厚蕴歌，厚蕴出世翻了沙，竹箸长竹箸大，伊做就会呀会叫歌！

桃花：厚蕴，伊是涂（土）底生涂底大，头有一节白，伊正会呀会叫歌。

渡伯：田蟹，伊也是涂底生甲涂底大，伊做年就袂（不会，否）呀袂叫歌。

桃花：田蟹，伊虽名是涂底生涂底大，腹下有个椅，伊正袂呀袂叫歌。

渡伯：者"寒埠巡"（也写作寒姑松，喊歌蝉），腹下也生有个椅，伊做年就会呀会叫歌。

桃花："寒埠巡"，伊是树顶生树顶大，还有六脚共四翼，伊正会呀会叫歌。

渡伯："竹沙夜"（竹蜻蜓），伊是着翼开地尾，又目睐睐青，伊正袂呀袂叫歌。

桃花："竹沙夜"，伊是对翼开树尾类，双目睐睐青，伊正袂呀袂叫歌。

渡伯：田水鸡，伊双目愈更青，藏在许田空底，叫着就喔喔喔，喔喔叫，伊做年就会呀会叫歌。

桃花：田水鸡，伊是肚大嘴又阔，伊正会呀会叫歌。

渡伯：涂水缸，伊个肚愈更大，伊个嘴愈更阔，伊做也袂呀袂叫歌。

桃花：涂水缸，伊是涂来做火来烧，伊正袂呀袂叫歌。

渡伯：涂叽咕，伊也是涂来做火来烧，伊做也会呀会叫歌。

桃花：涂叽咕，虽然是涂来做火来烧，伊是双头有二空，伊正会呀会叫歌。

渡伯：者竹烟筒，双头也有二个空，伊做年也袂呀袂叫歌。

桃花：竹烟筒，是竹来做刀来刁，伊正袂呀袂叫歌。

渡伯：者竹箫仔，伊也是竹来做刀来刁，伊做年也会呀会叫歌。

桃花：竹箫仔，虽然是竹来做刀来刁，伊是孔数多，伊正会呀会叫歌。

渡伯：者菜头抽。

桃花：是菜头"獭"。

渡伯：好，勿驳，勿驳，阮阿公个名叫这个，我唔敢叫。

桃花：呵——恁阿公个名叫做阿"獭"！

渡伯：这姿娘仔，个人唔敢呾，你还专专呾落去！

桃花：嘎，无这菜头抽，"硬虎"着"獭"！

渡伯：啊"硬虎"着"獭"！

桃花：獭就对哩！

渡伯：好来，来对，来对！

渡伯：者菜头"獭"，伊个空愈更多，伊做年也呀叫歌。

桃花：菜头"獭"，伊是柴来做铁来钉，伊正袂呀袂叫歌。

渡伯：柴三弦，伊也是柴来做铁来钉，弹着叮呤叮当当当叮郎叮，伊做年就会呀会叫歌。

桃花：柴三弦，伊双畔有二块琴蛇皮，还有订中几条线，伊正会呀会叫歌。

渡伯：阿伯只个鳄鱼戍，个线愈更多，伊做也袂呀袂叫歌。

桃花：破鳄鱼戍，伊是着纱挨，被纱累，伊正呀袂叫歌。

渡伯：手车仔，伊也是着纱挨，被纱累，纺着叫，伊做年就会呀会叫歌。

桃花：手车仔，伊是捻数多，伊正会呀会叫歌。

渡伯：酸杨桃，个捻愈更多，伊做年也袂呀袂叫歌。

桃花：酸杨桃，伊是树顶生、树顶大，伊正袂呀袂叫歌。

渡伯：者胶东鸟，伊也是树顶生甲树顶大，伊做年就会呀会叫歌。

桃花：胶东鸟，伊是嘴尖舌仔利，伊正会呀会叫歌。

渡伯：胶刀仔，伊个嘴愈更尖，伊个舌愈更利，伊做年也袂呀袂叫歌。

桃花：胶刀仔，伊是铁来打火来烧，伊正袂呀袂叫歌。

渡伯：大铜锣，伊也是铁来打火来烧，拍着空下叫，做年会呀会叫歌？

桃花：啊——这回你输了，你输了！

桃花：铜锣是铜打个，你做铁打个，者个唔是你输？

渡伯：你还稚，未发齿，者铜锣免用铁锤来捶捶捶，就会成铜锣？

桃花：哇！正倒有来"老是"唔认输！

渡伯："夜向易"就认输，"那有"就认输！

桃花："那"么就害，阮欲去西胪，靴敢袂着得返呀！

渡伯：好，好好！你勿惊到照生，我老人也是愿出力，即时就到。

桃花：伯——请你出力，成人之美。

渡伯：好好，我出力，我才人也从后生来，成人之美是应该，桃花带书西胪去，万般心事在书内。

桃花：老伯人老心袂老，胸怀阔达人爱戴，此去亲事免踏拍，有情人欢喜笑啰嗨笑啰嗨。

桃花：伯呀"猛嗜"呀！

渡伯：好，我来拍响桨，我来拍响桨了呀！①

这首《蚯蚓歌》的前半部分内容与徐玉诺的《蚯蚓歌新抄》很相似，不同的地方是后半部分。从"桃花：哇！正倒有来'老是'唔认输！"之后，就逐渐开始贴合潮剧《苏六娘》的剧情，原因是这首《蚯蚓歌》属于潮剧

---

① 西东：蚯蚓歌——潮剧《桃花过渡》选段 https：//www.douban.com/group/topic/131932354/? type=like，2019年1月25日。

《苏六娘》中的一节"桃花过渡"中的唱词。苏六娘是揭阳炮台区荔浦村苏员外的女儿,她与表兄郭继春情爱甚笃,私定婚姻。桃花是苏六娘的侍婢。因父亲的许亲,苏六娘被杨子良急急催婚,无奈,她就差遣桃花赴西泸给自己的意中人郭继春报讯。这首《蚯蚓歌》就是桃花在奔赴西泸途中,与摆渡老人之间的一段对唱。这些曲调是潮汕人所喜欢的,常常是配合划船行进,歌舞同步,场面生动。

蛤蟆鼓儿

甲:您这说相声的什么事全都知道,对吗?

乙:唉,一般的事我们倒是全都有个研究。

甲:那我问问你,蛤蟆你看见过吧?

乙:谁没见过蛤蟆呀。

甲:你说为什么它那么小的动物,叫唤出来的声音会那么大呢?

乙:那是因为它嘴大肚儿大脖子粗,叫唤出来的声音必然大。万物都是一个理。

甲:我家的字纸篓子也是嘴大脖子粗,为什么它不叫唤哪?

乙:字纸篓是死物,那是竹子编的,不但不叫,连响都响不了。

甲:吹的笙也是竹子的,怎么响呢?

乙:虽然竹子编的,因为它有窟窿有眼儿,有眼儿的就响。

甲:我家筛米的筛子尽是窟窿眼儿,怎么吹不响?

乙:因为圆的扁的不响。

甲:戏台上打的锣怎么响啊?

乙:它不是中间有个脐儿,怎么不响?

甲:我们做饭的锅也有脐儿,怎么不响?

乙:它是铁的,不响。

甲:庙里的钟也是铁的,怎么响?

乙:它不是挂着哪,钟悬则鸣。

甲:我家秤砣挂那儿了,咋没响过?

乙：十年也响不了，死固膛的不响。

甲：炸弹怎么响啊？

乙：炸弹里边不是有药吗？有药才响哪。

甲：药铺尽是药，怎么不响？

乙：往嘴里吃的不响。

甲：泡泡糖怎么响？

乙：因为它有胶皮性，能响。

甲：胶皮鞋怎么不响？

乙：它挨着地，那响不了。

甲：三轮车放炮，怎么响了？

乙：那它里边有气呀！

甲：咱俩说这么半天，你有气没有？

乙：有气。

甲：怎么不响？

乙：我呀——

(老屈记)①

这首《蛤蟆鼓儿》的具体内容虽然与徐玉诺的《蚯蚓歌新抄》不一样，但这种两人对话的模式以及内在逻辑非常相似。这也说明了这种来自中国南方的说唱艺术形式自五四以来的传承发展。显然，在这类民间文学艺术作品的搜集、整理和传播方面，徐玉诺做出了特殊的贡献。由于此前条件的限制，对于徐玉诺整理创作的这些歌谣缺乏钩沉，造成徐玉诺研究界对这些诗歌无法展开深入研究。

结　语

综上所述，1925年《豫报副刊》上发表的徐玉诺的三首白话新诗《雨

---

① 薛永年、陈新：《中国传统相声小段汇集》，文化艺术出版社2002年版，第186—187页。

夜》《聊且号叫》《蚯蚓歌新抄》具有多重价值。前两首表达客居南国的游子对中原家乡刻骨铭心的思念之情，后一首是作者对闽南歌谣"蚯蚓歌"的重新整理研究。这种整理研究的时代背景是五四时期的歌谣运动，同时也与徐玉诺关注闽南语和河南话之间的历史联系密切相关。徐玉诺当年发表的这三首诗歌，尤其是《蚯蚓歌新抄》对于今天研究五四新诗、推动民间口头文学的发展等都有当下意义。辑议徐玉诺的这三首诗歌，有助于重新认识徐玉诺的文学史贡献及其对民间文艺发展传播的贡献。

第二节 《最后咱两个换了换裤子》引发的思考

《最后咱两个换了换裤子》原载 1929 年 7 月 16 日《明天》第 2 卷第 7 期，署名"红蠖"。首次被秦方奇收录于《徐玉诺诗文辑存》"集外诗与散文诗辑"之"诗歌"部分。阅读这首长篇叙事诗，引发笔者思考如下五个方面的问题："红蠖"这一署名、作品的系列性、诗作的戏剧元素、怨而无恨的妇女形象、诗作与电影《一九四二》的异同。

一、"红蠖"这一署名

《最后咱两个换了换裤子》署名"红蠖"，那么，这一署名与这篇作品的文体性质是诗歌是否有直接关系呢？与这篇作品的主人公是女性是否有直接关系呢？徐玉诺署名"红蠖"的作品一共有多少呢？徐玉诺取笔名"红蠖"的含义是什么呢？

秦方奇在《刊山报海辑书关键词——〈徐玉诺诗文辑存〉辑编纪历兼及现代文学文献辑录、编校》一文中的"文献辨证"中写道："……比如徐玉诺在 1928 年到 1929 年间，在《明天》杂志上发表的学术论文和杂文署名为'徐玉诺'和'玉诺'。但我发现在《明天》1 卷 10 期和 2 卷 1 期、7 期上的三首诗上的《撒花女郎》《叫卖》《最后咱两个换了换裤子》，作者署名为'红蠖'。"[①]

---

① 秦方奇：《徐玉诺诗文辑存》，河南大学出版社 2008 年版，第 659—660 页。

（此处，秦方奇对《叫卖》发表卷期的标注有误，写成了2卷1期，实际上应为1卷11期）由秦方奇的这一表述似乎可以做出这样的初步推断：徐玉诺在1928年到1929年间，在《明天》杂志上发表的学术论文和杂文署名为"徐玉诺"和"玉诺"，而诗歌作品则署名为"红蠖"。那么，这一结论是否适合于徐玉诺在同一时期发表在其他刊物上的作品呢？也就是说，同一时期，徐玉诺发表在其他刊物上的诗歌是否也署名"红蠖"呢？答案是否定的，因为徐玉诺的其他诗歌在发表时多署名玉诺。

这里还涉及对徐玉诺作品文体的认定。现在的问题是，《叫卖》被秦方奇编辑在了《徐玉诺诗文辑存·集外辑·杂感随笔小辑》中了，也就是说，该著认定《叫卖》是篇杂感随笔。同样，《辑存》在"杂感随笔小辑"这部分，也收录了《唔哇开刀》这篇作品。审视《叫卖》和《唔哇开刀》这两篇作品的内容和形式，可以说，秦方奇把它们归为杂感随笔有一定的合理性，但这两篇作品本身分别又有一个副标题"自己的诗歌之一"和"自己的诗歌之五"。可见，这两篇作品在最初发表时，徐玉诺本人是把它们当作诗歌看待的。那么，这两篇作品的文体归属到底应该是什么呢？笔者认为，如果从今人收录时便于归类的角度来讲，把《撒花女郎》和《最后咱两个换了换裤子》归为诗歌，把《叫卖》和《唔哇开刀》归为散文诗比较合适。散文诗从根本上还算是诗歌。这样的归类也尊重了徐玉诺给这两篇作品所写的副题的本意。

如果认定《唔哇开刀》是诗歌，那么"徐玉诺这一时期发表的学术论文和杂文署名为'徐玉诺'和'玉诺'，发表的诗歌则署名为'红蠖'"这句话就不能成立，因为《唔哇开刀》创作于1929年，发表在1930年8月4日《骆驼草》第13期上，署名玉诺。因此，笔者认为，徐玉诺使用"红蠖"这一笔名与其作品的文体性质没有规律性关系。从目前所辑录到的徐玉诺作品来说，只有《撒花女郎》《叫卖》和《最后咱两个换了换裤子》这三篇使用了"红蠖"这个笔名。

另外，有材料称徐玉诺曾用"红蠖女士"的笔名。具体哪些作品发表时使用了这一笔名，目前还没有确切记载。既然把红蠖与女士相连，那么，用"红蠖"这一笔名发表的作品,其主人公形象和主题是否都与女性有关呢?从现有的使用"红蠖"这一笔名所发表的三篇作品的内容来看,《撒花女郎》和《最后咱两个换了换裤子》是以女主人公为描述对象的,而《叫卖》写的是新历年节时,在冰冷死寂的街上,发出一声声"磨—剪—子"之悲凄声音的、穿着单薄灰色破袄的叫卖者形象,这与女性形象和女性主题没有直接关系。

关于"红蠖"的含义和寓意,笔者作如下推测:因为红蠖是尺蠖的一种,尺蠖是一种在树上生活的虫子,尺蛾科昆虫的统称。尺蠖种类多,颜色多样,绿色的,灰色的,白色的,红色的,杂色的都有。尺蠖的形态怪异,前行时靠一端的吸盘曲身而动,人们常用"蠖屈不伸"比喻人行动艰难、郁郁不得志。徐玉诺的家乡鲁山县属于山区,多林木,山林中常见到尺蠖这种昆虫。联系徐玉诺当年的生活状况,徐玉诺使用红蠖做笔名有可能取"蠖屈不伸"的含义。

二、徐玉诺作品的系列性

《最后咱两个换了换裤子》的副标题是"闲情之什"之二,在此之前发表的《撒花女郎》的副标题是"闲情之什"之一。"什"即"十",可见,徐玉诺当年创作这些作品时,是计划写 10 篇"闲情"系列的。目前,我们只看到了《撒花女郎》和《最后咱两个换了换裤子》这两篇。尽管"闲情"系列的其他 8 篇是否创作,是否发表目前还是个未知数,但是,这并不影响我们做出如下判断:徐玉诺作品的成组出现是其创作的一个显著特点。因为除了这一"闲情"主题系列之外,徐玉诺还有其他诸多系列性的作品。

第一,杂感"墙角夜话系列"。关于这一系列,《徐玉诺诗文辑存》已经辑录到的作品包括《一 关于尾巴的故事》《"人类圣迹"——墙角夜话之二》《墙角夜话之三——你能跑到哪里呢?》《人性原来如此——〈墙角夜话〉之三十六》,这一系列作品中有几篇是托"冰蚕老人"之口讲述人之恶行的:欺骗、相食等,具有深刻的社会批判意义。

第二,学术随笔及杂感"墙角消夏琐记系列"。这一系列是分篇、分节写的，有的篇目包含多个"节"。《徐玉诺诗文辑存》已经辑录到的部分有第1—3、13—16、17—18、27、28，共5篇11节。① 《墙角消夏琐记（1～3）》及《墙角消夏琐记（17～18）》主要是对李绿园及其《歧路灯》研究。《林黛玉与冯小青——〈墙角消夏琐记〉之十三～十六》把《红楼梦》与《小青传》的主要人物和故事情节、主题思想均做了对比。《三个死者——〈墙角消夏琐记〉之二十七》记述了关于三个死者的新闻，鞭挞了人们的冷漠和愚昧。《真正占便宜的人们——〈墙角消夏琐记〉之二十八》描述了一个名叫徐欣——看似憨愚，实则善良；看似吃亏，实则受益的人，揭示了吃亏是福的道理，劝诫人要向善。

第三，小说"在摇篮里"系列。这一系列作品主要写了自己童年记忆里的一些人和事。《在摇篮里（其一）》记述了自己8岁时夜里遭遇土匪、大难不死的经历。《祖父的故事——在摇篮里（之二）》记述了爷爷的故事及爷爷给自己讲述的故事。《到何处去——在摇篮里之三》记述自己童年所经历的兵荒马乱、民生凋敝的日子。《在摇篮里（其十）》写自己单身从兵匪袭击的村子逃脱到平安的临颍城内的所见所闻所感。《徐玉诺诗文辑存》只辑录了上述4篇"在摇篮里"系列作品，目前来看，至少还有6篇没有下落。这6篇的原作在哪里？是否还存在？是否发表、发表在何处等都是有待考证的问题。

另外，徐玉诺还创作有其他的诗歌系列作品。目前人们对此类组诗的发掘研究还很不充分。如《十一个囚犯》的副标题是"自己诗歌之一"，那

---

① 秦方奇《徐玉诺诗文辑存》（河南大学出版社2008年版）第481页："徐玉诺在1929年8月至1929年9月，至少创作了总题为'墙角消夏琐记'的杂感随笔28篇，但目前能够收到的仅11篇，其余17篇虽经多方搜寻，仍然杳无音讯。"笔者认为，这样的表述不准确，"墙角消夏琐记"中的数字排序与其篇目并不对称，同一时间、同一标题下，徐玉诺发表的可能是内容上有联系的多个部分（姑且称之为"节"），他把每一节都用数字序号来标记。一般来说，有一个标题才能称为1篇。不管该标题下包含多少节，如果它们在同一标题下，我们通常把它们看作1篇。因此，较为准确的叙述应该是："墙角消夏琐记"的杂感随笔一共有多少篇目，目前还是一个谜，但至少包括28节，目前能够查阅到的仅5篇，共11节。

么，是否存在包含《十一个囚犯》在内的一个诗歌系列作品呢？这组作品一共多少篇？关于这个问题，目前还没有答案。因此说，关于徐玉诺作品的收集和整理，还有较大空间，根据徐玉诺作品成组出现这一特点来发掘徐玉诺轶文，这是一个有效的方法，也是一条重要的研究线索。目前已知的徐玉诺系列作品如"墙角夜话系列""墙角消夏琐记系列""在摇篮里"系列、《十一个囚犯》诗歌系列等，没有一个系列的作品是被完整地发掘了的。

三、诗作的戏剧元素

《最后咱两个换了换裤子》发表于1929年，它虽然是一首长诗，但颇具戏剧的元素。这与徐玉诺具有丰富的剧本创作经验有一定的关系。因为徐玉诺除了诗歌、小说、杂谈创作之外，还长期坚持剧本的创作与改编。1921年，他在《晨报副刊》上发表了剧本《末日》《微笑》，这两个都是独幕短剧，其中，《末日》有布景、人物、附记这样完整的记述。1922年，他在《时事新报·学灯》上发表了《赤足粗拳者之胜利》，这是个三幕剧。此外，徐玉诺还参与了河南曲剧《红楼梦》的编剧工作。该剧由岳军（执笔）、许寄秋、徐玉诺、岛琪、张禄编剧，导演耿庚辰，1955年3月由郑州市曲剧团首演，仅在郑州一个剧场即连演200余场，影响很大，成为郑州曲剧团的保留剧目。

《最后咱两个换了换裤子》的一个突出特点是：诗歌在开头、中间和结尾均安排了类似戏剧中舞台说明的文字。诗作开头的描写"半把茅根撒在路上，头发也散乱了。你这男人白（甭）卤莽！无论啥事总得说个明白；也让俺喘喘气儿。"①类似于剧本中舞台说明的道具、布景以及人物的表情、动作等要素，这些说明对刻画人物性格和推动戏剧情节发展有一定的作用。剧本中间还有"唉，白麻烦了，一会儿我就死的！……就是当媒人，也得有点好心……""唉呀，我哩娘呀！……打吧，打吧，反正我一会儿就要死

---

① 秦方奇：《徐玉诺诗文辑存》，河南大学出版社2008年版，第297页。（以下出自《最后咱两个换了换裤子》这首诗的引文均来源于该著，不再赘注）

哩!……打吧,打吧!"这也相当于一种舞台说明,进一步推动剧情发展。结尾那"茅根被踏在尘土里已经渺无痕迹;乱发披在肩上,因鼻涕和眼泪,那灰白的脸上也糊涂了泥"的描写,既交代了故事结局,又与开头呼应,形成一个闭合循环的结构,这正是许多剧本使用的一种结构。

该诗的另一个特点是:场面感、动作性非常突出,具有剧情描写的特点。如"老早我就下地扒菜根,剥树皮;/虽说我初一出门还不免有些羞耻。/后来树皮剥光了,菜根也扒净了,/我就拿把小铲去挖草根;/手掌上一层泡破了,又起一层泡,/十指尖上都磨得血淋淋地/……挖出来苦的地黄根,涩的老龙须根我吃了,/挖出来金金爪,野红萝卜是你的。/饿的真是受不住了,我还/摘下耳环给你换一块麻糁,/或者脱个布衫给你换一块锅馈。"这些诗句写出了勤劳善良的妇人忍着饥饿挖草根、扒菜根,坏的留给自己,好的送给丈夫以及拿首饰、衣衫为丈夫换取食物的场景。

徐玉诺擅长在诗文创作中蕴含戏剧元素,这不仅体现在他的《最后咱两个换了换裤子》这首诗歌当中,还体现在其他的作品中,如1930年8月25日发表于《骆驼草》第16期上的《云破天清的月夜和麻化王的政论》一文也具有一定的戏剧元素,首尾是故事的开头和结尾,是关于故事主人公在兵匪离开村子后去寻找自家门扇并最终寻得的普通叙述,而中间部分老王、胡掌柜、上官老总的对话直接就采取了剧本的样式。

对于像《最后咱两个换了换裤子》《云破天清的月夜和麻化王的政论》这样的作品,因为富含戏剧元素,稍微加以改编,即可搬上舞台进行演出。

四、对丈夫怨而无恨的妇女形象

《最后咱两个换了换裤子》通过被售卖妇人发向无能丈夫的声声抱怨,展现了19世纪20年代河南农村哀鸿遍野、啼饥号寒的饥荒图,塑造了一个能干、善良,虽然被卖掉但仍然疼惜夫君的农村妇女形象。诗歌中被卖掉的妇人被拉走前对买走她的男人、对牵线的媒人、对无能的丈夫都发出了强烈的指责,其中以对名叫徐套的丈夫的控诉最为声泪俱下:"怪道那男人那样卤莽,拉住我底袖子,只是叫'走';/——谁知道你把我卖给他了。/来,徐套，——五六年前我底情人！/ 我那无能的丈夫，让我给你说句话儿：/ 大旱年半不曾落一滴雨；/ 大块的庄头田地，深宅大院 / 都换不来半斤馍，/ 多少强壮的人，多少清闲的人 / 都大睁两眼饿死，/ 多么好看的小孩 / 都糟蹋了；/ ——但是你不曾饿死，/ 虽说我们家里已经三个月没有弄到一个米！" 这里关于农村旱灾的描绘，触目惊心。徐玉诺家乡徐营村徐教重（又名徐庆云）老人 2015 年 7 月 29 日对笔者讲，在徐营村里，有两个叫徐套的人，但他们现在都已去世。由此可以推测，徐玉诺这首诗歌很可能写的就是徐营村的真人真事。

丈夫徐套为什么不曾饿死？就是因为妇人宁肯自己挨饿受冻，也总是想尽一切办法为丈夫弄到吃的东西，而最后妇人却落得一个被卖的结果。所以，她委屈心酸："忘恩负义的徐套，/ 你怎想起把我卖了呢！"当然，徐套卖掉妻子也许是为了计妻子有一条活路，但是，无论如何，没有商量而被卖掉的滋味是令人伤感的，勤劳的妇人却没有任何掌控自己身体和命运的权利。

诗作中的妇人如果只是一味地埋怨丈夫，那么这一形象的意义和价值就会减弱很多。妇人最后与丈夫交换裤子的做法使得这一形象陡然高大起来！妇人最让人感动的行为还不是她已经为丈夫所做的那些种种自我牺牲，而在于她在离家之前还在为丈夫精打细算："来，徐套，无义的丈夫，/ 我那亲爱的人儿！/ 你白伤心，我也不憸愿你！/ 你也白害臊，/ 遍天下都是生死离别 / 谁还顾看笑话呢！/ 来，最后咱两个换一换裤子。……这条松黄绸子裤子，提起来我才伤心呢！/ 那年我还是十三四岁 / 不曾出过二门的闺女，/ 年迈的妈妈为我养了蚕，/ 结了茧，缫成丝；/ 大姐姐纺线，二姐姐上织机。/ 还是自己用石榴皮染成的。/ 妈妈不到我出嫁就没有了，/ 二姐姐出门一月死了，/ 大姐姐嫁给做生意的也不知道搬到那里；/ 想起他们 / 更是教我伤心，/ 更是教我悲凄。无能的徐套，我那可爱的人儿！/ 把你那破蓝布裤子脱给我，/ 我这松黄绸子裤子脱给你。/ 真是没有世界了，我的人，你记着 / 你脱下来也去换块馍吃；/ 要是有世界了，你把这裤子染成黑色的，/ 穿起来它，/ 你也应该想为妻。"

这一段的叙述，让读者了解到妇女身世的悲苦和心底的善良。母亲和二姐都已经离世，大姐也失去联系，现在自己又被丈夫卖掉。临行前还把母亲、大姐、二姐和自己四个人从养蚕、纺织，到染色而制成的裤子脱给丈夫。这一方面是因为这条裤子比丈夫身上的那条要结实得多，好让丈夫多穿些时日；另一方面，是这条非同寻常、来之不易的裤子凝结着离人对丈夫的无限关切。妇人在换裤子时的千叮咛、万交代都是为了丈夫在饥荒时不被饿死，在平安时穿得体面。作品关于"换裤子"这一细节场面的描绘，使得这首诗所营造的情感氛围达到了高潮，让人禁不住泪湿。这是怎样一个对丈夫怨而无恨、离而疼惜、甘愿做彻底牺牲的妇人形象啊！她是一代妇女、一批妇女的典型代表！这一文学形象将会随着徐玉诺研究的深入、影响的扩大而最终成为现代文学人物画廊中的经典妇女形象之一。

五、诗作与电影《一九四二》的异同

笔者在阅读《最后咱两个换了换裤子》这首诗的时候，不由得想起冯小刚导演的电影《一九四二》。两个作品在"换裤子"这一情景设置上有惊人的相似。《一九四二》这部 2012 年上映的电影中有一个细节，这就是花枝与栓柱换裤子的镜头。花枝在离开栓柱和两个孩子之前，要求那个买了她的卖牛人暂时停下车子等一等。等什么呢？原来，花枝下车对栓柱说："我的棉裤囫囵一点，咱两个换一下。"于是，花枝在路旁茅草丛中把自己身上那条棉裤脱下来，与栓柱腿上那条破絮百出的棉裤换了换。这个镜头令人酸楚，让观众刻骨铭心。在逃难途中，眼看着身边同行的人一个一个地饿死。为了活命，花枝和栓柱在他人过年的鞭炮声中拜了天地，结为夫妻。然而，仅仅过了一个夜晚，花枝就主动让栓柱把自己给卖了。花枝说："你知道我为什么嫁你吗？……你有了老婆，就可以卖老婆了。"栓柱说："我有了老婆才一天，我可不卖！"花枝说："卖吧，卖了能得几升粮食，我能活，你们也能活。带着孩子不好卖，孩子现在有了爹，我就放心了。"花枝与栓柱结为夫妻的目的就是为了让栓柱有妻可卖，换回粮食，使栓柱带领自己的两个孩子活下去。《一九四二》中的花枝换了四升小米，《最后咱两个换了换裤子》

中的妇人换了二斤半馍。这就是饥荒年代里女人的价值。可怜的河南妇女！可敬的河南妇女！她们在生活危困面前，要么被卖，要么自卖，无论是哪一种方式，她们都是最彻底、最无私的牺牲者！

电影《一九四二》改编自刘震云的调查体小说《温故一九四二》。这部小说讲述了河南大旱之年逃荒、饥饿的故事。小说从白修德《探索历史》一书中关于1943年2月河南之行的描述中归纳出了五个方面的情况：灾民的穿戴和携带、逃荒方式、卖人情况、狗吃人情况、人吃人情况。其中关于第三个方面"卖人情况"的记述是这样的："逃荒途中，逃荒者所带的不多的粮食很快就会被吃光。接着就吃树皮、杂草和干柴。白边走边看到，许多人在用刀子、镰刀和菜刀剥树皮。这些树据说都是由爱好树木的军阀吴佩孚栽种的。榆树剥皮后就会枯死。当树皮、杂草、干柴也没得吃时，人们开始卖儿卖女，由那些在家庭中处于支配地位的人，去卖那些在家庭中处于被支配地位的人。这时同情心、家属关系、习俗和道德都已荡然无存，人们唯一的想法是要吃饭，饥饿主宰了世界上的一切。九岁男孩卖四百元，四岁男孩卖两百元，姑娘卖到妓院，小伙子往往被抓丁。抓丁是小伙子所欢迎的，因为那里有饭吃。如我的花爪舅舅。"[①] 这是小说关于卖人的描述，电影《一九四二》把这一状况具象到花枝与栓柱"换棉裤"的镜头上。《一九四二》中的"换棉裤"镜头反映的是40年代初期河南灾民的生存状态。徐玉诺所写的夫妻"换裤子"的悲凄场面反映的是20年代末期河南农民的生存状态。这两个作品所描述的饥荒状况所发生的两个时间点，前后相差十几年，但却有惊人相似的一幕，这既说明了作品的真实性，事件的典型性，也反映了20世纪从20年代到40年代，河南人民凄苦的命运几乎没有任何改变这一现实。历史上的河南一直是个多灾多难的地方，自然灾害、税赋、战乱、蹚将、土匪等种种天灾人祸常常闹得民不聊生、满目疮痍。

如果把《最后咱两个换了换裤子》发表的时间1929年与电影《一九四二》公映的时间2012年放在一起对比，很容易计算出，徐玉诺关于

[①] 刘震云：《温故一九四二》，人民文学出版社2009年版，第457页。

夫妻互换裤子应对生存困境的文学描述比电影《一九四二》的反映早了83年。中原大地的深重灾难在徐玉诺先生的诗文里多有表现，这反映了先生无限深切的民生情怀和敏锐的文学触角。正如武新军在《徐玉诺诗人的苦与痛——谈徐玉诺的诗》一文中所写："他是一位思想深刻、感觉敏锐而又不失批判现实的热情的诗人。在谈论草创期的新诗时，我们是不应该遗忘他的。"① 是啊，对于这位像屈原一样"长太息以掩涕兮，哀民生之多艰"的徐玉诺先生，我们如何能够忘记？

附录：

最后咱两个换了换裤子
—— "闲情之十"之二

原作：徐玉诺　整理：赵焕亭

半把茅根撒在路上，头发也散乱了。你这男人白（甭）卤莽！无论啥事总得说个明白；也让俺喘喘气儿。

……

怪道那男人那样卤莽，拉住我底袖子，只是叫"走"；

——谁知道你把我买（卖）给他了。

来，徐套，——五六年前我底情人！

我那无能的丈夫，让我给你说句话儿：

大旱年半不曾落一滴雨；

大块的庄头田地，深宅大院

都换不来半斤馍，

多少强壮的人，多少清闲的人

都大睁两眼饿死，

多么好看的小孩

都糟塌（蹋）了；

---

① 武新军：《徐玉诺诗人的苦与痛——谈徐玉诺的诗》，《平顶山学院学报》2007年第6期。

——但是你不曾饿死,
虽说我们家里已经三个月没有弄到一个米!

唉,白麻烦了,一会儿我就死的!……就是当媒人,也得有点好心……
……
因为这个,我常常背地里哭泣:
我常想给你生下一个孩子,可是送生奶奶是妒忌的;
已交住饥饿,我就害怕
人类要为这个灭绝呢。

老旱(早)我就下地扒菜根,剥树皮;
虽说我初一出门还木(不)免有些羞耻。
后来树皮剥光了,菜根也扒净了,
我就拿把小铲去挖草根;
手掌上一层泡破了,又起一层泡,
十指尖上都磨得血淋淋地;
有时轰地出一身慌汗,
有时简舆(直)晕过去了,
但我并不晓得这就是饥。我凄凄楚楚地挖,耐心仔细地寻;
挖出来苦的地黄根,涩的老龙须根我吃了,
挖出来金金爪,野红萝卜是你的。
饿的真是受不住了,我还
摘下耳环给你换一块麻糁,
或者脱个布衫给你换一块锅馈。
忘恩负义的徐套,
你怎想起把我卖了呢!
……

唉呀，我哩娘呀！……打吧，打吧，反来（正）我一会儿就要死哩！……扌曹（方言：在地上拖——笔者注）吧，扌曹吧！

……我底娘呀……

……徐套！你不会动动手吗？你不会到庄上叫些人来把我赎回去吗？……

……你真心愿意卖了我呢……

您都是人，也应该有点良心！拿钱买人，离别人家恩爱夫妻就是坏良心的事；况且你只费了二斤半馍……

……来，徐套，无义的丈夫，

我那亲爱的人儿！

你白伤心，我也不懑愿（埋怨）你！

你也白（甭）害臊，

遍天下都是生死离别

谁还顾看笑话呢！

来，最后咱两个换了换裤子。

来，我告诉你说，我底傻子！

绣房里镜匣底下还有二百钱，西屋窗户上还挂着

一对鞋帮，

两拐子染好的丝，

我底人儿，你记着

饿的时候，你拿去换块馍吃！

这条松黄䌷（绸）子裤子，

提起来我才伤心呢！

那年我还是十三四岁

不曾出过二门的闺女，

年迈的妈妈为我养了蚕，

结了茧，缫成丝；

大姐姐纺线，二姐姐上织机。

还是自己用石榴皮染成的。

妈妈不到我出嫁就没有了，

二姐姐出门一月死了，

大姐姐嫁给做生意的也不知道搬到那里；

想起他们

更是教我伤心，

更是教我悲凄。

无能的徐套，我那可爱的人儿！

把你那破蓝布裤子脱给我，

我这松黄袖（绸）裤脱给你。

真是没有世界了，我的人，你记着

你脱下来也去换块馍吃；

要是有世界了，

你把这裤子染成黑色的，

穿起来它，

你也应该想为妻。

……

茅根被踏在尘土里已经渺无痕迹；乱发披在肩上，因鼻涕和眼泪，那灰白的脸上也糊涂了泥。

说明：该诗歌原载 1929 年 7 月 16 日《明天》第二卷第七期，署名"红蠖"。本次整理，用括号注释的方式，纠正了原文中的一些笔误，或者更换为今天通用的表述。

第三节 《水》与《旱》反映了20世纪30年代上海多元化的文学生态[1]

一、引言

文学生态的多元化在任何一个时代都是客观存在的，只不过在某时某地，表现更为突出。20世纪30年代的上海，由于存在繁荣的现代工业和发达的现代出版业等，逐渐成为中国政治、文化的中心，随之，也出现了多样的文学思潮。这些文学思潮主要有左翼文学、现代主义文学、民族主义文学、自由主义文学等。多种文学思潮相互交织、相互碰撞、相互补充，共同构成了20世纪30年代上海多元化的文学生态。

20世纪30年代的中国左翼文学属于世界无产阶级文学的一部分，它主张采用马克思主义的批评方法去评判现实，强调对社会黑暗的暴露和批判，强调文学的人民性、革命性，代表作家有鲁迅、茅盾、冯乃超、蒋光慈、丁玲、田汉、夏衍等。

长期以来，现代文学研究对左翼文学思潮关注较多，而对其他文学思潮关注较少，尤其是对同类文学题材在不同派别作家笔下处理方式的对比性研究更是匮乏。下面将具体分析丁玲与赵清阁在灾荒题材小说创作时不同的价值取向，并以此来呈现20世纪30年代上海多元化文学生态的一角。

民国时期，水、旱及其继发的雹、蝗、疫等各种自然灾害不断袭扰人民群众，统治者在大灾之年变本加厉地盘剥加剧了社会矛盾。对此现象，现代文学作品中不乏描写，如艾青、丁玲、赵清阁等一批作家对水旱灾害都进行过描写。他们通过描写自然灾害或者抨击时政，为百姓疾呼，或者鼓励灾民克服困难，重建家园。同是五四新文学第二代女作家的丁玲与赵清阁在人生经历、个人气质、文学创作倾向等方面都有着较大的差异，但她们都是关

---

[1] 本文原载《鲁迅研究月刊》2019年第12期，与陈莹合著。这次收录本书做了部分修改。

心民生疾苦、追求进步的爱国知识分子，她们都用自己的笔形象生动地反映了20世纪30年代自然灾害下人民的苦难与抗争。丁玲的《水》和赵清阁的《旱》就是这方面的代表作。

丁玲的《水》创作并发表于1931年夏秋。1935年10月，被以《水——问题小说》为题译成日文发表在《日本评论》上，这是日本翻译丁玲作品的第一篇。[①] 20世纪80年代以来关于丁玲《水》的研究文献主要有张堂会的《灾荒饥馑之下的呐喊与抗争——20世纪30年代左翼文学与民国自然灾害关系之考察》[②]、王珍《论丁玲小说女性意识与革命意识的历史化呈现》[③]、赵婷婷的《左联期刊与左翼文学创作》[④] 等，这些文献在对丁玲《水》的评价上，大都延续了冯雪峰、茅盾、夏志清等人的观点，认为《水》是丁玲文学创作从个人主义向集体主义、从资产阶级向无产阶级转折的标志性作品。此外，秦林芳《"苦难"与"求生"——丁玲小说〈水〉的人性意义》一文指出了《水》除了包含革命意识之外，还体现了人道主义，是丁玲对五四启蒙思想的回归。[⑤] 这一新的观点在关于丁玲《水》的思想内容的阐释方面有所开拓。总之，关于丁玲《水》的研究文献较为丰富，但目前还缺乏将它与同一时期同类题材作品的比较性研究。

《旱》是赵清阁写于1935年的一个短篇小说。它与当时赵清阁创作的其他短篇小说《祖母》《强盗》《穷人》等一并由上海女子书店结集为短篇小说集《旱》而出版。《旱》这本集子里的作品大都暴露了现实社会的黑暗面，因而出版不久就遭查禁。此后，不得不由新兴出版社翻印出版，但发行量有限。所以，今天这本书的原版不易见到。目前还没有发现关于《旱》这篇小

[①] 宋建元：《丁玲评传》，陕西人民出版社1989年版，第176页。
[②] 张堂会：《灾荒饥馑之下的呐喊与抗争——20世纪30年代左翼文学与民国自然灾害关系之考察》，《华中师范大学学报》（人文社会科学版）2016年第3期。
[③] 王珍：《论丁玲小说女性意识与革命意识的历史化呈现》，重庆师范大学硕士论文，2017年。
[④] 赵婷婷：《左联期刊与左翼文学创作》，南京师范大学硕士论文，2011年。
[⑤] 秦林芳：《"苦难"与"求生"——丁玲小说〈水〉的人性意义》，《文艺争鸣》2012年第7期。

说的研究文章，更无从发现这篇小说与丁玲的《水》的比较研究文献。而展开两部作品的对比，对于加深认识 20 世纪 30 年代前期中国文坛关于自然灾害叙写的整体面貌以及考察丁玲、赵清阁不同的文学创作思想、风格及其政治文化背景等都有较高价值，特别是对于认识 20 世纪 30 年代上海多元化的文学生态很有帮助。以下从主题思想、表现形式及其原因这三个方面比较两篇小说的不同。

二、批判性与激励性

《水》和《旱》叙述的侧重点不同，故事结局也不同。前者的结局是灾民暴动抢粮，后者的结局是灾民通过开沟引水，解除了旱情。故事结局的不同导致了作品主题思想的区别：《水》主要写灾民在认识到阶级压迫的残酷性之后走向反抗之路，反映了阶级斗争的必然性。《旱》主要写灾民在尝试租车灌溉和祈雨救灾均遭失败之后，意外发现了开沟引渠的办法，最终解决了问题，从而显示了农民的勤劳智慧。前者充满了强烈的现实批判性，后者具有明显的激励性。

（一）《水》的批判性

丁玲的《水》以 1931 年中国南方特大水灾为背景，描写了灾民从抗洪、流徙到反抗的过程，揭露了统治者对灾民的压迫，反映了灾民的觉醒和反抗，具有强烈的现实批判性。小说各部分从不同角度反映了阶级压迫和阶级反抗，正是统治者残酷的压迫最终导致灾民的暴动抢粮。丁玲的《水》虽然不如她的成名作《莎菲女士的日记》和获奖作《太阳照在桑干河上》那样影响深远，但是，它作为丁玲在 30 年代初期左转的标志性作品，不断被人评述。小说的四个部分除了描述人们的紧张、抗灾之外，还主要从不同角度描述了农民与地主之间的阶级对立。

第一部分主要写洪水来临之前一渡口人们的恐慌情绪和抗洪行动。老年人、妇女、小孩儿在家里谈论灾情，青壮年在河堤上检测水位和抢修堤坝。同时，这部分还写了从五六十里之外的牛毛滩逃难而来的两个妇女和两个小孩，这说明周边几乎都被大水淹了，衬托了灾情之严重。这一部分的一个突出人物是老外婆。她的那句像咒语似的话"算命的说我今年是个关口"是个不祥之兆,为小说奠定了悲凉的基调和气氛。老外婆回忆小时候经历过的水灾、饥荒和瘟疫,也提出自己朴素的阶级认识:"有钱的人不会怕水,这些东西只欺侮我们这些善良的人……老爷在那年发了更大的财,谷价涨了六七倍,他还不卖……有钱人的心像不是肉做的,天老爷的眼睛,我敬了一辈子神,连看我们一下也没有,神只养在有钱的人家吧……"由此可见,小说的立意非常明显,一开始就借助老外婆之口揭示了由洪水所引发的人们对阶级压迫的深刻认识。

第二部分主要记述了汤家阙、一渡口逐渐被淹没的过程。其中重点写一渡口被淹之前人们的抵死守堤,特别写出了人们在守堤过程中的觉醒和暴怒:"快活吗?死还在眼前面呢?这纸扎的堤!""不相干,再抵也不相干,这全是窟窿的劳什子堤,终究保不住,迟早要被冲去的!个人还是赶紧逃命吧。……""一种男性在死的前面成为兽性的凶狂,比那要淹来的洪水更怕人的生长起来。有一些为几阵汹涌的水而失去了镇静,为远远近近的女人的号哭而心乱,而暴跳起来,振着全身的力,压制着抖战,咬着牙,吐着十几年被压迫、被剥削,而平时不敢出声的怨恨来。有一些还含着希望,鼓励着,督促着他们的同伴:……不要怨天尤人,等好了咱们再算账:他妈,有他们赚的,年年的捐,左捐右捐,到他们的鸟那儿去了。可是,现在不要骂,把堤救了再说……"① 尽管人们拼死救堤,但最终还是土堤被冲溃,几百个人,连叫一声也来不及便被卷走了,一渡口变成了一片汪洋。

第三部分写一群死里逃生的一渡口人怀揣希冀、栖栖惶惶逃到长岭岗之后,却大失所望。他们并没有得到救济,迎接他们的是预防饥民暴乱的荷枪的士兵。这一节重点塑造了李塌鼻的形象。李塌鼻40多岁,在三富庄做过20年的长工,在这次逃难路上,一直给大家鼓劲儿。以他对长岭岗的了解,他坚信大家到了长岭岗就都有救了。他说:"长岭岗有三条街,有一百多家铺子,三富庄,马鞍山的大户都有人在那里……别处我不晓得,我就清

---

① 丁玲:《水》,《丁玲全集》第3卷,河北人民出版社2001年版,第417页。

楚，打开他们的仓，够我们一渡口的人吃几年呢。看他们就真的不拿出一点来，忍心让我们饿死。……"①有人质疑李塌鼻的判断，认为他做20年的长工，连一条不破的裤子都没有。东家剥削如此残酷，而他没有反抗。这种质疑引起了李塌鼻的争辩。李塌鼻认为自己过去并不甘心做奴才，只是一个人的力量有限，反抗没有效果。现在大家是一伙人了，总会有办法的。可是，残酷的事实是：先到的其他难民告诉一渡口的人："他管你吗？我们的人都不准上街，他们比防土匪还怕我们呢?!"②街两头站了许多刚从县城里调来的荷枪的兵士，还有一些镇上团防临时加的团丁。墙上贴了告示，告诫灾民安分地等着，如有不逞之徒，想趁机捣乱，就杀头不赦……随着灾情的蔓延，"到县城去的路已经断了，但用帆船却又带来了一些军火，并没有带救济来。装满了帆船又向着县城去的，是长岭岗上的几家大店铺的老板和家眷。"③ "镇长颜色惨白，不是为了没有米，是为了没有请下军火来，才使他这末不安的。"④ 这一部分通过李塌鼻与其他人的对话和争论，充分暴露了统治阶级的残酷与狡诈，他们不顾灾民的死活，防止暴动的举措远远多于救灾行动。这样从侧面说明了农民集体反抗的被迫性和必要性。

第四部分写水灾后瘟疫肆虐，面对不绝的死亡，饥民被迫起来反抗。他们发现镇上效仿县城，县城效仿省城，当政者都不管饥民死活，而是只留下军火和士兵预防暴乱。因此，人们彻底失望，并开始反抗了。这一部分集中描写在黑脸农民的启发下，人们的觉醒和反抗。他们比水还凶猛地朝镇上扑过去，要夺回他们用血汗换来的谷子。小说写道："告诉你，起来是要起来的，可是不是抢，是拿回我们的心血，告诉你，杂种，只要是谷子，都是我们的血汗换来的。我们只要我们自己的东西，那是我们自己的呀……"⑤ 这样的叙述，其实就是对灾民的一次思想启蒙和行动引导，它为灾民起来造

---

① 丁玲：《水》，《丁玲全集》第3卷，河北人民出版社2001年版，第421页。
② 丁玲：《水》，《丁玲全集》第3卷，河北人民出版社2001年版，第423页。
③ 丁玲：《水》，《丁玲全集》第3卷，河北人民出版社2001年版，第424页。
④ 丁玲：《水》，《丁玲全集》第3卷，河北人民出版社2001年版，第427页。
⑤ 丁玲：《水》，《丁玲全集》第3卷，河北人民出版社2001年版，第433—434页。

反找到了理论支撑。

《水》整篇小说不是以人物为中心来展开，而是以洪水发生的时间、地点、进程以及民众抗灾的过程为叙述线索。小说以位置、空间的变化来展开叙述和描写，人物对话多，场面感强烈。如第二部分写人们与洪水抗衡而最终失败的情况时，主要就是采用人物对话的形式，反映在洪水淹没之前，人们的焦躁、侥幸、惋惜、愤怒等心理，同时也表现了男人们为保护妇女和儿童而勇敢牺牲的精神。这里不是以塑造英雄人物为目的，而是主要描摹抗灾现场，烘托紧张气氛。这种以时间、地点的变化转移为线索来叙述事件的方式，与丁玲的创作目的相适合。《水》的主要创作目的就是要表现"剥削阶级在灾荒之年趁火打劫、借机发财。灾民得不到救助，被迫走向反抗"的主题。宋建元在《丁玲评传》中对《水》的主题思想做了这样的概括："她力图描出水灾给人民造成的巨幅残景，揭露国民党反动政府对灾民的冷酷与欺骗。更重要的是作者想写出农民的觉醒与反抗，从而表现中国革命的发展与高涨，等等，这无疑是重要而有巨大意义的。"[①] 这一概括是符合作品内容的。灾民被迫造反这一思想主题几乎贯穿小说的各个部分。

（二）《旱》的激励性

《旱》各部分侧重描写灾民寻找各种办法去解决问题，最终他们依靠集体的力量挖沟引水战胜了旱灾。作品歌颂了灾民团结一心、自力更生依靠勤劳和智慧挖沟引水战胜旱灾的精神，具有明显的励志性。《旱》这篇小说一共由五部分组成。第一部分主要写大旱。柳村连续大旱，稻田里的秧苗将被旱死。老张叫醒正在酣睡的陈二，一起讨论干旱的原因，并商议解决办法。他们分析认为，村子里久旱的原因估计是那个草蓬子里的脏婆姨得罪老天爷了，特别是近几天，上他家打茶围的人更多了，如高贵中、李麻子、黑斑鸠、一只眼等。这使得老张和陈二愈发要想办法改变这种局面。他们打算先和大家商量好，于是，老张就去找高贵中做思想工作。这当儿，来自杨树庄的吴德勤老表带给陈二一种解救干旱的办法。他说，城里的胡区长新近从上

[①] 宋建元：《丁玲评传》，陕西人民出版社1989年版，第176页。

海买了一架灌水机器，可以帮助灌溉稻田，但是这需要收费。柳村的百石稻田全部灌溉需要 100 块大洋。

第二部分主要写解决草蓬子婆娘聚众瞎闹吃酒的事情。陈二、王五、一只眼、黑斑鸠、老张、高贵中等都陆续集中到草蓬子婆娘家里。陈二宣布了租水车灌溉稻秧的法子，并号召大家捐钱。在经过李麻子和小阮的一番辩论之后，大家都赞同这个法子。他们批评了草蓬子婆娘平日里的表现，并动员她拿出了 20 元大洋。这样，租水车的钱就有了个基数。

第三部分主要写向全村人筹钱租水车及筹集之后在柳树下的聚餐庆贺。全村人百般凑合到了 60 块大洋。他们又恳求地主设法把租金降到了 90 块，他们再发动大家卖掉陈粮，最后终于凑到 92 块。为此，他们拿出 2 块钱买些酒肉在柳树下庆贺，在庆贺会上，他们再次明确了光吃不做的可耻，号召女人去做工。

第四部分主要写仅仅一次的灌溉并没有彻底解决旱情。他们给胡区长交了 90 块大洋，全村稻田得到灌溉，但不几天之后，秧苗又开始枯萎下去。他们再也无钱去租水车来继续灌溉，因此感到自己上当受骗了。无奈，他们开始了祈雨活动，一连三天地祈求上苍，可是连雨的影子也没有看见。最后，还是小阮意外发现十里外的黄家墩山上有瀑布，于是他们大约用五天的工夫开沟，把水引到了自己的村庄。

第五部分主要写全村人庆贺开沟成功。当水潺潺流进田畦时，大家在陈二的领衔下，唱了一首慷慨壮厉的快乐歌：

求人家不如求自己，
开沟五天水便流到田里！
什么"水车""龙王"都是假的，
只有我们各人的"赤诚"和"力"！
只有我们的赤诚和力
一心合作干到底，
不怕山高与路低，

胜利终归是我们的。①

这样的歌词情感真挚、鼓舞人心！它强调求人不如求己,大家齐心合力定能战胜天灾的道理。

由小说《旱》这五部分的内容,可以看出,柳村的农民在尝试了引导草蓬子婆娘做工、租车灌溉秧苗、祈雨等种种方法之后,最终依靠自己的力量引来瀑布之水,解除旱情,人们欢呼雀跃。显然,故事结局的安排显示了小说的主题思想。在这篇小说的第三、四部分,重点写到了地主和胡区长的狠毒。当他们初向地主恳求帮忙时,地主不惟不帮,还声明将来不能减少课租,以此来要挟他们必须租水车来灌田。当他们请求胡区长再次灌溉又将枯萎的秧苗时,却遭到了无情的拒绝。他们痛恨趁机发财的地主和胡区长,骂他们是杀人不见血的王八蛋。而且,小说还写到一个细节,最初给柳村带来租车灌田信息的吴德勤也是受害者,他们的杨树庄也遇到了与柳村一样的困境,秧苗得不到二次灌溉。这个细节的设置深刻揭露了地主和胡区长的残暴。

尽管《旱》在内容叙述上,也揭露了统治者的残酷剥削和压迫,但整篇小说并没有把农民对于地主和区长的反抗作为叙述的重点,更没有描述农民的反抗举动。农民对于地主和区长,只是抱怨、求情和隐忍,而没有采取实际的反抗行动。与丁玲的《水》相比,《旱》这篇小说的反抗性要减弱许多。特别是在结尾的安排上,面对地主和胡区长的剥削和压迫,农民没有起来暴动,他们只是无奈地痛骂。最终,旱情的解除是通过农民自己的智慧和勤劳而实现的:"什么'水车''龙王'都是假的,只有我们各自的'赤诚'和'力'。"这与《水》的结尾——"这队饥饿的奴隶……咆哮着,比水还凶猛的,朝镇上扑过去"——有很大不同。

---

① 徐俊西、陈慧芬:《海上文学百家文库:白薇·陆晶清·赵清阁卷》,上海文艺出版社2010年版,第452—453页。

三、速写体与剧本体

除了故事结局、主题思想不同之外，从表现形式上来看，《水》与《旱》也有很大不同。《水》具有新闻通讯"速写体"的特征，《旱》具有时间、场景高度集中等"剧本体"的特征。

（一）《水》的"速写体"特征

尽管丁玲很重视《水》这篇作品的创作，但由于当时的条件限制，《水》最终写得比较粗糙，有"速写体"的特点，类似新闻通讯和报告文学的速写式勾画，人物形象不够典型。关于这一点，丁玲自己的说法是："直到《北斗》第一期要出版，才在一个晚上赶忙写了《水》的第一段。后来的都是在集稿前一晚上赶起，这篇《水》的完结，可说是一个潦草的完结。原来预备写8万字的，后来因为看《北斗》稿子太忙，构思的时间没有，又觉得《北斗》上发表太长不适宜，就匆促把它完结了。几次想改作，或另加一篇，都为时间所限，没有达到这个心愿。"[①] 这说明丁玲本人知道这篇小说的不足：它是一个急就章，写作时间的急迫、发表篇幅的受限使这篇小说没有来得及也无法充分展开。

尽管《水》写得较为粗糙，但在当时，得到了左翼文坛的高度肯定。原因主要在于它适应了斗争形势的需要，具有时效性，在迅速发动民众革命、鼓舞士气方面发挥了积极作用。

一般来说，"速写体"的作品不利于塑造典型人物，而部分评论者按照今天人们通常的小说评价标准"塑造典型人物"这一要求来衡量丁玲的《水》，认为它在这方面是缺失的、遗憾的。笔者认为，丁玲在最初创作这部小说时，不仅没有刻意去塑造单个的典型人物，而是有意要突出大众。这与丁玲立意要描写大众的创作目的有关。还有，就是创作时间仓促，篇幅受限制的原因。事实上，何丹仁（冯雪峰）的评价正说明了这一点："作者有了新的描写方法，在《水》里面，不是一个或二个的主人公，而是一大群的大

[①] 丁玲：《我的创作生活》，《丁玲全集》第7卷，河北人民出版社2001年版，第16—17页。

众,不是个人的心理的分析,而是集体的行动的开展。它的人物不是孤立的、固定的,而是全体中相互影响的,发展的。""在《田家冲》和《水》之间,是一段宝贵斗争过程,是一段明明在社会的斗争和文艺理论上的斗争的激烈尖锐之下,在自己的对于革命的更深一层的理解之下,作者真正严厉的实行着自己清算的过程。那结果是使她在《水》里面能够着眼到大众自己的力量及其出路。"①何丹仁的这些评价说明了在当时的认识水平和创作条件下,《水》已经实现了丁玲的创作目的,自觉贯彻了"以大众为主人""替大众说话"的写作要求。

1930年3月2日,左联在上海成立,通过左联理论纲领。纲领从文学与时代的关系、与阶级的关系,阐述了无产阶级文学艺术的历史使命,解释了无产阶级文学艺术的内容与任务。左联执行委员会于1930年8月4日通过了《无产阶级文学运动新的情势及我们的任务》,提出左联是"广大群众的组织",以开展革命斗争、有"组织活动"为主要任务。②这些文件的要求对于丁玲《水》的创作有直接影响。因此,按照左联当时推行革命文学的创作要求来说,虽然《水》还存在着"速写体"的不足,但总体上是成功的。

(二)《旱》的"剧本体"特征

赵清阁的《旱》具有典型的环境描写、鲜明的人物形象和生动的人物对话,场景变化明显,故事情节起伏跌宕,具有"剧本体"的要素和特征。具体主要表现在这篇小说的空间和时间高度集中、语言生动活泼、篇幅简短精练、矛盾冲突尖锐等方面。

第一,《旱》的空间和时间高度集中。

《旱》虽然是一篇小说,但在时空安排上有一定的剧本特征。剧本要求时间、人物、情节、场景高度集中在舞台范围内。一般要求篇幅不能太长,人物不能太多,场景也不能过多地转换。《旱》基本具备这些特征。如果按

---

① 何丹仁:《关于新的小说的诞生——评丁玲的〈水〉》,《北斗》1932年第2卷第1期。
② 左联执行委员会:《无产阶级文学运动新的情势及我们的任务》,《文化斗争》1930年第1卷第1期。

照剧本的体例来观照这篇小说，那么大致可以把它看成是五幕剧。每一幕里面的场景非常清晰、简洁，而且，全"剧"七个场景中，有三个都是在"柳树荫下"。这是有意地重复。所以，假如这篇小说改编成剧本，进行舞台演出布景时，实际上只需要四次布景。

第一幕的场景主要是陈二家及他家对面的柳树下。活动人物只有老张、陈二和吴德勤。他们在商议如何缓解旱情。第二幕的场景主要就是草蓬子婆娘家里。大家在这里讨论筹资租车灌田的事情并成功说服草蓬子婆娘拿出了20块钱。第三幕的场景，还是在陈二家门口的柳树下，大家举杯庆贺筹钱成功。第四个场景主要是稻田灌溉和龙王庙祈雨。第五幕的场景仍旧回到柳树荫下，大家在这里欢呼歌唱，庆祝自己的劳动成果。可见，这篇小说，虽然故事情节复杂，但场景的变化并不多，第一、三、五部分，人物的活动都是集中在柳树荫下。这样的布局安排减少了换景次数，便于舞台演出。

第二，《旱》的口语化特色显著，适合舞台演出。

《旱》的语言生动活泼，富有生活气息，有利于表现鲜明的人物性格。剧本主要是通过台词推动情节发展，表现人物性格的。因此，台词语言要求能充分地表现人物的性格、身份和思想感情，要通俗自然、简练明确、口语化，适合表演。《旱》的对话语言就具备这个特点。如老张自语着，跑上去向陈二的屁股踢两脚："妈的，太阳晒着屁股了，还只管酣睡。难道你想睡死过去吗？"陈二道："不是我好睡，老哥，你说，不睡又〔有——笔者添加〕啥办法呢？天老爷不下雨，妈的你倒拿老子来出臭气，说吧，就叫我起来又该怎么着？"老张："不是呀，我说如其这样睡觉，不如大家常在一块想想办法的好。"① 小说就是在这简短的对话中说明了旱情，推动了故事情节的发展。再如，草蓬子婆娘战栗地说："但是，我……我也要吃……吃饭。""我求……求你们可怜我，以后反正……不干了。""我也愿意把工钱分给大家用，只要你们别再没死活地骂我什么'糟货'就好。"草蓬子婆娘的这些话

---

① 赵清阁：《旱》，载徐俊西、陈慧芬编《海上文学百家文库：白薇·陆晶清·赵清阁卷》，上海文艺出版社2010年版，第441页。

赢得了大家的同情，她的觉悟让大伙很是感动！尤其是高贵中首先带头鼓掌："真是女中君子，好乖乖！等粮食收下来老子送给你一件花洋布衫的料子。"① 高贵中的语言也极具个性，表现了他的豪爽。这里的"好乖乖"，表示感叹、赞赏，是生动的河南方言。姚雪垠在 1941 年发表的中篇小说《牛全德与红萝卜》中的牛全德形象与赵清阁笔下的高贵中有类似之处，他们都是觉醒了的农民形象，都操一口河南方言。值得一提的是，小说在结尾处安排了一首《快乐歌》的歌词，这歌词相当于剧本中的集体台词，生动有力，增强了气势，升华了作品主题。赵清阁的剧本往往具有这个特点，如她的独幕舞台剧《血债》和《把枪尖瞄准了敌人》的最后分别是一首"血债歌"和"把枪尖瞄准了敌人歌"，她的独幕街头剧《一起卜前线》和《报仇雪耻》在结尾分别安排了"最后关头歌"和"妇女节歌"。赵清阁小说《旱》的"剧本体"特征由此可见一斑。

第三，《旱》的矛盾冲突尖锐。

《旱》所展现的矛盾冲突尖锐、集中。对于寻求缓解旱情的方法，首先是老张和陈二要说服草蓬子婆娘及围绕在她家里的那一拨儿嫖汉；其次是大家伙与地主和胡区长在水车租金及二次灌田上的矛盾与斗争。随着一个又一个矛盾的产生，故事得以展开和发展。相对而言，说服草蓬子婆娘的问题比较容易地得到了解决，但灾民二次灌田的要求被胡区长坚决拒绝。不得已，大家再次到龙王庙祈雨，然而，祈雨无效。问题最后得以解决的方式似乎有些意外和惊喜：在大家齐心协力下，从 10 里外的山上引来了瀑布水，解决了旱灾。对剧本来说，受演出时间的限制，一般要求剧情必须高度凝缩在矛盾冲突中。《旱》虽然不是一个剧本，但它在矛盾冲突的安排上有一定的剧本特点。如果说，丁玲的《水》没有很好地写出灾民集体行动的组织者和领导者，那么，赵清阁的《旱》在这方面倒是值得肯定的。它通过矛盾冲突塑造了老张、陈二、小阮等典型形象，他们是灾民集体活动的主要组织者。

---

① 赵清阁：《旱》，载徐俊西、陈慧芬编《海上文学百家文库：白薇·陆晶清·赵清阁卷》，上海文艺出版社 2010 年版，第 448—449 页。

除了以上三点之外,《旱》在结构安排上的节奏感、人物形象塑造的动作设置等方面也有剧本的特点。这里不再一一赘述。

《旱》具有"剧本体"特征,这与赵清阁和一批剧作家的交往有关。20世纪30年代前期,与一批左翼剧作家的结识和交往,影响了赵清阁的文学创作。她的《旱》所具有的剧本体特点即如此。赵清阁在就读上海美专期间,兼任"天一"影片公司所办的《明星日报》的编辑,主要为影片公司写宣传稿,并与左明等左翼戏剧家共事,还结识了剧作家洪深、田汉等。她还曾经给鲁迅先生寄诗文求教,得到鲁迅的关怀和亲切接见。关于这一段生活经历,她在《从鲁迅想到许广平》的怀念文章中有所记述:"那是一九三四年的春天,我才二十岁。当时,我还在上海美专学习,并在天一电影公司工作。因久仰鲁迅先生诲人不倦,便不揣冒昧给他写信……我兴奋地立刻把鲁迅先生的约会喜讯,告诉了'天一'同事戏剧家左明。正好左明大概是为了改编或演出《阿Q正传》的事,要向鲁迅先生征询意见,于是我们就在约定的一天下午一块去了。"[①] 左明原名廖宗岱,陕西南郑人,中国左翼戏剧家联盟成员之一,编导《母亲》《王先生奇侠传》《王先生生财有道》等电影,创作《大义灭亲》《军火船》等抗日话剧、歌舞剧。在上海刚刚参加工作不久的赵清阁就与左明一起拜见了鲁迅,这说明赵清阁当时与从事戏剧工作的同事们关系比较密切。

在天一电影公司与戏剧家一起工作的经历对赵清阁小说的创作产生了一定影响,并深深影响了她日后从事戏剧创作与戏剧改编。她的小说《旱》在时空安排、语言风格等方面包含了戏剧的萌芽。不仅《旱》有这个特点,她同一时期创作的小说《穷人》也有这个特点。《穷人》写失业的阿富与待产的老婆"秀"流浪街头,由于饥饿、奔波和悲伤,秀昏厥过去。为了给秀买到饭,阿富多次向人求助但均遭到屈辱拒绝。被逼无奈,他去抢劫,并因此而坐牢。深感绝望的阿富最终在牢中激烈撞击铁窗而亡。这篇小说共

[①] 赵清阁:《从鲁迅想到许广平》,载徐俊西、陈慧芬编《海上文学百家文库:白薇·陆晶清·赵清阁卷》,上海文艺出版社2010年版,第552—553页。

分五小节。其中第一、第五小节采取重复的修辞手法,三句话,六行,内容完全相同:"雨,尽管淅沥的下,/上海的夜,也尽管热热闹闹。/舞场的哥们儿,尽管踏着他们的探戈舞,/无线电,也尽管播着'桃花江'的曲。/咖啡店,尽管是刀子叉儿一阵声响,/穷人们,也尽管是挨饿受冻。"这很像一个回环式电影剧本的构思。重复的内容起到了突出主题思想、加强故事节奏的效果。第二、三、四节的内容分别是秀饿昏在街角、阿富抢劫失败、阿富在牢中触窗而死。每一节的场景性都很强。她 1939 年出版的短篇小说集《华北的秋》中的两篇《华北的秋》和《血耻》也都有一定的剧本体特点。

赵清阁在《月上柳梢》的自序中写道:"有人觉得我写的小说太戏剧化了,这我承认,因为写戏习惯了,难免受影响;比如情节结构方面较注重技巧,人物塑造方面较注重于动作。不过这并不违反写小说的原则,小说当然要着意于心理刻画,正如戏剧也不能忽视心理是描绘一样。"① 这段话说明了赵清阁本人对自己小说的剧本体特征是有理论指导意识的。关于文体交叉性的理论论述,与赵清阁交情很深的老舍有一段话与赵清阁的认识相似。老舍说:"文学形式虽不同,可是并非界划极严,因为文艺都是一母所生的儿女,互有关联,不能纯一。"② 老舍本人的许多小说也具有戏剧性特征。关于这一点,陈军在《论老舍小说中的戏剧性元素》一文中,金晔、席扬在《创化传统融通中外——老舍与赵树理小说的"戏剧性"及其比较》一文中,都有具体论述。赵清阁在抗战时期还与老舍共同创作了剧本《王老虎》和《桃李春风》。1987 年 4 月 2 日,赵清阁对采访她的涂光群(《传记文学》杂志主编)说:"有人弄不清楚,说是我向老舍先生学的写戏。是的,老舍先生就像我的一位兄长,他的确给过我许多帮助,包括文学写作方面的。但是我要说,关于写戏,事实情况正好相反,当初是老舍先生向我学写剧本,我教给他的。后来我们还合写过剧本。"③ 可以说,赵清阁较早地受到了戏剧的熏

---

① 赵清阁:《自序》,《月上柳梢》,宁夏人民出版社 1986 年版,第 2 页。
② 老舍:《文学概论讲义》,《老舍全集》第 16 卷,人民文学出版社 2008 年版,第 89 页。
③ 涂光群:《上海老作家们——十位上海老作家侧记》,《新文学史料》2004 年第 1 期。

陶，她早期的小说创作如《旱》《华北的秋》《血耻》等已经蕴含着明显的戏剧元素，这为她后来的众多剧本创作奠定了基础。她被称为战时剧坛最活跃的一位女性剧作家，她的《红楼梦话剧集》在中国话剧史上占据重要地位。

四、左翼革命文艺观与自由主义文艺观

由于五四精神的延续、社会的动荡等原因，20世纪30年代，诸多文艺思潮如左翼革命文学、自由主义文学、现代主义文学、民族主义文学等并存、纷争，文学创作呈现出多元发展的趋向。丁玲的《水》和赵清阁的《旱》分别属于左翼革命文学思潮和自由主义文学思潮。它们共同丰富了这一时期的文学创作。文学呈现的不同折射出作者创作立场和文艺观念的不同。丁玲的《水》和赵清阁的《旱》，在主题思想和表现方式上有很大不同，这与两位作者各自的文艺观有直接关系。

（一）《水》体现了丁玲的左翼革命文艺观

《水》鲜明的反现实主义主题及其速写体的特征，与丁玲创作这篇小说的政治背景、指导思想有直接关系，它反映了丁玲在1931年急剧左转的思想状况和任职《北斗》主编的工作职责。

丁玲的《水》，在1931年9、10、11月连载于左联机关刊物《北斗》上。作为《北斗》主编的丁玲，在《北斗》创刊号上开始发表这篇小说，这说明了她对这篇小说的重视。更重要的是，《北斗》的性质也要求了这篇小说的使命是：号召民众起来反抗压迫和剥削。丁玲的文学创作本身就是她从事革命工作的重要方式和手段。1931年2月8日丁玲的丈夫胡也频因参加左翼运动在上海龙华被杀害。胡也频的牺牲使丁玲坚定了革命信念。她把孩子送回湖南老家由母亲代为照料，自己回到上海全身心地投入革命事业，写出了一系列革命倾向的作品。正如茅盾所说，"丁玲女士个人对这XX恐怖的回答就是积极'左倾'，踏上了那五个作家的血路"[①]。所以，《水》的结局安排、

[①] 袁良骏：《中国文学史研究资料全编·现代卷：丁玲研究资料》，知识产权出版社2011年版，第216页。

主题思想与丁玲坚定的革命追求有直接关系。它是丁玲本人，也是左翼文坛创作转折的一个醒目标志，它及时引领了左翼文学的方向。

丁玲晚年在答《开卷》记者提问时，说道："还有个突破是写《水》。我一定要超过自己的题材的范围，《水》是个突破。《水》以前是《田家冲》。写了《田家冲》不够，还要写《水》。这两篇小说是在胡也频等牺牲以后，自己有意识地要到群众中去描写群众，要写革命者，要写工农。这以后，还有一些短篇：《消息》《夜会》《奔》都是跟着这个线索写的。"① 这段话说明《水》的创作主题非常明确。它就是要借助水灾描写来鼓动农民的革命情绪和革命行动，这正是左联当时所提倡的文学创作方向，也是日后丁玲所坚持的创作方向。在表现形式上，《水》采用新闻通讯式的"速写体"，也是为了追求宣传的时效性。茅盾曾说："速写应了时代的要求产生并发展了。这是一种能把现实生活的各个侧面很快地反映出来的文体，犹如生力军进入阵地，来不及架大炮，就用白刃和手榴弹来交战。"② 茅盾的这段话用形象的比喻指出了"速写体"的社会功能。丁玲正是借助描写突发的自然灾害事件，以"速写体"的形式迅疾反映了底层人民群众的革命要求，体现了其把握时代脉搏的气魄。

（二）《旱》体现了赵清阁的自由主义文艺观

《旱》创作题材的选择既包含赵清阁本人的生活体验，也包括来自丁玲《水》的启发。比丁玲小 10 岁的赵清阁一贯追求思想进步。与左翼剧作家和鲁迅的接触，激发了她的创作。1935 年 5 月，赵清阁看到丁玲所写的小说《水》，联想到家乡农民因旱灾而逃荒的悲惨境况，就写下了短篇小说《旱》。民国时期，河南省发生过四次大旱，分别是在 1920 年，1928—1930 年，1936—1937 年和 1942—1943 年。每当旱灾发生年间，中原赤地千里，一片焦土。赵清阁经历了 1928—1930 年间的河南旱灾。1928 年大旱发生的初年，赵清阁还在信阳老家，次年她到开封读高中。这次中原旱灾

---

① 丁玲：《答〈开卷〉记者问》，《丁玲全集》第 8 卷，河北人民出版社 2001 年版，第 4 页。
② 茅盾：《我所走过的道路》（中），人民文学出版社 1984 年版，第 266 页。

给她留下了深刻记忆，为她的小说《旱》的创作，积累了生命体验和写作素材。

《旱》激励性主题思想的确立来自赵清阁的自由主义文艺观。尽管赵清阁的《旱》是受到丁玲《水》的启发而写的，但二人不同的人生经历和文艺观导致这两篇小说在思想和形式上有较大差别。"左联"这个具有鲜明政治背景的文艺组织对丁玲的人生道路和文学创作的影响都非常大，并最终促使她走向了革命圣地延安，主要从事左翼文学事业。而赵清阁在抗战爆发前的几年里，有着特殊的经历和处境。她辗转于开封和上海之间，因思想激进而多次受挫。这种人生经历使她逐渐成为一名自由主义知识分子，她在20世纪30—40年代的左翼革命文学和人文主义文学思潮的斗争中，基本保持了中立的纯文艺观。20世纪30年代前半期，赵清阁的思想比较激进。1932年下半年，在开封半读半工期间，她就因为在报纸上发表对"贫富悬殊，妇女解放"等问题的看法，触怒救济院的领导，被视为危险分子，最终被贫民小学解雇。报社也向她提出警告，不准她再写暴露社会黑暗的文章。她只好离开开封，远走上海。1933年下半年至1935年上半年，她就读于上海美术专科学校艺术教育系。1934年8月，开始兼职天一电影公司《明星日报》的编辑。期间，认识了洪深、欧阳予倩、左明、应云卫、王莹、陈凝秋、袁牧之等电影、戏剧界的进步人士，思想上和艺术创作上都受到了他们的影响。1935年上海美专毕业后她受聘于母校开封艺术高中，其间因发表针砭时弊的杂文而被抄家，以一封田汉的信件和《资本论》一类的书成为"共嫌"而入狱半年，后经保释出狱。出狱后重返上海，担任女子书店总编辑，但半年后因入狱之事被老板得知，更因与左翼作家过从甚密而被解雇。[①] 这段人生经历不能不影响到她的创作。或许，为了安全的需要，为了更长远地坚持斗争的需要，她的小说有意罩上了一层保护色，呈现出一个自由主义作家的创作立场。

1946年，她在《纯文艺与民主文艺》一文中提出："文艺表现政治则可

---

① 高天星、高黛英：《赵清阁文艺创作年谱》，《信阳师范学院学报》(社科版) 1988 年第 3 期。

以，且必然；文艺作家观察政治、批评政治也应当，但却无须参与政治，甚而附骥于政治之尾，作其政治的策动之工具。因为文艺与文艺作家，有它超然独立的气质，有它客观的地位。"[①] 这表明了赵清阁的自由主义文艺观。她主张文艺家的独立自由精神。明白这一点，有助于我们理解《旱》的结局安排和主题表达。相对于左翼作家的革命性作品来说，赵清阁的文学作品几乎不涉及阶级斗争。所以，《旱》在结局上的安排与丁玲的《水》有很大不同，这是自然可以理解的了。《旱》浪漫主义的结局安排，与赵清阁当时特殊的人生经历和文艺创作指导思想有密切关系。

五、结语

丁玲的《水》与赵清阁的《旱》这两篇均诞生于 20 世纪 30 年代前期的小说，尽管题材类似，但它们在思想主题和表现形式上都有较大差异。《水》通篇充溢批判意识与反抗精神，人物命运悲怆、色调凝重，带有强烈的现实批判性和革命性。《旱》更侧重显示人类战胜自然的力量，语言诙谐、基调昂扬，除了具有一定的现实批判性之外，更具有明显的激励性，它告诉人们一个哲理：上帝救助自救之人。总之，在 20 世纪 30 年代前期，丁玲和赵清阁不同的人生轨迹、生命场域和言说环境，造成了二人文学创作的不同向度。在灾荒题材的写作处理上，以丁玲为代表的左翼文学借助对自然灾害的叙写，达到宣传革命的目的，而以赵清阁为代表的自由主义文学借助对自然灾害的叙写，歌颂劳动者砥砺奋进、战胜天灾的勤劳和智慧。

《水》和《旱》不同的故事结局、表现方式传递出丰富、生动的政治信息和文化内涵，显示出丁玲与赵清阁二位作者不同的生命轨迹、创作风格和文艺观念，展现了中国现代文学灾荒题材写作的多重维度，揭开了文学生态隐秘的一角，折射了 20 世纪 30 年代前期丰富、复杂的多元化文学思潮。这对于我们从感性上加强对 20 世纪 30 年代文学生态多元化的认识不无裨益，尤其是对赵清阁早期自由主义创作思想的认识大有帮助。在以往的文学史研

---

① 赵清阁：《纯文艺与民主文艺》，《文潮》1946 年第 5 期。

究中，一提到自由主义作家，我们通常想到的是胡适、周作人、徐志摩、梁实秋、林语堂、沈从文、萧乾、朱光潜等，事实上，在20世纪30年代，自由主义作家的数量是巨大的，多数作家没有明显的政治倾向，他们更强调文学的审美创造，表达对生活的美好期待。自由主义文学流派在当时有相当的影响，赵清阁等作家的大部分创作基本可以归到这一流派。

第四节 《春暖花开的时候》对河南抗日救亡运动的反映

序　言

姚雪垠的《春暖花开的时候》围绕1938年春河南境内大别山下某县城"抗战救亡工作讲习班"的活动展开，记述了青年学子的抗战热情、恋爱心理以及讲习班工作所遇到的种种困难与挫折，表达了抗战必胜的坚定信念。作品塑造了投身抗战的一批优秀共产党员如吴寄萍、罗明、方中允、郭心清、陶春冰等的光彩形象，同时还塑造了一批党的外围中坚力量如黄梅、罗兰、杨琦、林梦云等人物形象。

这虽然是一部小说，但是其中包含了作者的诸多亲身经历，许多章节所记述的人物、事件等都有历史依据，在很大程度上是抗战初期河南抗日救亡运动的历史写真。因此，考察该作品所记述的一些历史现象，如青年学生在抗日救亡运动中所遇到的种种困境、国共两党合作过程中的复杂纠葛、人民饱受兵役劳役之灾的痛苦等，有助于了解当年河南抗战的真实状态，从而更加深入研究历史和认识历史。下面抽取作品所写到的"《同舟》发行萎缩""战教团被驱赶""抗战时期的征兵征役"这三件事来分析这部小说的史料价值。

一、"《同舟》发行萎缩"对应"《风雨》停刊"

在小说中，吴寄萍询问陶春冰："你在开封主编的《同舟》旬刊，去年秋天创刊后在中原读者很多，对宣传抗战起了很大影响。为什么你不再编了，离开了那个刊物?"① 虽然陶春冰无法直接向她泄露党内的事务，但吴寄萍的真挚关怀引起了他关于自己离开《同舟》前后经过的回忆。离开的主要原因是他与一些刊物同仁在办刊方针方面有所抵牾。陶春冰因为对刊物越来越浓的"左倾"倾向有意见而被排挤出刊物的主编岗位。小说写道："他和同志所办的救亡刊物，本来是一个抗日统一战线性质刊物，可是后来在一部分同志的主张下，刊物愈办愈左，几乎成了地下共产党的宣传刊物，而且它的面貌愈来愈显著，有时用大量篇幅辑录共产党中央领导人和八路军将领的抗日言论。在这样的编辑方针下，撰稿人的圈子大大缩小，原来统一战线性质的编辑委员会不再同刊物发生关系了，刊物的发行范围也很快缩小，各县的书店不敢代售。……"② 这里写出了刊物发行逐渐萎缩的内部原因。

　　美国小说家托马斯·沃尔夫认为："一切严肃的小说必然都是自传性质的。"③ 姚雪垠常常以自己的生活经历为蓝本进行文学创作，他的作品有较强的自传性质，这一特点最明显地体现在他的土匪题材小说《长夜》中。《春暖花开的时候》同样有这样的特点。小说中陶春冰的生活原型就是姚雪垠本人。小说中陶春冰的这一段回忆实际就是姚雪垠本人 1937 年在开封参与编辑《风雨》周刊的经历。这一论断的主要依据是小说所描述的时代背景、事件发生的时间与姚雪垠本人的经历有极大吻合。另外一个依据是小说中《同舟》这个刊物的名字脱胎于现实中《风雨》周刊刊名的寓意"风雨同舟"。显然，小说中的刊名截取了"风雨同舟"这一词语的后两个字。《风雨》周刊创办于 1937 年 9 月 12 日，1938 年 1 月 21 日改为日刊（从第 15 期改为日刊）。姚雪垠在《风雨》周刊的第 17 期上曾发表《对于保卫河南的几项紧急建议》，号召各党派精诚合作，保卫河南，并具体提出 4 条方案。杂志初刊便受到读者的欢迎，并成为中共河南省委机关刊物，王阑西、嵇文甫、姚

---

① 姚雪垠：《春暖花开的时候》，中州古籍出版社 2015 年版，第 146 页。
② 姚雪垠：《春暖花开的时候》，中州古籍出版社 2015 年版，第 148 页。
③ [美] 托马斯·沃尔夫：《一位美国小说家的自传》，黄雨石译，上海人民出版社 2008 年版。

雪垠、范文澜等先后担任主编。该刊在全国各地公开发行，曾达到1万多份，并流传到大后方兰州、重庆、延安等地。对于抗战初期发动河南省的民众抗战以及开展敌后游击战的准备工作，起了极大的指导和推动作用。很可惜的是，《风雨》仅仅出版了30期，就停刊了。

一般的史料上只讲《风雨》在1938年6月开封沦陷前夕被迫停刊，而对于停刊的内部原因、具体细节则语焉不详。根据姚雪垠在《春暖花开的时候》中关于对《同舟》（实际上的《风雨》）的分析，基本可以推测，《风雨》停刊，除了开封沦陷的外部原因之外，还与刊物的发行量大大缩小有直接关系，而发行量缩小的主要原因是刊物的左翼色彩太浓，导致许多人恐慌、躲避。按照初为周刊、从第15期改为日刊、共出30期所需要的时间推算，《风雨》大约在1938年2月就不再出版了。《春暖花开的时候》借小说中的人物陶春冰之口讲述了《同舟》发行萎缩的状况，实际上无意间揭示了《风雨》停刊的内部原因，这对于深入研究抗战初期在河南影响颇大的左翼文学刊物《风雨》具有史料价值。

二、"战教团被驱赶"对应"服务团的舞阳遭遇"

七七事变之后，民族危亡在即，国共实现第二次合作。当时中共中央提出："共产党员应实际上成为各地救亡运动的发起人、宣传者、组织者……"在这样的号召下，许多地方成立了主要由共产党组织领导的抗日群众团体，如青年军团、学生表演剧队、抗战讲习班、同学会、妇救会等。河南的抗日团体也应运而生，特别是在1937年7月之后，北平、天津相继沦陷，大批平津流亡学生回到家乡，以青年学生为主体的抗日宣传团体深入到广大城乡地区，动员组织民众进行抗日。《春暖花开的时候》所写的讲习班、战教团就是这样的抗战团体。

在抗战救国的共同纲领下，这些救亡团体迎来了发展的最好时期。这就是小说中讲习班的领导人郭心清所讲的当时的形势："在这个落后的山野县份，新生的力量正在迅速发展起来，这在一年前是连做梦也想不到的。……如果一年前我们回故乡来做救亡工作，早就该被抓起来啦。"① 郭心清还分析了讲习班能够开展工作的外部原因：周边地区的抗日团体如潢川青年军团已经回到地方上，打进了地方政治机构；地方驻军援助并领导青年的抗战工作；地方绅士中也有大部分同情进步青年，站在抗战方面，真正顽固的是少数，多数随大流。这些都说明一个时期内（1938年底，许多抗日团体就被政府取消），抗日团体工作的客观环境是比较有利的。作品写了战教团的影响及其遭遇。关于战教团的到来，作品使用大量的笔墨进行了铺衬性的叙述，讲述了讲习班如何准备迎接、跑到几十里外去迎接、迎来战教团之后的共同工作等。后来，随着形势的发展，战教团被驱赶。对此，团员青年展开了一些抵制，但最终还是没能够使战教团留下来。

作品所写的战教团及其领导人物，在河南抗战史上，确有其事其人。这一论断的主要依据是小说中战教团的组织名称、工作内容、主要人物的相貌特征等都与现实生活对应。战教团是抗日战争初期，以开封爱国青年与平津流亡学生为主体成立的抗日救亡团体，全称是"河南大学战时农村工作服务团"，1938年2月更名为"河南战时教育工作促进团"。这是一个由河南大学教授领衔、以河南大学、开封女师、北仓女中、开封女中等校学生为主体的抗日救亡组织。关于战教团在中原大地撒播抗日火种的历史贡献，学者贺明洲指出："它在中共河南省委直接领导下，奔走呐喊，唤起千百万人民与万恶的日本侵略者斗争，迅速掀起河南抗日救亡运动的高潮，在新文化运动史上写下了灿烂的一页。"② 小说所描绘的战教团正是这样的：战教团所开展的演讲、演剧、唱歌等文艺宣传的形式受到爱国群众的欢迎。在服务下乡的一路上，战教团受到其他许多抗日团体的邀请。讲习班就是在这种情况下迎来了战教团。

小说写道，战教团的前身是游击训练班，游击训练班的主持人是当时河南大学文学院院长姬非武和方中允教授。根据小说关于人物特征的描写，

---

① 姚雪垠：《春暖花开的时候》，中州古籍出版社2015年版，第233页。
② 贺明洲：《抗战初期的河南战教团》，《新文化史料》2000年第2期。

可以推断小说中姬非武的生活原型就是嵇文甫，而小说着墨较多的人物方中允教授的生活原型就是范文澜。以下仅以方中允这个人物形象为例来说明《春暖花开的时候》的写实性。

小说对方中允的描述是："方中允有四十多岁，高瘦个子，白净面皮，戴着近视眼镜，操着带有绍兴土音的官话。他是一位有名的学者，自幼就钻研着中国的古书本子像蠹鱼一样，立志要追踪乾嘉学者的后尘。十几年来他一直在平津各大学过教授生活，被青年们看做是国学大师。"[1] 范文澜于1893年11月15日出生于浙江绍兴城内锦麟桥范家台门，1938年那一年45岁。这与小说中"方中允有四十多岁"相对应。范文澜"高瘦个子，白净面皮，戴着近视眼镜"这一相貌特征从他留下的几张照片中可以明显看出（照片见文后附录）。范文澜5岁至13岁入私塾并受教于父，14岁入县高等小学堂。这与小说中"自幼就钻研着中国的古书本子像蠹鱼一样"相对应。范文澜史学造诣很深，这与"他是一位有名的学者"相对应。范文澜在1936年之前，曾在北京大学、北京师范大学、中国大学、朝阳大学、中法大学、辅仁大学任教，1936年，在河南大学任教。七七事变后，范文澜创办抗战讲习班，他还曾任战教团副团长，是当年战教团的灵魂人物。关于上述范文澜的身世经历、学术造诣，诸多材料都有记载。这里仅举陈其泰《范文澜学术思想评传》中《范文澜颂》中的诗句作为佐证：

  苦读于北京最高学府，以"追踪乾嘉诸老"为志愿，
  成绩优异，被名儒耆宿视为衣钵传人。
  以后执教于天津、北京各大学，
  辛勤著述，在经、史、子、集各个领域都有作品问世。
  ……
  他脱下教授的长衫，穿上抗日战士的军装，
  与民族共命运，与群众同呼吸，

---

[1] 姚雪垠：《春暖花开的时候》，中州古籍出版社2015年版，第369页。

从中原游击战场，来到延安宝塔山下。①

由诗句的内容可以看出，方中允身上确实有许多范文澜的影子。

小说写到了战教团被驱赶的情况，这也是有现实根据的。邓高峰在《从抗训班到战教团，开封学子的青春之歌》中写道："1938 年春节，服务团来到舞阳，划分为小分队深入城镇农村，访贫问苦，搞宣传，办夜校，组织农救会，开办识字班，挨家挨户宣传抗日，同时协同舞阳青年救国会开展救亡活动。一时间，舞阳成为河南抗日救亡活动的中心……当时的舞阳，有国民党嫡系关麟征部驻守，他们消极抗战，积极反共。因为参加过李大钊的出殡游行而被关的部下逮捕过的范文澜的到来，自然是冤家路窄。但由于抗日民族统一战线已经建立，关麟征不敢贸然动手，只好使出阴谋，在舞阳县国民党党部设宴'欢送'范老及服务团一行，想以此手段将服务团赶出舞阳。范文澜带着服务团成员勇赴'鸿门宴'，酒席上，范老高举酒杯，高呼'打倒日本帝国主义'……"② 关于这一情况，范文澜本人的记述是这样的：

> 在河南大学教着书，芦沟桥大炮响了。尽管你老先生紧掩双耳，却掩不住敌人的大炮口，终于不得不承认中日战争的事实。……不久成立了一个河南大学抗敌工作训练班。……那时候我们的预定计划是挑选一部分学生沿平汉线（重要城市）办短期训练班，兼做民运工作，联合当地青年，广播救亡种子，最后目的到信阳去打游击。
>
> 训练班一个月毕业，我们决定从开封步行到许昌，路程二百四十里，作为毕业考试的试题。这在住惯城市的人看来，确是一个颇难的"试题"，可是应试的几乎是学生全体（约二百人）。我们经费经验都很缺乏，只能允许七十几个学生"应试"，名称改为河大抗训班服务团。团长嵇文甫先生留开封做统一战线工作，免得顽固分子造谣捣乱。我

---

① 陈其泰：《卷首题词》，《范文澜学术思想评传》，北京图书馆出版社 2000 年版，第 1 页。
② 邓高峰：《从抗训班到战教团，开封学子的青春之歌》，《开封日报》2011 年 9 月 16 日。

们在许昌办了一个两星期的训练班，收获不坏，虽然也有不少想破坏我们人，但当地官绅教育界以及驻军某军团长却给了我们许多帮助。正当阴历年底，九十个人的服务团，浩浩荡荡向舞阳县进行了。

……

我们大队到了舞阳，驻军某师长表示欢迎。师部参谋政治工作人员更相处很好。某夜服务团内话剧团在城内演剧，（团员大部分在乡间工作），公安局长请我到剧台后面讲话。他说，县长奉某军长面谕，限贵团明天离舞阳境，我说，好，明天再见。演剧完了。我们回到寓所，我向团员报告，大家不由得愤怒起来，我说"我们应该有在中华民国土地上作救亡工作的自由，舞阳难道不是中国土地么？我决计不走，我决计到舞阳县监狱里找中国土地去。"团员们叫起来，"我们一起去"。第二天清早，（不等公安局来），我先去请教某军长，什么理由要我们走。某军长完全否认，说那是县长传话错误，师部人员办了几桌酒席来慰劳我们，我用坦白豪爽态度，同他们痛饮酬酢，宾主都醉了，而我尤其醉得凶，倒在床上呻吟。在断断继继，激励团员们的言语中，几乎全体哭泣，不能仰视。师部人员也陪着愤慨，某参谋拔出手枪，声称去县政府枪毙那个狗头县长。团员们拉住他，他还对空连放了几枪，表示义愤。我第二天醒来，团员们告诉我，"好事者"还把这一场闹酒起个名，叫做"范先生大闹舞阳城"。

我很惭愧，不敢再喝酒。我们决计办训练班，舞阳青年救国会会员二三千人，愿意轮流进城受训。某军长出面阻止，某校长暗中捣鬼，使我们无法进行。我去武汉想找人疏通，却被某某顽固机关压迫我上鸡公山——河南大学新迁的校址所在。我考虑轻重利害，只好上山重当"教书匠"；服务团改称战时教育工作团，依然不顾困难环境，继续活动。①

---

① 范文澜：《从烦恼到快乐》，《中国青年》1941年第3卷第3期。

这段范文澜本人的记述与邓高峰所记服务团的舞阳遭遇互相印证。

姚雪垠对于舞阳县抗日救亡团体的活动情况是比较了解的，所以小说中写的战教团被驱赶的事件主要是以服务团的舞阳遭遇为故事原型的。1938年前后，姚雪垠参加了河南多地的抗日救亡团体的活动，其中，1938年6月5日，他与袁宝华、谢邦治、丁法善、刘玉柱、赵梅生等20多人出席了中共河南省委青年工作委员会在舞阳召开的"河南省青年救亡协会成立大会"，大会讨论通过由姚雪垠起草的《河南青年救亡协会成立宣言》。该宣言从成立河南青年救亡协会的意义谈到今后的工作任务，号召广大中原青年团结起来，保卫河南，解放祖国。宣言指出："敌人的疯狂进攻已深入中原了。河南是中华民族的发祥地，拥有三千万忠勇的黄帝儿女和广漠的平原，它根据战局的发展已经成了今后抗战的军事支点。敌人的毒辣企图在这三千万黄帝儿女的家乡涂上腥血，蹂躏它，占据它，进而攻取武汉，攫夺西北，以动摇我们抗战的力量和决心。因而，我们胜利的保卫河南，也就是保卫武汉，粉碎敌人第二期作战企图。在目前的紧急形势下，中原千万万优秀的青年男女必须携起手来，英勇的保卫大河南，使河南变成中华民族的钢铁堡垒和日本法西斯强盗的坟墓，埋葬的他们尸骨与妄想。"① 该宣言指出了在抗日战争中河南重要的战略地位以及保卫河南的军事意义。阅读宣言的内容，仿佛可以看到宣言起草者姚雪垠当年投身抗日宣传的身影，感受到他当年积极参加抗战的极端热忱！

姚雪垠参加抗日救亡团体的亲身经历，成为他小说中关于战教团描述的现实依据和基础，因此，《春暖花开的时候》关于战教团的叙述对研究30年代"河南战时教育工作促进团"的诞生过程、发展历程等都有重要的史料价值。

三、"材娃被抓壮丁"对应"战时的兵役制"

《春暖花开的时候》的第二十二章"在残酷的现实面前"写了国民党抓

---

① 姚雪垠：《四月交响曲》，中州古籍出版社2015年版，第197—198页。

壮丁补充兵源、摊派劳役扒毁城墙的情况。小说中，罗兰奶妈的儿子赵德魁向罗照求情让他想办法免除自己被抓壮丁去当兵打仗。赵德魁说："乡下的事情都是讲面子，看人情，谁同谁讲过正理？只要跟保长——别说是联保主任——沾亲带故，或是在乡下稍有面子，在城里有一家半家好亲戚，自来都不出壮丁。我出壮丁不打紧，掏钱买个替身，权当是传瘟疫死掉一只牛。可是，这对你们罗府上未免丢脸面。"这件事情一方面反映了民众的不觉悟，另一方面更暴露了当时抓壮丁的弊端。类似的，小说还设置了黄梅的舅舅王富有托黄梅给被抓去当壮丁的儿子材娃送鞋送钱的情节、郑家奶奶看望被抓去当壮丁的孙子郑铁锁的情形等。

　　小说的这些情节安排显示了作者的匠心独具，乍一看这些是可有可无的闲笔，其实却深刻反映了国民党军队、地方政权借征兵敲诈勒索广大农民的丑恶现实，揭示了国民党在抗战时期不思救国，与地方贪官沆瀣一气，欺压贫苦百姓的历史事实。多数农民对抓壮丁极为反感，对于征兵怨声载道。郑家奶奶的哭诉是："没想到你刚刚长到十八岁，半夜里把你抓来。多少人家弟兄好几个都不出壮丁，偏抓你这一棵无钱无势的独苗儿。"这一幕很像是杜甫《石壕吏》中的情景。在这民怨沸腾的情况下，老百姓自愿参军打仗的人很少，甚至出现被抓的壮丁逃跑、暴动的现象。为了恐吓新兵，兵役当局就对新兵捆绑、打骂、凌辱等，这就是小说中所写到的罗明、罗兰、黄梅等人去慰劳新兵时所见到的场景。"这些将要为国家流血拼命的青年农民，仍然几十个一起的用一条麻绳拴着。他们有些人背着一卷破棉袄以防备夜间寒冷；有许多光着脚板，把一双布鞋珍惜地挂在肩上；有许多在区公所或乡公所拘囚了几天，因为饥饿和精神折磨，脸孔憔悴得像病人一样。全体壮丁被关在靠城墙的一座小小的院落里，拥挤在潮湿的稻草上，多的使人不敢相信的跳蚤吮吸着他们的血液，扰乱着他们的安静。"

　　小说写赵德魁向罗照求情逃避被抓壮丁一事，看似表现了民众的不觉悟，实际上背后包含了许多关于民国新的兵役制度弊端的深度思考。正像黄梅的舅舅王富有所抱怨的："救国是应该的，这道理我也明白。我不是不愿意让材娃去当兵,我是怕他到不了火线就让人折磨死了。"① 事实上就是这样的:"这一群跑来慰劳的代表刚走到关闭壮丁的院子附近,就碰见从院子里抬出来一个麻秆箔卷的死尸,翻过拆毁的城墙缺口向荒郊抬去,后边跟着两条吃惯死人的黄狗。"这景象令人惨不忍睹。罗明、罗兰虽然极力力争,获得了向壮丁当面慰劳,并报告慰劳品与现款的具体数目的机会,但是,看押壮丁的排长很不高兴。这就预示着那些慰劳品与捐款难以如数发送到壮丁手中。这就是罗兰慰劳壮丁之后的感受:"一群火热的心,蔓延冷酷的现实。"②这就是抗战期间国民党征兵的真实情况。小说通过一个个生动的故事、一幅幅惨不忍睹的场面再现了真实的历史。

"抓壮丁"是民国时期国民党强征兵役的一种方法。特别是抗战全面爆发后,中国军队损失巨大,遭遇兵源危机,因此他们常常使用强制的手段绑架青壮年男子入伍参战。为适应形势需要,1939年实行新的兵役法。兵役法第三条规定:"男子年满十八岁至四十五岁……战时以国民政府之命令征集之。"根据这样的征兵制,有钱的人家就寻找各种门路逃避兵役,而被征走的多是贫穷的普通百姓之子。同时,地方贪官往往借此向百姓勒索壮丁费。当时,这种状况在全国较为普遍。如《九旬老兵讲抗战:炸城墙子弹从头顶擦过》一文就反映了这一现象。该文主要记述了原国民党东北军53军130师工兵营士兵岳子云回忆当年自己的入伍经历及抗战事迹。其中,涉及了抗战时期四川地区国民党征兵征役的状况:

但在肯定抗战时期四川壮丁征集成绩的同时,也应看到其中存在的问题。由于急需兵源补充部队,时任政府竟将征集壮丁作为考核地方长官业绩标准之一,不少县长和保甲长疯狂地拉壮丁。加之军队下级长官对待壮丁的态度极为恶劣,壮丁被虐待至死的事情屡见不鲜,导致老百姓无不"谈兵色变"。

---

① 姚雪垠:《春暖花开的时候》,中州古籍出版社2015年版,第447页。
② 姚雪垠:《春暖花开的时候》,中州古籍出版社2015年版,第459页。

据史料记载，国民党军队在抗战开始后的抓壮丁中，确实允许有钱人家以赎买的方式获得免役证，从而"合法"地逃避兵役。也就是说，有钱人家可以花钱购买贫困人家的壮丁，顶替自家人去服兵役。在成都，一个黑市的壮丁可以卖5—10万法币，相当于5石白米或3头猪的价格。

岳子云说他以4石大米卖作壮丁的事情，可作为历史的一个实证。[①]

不管是四川，还是河南，国民党抓壮丁的情况大致一样。

关于服劳役，作品充分展现了下层人民的苦难，深刻揭示了国民党愚民政策的根深蒂固。小说对参加扒城的农民的描写是这样的："在这个集团中，虽然人的成色非常不齐，但是单看看这些人们所穿的破烂衣服，单看看他们的结着茧皮的双手，就知道他们是从乡下来的真正的劳苦大众。在乡下，绅士们、地主们，跟乡保长有一点瓜葛的人们，在一定程度上被看做略有身份的人们，都从来不参加政府所号召的任何劳役，不出壮丁，甚至还可以不负担苛捐杂税，而是由乡保长把他身上的苛捐杂税转嫁到一般的老百姓身上。……"[②] 不仅仅是摊派劳役的不合理，而且更有蔑视老百姓、愚弄老百姓的思想在一些官员那里盛行。小说中有一段关于余新之、罗明与县长秘书的对话：

"是关于工作问题的，"余新之沉着不迫地说，"我们想趁着扒城的机会，对民众做一点宣传教育工作，比如当他们休息的时候……"

"是不是要演戏？"刘秘书截住问。

罗明说："不一定要演戏，主要的是趁他们每天休息的时候向他们讲一些军民合作，帮助政府抗日啦，踊跃参军啦一类问题。"

"同时让他们知道政府为什么要他们来扒城。"余新之补充一句。

---

① 解华福：《九旬老兵讲抗战：炸城墙子弹从头顶擦过》，《华西都市报》2014年12月1日。
② 姚雪垠：《春暖花开的时候》，中州古籍出版社2015年版，第436页。

刘秘书耸耸肩膀说："你们两位的意见当然都是很好的，不过中国的老百姓一向习惯了，要他们出钱他们出钱，要他们出力他们出力，用不着对他们宣传解释。况且，有时宣传的多了反而会出毛病，所以说'民可使由之，不可使知之'。况且，上面命令叫扒城是一种军事秘密，更不必向他们解释道理。况且，总理的'行易知难'的学说正是领导民众的最高原理，只要民众能依照政府的命令去行就可以了。况且如果要他们先知而后行，起码还得等候一百年！"刘秘书用食指敲敲烟灰，很满足他自己的这套理论，望着客人们笑了。①

刘秘书的观点代表了当时国民党多数地方官员的为政方针：把老百姓看作愚昧无知的人而任意驱使。这番话实际上是为国民党的愚民政策做理论注解。"民可使由之，不可使知之"这句话出自孔子的《论语·泰伯篇》，"行易知难"出自孙中山的《民权主义》第二讲："天下的事情，的确是行易知难。"国民党政府各级官员有他们一整套的颇为自得的愚民理论，因此，他们对人民的愚弄和压榨就更加残酷！由此可见，这部小说揭示问题的深度和广度。

当时补充兵源以抵抗日军的疯狂进攻，拆毁城垣以免资敌，同时疏散人口以备空袭，这些措施在当时来说，可能是合理的甚至是必要的，但是，由于政府的相关宣传不深入、不到位，特别是地方官员的渎职贪腐、营私舞弊、假公济私等恶习，导致了民怨沸腾："反正老百姓肚皮是私的，人是官的，一年四季都不得安生！"如小说中所写罗明在动委会（抗战动员委员会）看到的情景："动委会的办公室里充满着麻将牌声和笑语声，和平日的冷清恰成对照。罗明先跑到程西昌的秘书室去，看见一个醉汉横卧在床上，向床边的一个痰盂里呕吐着东西，弄的满屋子酒气熏人。……罗明认识这位喝醉的是县政府的刘秘书，他没有说话，赶快向打牌的屋子跑去……办公室中灯烛辉煌，热闹非常。办公室里有两张牌桌正在打麻将。另外还有几个看牌的

---

① 姚雪垠：《春暖花开的时候》，中州古籍出版社2015年版，第439—440页。

人，谈天的人，纸烟的烟雾笼罩全屋。"[1] 据罗明的同学程西昌解释：这是进城开行政会议的一帮朋友，这帮人的思想就是"抗战有委员长领导，咱是小人物，当天和尚撞天钟。"[2] 这就是当时地方政府的官员代表！由这样的人来做管理，人民的日子能好过吗？这帮人中就包括了一批地方顽固势力如罗明的哥哥罗照等。这些鱼肉百姓的官员害怕共产党的势力借抗日运动而壮大，所以百般阻挠。这正是罗明、方中允所领导的讲习班、战教团遭遇困境的主要原因。

《春暖花开的时候》对于抗战初期国民政府征发兵役劳役的弊端、龌龊进行了深刻的揭露，是研究民国兵役制、吏治状况的重要史料。

结 语

通读《春暖花开的时候》可以知道，这部作品在20世纪40年代被胡风、路翎等人批判为"色情文学""娼妓文学"是没有道理的。作品在前半部分虽然较多描写了青年人的恋爱心理，但都属于正常的文学描写，只是篇幅显得过长，这与作者原本设想要创作成一个长篇的三部曲的布局安排有关，也与当时作者的正值29岁的创作年龄有关。值得强调的是：作品在后半部分，格局充分打开，描述了当时抗战救亡运动的蓬勃发展以及运动所遇到的种种困境，并深入揭示了造成这种困境的种种原因。正如研究抗战文学史的专家所评："《春暖花开的时候》是抗战初期第一部真正反映国共合作时期救亡团体内外矛盾的现实主义的作品，也是第一部表现中国共产党在抗日救亡团体中的领导地位的杰作。"[3]

笔者认为，这部作品最重要的价值在于为读者感性了解那段峥嵘岁月提供了艺术写真，它既是艺术的，又是历史的。除了把它看成小说来评价之外，我们还可以把它作为一个社会历史学的文本来阅读，它除了写到抗战刊

---

[1] 姚雪垠：《春暖花开的时候》，中州古籍出版社2015年版，第461页。
[2] 姚雪垠：《春暖花开的时候》，中州古籍出版社2015年版，第462页。
[3] 海滨：《以笔为枪投身抗战——记姚雪垠抗战作品座谈会》2015年9月8日，http://www.hbzjw.org.cn/article.php?act=view&id=4607。

物、抗战团体、兵役劳役，还写到了抗战初期的许多重大历史事件如七七卢沟桥事变、北平沦陷、八一三淞沪抗战、南京大屠杀、台儿庄大捷等，这些都作为小说故事情节发展、人物命运形成的时代背景而出现，从而极大增强了作品的历史感和真实感。因此说，这部作品是研究河南抗战史，研究民国兵役制、吏治状况等问题难得的文献材料，具有重要的史料价值。

第五节 《腐蚀》对理想人性的张扬

关于茅盾的长篇小说《腐蚀》，学界已有较多的关注和研究。但是，目前对于作品思想主题的研究，主要还停留在"暴露了国民党特务组织的残酷和反共卖国"这种认识上。其实，这部作品存在多重价值，尤其是在"理想人性"倡导与建设方面的价值。对此，已有研究鲜有深入剖析。这里所谈的"理想人性"主要指健康的、纯美的、正直的、正义的人性。这里主要考察茅盾在《腐蚀》连载期间发表的《"最理想的人性"——为纪念鲁迅先生逝世五周年》一文的主旨以及《腐蚀》中对鲁迅杂文《半夏小集》的引用，从中探讨《腐蚀》中关于"理想人性"思考的素材来源和理论来源。同时通过分析《腐蚀》的一些症候式叙述发掘作者所倡导和歌颂的理想人性的具体体现。小说通过对这种理想人性的倡导，唤起和鞭策那些不幸受骗失足的青年，号召他们勇于与卖国行为作斗争，积极投身民族抗战的事业，做一个具有光辉人性的人。《腐蚀》既是心理小说、政治小说，也是张扬"理想人性"的教育小说，它具有社会、政治、心理、教育等丰富的审美内涵，是一份宝贵的文学遗产。

一、《腐蚀》中关于"理想人性"的思考渗透着鲁迅元素

《腐蚀》中关于"理想人性"的思考渗透着鲁迅元素，其主要依据有两点：第一，在《腐蚀》创作和连载期间，茅盾发表《"最理想的人性"——为纪念鲁迅先生逝世五周年》，指出鲁迅是具有"理想人性"的伟大人物之一。第二，《腐蚀》在"一月二十一日"的日记中写到赵惠明得到一封"抄

书体"书信,这封信上直接写的就是鲁迅《半夏小集》之七的内容,这些内容表达了具有"理想人性"的人一定会崇拜英雄,而鄙视小人。以上这两点事实可以说明鲁迅的思想和人格对茅盾创作《腐蚀》产生了较大的影响,也就是说《腐蚀》中渗透着鲁迅元素。

(一)在《腐蚀》连载期间,发表《"最理想的人性"——为纪念鲁迅先生逝世五周年》

《腐蚀》最初在香港《大众生活》上从 1941 年 5 月连载到 1941 年 12 月。也正是在《腐蚀》连载期间,茅盾在 1941 年 9 月 26 日写下《"最理想的人性"——为纪念鲁迅先生逝世五周年》这篇说理性的纪念文章,并于 10 月发表。在歌颂"理想人性"、反抗不合理社会制度方面,这篇文章的主旨与《腐蚀》有相通之处。可见,茅盾关于"理想人性"的认识和主张同时表达在他的小说创作和理论文章中。他的理论文章与小说创作互相阐释、互相辉映,他既是小说家,也是理论家。《"最理想的人性"——为纪念鲁迅先生逝世五周年》这篇文章对鲁迅关于"理想人性"的思考和贡献进行了高度肯定:

> 许季弗先生说:"鲁迅在弘文学院时(一九〇一——〇三年),常常谈到三个相联的问题:(一)怎样才是最理想的人性?(二)中国国民性最缺乏的是什么?(三)它的病根何在?"(见《鲁迅先生纪念集》第一辑许著《怀亡友鲁迅》)试悬此相联的三问题于座前,而读鲁迅著作,我们将得怎样的答案呢?请一述我自己的感想:我看到了古往今来若干伟大的 Humanist 中间的一个,——鲁迅!
>
> 古往今来伟大的文化战士,一定也是伟大的 Humanist;换言之,即是"最理想的人性"的追求者、陶冶者、颂扬者。福禄特尔是这样的,罗曼罗兰是这样的,高尔基是这样的,其他各时代各民族的站在思潮前头的战士莫不是这样的,鲁迅也是这样的。
>
> ……
>
> "怎样才是最理想的人性",不能不是我们最大最终极的目标。为

求"最理想的",我们不能不抨击那些非理想且不合理的,鲁迅先生一生努力在此,——建设从破坏中来。一切伟大的 Humanist 莫不皆然。①

《"最理想的人性"——为纪念鲁迅先生逝世五周年》是一篇说理性很强的纪念文章。这篇文章从阅读鲁迅遗著、研究鲁迅思想的方法谈起,讲到许寿裳在《怀亡友鲁迅》中关于鲁迅留日期间常常思考谈论的三个相关性问题,认为鲁迅能够提出这样的思索,非常了不起。文章指出鲁迅像一切古往今来伟大的文化战士,如福禄特尔(笔者注:伏尔泰)、罗曼·罗兰、高尔基等一样是"最理想的人性"的追求者、陶冶者、颂扬者,同时,他也是一切不合理的传统的典章制度的攻击者和破坏者。而且,与他人相比,其更伟大之处在于,他指出了中国存在几千年的"吃人的礼教",追问着"怎样才是最理想的人性",并给出了三个相关联的问题(怎样才是最理想的人性?中国国民性最缺乏的是什么?它的病根何在?)以科学的认识和重要的启示,例如,鲁迅从阿 Q 身上找出了中国国民性的病根。

在这篇文章中,茅盾还指出,文艺家是人们"灵魂的工程师",所以应把"怎样才是最理想的人性"作为其最大最终极的目标。为求"最理想的",就不能不抨击那些非理想且不合理的。笔者认为,作为文艺家的茅盾,自觉担起了"灵魂工程师"的责任,把歌颂理想人性,抨击丑恶现象作为自己的使命。他这一时期创作的《腐蚀》正体现了这种责任担当。而这种担当明显受到鲁迅精神的影响。鲁迅关于"理想人性"的思考和追求实质上就是他的"立人"思想。

(二)《腐蚀》直接引用了鲁迅《半夏小集》之七的内容,表达了对高洁人格的肯定

茅盾与鲁迅一直有着深厚的友谊,鲁迅的作品和思想对茅盾影响很深。早在 20 世纪 20 年代,茅盾在上海商务印书馆主持《小说月报》时,就多次向鲁迅约稿。鲁迅在 1921—1922 年间,给《小说月报》提供了《社戏》《端

---

① 茅盾:《"最理想的人性"——为纪念鲁迅先生逝世五周年》,《笔谈》1941 年第 4 期。

午节》2篇小说和7篇翻译作品。① 茅盾在1927年11月的《小说月报》上就发表了《鲁迅论》，高度评价了鲁迅的小说和杂文，肯定了鲁迅的阶级立场和现实主义的文学创作。20世纪30年代，茅盾与鲁迅在左联时期是并肩战斗的朋友，他对鲁迅有着深刻的理解和崇敬。他是鲁迅最早的知音，他最早评价和肯定了鲁迅早期杂文的思想性和战斗性。② 他在《腐蚀》中专门引用了鲁迅《且介亭杂文附集·半夏小集》中第七节的内容：

庄生以为"在上为乌鸢食，在下为蝼蚁食"，死后的身体，大可随便处置，因为横竖结果都一样。

我却没有这么旷达。假使我的血肉该喂动物，我情愿喂狮虎鹰隼，却一点也不给癞皮狗们吃。

养肥了狮虎鹰隼，它们在天空、岩角、大漠、丛莽里是伟美的壮观，捕来放在动物园里，打死制成标本，也令人看了神旺，消去鄙吝的心。

但养胖一群癞皮狗，只会乱钻、乱叫，可多么讨厌！

在这里，鲁迅借庄子的话，反其意而用之，抒发自己的情感，亮明自己的观点，表达了对狮虎鹰隼的赞美和对癞皮狗的厌恶，体现了鲁迅爱憎分明、嫉恶如仇的伟岸人格。茅盾对上述内容的引用，具有隐喻的作用。对照《腐蚀》的故事内容，这里的狮虎鹰隼和癞皮狗可以分别对应革命英雄和汉奸特务。

茅盾在《"最理想的人性"——为纪念鲁迅先生逝世五周年》这篇文章中明确指出鲁迅这样的文化战士具有最理想的人性，追求理想人性是我们最大最终极的目标，为此，需要与非理想人性作坚决的斗争。由此可见，《腐蚀》中关于鲁迅《半夏小集》内容的引用不是偶然的，这种引用说明在《腐

---

① 林传祥：《鲁迅与茅盾的交往及其史料》，《中国档案》2002年第2期。
② 黎风：《鲁迅最早的知音——谈谈茅盾前期对鲁迅的评价》，《陕西师范大学学报》（哲学社会科学版）1986年第1期。

蚀》创作期间，关于"理想人性"的思考，茅盾受到了鲁迅思想的影响。《腐蚀》中处处渗透着对"理想人性"的张扬，它与《"最理想的人性"——为纪念鲁迅先生逝世五周年》在讴歌、弘扬"理想人性"这一主题上是一致的。《腐蚀》继承了鲁迅关于"理想人性"的探索，抨击了摧残、毒害、窒塞"理想人性"的国民党特务统治，彰显了"理想人性"的光芒，表达了建设"理想人性"的决心和信心。

那么，《腐蚀》中的革命者身上具体体现了怎样的"理想人性"呢？小说主人公赵惠明又是如何悔过自新、追求"理想人性"的呢？下面就主要分析这两方面的问题。

二、《腐蚀》中的革命者身上体现了理想人性

（一）革命者小昭身上体现了大无畏的英雄主义精神

《腐蚀》塑造了革命者张小昭、K和萍的形象。尽管这些人物形象在小说中是次要人物，被作为辅助和衬托，但他们在作品中却起着重要的作用。这些人物形象在人生追求和事业奋斗方面与赵惠明有很大不同。这些人物的革命追求代表了茅盾的思想立场和鲜明的革命倾向，尤其是对小昭形象的塑造，体现了茅盾对那些为坚守信仰而慷慨赴死的铁血英雄、无畏壮士的崇敬。

小昭在作品中的身份原本是一个中学教员，后来成为S省某县中国工业合作协会的积极分子。他被当地乡长向党部控告是共产党而一度被捕，坐牢6个月，后来由该县一个外国教士保释。被保释之后的小昭来到战时首都重庆。不料，S省党部仍然追究，怀疑小昭是共产党，设法又把他抓捕关押、审讯逼供。在对小昭动用刑具硬性逼问无效之后，就让赵惠明使用女人手段软化小昭，逼迫他交出一份同党名单。面对昔日情人的软化策略，小昭没有丝毫的动心和妥协。作品通过赵惠明的口吻细致描写了小昭的警惕和不屈：

终于我们的眼光碰在一处了，但他的，是无情的冷光。

不知是什么甜酸苦辣的情绪，逼成了我的嫣然一笑。

可是他先开口了，像要找人打架："你来干么？你们这一套，三岁半的孩子也骗不了。你又——来干么？"

"来望望你呀，"我温柔地笑，靠近一些"你有什么需要的话，我还能替你设法。——并且，想来你一定寂寞，咱们随便谈谈，不好么？"

这一下，炸了！他猛然坐了起来，他身下那竹榻吱吱地只管响，他大声喝道："我有什么需要？我要自由，我要公道；公道，自由！……"①

尽管小昭在十天之内受过三次刑，他被倒吊在梁上，直到晕厥。但他并没有丝毫的屈服。面对昔日情人赵惠明的劝降，他的回答是"匹夫不可夺志"。在赵惠明摆出利害并一再央求下，他反复思考之后的回答仍然是："不屈服""不苟活"。

他俯首有顷，这才叹口气道："在不能两全的时候，只好委屈你了。明，我永远不能忘记你的……"忽然他激昂起来，"反正一个人终有一死！"②

在万般无奈的情况下，小昭甚至打算服毒自杀，他宁死也不肯出卖朋友。在赵惠明的一再劝说下，他开列了一张举报的名单，上面写的却是乡长、保长、地主、绅士。他的理由是："他们不是要共党么？我没见过，不好乱说。可是我有凭据，倒是这些什么乡长地保之流，把公家的钱，老百姓的血汗，完全共到他们腰包里去了。"③小昭的做法极大地讽刺了国民党统治时期农村基层管理者贪污腐化、鱼肉百姓的丑态，表达了对这类人的愤怒和痛恨。这正是一个革命者的清醒认识。小昭身上充分体现了革命英雄主义的精神。他为了祖国和人民的利益，坚韧不拔、顽强不屈，视死如归。

（二）革命者 K 和萍身上体现了爱憎分明、团结友爱的理想人性

茅盾在《腐蚀》中塑造的 K 和萍这两个人物形象，代表着反对日本帝

---

① 茅盾：《腐蚀》，人民文学出版社 1997 年版，第 113 页。
② 茅盾：《腐蚀》，人民文学出版社 1997 年版，第 135 页。
③ 茅盾：《腐蚀》，人民文学出版社 1997 年版，第 143 页。

国主义侵略、反对国民党政治压迫、追求进步的一代青年。小昭在牺牲前告诉赵惠明要保护 K 和萍，这说明他们很可能是同志关系。小说虽然没有点名小昭、K 和萍就是共产党员，但是从他们的一系列行动表现可以看出他们最起码是积极从事革命工作的左翼青年。

明明知道赵惠明的特务身份对他们是很危险的，但 K 和萍还一直努力引导她改邪归正。尤其是在小昭牺牲之后，K 和萍还惦记着赵惠明的安危。K 在给她的一封信中对她的鼓励和期望是："生活不像我们意想那样好，也不那么坏。只有自己去创造环境。被一位光荣的战士所永久挚爱的人儿，是一个女中英雄。她一定能够创造新的生活。有无数友谊的手向她招引。请接受我们的诚恳的敬礼罢，我们的战士的爱人！"① 这些话语给了赵惠明温暖和鼓舞，让她感到了她不是孤立无援的，让她感到洗心革面，开启新的生活是必要的也是可能的。从此。她对未来的新生活充满了期待。她开始努力地去改变自己，尽力地去帮助 N 摆脱特务的纠缠。

为了进一步拯救赵惠明，K 和萍不断努力，他们冒了极大的风险，还托朋友抄写了鲁迅《半夏小集》中第七小节的内容送给赵惠明。为了安全起见，K 和萍送来的这封信，只抄写了鲁迅的原文，没有任何的解释和说明。但这封信的含义非常明确，它是告诫赵惠明要树立远大的理想，要具有大无畏的英雄气概，要做象征阳刚、血性、力量的狮虎鹰隼，而不做象征贪图安逸、奴颜媚骨的癞皮狗，不做乱钻、乱叫、与人民为敌的狗奴才。

《腐蚀》正是通过这些书信侧面描写了 K 和萍具有的理想人性。这段话表面上是启发赵惠明的，但实际上，其间所表达的英雄主义气概不正是 K 和萍身上的理想人性吗？

三、《腐蚀》主人公赵惠明身上体现了对理想人性的追求

赵惠明是《腐蚀》这篇小说的主人公，她的悔过自新体现了其对理想人性的追求。作品从人性视角成功塑造了赵惠明这一形象，表现了她的善

---

① 茅盾：《腐蚀》，人民文学出版社 1997 年版，第 239 页。

良、恶毒、廉耻、愧疚等等，体现了人性的复杂性与丰富性。作品对赵惠明性格中的虚荣、刚愎、狠毒有深刻的批判，同时，对她性格中的怜悯、怀旧、深情等也有浓重的书写。最终，作者在这个人物身上寄托了希望，表达了对勇于改过自新的美好人性的歌颂，作品对赵惠明悔过自新行为的描写就是对理想人性的呼唤。

人非圣贤，孰能无过？犯错不要紧，要紧的是知错就改。"过而不思，其过愈显；过而思之，思而改之，善莫大焉。"思过悔悟是不断纠正自我、完善自我的必经过程。"人不患不知其过，既知之，不能改是无勇也。"（韩愈《五箴》）人最大的担忧不是不知道自己的过错，而是发现了自己的过错而没有勇气改正。从这个层面上讲，《腐蚀》中的赵惠明算是极有勇气的人。她后期冒着生命危险，努力摆脱特务组织，争取回归陇东（故乡，光明之所）的行为是值得称赞的。为了实现回归的目的，她先是安排N到了城里，让她待机上路，然后自己横下一条心，以破釜沉舟的勇气和胆魄随时准备逃离魑魅魍魉的世界。小说在结尾写道："这一切，都要瞒过N，甚至我的走不动也要在最后五分钟才告诉她。先给她知道了，不会有一点好处，反而会节外生枝；她说我有时太像一个男人，——对了，此时此际，我非拿出像一个男人似的手腕和面目，是不行的。"这种助危救难、自我牺牲、勇敢拼搏的精神不就是一种英雄行为吗？我们不能因为赵惠明曾经的堕落而降低对她后期英雄行为的肯定。因为，她毕竟是经过了常人难以想象的困难，最终战胜自己的弱点才走向新生的。

英雄的内涵在不同的时代、不同的语境中具有不同的意义。在民族危难之际，那些为民族解放而勇于牺牲自我利益的人就是英雄，他们身上的气节、牺牲精神就是理想人性的体现。《腐蚀》中赵惠明始终痛恨投靠汪伪政府的汉奸，揭露他们的卖国行径。在最后阶段，她不仅自己努力摆脱特务机构的控制，争取光明前景，她还帮助深陷特务组织困境的N逃离魔掌，这也是一种英雄行为，它体现了一种理想的人性。

尽管茅盾在《腐蚀》后记中写明了赵惠明自新这种结局的安排是应读者要求，为了分化、瓦解像赵惠明一类的国民党特务组织的胁从者，从宣传策略上，给这些胁从者指出一条光明之路。事实上，从故事本身发展的逻辑来讲，这样的结局安排也同样是合情合理的，这种安排其实也正体现了茅盾本人的意志。或许，在他的思想深处，他也希望通过赵惠明形象的塑造，反映人性的复杂、斗争的曲折，英雄所受的磨难以及英雄的崇高。

"英雄的诞生总是伴随着抉择的痛苦、伴随着求生的欲望与内化了的理性的纠葛。离开了这一点，我们的英雄就失却其本真的底色，而成为不食人间烟火的非人。"[1] 赵惠明最终能够走上自新之路，她是经历了小昭牺牲、K 和萍的劝告、N 的遭遇等诸多事件的刺激和教育，最终经过痛苦的挣扎而做出的选择。

作品用大量篇幅写了前期的赵惠明贪图享乐、虚荣自得、破罐破摔，作品写了她试图劝说小昭通过提交同党名单而换取自由，甚至还写了她为保全自己而出卖 K 和萍的行为。这些描写真实地反映了赵惠明作为普通人的一面。在阴森残酷的特务机构里，她为了保全自己，不得不做出一些让她自己都感到不齿的行为。她痛苦于无法使用正当的途径救出小昭，她对于自己出卖朋友的行为感到后悔，她与国民党政工人员兼汪伪特务希强、舜英等存在各种瓜葛，同时又痛恨他们的卖国行径等，这些描写都说明了她既是自私自利的人，同时又是一个良心没有完全泯灭的人。她通过艰难痛苦的蜕变，最终摆脱了奢侈浮华生活的诱惑，迈向光明之路，成就了一种理想的人性。作品通过赵惠明这个人物形象的塑造，表达了历尽艰难险阻而百折不挠、冲破黑暗寻找光明的理想主义精神。

综上所述，《腐蚀》中的小昭、K、萍和赵惠明身上，都不同程度地存在着"理想人性"的成分。"理想人性"的存在使这部作品穿透黑暗和压抑，辉映着希望和光明。一部优秀作品的价值和意义往往是多元的。《腐蚀》正是这样的作品。从不同的角度去分析，它具有不同的指向，呈现出不同的文本意义。对于这部作品所包含的对理想人性的倡导和歌颂，不管作者当初创

---

[1] 李宗刚：《论"文学想象"与"历史存在"的差异性——对十七年文学英雄叙事的再反思》，《东北师范大学学报》（哲学社会科学版）2019 年第 1 期。

作的时候,是否有自觉表现的意识,事实上,这一点在作品中都是客观存在的。揭示这一点,有助于丰富对《腐蚀》价值的认识,有利于加深对茅盾作为青年导师、作为革命家,作为"理想人性"讴歌者的认识,同时,也有助于关注并思考《腐蚀》中的鲁迅元素。茅盾《腐蚀》对"理想人性"的倡导与鲁迅的"立人"思想是一脉相承的。

第六节 《童年泪》对河南地域文化的反映

《童年泪》是当代女作家林蓝发表于1984年的一部儿童电影文学剧本。林蓝,又名王步涵,早年毕业于延安鲁迅艺术学院,新中国成立后,先后在文化部电影剧本创作所和北京电影制片厂任编辑。儿童电影《祖国的花朵》中的主题歌歌词"让我们荡起双桨,小船儿推开波浪……"就是她创作的。她是著名作家周立波的夫人,1958年将周立波的小说《暴风骤雨》改编成电影文学剧本,是周立波文学创作上的得力助手,《暴风骤雨》中某些章节如"分马"这部分就是周立波根据林蓝1945年参加东北土改时的笔记创作的。因为林蓝长期致力于《周立波文集》的编辑和整理,没有更多的时间从事自己的创作,为我们留下的作品不是很多,学界研究的也较少。但是,她留下的为数不多的作品,却显示了独特的思想价值和艺术价值,《童年泪》正是这样的作品。

《童年泪》这个剧本描写了一个名字叫李鸟的儿童的悲惨童年。故事发生的背景是20世纪40年代河南一个叫灌沟的村子。全剧由"灾难人间""山穷水尽""冤家路窄""展翅初飞""冲出虎口""魔掌难逃""盼来亲人"七章共25小节构成。李鸟的母亲孙妮在孩子出生的当天就被周乡长毒打而死。临死前,给婴儿取名"鸟",希望儿子长大后,远走高飞,逃出周家的火坑。李鸟的父亲李顺是周乡长家的长工。由于他没有按周乡长的意图把媳妇孙妮送到周家做工,周乡长就不允许孙妮在灌沟存身,即使讨饭也不允许到灌沟。孙妮在产前回到灌沟寻找丈夫李顺,却被周乡长认为是破坏了周家的风水。而且,李鸟降生时,恰逢周家少太太产下一死婴。周家更认为孙妮及其儿子是周家的克星。因此，孙妮被鞭打致死，李顺也被逼上吊。虽然李鸟在老崔头、二杆子、姑父、姑姑等人的帮助和照料下，从死神那里捡得一条性命，但是，李鸟从此也成了周家的心腹之患，多次被折磨到几乎死去，由于众乡亲的帮助，每次他得以与死神擦肩而过。直到村里来了八路军，周大堂逃跑，管家王没牙上吊，李鸟的命运才得以真正改变。

　　林蓝作品的创作背景大致可以分为四个地方：东北、湖南、北京、河南，这都是她曾经生活过的地方。林蓝以东北为创作背景的作品有：短篇小说《冷子沟的斗争会》《桂屯的沉默》《红棉袄》《高三柱娶媳妇》以及根据周立波的小说《暴风骤雨》改编的同名电影文学剧本；以湖南益阳为创作背景的作品有：电影文学剧本《赵小龙的故事》、美术片剧本《宝衣》和《红军桥》；以北京为创作背景的作品有：电影剧本《祖国的花朵》、长篇小说《杨永丽与江林》；以河南为创作背景的作品主要有《童年泪》。

　　《童年泪》这部以河南为创作背景的作品，在思想上，继承了以鲁迅、茅盾为代表的五四知识分子关注现实、悲悯下层人民的创作传统，深刻地反映了20世纪40年代河南农民抗争苦难、反抗压迫的情绪和愿望。河南在历史上是个农业大省，河南文学最为明显的特征之一是乡土意识和乡土形态。农民的苦难命运、生存悲剧历来是河南作家笔下的表现主题，从20世纪20年代徐玉诺的《行路》《一只破鞋》，到80年代刘震云的《故乡天下黄花》《故乡相处流传》，李準的《黄河东流去》，张一弓的《犯人李铜钟的故事》，再到21世纪以来阎连科的《受活》与梁鸿的《中国在梁庄》，这些以底层农民为描写对象的作品经久不衰。但是，这些作品大多是以成年农民为主要描写对象，而以农村儿童为主要描写对象的作品很少，电影文学剧本更是稀缺。林蓝的儿童电影文学剧本《童年泪》弥补了这一缺憾，因此，从思想意义上来说，这部作品在河南文学中乃至中国文学史上显现出独异的存在价值！

　　《童年泪》这部作品在艺术上也达到了很高的造诣。它用带有河南地方特色的语言，通过反复和对比手法的娴熟运用，对李鸟的悲惨命运进行了渲染，情节起伏跌宕，扣人心弦。反复和对比是两种写作手法。反复是指在写作中，为了突出某个意思，强调某种情感，特意重复某个词语、句子或情节等。这种写作手法的使用能够起到表达强烈情感、突出主题思想的作用。《童年泪》在故事的情节设置上运用了反复。对比就是把事物、现象和过程中矛盾的双方，安置在一定条件下，使之集中在一个完整的艺术统一体中，形成相辅相成的比照和呼应关系。这种写作手法的使用，利于充分显示事物的矛盾，突出被表现事物的本质特征。《童年泪》在描述地主与雇农的思想、性格、命运、生活等方面均使用了对比。而且，反复和对比两种艺术手法在《童年泪》中同时使用，对比中有反复，反复中有对比，两种手法交互辉映，极大增强了作品的审美效果。8岁以前的李鸟生命经历了五次大起大落。各次的起落形成螺旋上升式的反复，在这种上升式的反复中，李鸟渐渐长大，他对地主阶级的仇恨也与日俱增。李鸟命运的每次起落之间，地主的残酷和雇农的善良之间又形成鲜明的对比。李鸟命运的五次"起"可以做如下概括：

第一次，婴儿时期在即将被周家拉到后山扔掉时，受到老崔头、二杆子、姑父、姑姑的救助，得以存活。

第二次，在姑姑、姑父的秘密照料下，得以平安长到3岁。

第三次，被洪水冲到下游后，被乡亲们放在石磙碾子上救活。

第四次，因看管猪仔不慎被周家关进牢房后，在崔老头的帮助下，逃离周家。

第五次，周家把他捆绑着扔在长满荆棘的河滩上之后，被老崔头等人救活。

李鸟命运的五次"落"可以做如下概括：

第一次，刚刚出生，就和母亲一起遭到周家的毒打，面临被周家扔到后山冻死或是被狼吃掉的危险。

第二次，在姑姑家长到3岁时，被周乡长的管家王没牙发现并驱逐出村。

第三次，在拐头村长到6岁时，又被周家捉回喂猪放羊。

第四次，被乡亲从洪水中刚刚救起，就被周家带回关押起来。

第五次，千辛万苦，逃出牢房，刚刚寻找到姑姑，就又被周家拖在马后带往灌沟。

作品中的这"五起五落"在形式上构成一种美学上的反复与对比，在形式的变化中又保持了内涵上的统一和协调，即集中展现剥削阶级对下层劳苦大众的压迫。作品在反复与对比手法的交义运用中加深了对主题的表现。"五落"都源于周乡长的阴险毒辣；"五起"都贯穿了来自众乡亲冒着生命危险的帮助。周乡长的蛇蝎心肠与众乡亲的古道热肠形成鲜明对比。这种重章叠句、一唱三叹的叙述模式，产生了强烈的抒情气氛和审美意境。也正是在这种反复性、对比性、渲染性的结构安排中，读者对恶霸地主的痛恨以及对贫苦农人的同情就自然而生。

此外，作品在其他地方还专门安排了一些对比的情节：周乡长家的青砖瓦房大院与贫农披雪的草房形成鲜明对比；周家大门上的黑漆大匾上的"积善堂"三个字与周家欺压百姓的恶霸行为形成鲜明对比；周家对李鸟的百般折磨与乡亲对他的一次次帮助形成对比；李鸟命运的一向悲苦与偶尔获得的点点温馨形成对比。这些温馨来自姑姑教他唱的拍手歌、姑父给他买的上了油的小木碗、赶驴老汉给他的点着红点的白蒸馍等。作品不仅有对寺院和尚驱赶要饭花子李鸟的记述，也有对寺院和尚逢迎香客、戏台老板巴结乡长丑态的写真；有李顺在磨坊里赶驴子磨面、最终上吊自尽的情景，也有周乡长卧榻抽吸大烟、优哉游哉的场面。

总之，整部作品在重复与对比手法的运用中，形成了强烈的节奏感，一张一弛，韵律十足，能够给读者带来无限的审美享受。

1920年出生于河南临汝县（今汝州市）的林蓝，童年时代在临汝县度过，少年时代在开封附小和开封省立第一女子中学就读。故乡河南的地域文化深深影响了她，虽然她一生的大部分时间辗转于陕北、东北、湖南及北京等地，以这些地方为创作背景的作品也居多。但是，河南文化对她创作的影响是显而易见的。她的以东北为创作背景的作品中如《桂屯的沉默》《红棉袄》等也时不时地带上一些河南腔。但总的来说，河南方言、河南民俗文化在《童年泪》中体现得更加突出。下面从这部作品中所使用的豫西方言、所展现的豫西民俗、庙会文化等三个方面给予阐述。

一、浓郁的豫西方言

语言是世代相沿的社会民俗文化的产物，同时，也是民俗文化的重要载体。在人类发展的历史上，一方面，一切语汇都是对社会生活及精神现象的描述，有什么样的现实生活，就会相应产生什么样的语言表达；另一方面，一切民间风情、闾巷风俗也正是通过语言才得以记录和传播的。语言和民俗是互为依存的。这正像语言学家索绪尔所说："一个民族的风俗习惯常会在它的语言中有所反映，另一方面，构成民族的也正是语言。"[1]《童年泪》所展现的浓郁的河南地方特色正是通过中原汉民族的语言来实现的，其语言的地域特色具体表现在：首先，剧本中的人物名字、村庄名字以及地名都具有浓厚的河南味道。如"二杆子"是河南人对脾气暴躁的人的称呼，常指一个人不聪明、不够数。"王没牙"是根据人的生理缺陷所起的绰号。拐头村、黄岗村这样的村庄名字，常常是依据其所在的地理位置和地理特征而命名的，通俗易记。狮子口、沙河镇这样的地名更为形象。更为重要的是，作品中出现的许多地名、山名在河南境内确实存在，如洛阳、黄石山等。

其次，剧本中使用了大量的方言词，体现了以河南汝州为代表的中原的风土人情、社会民俗。这些方言词如：

养下——产妇生下孩子例句：听着鞭炮声，戴着风帽、手拿水烟袋的周祖显和戴着礼帽、手拿文明杖的周大堂同时站起身，向奔向堂屋的王没牙急切地同声问道："养下了！"[2]

哑巴胎——死婴例句：王妈依旧低着头，小声嗫嚅着说："可小少爷落地，一声没哭……""又是哑巴胎？"周大堂惊问。

箔——用藤条、高粱秆等编织的席片例句：王没牙对正跑向角门来的二杆子吩咐说："二杆子，快拿领箔。"二杆子愣愣站着，不知所以，王没牙又

---

[1] [瑞士] 费尔迪南德·索绪尔：《普通语言学教程》，高名凯译，商务印书馆1985年版，第43页。

[2] 林蓝：《童年泪》，《林蓝作品选集》，湖南文艺出版社2006年版，第113页。

重复说："箔！听见没有！拿领箔！"

撅尾巴匣子——狗例句："咱穷人死了"，老崔头继续说，"就只能喂撅尾巴匣子。"

妮——女孩；小——男孩例句：李顺难过地又抬起头，嘱咐孙妮说："这回是妮是小咱留着，要饭也带上娃子一起要，给俺老李家留下一棵苗……"

糊嘟——玉米粥例句：王奶奶拿出碗筷，摆在锅台上，盛上一碗又一碗冒着热气的玉米面糊嘟，对范有德一家人说："快喝吧，走一天又累又饿的，喝碗糊嘟暖暖肠子！"

今黑地——今天晚上例句：老奶奶又看看瞎姑和李鸟，叹口气，"唉，穷人出门难呀……这又累又饿的，今黑地就先到俺家歇一夜，明儿再说吧。"

薅——拔掉例句：李鸟四岁了，他提着篮子在薅猪食菜。他边走，边弯下腰，拔起灰灰菜往篮子里放……

打个尖——行路途中吃个便饭。例句："俺们跟乡长上大王庄、小王庄查看麦子地去啦，"那个护院的继续说道，"本来要赶回灌沟，乡长饿啦，来这店打个尖。"

尽——使达到极端例句："这么着吧，"王没牙看一眼周大堂说，"下面的伙计一人一碗胡辣汤，蒸馍尽饱吃；乡长这儿，烙几张葱花油馍，炒一盘子鸡蛋，也来两碗胡辣汤。"

一拉溜——一排例句："靠路边的河滩上，一拉溜跪着好几个脖子里插了草标的小闺女"

再早——从前例句："解放军就是再早的老八路，"老汉伸出大拇指和食指比划着，"解放军一来，就打土豪分田地……解放军是来为咱穷人打天下的呀。"

鳖娃子——对儿童的蔑称和谩骂语例句：跟在周大堂身后的王没牙下了马，一把拉住李鸟的胳膊，踢他两脚，红了眼说："鳖娃子！你是来庙会上卖羊羔的吧？"

扁食——饺子例句：瞎姑拨亮灯，站在案板前和起面，擀起扁食皮来。瞎姑冻得发抖，又连连打着呵欠。她侧脸看一眼熟睡在灶前的李鸟，拉过装馅的大盆，包起扁食来。

圪蹴——收缩身体并蹲下的动作例句：李鸟两手抱住头，极力往下圪蹴着身子，一边哭着喊："姑呀……姑！"

马溜儿——立刻、马上例句："他马溜儿就上山来接你啦。"

茅盾先生曾说过："如果一个作家把他的故事的地点指定在自造的想象世界或乌托邦，那末，他只要对于自己负责任；如果不然，他的地点是世界上实有的地方，则他便该对于实在的地方负责任，他应该把他小说中的某地写成正确的某地。人物有个性，地方也有个性；地方的个性，通常称之曰：'地方色彩'（Local colour）。一位作家先须用极大的努力去认明他所要写的地方的'地方色彩'。"① 林蓝就是以她的家乡——河南汝州为创作背景的，林蓝以其对家乡生活及语言的稔熟作为创作《童年泪》的源泉，使作品自然带上了地方色彩，作品中的人物和地点都具有浓郁的河南色彩。作品中诸多方言词的使用正说明了这一点。这部作品与中原文化母体有着天然的、无法割裂的密切联系。中原文化源远流长，不仅作为地域性文化存在，也作为中华民族传统文化的根源和主干存在，因此有很高的研究价值。除了大量使用方言词之外，《童年泪》中还展现了诸多豫西民俗。下面我们来具体考察一下。

二、豫西的民俗文化

民俗是社会民众约定俗成并代代相传下来的所有风俗习惯的总称。它是人们最贴近身心和生活的一种文化，其具体表现形式多种多样：劳动时有生产劳动的民俗，日常生活中有日常生活的民俗，传统节日中有传统节日的民俗等等。不同地域常常有不同的民俗。《童年泪》中有许多地方体现了豫西的民俗文化。

许多民俗是通过地方性谚语得以体现的，或者说，谚语的背后常常蕴含着丰富的民俗文化。谚语成为民俗文化的载体，它和民俗共同构成地域文

---

① 茅盾：《茅盾全集》第 19 卷，人民文学出版社 1991 年版，第 76 页。

化的标志。《童年泪》大量使用了具有鲜明地域特色的谚语,体现了豫西农民的日常民俗。这些谚语如"枯藤盘山根连根,天下穷人心连心";"上山下乡到平川,走不出周家的地边边";"狗怕一摸,狼怕一托";"春放阳坡一大片,夏放阴坡一条线。羊走沟,人走梁。""命里只有八合米,走遍天下不满升";"早上汤,晌午糠,晚上对碗照月亮";"穷家难舍,热土难离";"穷人腰里扎根绳,胜过大户皮袄穿两层";"架子猪要少放渣多放糠,肥猪催膘时,要多放渣少放糠"。这些谚语言简意赅,生动地反映了劳动人民的思想、经验、生活状况等。其中,有对劳动经验的总结,有对生命体验的描绘,有对生存状态的调侃。内容涉及社会生活的各个方面,充分展现了那个时代农民的生活和精神状况,显示了中原人民的人生智慧。樊星在《当代文学与地域文化》一书中第五章"中原的奇异"部分是这样评价河南方言的:"看来,河南的方言真是奇幻无穷的世界——朴实又精彩,凝练又深刻,顺口又押韵,无处不在,生机盎然。时而豁达,时而狡黠;时而刚烈如火,时而平静似水;时而锦上添花,时而绵里藏针;时而自得其乐,时而自欺欺人;时而妙语连珠,时而朴野无忌。"①《童年泪》中大量的河南谚语成为这段话的绝好注脚。

《童年泪》除了使用大量地方性谚语之外,还具体描述了一些民俗现象。如女人坐月子的习俗、端午节的习俗等。豫西农民在遇到红白大事时,常常有一些约定俗成的规矩,从而形成一定的民俗。普通人家大致遵照这些规矩,富贵人家则更隆重一些,程序更多一些。如女人生孩子坐月子时,在门框上挂红布条和剪刀。挂红布条,一来图个吉利,二来是提醒他人,产妇需要安静,谢绝打扰。挂剪刀一来是辟邪,二来是因为产妇月子里禁用剪刀针线之类,所以悬置起来。另外,婴儿降生,往往要燃放鞭炮,以示喜庆。作品中,周乡长的媳妇生孩子时,正是这样描写的:

东厢房的门框上,悬挂着棉门帘,按照坐月子的习俗,还吊着一

---

① 樊星:《当代文学与地域文化》,华中师范大学出版社1997年版,第118页。

条红布和一把剪刀。

周家的管家王没牙，站在当院的石榴树下，将一挂大鞭挂在落满积雪的石榴树枝上。

东厢房的门帘掀开，四十开外的王妈，探出她戴着两扇绒帽的头，忙不迭声地向王没牙高喊："大喜啦！大喜啦！"

王没牙立即点燃大鞭，鞭炮噼噼啪啪响起来，震得石榴树枝上的积雪纷纷落下，王没牙转身奔向堂屋。①

节日民俗在豫西一带历来很受重视，如端午节的时候，给小孩子鼻子眼、耳朵眼抹雄黄酒，避免蛇、蝎、蜈蚣等的伤害。有的地方还用雄黄酒在小孩子们的额头上写上一个"王"字，比作猛虎，以威邪魅。因为端午节是在每年的农历五月初五，气候炎热，蚊虫飞动，疫病萌发。而农村孩子在炎热的夏季，常常睡在院子里纳凉，容易遭到毒虫的袭击。人们在长期同各种病魔斗争过程中，发现雄黄酒能驱邪解毒，于是，人们就用它来辟邪、驱虫，满含着人们祈求平安过日子的愿望。作品中有这样的描写：

范有德一手拿着艾枝，一手端着碟雄黄酒。他把艾枝插在门框两边，便在碟子里蘸一指头雄黄酒往李鸟的鼻眼、耳眼上抹，一边说：

"给俺鸟儿也避避邪！"

"快抹！快抹！抹了雄黄酒，黑地睡觉就不怕蝎子、蜈蚣钻耳朵眼啦。"

法国史学家兼文艺理论家丹纳在《艺术哲学》中指出："精神文明的产物和动植物界的产物一样，只能用各自的环境来解释。"② 这话尽管过于绝对，只强调了外因对事物发展的作用，而忽略了内因的作用，但仍不失为精

---

① 林蓝：《童年泪》，《林蓝作品选集》，湖南文艺出版社2006年版，第113页。
② [法]丹纳：《艺术哲学》，傅雷译，人民文学出版社1963年版，第9页。

辟之论。由此看来，中原文化培养了林蓝这样的作家，中原民俗孕育了《童年泪》这样的作品。林蓝把她家乡的风土人情、信仰习惯、价值观念等灌注在了自己的作品中，使作品显示了浓郁的地域文化特征。

三、豫西的庙会文化

庙会，又称"庙市"，是指在寺庙附近聚会，进行祭神、娱乐和购物等活动的一种场面。这是中国民间广为流传的一种传统民俗活动，许多民间文化通过庙会得以传承。早期庙会仅是一种隆重的祭祀活动，随着经济的发展和人们交流的需要，逐渐成为农村市集的一种重要形式。后来，又在庙会上增加了娱乐性活动，如唱戏、耍把戏儿等，其中的唱戏，几乎是必不可少的。

庙会在河南农村长期流行，至今仍很繁荣。特别是庙会上的说唱表演，历史悠久。比如，与林蓝的家乡汝州比邻的宝丰县，至今还延续着一年一度的"马街书会"。每年农历正月十三到十五为书会的会期。书会在宝丰县城南7公里处杨庄镇马街村举行，马街村历史上也是一个商贾云集、物产集散的繁盛之地。书会期间，来自湖北、安徽、陕西、山东等全国各地的说书艺人负鼓携琴，汇集于此，说书亮艺，河南坠子、道情、曲子、琴书等曲种应有尽有，规模壮观，形成全国民间艺术的奇伟景观。因此，马街书会被誉为"中国十大民俗"之一。这种书会实际上是以说唱艺术为主的庙会形式。豫西农村，历来有许许多多种类繁多的庙会，一般大一些的自然村每月都会有固定的会期。每至会期，男女老少，或荷担，或驱车，或徒手，匆匆赶往会场，这种形式被称之曰"赶会"。《童年泪》借李鸟的视角对这种"赶会"形式进行了描写：

> 大路上，有挑担子的，有推独轮小车的，也有空手走路的，还有骑马骑驴的；在老牛拉的铁轱辘大车上，坐着花枝招展的大闺女、小媳妇……人们不断线地向前边的黄岗村涌去。远远地，从黄岗村那边，

传来隐隐约约的锣鼓声。①

在这次庙会上，有耍猴子的、唱木偶戏的、拉洋片的，也有卖炸油馍的、卖小闺女的，还有挑担的货郎、讨饭的盲人等等。这是一幅真实程度相当高的社会风俗画，是 20 世纪中原地区农村生活状况的写真，是中原民俗文化的活标本。林蓝的家乡——汝州临近古都洛阳，庙会历来比较热闹。据清道光二十年（1840 年）《汝州全志》记载："州俗酬神演戏，每年三月初一至初三止。九月初一至三十止，在城隍庙为大会，货物辏集，村镇男女毕至，四邑也各有会，惟期不同耳。"② 从汝州地方志的这种记述看来，汝州庙会由来已久。到 20 世纪 40 年代，河南各地庙会很多，庙会文化也成为独特一景。

《童年泪》对 20 世纪 40 年代农村生活的真实记述，不仅具有民俗研究价值，同时还具有丰富的经济学、社会学研究价值。经济学家、社会学家借此可以看出当时的农村经济状况和社会关系状况。因为，这里的场景描述不仅有穿着肥大僧衣迎接香客的和尚、上到旗杆上取下草帽来向众人收钱的猴子、高声吆喝着"梁山伯、祝英台下山了"的拉洋片的，更有许多站在吃食摊前的小要饭花子、用破鞋拍打自己胸脯的讨饭瞎子以及哭泣着的被卖的小女孩，还有那势利的小和尚和耀武扬威的乡长。社会上的各个阶层、三教九流、五行八作几乎都在庙会上出现。小小庙会呈现出农村各个阶层的生活状态。与同是以河南中原地区为创作背景的清代小说《歧路灯》相比，不同的是，《歧路灯》对"三月三吹台大会"的描写重在描摹热闹景象，而《童年泪》在描写庙会热闹的同时，更多地注意到了贫富两个阶级的尖锐对立，富到骑马看戏，穷到卖儿卖女。

下面我们来具体看一看作品所描写的庙会，先来看耍猴一段的描写：

---

① 林蓝：《童年泪》，《林蓝作品选集》，湖南文艺出版社 2006 年版，第 151 页。
② 《汝州全志》，上海图书馆清道光二十年刊本。

李鸟瞪了那小和尚一眼，转过身，看见路对面围着一圈人，人群中笑声喊声不断。

　　李鸟跑过去，钻进人圈。只见一个老汉"当！当！当！"地敲着小锣，牵一个穿了件红布衫的小猴，正绕圈跑着。那老汉放开手里的铁链。小猴抱住立在地上的一根旗杆，出溜溜地就上到了旗杆的顶尖上。小猴拿下放在旗杆尖上的一顶草帽，又出溜溜地下到地上来，便拿着草帽，绕圈向围着的人们收钱，老汉连声说着"赏光！赏光！"李鸟捏紧衣兜里的两张票子，赶紧从人群里退出来。

耍猴是古老的传统江湖习俗，是民间杂技艺人借助猴子所表演的短小灵活的娱乐节目，这也是穷苦艺人讨生活的一种办法。河南太行山出太行猕猴，太行猕猴常常成为耍猴艺人表演的道具。有些猴子就出生在耍猴艺人的家里，是艺人家中的重要成员。家人吃饭时，往往先给猴子盛一碗。猴子表演的节目常有"戴帽子""打篮球""接飞刀""钻圈""硬气功"等，这种表演最受儿童欢迎。《童年泪》中记述的猴子表演正是这样的。

再看唱戏一段的描写：

　　木头板搭成的撑着幕布的戏台上，又是敲锣，又是打鼓，又是拉胡琴，正唱着《秦雪梅吊孝》。

　　戏台前人山人海，万头攒动。李鸟在人群里窜来窜去，终于挤到了台子边上。

　　台子上，那身穿白衣白裙的秦雪梅正在哀哀哭泣，胡琴突然停住，从后台出来一个身穿蓝衫，戴了面罩，颤动着帽翅的男角，他走到台前，双手高捧木制的朝笏，深深地鞠了三个躬，高声叫道：

　　"天官赐福，给周乡长加官！赏钱五百元！"

《秦雪梅吊孝》是传统的河南豫剧，讲的是富家小姐和其未婚夫的故事。大明成化年间，当朝宰相秦国政之女秦雪梅与同朝宰相商宗胜之子商林,自幼青梅竹马,结为秦晋之好。后来,商家败落,雪梅之父嫌贫爱富,便借故辞退婚约,致商林饮恨而亡。噩耗传来,秦雪梅冲破封建樊篱,到商府祭吊。这折戏中,唱主带有韵律的念白增加了趣味性,整个曲子旋律流畅、活泼;念白后使用了大段豫西调二八板,起伏跌宕、含蓄优雅的唱段历来为河南百姓所喜爱,久演不衰。《童年泪》中的李鸟在庙会上看到的正是这出戏。这种写实的手法,正是茅盾当年提倡的自然主义表现手法。

王任叔(巴人)在《论人情》中指出:"其实,无产阶级主张阶级斗争也为解放全人类。所以阶级斗争也是人性解放的斗争。文学史上最伟大的作品,总是具有最充分的人道主义的作品。这种作品大都是鼓励人要从阶级束缚中解放出来。或悲愤大多数人民过着非人的生活,或反对社会的不合理、束缚人的才能智慧的发展,或希望有合理的人的生活,足以发扬人类本性。这种作品一送到阶级社会里去,就成为搅乱阶级社会秩序的武器。但正是这些东西是最通达人情的。人情也就是人道主义。"[①]《童年泪》正是这样的作品,它悲愤大多数人民过着非人的生活、反对社会的不合理,希望有合理的人的生活。20世纪40年代河南农民的悲惨生活在《童年泪》中得到了具体展现:在地主的残酷剥削下,农民挣扎在死亡线上,许多普通百姓穷到卖儿卖女的地步。下面一段是李鸟在庙会上看到的:

  李鸟再往前走,过了卖骡子、驴马的牲口市,来到了人烟稀少的河滩上。

  靠路边的河滩上,一拉溜跪着好几个脖子里插了草标的小闺女。

  一个小闺女身后站着个老汉,老汉接过买主手里的一叠票子,眼泪哗哗直流。那买主一手拉住小闺女的胳膊,一手拿两个芝麻烧饼往小闺女手里塞,那小闺女怎么也不肯接,回身哭着对老汉说:

  "爹呀!俺娘病好了,叫她来看看俺呀……"

[①] 王任叔:《论人情》,《点滴集》,浙江人民出版社1982年版,第4页。(原载《新港》1957年第1期)

这里，小女孩像骡马市上的牲口一样被卖掉。旧社会，这种买卖孩子的地方被称为"人市"，在庙会上常常见到。新中国成立前的河南，常发生水灾和旱灾。比如，1942年到1943年，久旱无雨，就发生了罕见的"中原大饥荒"。那时节，卖儿卖女的现象更为普遍。本来就贫寒的农民家庭因为遭遇上了灾荒年或者家里有病人等原因养活不起自己的孩子，为能让孩子逃一条活命就把孩子插草标卖给人了。《童年泪》通过对农民卖孩子这一现象的记述真实地反映了当时民不聊生的状况。这种记述使作品的表现力度增强了，它让读者看到，不仅是李鸟这一个儿童命运悲苦，而是大多数农村儿童都处于生死边缘。

《童年泪》中看似闲笔的庙会描写，实质上对于认识李鸟的命运及李鸟命运的典型性，有着至关重要的作用。它使读者看到了人物与环境的密切关系，李鸟的命运与李鸟生活的时代和地域有着必然的联系。茅盾在1921年致周作人的信中，就《小说月报》来稿的缺点指出："是只注重了人物便忽略了境地，只注重了境地便忽略了人物，一篇中的境地和人物生关系的很少，不能使读者看后想到：这境地才会生出这种人。"① 从这段话可以看出，文学作品中环境描写的必要性以及对于塑造人物的重要作用。《童年泪》对庙会环境的细致描写增强了人物的可信度。

总之，在表现河南地域文化上，《童年泪》与姚雪垠的《差半车麦秸》《牛全德与红萝卜》相比，毫不逊色。在对农村庙会的描写上，可以与清代李绿园《歧路灯》中所描写的"三月三庙会"相媲美。《童年泪》是林蓝生前创作的最后一部作品，地域特色十分突出。作品采用现实主义的创作态度，淋漓尽致地运用了反复与对比的艺术表现手法，生动细致地描绘了20世纪40年代河南贫雇农以及普通百姓的日常生活场景，成为我们认识那个时代、那个地域的一部历史文献。它是农村阶级矛盾尖锐化的写照，是一幅20世纪40年代河南农村状况的浮世绘。

很有意味的是，林蓝的绝笔之作正是以她的家乡河南为创作背景的。

---

① 茅盾：《茅盾全集》第36卷，人民文学出版社1997年版，第26页。

作品在开头明确写道："这是发生于解放前夕，在河南省的一个村庄里……"河南地域文化作为林蓝的精神母乳已经融进她的血液，她对故土的情感记忆已经刻入骨髓。豫西的地貌、气候、戏曲、故事、风土人情、方言土语已经成为她生命的底色。尽管她17岁时离开河南，后来又辗转于东北、湖南、北京等地，但河南文化对她的影响是深远的，是弥漫性的、渗透性的，是伴随终生的。丰富的人生经历和革命实践使她在晚年回望自己家乡时，显得更加从容和深刻。《童年泪》是林蓝童年认知与晚年艺术素养的充分融合，是她真正的生命之作！《童年泪》借助河南方言、河南地域文化所达到的高超的艺术水准，是令人称奇的，可谓一枝具有浓郁河南色彩的文学奇葩！

第三章　传记里的纪实人生

"传记里的纪实人生"这一章共分六节。第一节"《林语堂传》童年叙事的作用"阐明的主要观点是：传记对传主童年经验的记述对于读者理解传主的性格形成、人生选择等都至关重要。自由快乐的童年体验促使林语堂形成了幽默、豁达、宽容、开放的性格，这样的性格直接影响了林语堂的人生选择和人生走向。林语堂20世纪30年代创办《论语》《人间世》和《宇宙风》，提倡幽默轻松的性灵文学以及他选择与鲁迅迥异的人生道路等都与其经历过快乐的童年有一定关系。第二节"《老舍评传》对老舍文学密码的揭示"从创作学的角度探讨了老舍作品之所以经典的秘密，主要分析了关纪新《老舍评传》所揭示的老舍作品中的场景原型和人物原型。老舍作品中的生活场景原型包括自己童年经历过的家庭生活场景和街坊邻居的生活场景。小说《月牙儿》《正红旗下》《四世同堂》里的许多场景描写都来源于此。老舍作品中的生活原型包括老舍本人、老舍的表哥马海亭和老舍的初恋对象等，如《小铃儿》中的小铃儿、《离婚》中的丁二爷、《微神》中女主人公等都有较为明显的生活原型。第三节"《王实味传》对传主悲剧命运的剖析"指出黄昌勇《王实味传》在确立了王实味文艺家身份的基础上，深入探讨《野百合花》事件对王实味人生悲剧的重要影响，充分反映了文学与人生的密切关系。第四节"《路翎传》原型考证的价值"指出朱珩青的《路翎传》用翔实的材料考证了路翎小说中的人物原型和故事原型，指出《财主底儿女们》中所描写的蒋家大院就是路翎的出生地——苏州蒋家，小说中陆明栋的生活原型就是路翎本人，其他人物如蒋捷三、蒋淑华、傅蒲生等也都有生活原型。

这种考证的价值在于为证明路翎小说的自传性提供了切实的证据，同时为"文学作品源于生活而又高于生活"做了恰当的注脚。第五节"《曹禺传》戏剧史视角的专业考察"指出了田本相的《曹禺传》从戏剧史这样的专业角度剖析曹禺作品的独特性及其创作成功的原因，并进一步明确了曹禺创作的成功与戏剧家张彭春的培养有着密切关系，从而提出"曹禺的戏剧成就是中国戏剧史发展到一定阶段的产物，也是中国戏剧史发展过程中必然的一环"这样一种认识。第六节"《搏击暗夜——鲁迅传》的时代性、学理性与文采性"指出了陈漱渝著《鲁迅传》写作的时代背景以及该传在材料使用方面的时代性。同时还指出了该传资料翔实、善于辩驳、评价客观、文采丰赡等学理特征和文学特征。

总之，本章无论是对林语堂童年经历与日后文学选择之间关系的探究，对老舍文学密码的揭示，对《野百合花》事件影响王实味悲剧命运的阐释，对路翎小说中人物原型和故事原型的考证，对曹禺在戏剧创作上获得巨大成就的原因考察，还是对陈漱渝著《鲁迅传》写作特点的分析，都无不展现了传记文本对种种复杂人生的真实记录和深刻思考。

第一节 《林语堂传》童年叙事的作用

童年是指一个人从幼年到少年之间的时间段，年龄范围一般在 6 岁至 13 岁。童年对于一个人的价值在于它是陶冶性格的第一张温床。童年虽然是短暂的，但作为个体生命的开端和全部人性的最初展开，它却给人留下难以忘怀的记忆。相对于人生其他阶段，童年显得尤为重要，它是一个人性格形成和发展的基础。"童年经验是指一个人在童年（包括从幼年到少年）的生活经历中所获得的心理体验的总和，包括童年时的各种感受、印象、记忆、情感、知识、意志等。"[1] 童年经验决定性地影响着作家的个性特征和创作风格。因此，透视作家童年有助于揭示文学作品的秘密。

---

[1] 童庆炳：《作家的童年经验及其对创作的影响》，《文学评论》1993 年第 4 期。

一般的作家传记对传主童年的叙述都力求准确、详尽，这种专门叙述从细节、深度等方面远远超过了文学史叙述甚至是直接弥补了文学史的不足。鉴于童年经验对于作家创作的特殊影响，因而传记关于作家童年的叙述对于研究传主创作、个性等都有重要的启示价值。优秀的传记不仅仅满足于对传主一生事迹的叙述和对传主个性的展示，更注重揭示传主人格的形成及发展的原因。对于传主童年的记述，往往能够揭示出传主人格的形成及一生成就的最根本、最基础的原因。杨正润在《论传记的要素》一文中说："科学研究的实质就是探索原因和结果的关系，只有在这种关系之中，才会显示出事物的意义。传记是关于传主的科学认知和艺术再现的统一，传主的活动及其活动的背景，只有显示出内在的联系才是有意义的。"[1] 按照杨正润的这种说法，我们可以进一步认为，那些能够揭示形成传主性格及成就之原因的传记则更具有科学元素和人文价值。

作家的童年经验往往是其一生创作的源头活水。作家传记的重要价值之一在于它全面展示了作家童年的经历，详尽解读了作家的家族渊源、父母宗亲等，从作家的出生环境到童年伙伴，从教育环境到童年趣事，无不叙述备至。而作家的童年经历直接影响了其人生的走向、性格的形成、作品的风格等。童年经历往往以各种显性的或隐性的方式出现在其作品中，甚至会反映在其日后的行为处事上面。因此说，那些对于作家童年进行详细、客观描述的传记为我们发掘了作家人格形成的秘密，提供了诠释作家创作行为及其作品风格、作品蕴含的密码。施建伟的《林语堂传》（北京十月文艺出版社1999年版）就是这样的传记。

下面主要探讨施建伟《林语堂传》所记述的传主童年经验及这种童年经验对其性格、创作的影响，也就是研究传主身上童年的人生历程、艺术熏陶、教育环境等所留下的痕迹，从而证明传记在童年叙述方面的重要作用。

---

[1] 杨正润：《论传记的要素》，《江苏社会科学》2002年第6期。

一、施建伟《林语堂传》的童年叙事

回忆童年可以印证自我本体的存在，可以慰藉心灵的创伤，抚慰人生的沧桑，可以使人性返璞归真，因此，许多作家都留下了关于童年的记述，有的是以回忆录的形式，有的是以自传体小说的形式。这些记述成为作家传记常用的材料。林语堂关于童年的作品有：《回忆童年》《八十自述》《赖柏英》等。施建伟的《林语堂传》关于林语堂童年的描写资料多来源于此。那么该传是如何叙写林语堂的童年的呢？从传记的第一章"头角峥嵘的梦想家"和第二章"生活在杂色的世界里"可以获得答案。传记主要是从林语堂童年生长的自然环境、朦胧的初恋、中西文化交融的家庭、接受杂色的教育这四个方面来叙写的。

（一）生长的自然环境：雄山秀水

林语堂出生于闽南平和县坂仔村，坂仔村位于西溪河谷，是群山环抱中的一块肥沃的盆地。关于坂仔又名"铜壶"的来历以及坂仔的山水，传记做了详细的介绍：

坂仔又称"铜壶"，在坂仔村附近有座"铜壶宫"，是当地林氏的族庙。铜壶宫里供奉着《封神榜》里的赵公明的神像。在村边的大路边，还有一座"坂庵"，庵门口挂着秀才题的"铜壶滴漏"的木匾。坂仔别称"铜壶"是因为"铜壶宫"而来，还是先有"铜壶"别名，再筑"铜壶宫"这就不得而知了。对于坂仔别名"铜壶"这一说，传记专门做了详细的注释："林语堂在许多中文著作中都说'坂仔又名东湖'。因为'东湖'和'铜壶'语音相近，林语堂久离家乡，只记住发音，而把'铜壶'写成'东湖'，这也是可以理解的。"[①] 这一注释对于正确理解林语堂作品中的"东湖"是非常关键的，比如，林语堂在《四十自叙》中用一首诗描绘自己家乡："我本龙溪村家子，环山接天号东湖；十尖石起时入梦，为学养性全在兹。"按传记的注释，这首诗中的"东湖"是"铜壶"的谐音，就是坂仔，这样是符合实际的，因为

[①] 施建伟：《林语堂传》，北京十月文艺出版社1999年版，第2页。

林语堂的家乡没有一个所谓的"东湖"。

对于林语堂家乡的石尖山与石起山，传记不仅仅描绘了它们的巍峨高大，而且写到了关于石起山的一个美丽传说，称这大自然的幻术为幼年的林语堂构筑了无数神奇的梦想。对于林语堂家乡的溪水，传记把它描绘成林语堂弟兄们幼年时嬉戏的天堂：鹅卵石、沙土、水牛、洗衣、洗菜的妇女，构成了坂仔独有的民情图和风景画。传记认为正是这样的山水成了林语堂日后创作的不竭源泉。家乡的山水已经成为他艺术生命和思想信仰的有机组成部分。比如，林语堂儿时登上高山，俯瞰山下村庄里的人们像蚂蚁一样在方寸之地上移动，这情景不仅使他感受到了大自然的壮美，而且感受到了人的藐小。这自然影响到了他观察事物、体验生活的方式。传记对此给予了充分关注，认为林语堂的思想、性格、观念等很大程度上得之于闽南坂仔秀美的山水，坂仔是林语堂艺术生命的一个源头。

（二）朦胧的初恋

对于林语堂来说，坂仔的山水秀美除了自然因素之外，还有心理因素，这就是他对坂仔山水的美好记忆。而这美好的记忆还与林语堂童年的一个小伙伴紧密相关，这个小伙伴就是林语堂自传小说《赖柏英》中写的赖柏英[1]。传记在第三章"曲折的浪漫史"中写到了赖柏英的情况。当然，资料来源于小说《赖柏英》：

> 赖柏英的母亲是林语堂母亲的教女，如果按照封建的辈分来排，林语堂还是她的长辈哩。可是，这一对同龄的伙伴，自幼青梅竹马，两小无猜。
>
> 林家在山谷底的西溪河畔，和半山上的"鹭巢"相距五六里的样子。村里逢集时，赖柏英下山来赶集，给林家带来新鲜的蔬菜、竹笋或者她母亲做的糕点。炎热的夏天，山上凉快。林语堂就上山去玩。赖柏英俨然以"鹭巢"的女主人自居，拿荔枝来招待客人。

---

[1] 今天有多种资料已经证明林语堂的初恋少女不叫赖柏英，而叫赖桂英，是赖柏英的姐姐。

……

赖柏英喜欢赤足。她经常静悄悄地走过草地，站在林语堂身后，猛然蒙住林语堂的眼睛，天真地问道：

"谁？"

"当然是你嘛！"林语堂说着，一把抓住她的手，她敏捷地挣脱开，逃走了，他在她后面追赶……

……他注视着她那双飞驰着的脚——在情人眼里——这是一双举世无双的美足！①

传记认为林语堂失恋之后，他把对赖柏英赤足的偏好移情到自己的脚上。他喜欢赤足在地毯上行走，他宣传赤足的优越性，专门写《论赤足之美》的文章。传记还认为，林语堂在不同的场合，曾多次把家乡青山的力量夸张到神秘化的地步，奥秘就在于："他以乡情、乡思、乡恋为载体，寄托了刻骨铭心的初恋之情。……把爱情寄托于乡情，爱情和乡情互为表里；通过对家乡山水的痴恋折射对赖柏英的思念，于是自然美和爱情美融合为一。"②

传记的上述认识揭开了林语堂对家乡山水痴迷的原因。他日后走过了许多名山，但他认为都不如他家乡的山好看。原因不在山，而在人。人们思念某个地方，往往不是因为那里的景物，而是因为那里的某个人。林语堂痴迷坂仔的山，也是这样的原因。传记对林语堂初恋故事的揭示使我们更容易进入林语堂诸多作品的堂奥。

（三）中西文化交融的家庭

传记从林语堂的出生地——教会生活区内的一间平房写到林语堂的父亲母亲。林语堂10岁前就生活在礼拜堂、钟楼、牧师楼以及荷花池、兰花树、水井、菜地之间。他的父亲林至诚既是个虔诚的基督教牧师，又是一个崇拜儒家同时又具有维新思想的人，因此，在林家，两种文明并存。传记

---

① 施建伟：《林语堂传》，北京十月文艺出版社1999年版，第50页。
② 施建伟：《林语堂传》，北京十月文艺出版社1999年版，第55页。

写道：

> 四书五经、圣贤经典和教会的圣经放在一起；
> 《鹿州全集》《声律启蒙》等线装古籍和美国传教士林乐知介绍西方文化的译著、油印的各种报纸共同占据着书架的空间；
> 林牧师在教堂布道时所穿的黑色长袍和牧师太太的裹脚布同存一屋；
> 客厅里，一面挂着一幅彩色石印的光绪皇帝像，一面挂着一幅外国人像画，画上一个年轻的西方姑娘笑盈盈地俸着一顶草帽，里面装满了新鲜的鸡蛋；
> 林太太的那只古色古香的针线篮里，一个中国主妇所必备的全套缝纫工具和一本美国妇女的家庭杂志常年放在一起；外国杂志的光滑的画页被林太太利用来存放各种不同颜色的绣花线。①

这就把林语堂幼时家庭中西合璧的特征描述得绘声绘色，在这种家庭长大的孩子，自然不同于一般的农家孩子。

传记还写到了林语堂的父亲，林语堂的父亲一开始是一个善于经营的小贩和有耐力的挑夫，为人正直善良。他24岁时进入教会神学院，以后才得以做了一名牧师，他是漳州平和县坂仔礼拜堂的首任牧师。这位牧师幽默诙谐，时常在传教时讲笑话。他思想开明，热心西学，主张维新，他决心把全家所有的男孩子都送进教会学校，直到出国留学。他常常挑起油灯、口吸旱烟，津津有味地向孩子们讲述柏林大学和牛津大学的情况，介绍各国的风土人情、科技发明。他虽然没有见过真正的飞机，却能够讲出它的构造原理、结构形状等，这一切都来自教会寄给他的那些书刊。他是个充满幻想又脚踏实地的人。从开始编织理想图案的那天起，他就顽强地奋斗不息。他忍痛变卖了在漳州的唯一祖产，凑足学费，把林语堂的大哥、三哥送到鼓浪屿的救世医院医科学校就读，把林语堂的二哥送到上海圣约翰大学学习。这是

---

① 施建伟：《林语堂传》，北京十月文艺出版社1999年版。

一位了不起的父亲。

　　传记对林语堂母亲的记述是这样的：她是一位有 8 个孩子的母亲。勤劳、朴实、善良，见到烈日下汗流浃背的路人，她会请人家到家里来歇凉。平时让农民到家来喝茶也是常事。她还能够看懂闽南语拼音的《圣经》。关于她对林语堂的影响，传记借用林语堂自己的文章来加以说明："说她影响我什么，指不出来，说她影响我，又瞻之在前，忽焉在后。大概就是像春风化雨。我是在这春风化雨母爱的庇护下长成的。我长成，我成人，她衰老，她见背，留下我在世。说没有什么，是没有什么，但是我之所以为我，是她培养出来的。你想天下无限量的爱，是没有的，只有母爱是无限量的。这无限量的爱，一人只有一个，怎么能够遗忘？（林语堂《回忆童年》）"[①]

　　总之，和睦友爱的家庭给予了林语堂快乐的童年。说到家庭，不能不提及兄弟姐妹的手足之情对林语堂心性的滋润。他终生都会记得是二姐放弃了求学的机会，让他到圣约翰大学读书，临别时二姐从身上掏出 4 毛钱，交代他要做一个有用的人、一个有名气的人，这话让他充满了力量。林语堂日后的成名与二姐当年的鼓励不无关系。

　　民主的父亲、慈善的母亲培养了林语堂弟兄们的调皮习性，也培养了他们的创造力。林语堂成了"头角峥嵘"的孩子，顽皮、恶作剧、敢想敢为。他与兄弟们轮流拉响教堂的钟声与庙里击鼓的儒生分庭抗礼。他通过认真实验，调配了一种治疗外伤的药粉，取名"好四散"，他依照虹吸原理尝试过发明抽水机。他还梦想过长大后开一家"辩论"商店，像摆擂台似的，提出辩论命题，向人挑战或者接受挑战。他梦想成为一个世界知名的作家，写一本闻名世界的书。8 岁的他就自编了一本图文并茂的幼儿教材，首页内容是："人自高，终必败；持战甲，靠弓矢。而不知，他人强；他人力，千百倍。"[②] 这本书被兄弟姐妹争相传阅。对于林语堂从小敢于梦想敢于尝试的精神，传记评论道："1975 年 4 月，在国际笔会第四十届大会上，林语堂被选

---

① 施建伟：《林语堂传》，北京十月文艺出版社 1999 年版，第 11 页。
② 施建伟：《林语堂传》，北京十月文艺出版社 1999 年版，第 19 页。

为国际笔会总会的副会长，他的长篇小说《京华烟云》也在这次大会上被推举为诺贝尔文学奖的候选作品。当年小梦想家不知天高地厚的梦想竟奇迹般地变成了现实。"[1] 传记把林语堂童年的一些行为与他日后的成就联系起来，准确地把握了林语堂成名成家的早期因素。林语堂的经历印证了"从小看大，三岁看老"这句俗谚。一个人对童年所经历的事情会像海绵一样吸水般地接收，他所朝夕相处的人的每一句话、每一个动作都可能会深深地烙在其心灵深处，这一时期的梦想往往就成为他人生的奋斗目标。所以说童年是一个人性格形成和能力培养的关键期。这是我们从《林语堂传》对林语堂童年的叙述中所得到的启示。

（四）接受杂色的教育

传记第二章"生活在杂色的世界里"主要写了林语堂从小所接触的书籍、所受的教育是多元化的，既有儒家文化的底色，亦有西方文化的熏陶。林语堂的家乡自古以来就是中外交往的走廊、中外文化碰撞的交汇地带。这里既有朱熹当年政绩的遗风：每家都挂竹帘子，男女授受不亲，也有就住在林家楼上、吃牛油罐头的洋教士。林语堂的启蒙读物是"四书""五经"《声律启蒙》《幼学琼林》《鹿洲全集》，但对幼年林语堂精神影响最大的是传教士林乐知的著作。林乐知的英文名是 Allen, Young John，他长期从事著述、翻译和出版，主要著作有《五洲女俗通考》《中东战纪本末》《治安新策》等。他还创办中文教会期刊《教会新报》，后改名《万国公报》。他的许多著作由住在林家的范礼文博士夫妇带来，使林语堂一家人兴奋地畅游于异域文化的殿堂。

林父羡慕英国维多利亚后期的光荣，决心要他的儿子个个受西洋教育。林语堂是在中西文化杂糅的环境中接受教育的。正如传记所说："看来，大红大紫，黑白分明，这只是画家调色板上的色彩，而历史的色彩，从来就是杂色的，因此，不必期望生活在杂色世界里的人只呈现出一种色彩。"[2] 林父

---

[1] 施建伟：《林语堂传》，北京十月文艺出版社 1999 年版，第 19—20 页。
[2] 施建伟：《林语堂传》，北京十月文艺出版社 1999 年版，第 23 页。

本人就是一个中西合璧式的人物。传记写了这样一件事情：1907年，坂仔新教堂落成时，林语堂见父亲特地赶到漳州城里，取回一副朱熹手迹的对联拓本，精心装裱在教堂的新壁上。用儒家的格言来装饰宣扬基督教的讲台，这就是林至诚牧师亲手缔造的"中西合璧"。对此，传记议论道："数十年后，林语堂以'两脚踏东西文化'而闻名于世。其实，这中西文化融合观的始作俑者，与其说是林语堂，还不如说是他的父亲林至诚，正是：有其父必有其子。"① 传记以实例说明了林语堂父亲的睿智，他不随世俗、敢于创新，这种品格自然对于林语堂后来走上中西文化兼收并蓄之路起了一定的作用。

林父为了让林语堂兄弟接受更好的教育，在林语堂10岁的时候，就把他和他的两个哥哥一起送到了鼓浪屿的教会小学住读。林语堂在鼓浪屿念完小学，又升入厦门的教会学校"寻源书院"读书。在鼓浪屿他看到了外国俱乐部里的舞男舞女，在厦门他看到了各色的外国人：着白衣的传教士、酗酒的外国税收和坐轿子的外国商人。他对美国校长的讨厌与对校长夫人的着迷同时存在，他学习成绩优异，考试前却故意偷考卷。真可谓杂色的世界造就了杂色的林语堂，他从来不是个循规蹈矩的孩子。林语堂日后能够走向世界，出版三四十种英文著作，被美国文化界列为"20世纪智慧人物"之一，这与他童年时期所接受的杂色教育有很大关系。

二、童年经历促使林语堂日后提倡幽默文学

传记关于林语堂童年经历的记述启示我们思考林语堂在20世纪30年代前期提倡幽默与其童年经历的关系。通过考察传记对林语堂童年经历的记述，可以看出，在社会生活环境、家庭生活环境以及教育环境综合作用下，林语堂在童年时期基本形成了自信、刻苦、灵性、幽默、率直的性格。比如，《林语堂传》记述了林语堂父亲幽默诙谐的性格，他最喜欢讲外国传教士塔拉玛博士在厦门传教时的一个笑话。该笑话的内容是：塔拉玛博士在讲

---

① 施建伟：《林语堂传》，北京十月文艺出版社1999年版，第28页。

道时，看到男人打盹，女人聊天，他就幽默地说"诸位姐妹如果说话的声音不这么大，这边的弟兄们可以睡得安稳一点儿了。"喜欢讲笑话，特别是喜欢收集笑话资料的人，一般来说，他自身也比较幽默。传记对林语堂父亲幽默、快乐的性格多有记述。

林语堂从小所培养的机智诙谐、广博烂漫与其父亲非常相像。了解这些，对于我们理解林语堂成年后的一些行为大有帮助。比如，他移居海外后用英文写的苏东坡传就命名为 *The Gay Genius*：*Life of SW Tung—P'o*（《快乐天才：苏东坡》）。再如，他在30年代倡导小品文，提倡幽默、性灵，提倡既有味又有益的作品。为此，他先后创办了《论语》《人间世》和《宇宙风》杂志。幽默文学在我国异军突起虽然有着特定的时代原因，但与林语堂本人的性格也有莫大关系。

1932年9月，林语堂与潘光旦、邵洵美、章克标等发起创办的半月刊《论语》问世，这份以"幽默闲适"和"性灵嬉笑"为特点的刊物倍受欢迎，每期发行量很快达到三四万册。继《论语》之后，林语堂于1934年4月又创办了《人间世》半月刊，主要刊登"闲适""性灵"的小品文。在刊载于《人间世》第14期、题名为《关于本刊》的文章中，林语堂明确提出了《人间世》的办刊宗旨就是"提倡小品文笔调，即娓语式笔调，亦曰个人笔调，闲适笔调，即西洋之 Familiar Style，而范围却非如古之所谓小品。要点在扩充此娓语笔调之用途，使谈情说理叙事纪实皆足以当之。其目标仍是使人'开卷有益，掩卷有味'八个大字。"[①] 这是对《论语》办刊风格的承接，是林语堂"性灵文学观"的继续发展。

1935年9月，林语堂又创办《宇宙风》。林语堂在《宇宙风》第1期（1935年9月16日）《孤崖一枝花》一文中写道："想宇宙万类，应时生灭，然必尽其性。花树开花，乃花之性，率性之谓道，有人看见与否，皆与花无涉。故置花热闹场中花亦开，使生万山丛里花亦开，甚至使生于孤崖顶上，无人过问花亦开。香为兰之性，有蝴蝶过香亦传，无蝴蝶过香亦传，皆

---

① 林语堂主编：《关于人间世》，《林语堂全集》第17卷，德华出版社1982年版，第228页。

率其本性，有欲罢不能之势。"① 这实际上相当于《宇宙风》的发刊词，它说明了林语堂办刊的率性而为，就像花树开花一样，应时而开，必尽其性。这种观念不禁使我们想起传记对他童年与众弟兄一起与打鼓的儒生唱对台戏的故事——

那是 1907 年前后，坂仔的基督教堂竣工后，教堂前的钟楼上挂着一只美国人捐赠的大钟。每逢做礼拜，洪亮的钟声不断传递着异域文化对中国传统文化的冲击波，这冲击波惊醒了、同时也激怒了沉睡中的坂仔传统社会。1908 年前后，由一个落第的儒生牵头，用募捐集资的方法，在教堂的同一条街上，修建了一座庙。一个礼拜天，教堂像往常那样鸣钟。忽然，从庙里传出一阵打鼓声，打鼓的儒生说："耶稣叮当佛隆隆。"决心要用鼓声来压倒钟声。林语堂弟兄自然站在教会一边，拼命地拉绳打钟。……在儒生眼里，这场"钟鼓之争"有着深不可测的意义，而在林家兄弟眼里，这不过是一场有趣的游戏。② 这是传记所记述的林语堂童年经历的一件事情。

成年后的林语堂办刊的行为很有些类似童年在教堂打钟的游戏性质，这里面或许有义气之争，但并无深刻的敌意。林语堂对于自己喜欢做的事情，他都愿意去尝试一下，从不克制自己的天性。

三、迥异的性格是林语堂与鲁迅分道扬镳的重要原因

传记关于林语堂童年经历的记述也启示我们思考林语堂与鲁迅最终分手的个人性格方面的原因所在。林语堂与鲁迅迥异的性格来自他们各自不同的童年经历。自由、快乐的童年经验促使林语堂形成了豁达、宽容的性格；祖父科场案、父亲病逝、族人欺辱的童年经验导致鲁迅形成孤傲、倔强、不宽恕的性格。不同的性格影响了各自的文学选择和人生走向。

林语堂在《宇宙风·无花蔷薇》一文中曰："杂志，也可有花，也可有刺，但单叫人看刺是不行的。虽然肆口漫骂，也可助其一时销路，而且人类

---

① 林语堂著，纪秀荣编：《林语堂散文选集》，百花文艺出版社 2009 年版，第 254 页。
② 施建伟：《林语堂传》，北京十月文艺出版社 1999 年版，第 16—17 页。

何以有此坏根性，喜欢看旁人刺伤，使我不可解，但是普通人刺看完之后，也要看看所开之花怎样？到底世上看花人多，看刺人少，所以有刺无花之刊物终必灭亡。"[①] 这一段话其实也表明了他办刊的宗旨，反对杂文，提倡幽默，反对攻击，提倡和平。这又使我们想起他童年所接受的基督教教义，想起他那乐观的父亲和善良的母亲以及他那相亲相爱的二姐。在这种环境里长大的孩子如何可以像鲁迅那样长期致力于杂文写作呢？尽管他亲笔画过《鲁迅先生痛打落水狗图》，还写了《打狗释疑》《讨狗檄文》等与鲁迅相呼应的革命性文章。但那主要是时代和语境造成的。林语堂的性格在本质上与鲁迅是不同的，了解林语堂的家庭和出身，有助于理解他为什么会与鲁迅从并肩作战到走向反目。道不同不相为谋是最根本的，至于有人认为是两人之间的误会导致了争吵，那是没看到问题的实质，真正相互理解的人之间没有那么多的误会。林语堂的"闲适""幽默"，大概是鲁迅学不来也不屑于学习的。鲁迅的"投枪""匕首"大概是林语堂很不能理解的。

林语堂深受西方人文主义影响，他身上有一种博爱、宽容的品格。同时，他又深受父亲林至诚乐观、自信性格的影响，做事情绝不会违背自己的本能："我可以每日行卅里，或随意停止，因为我素来喜欢顺从自己的本能，所谓任意而行；尤喜自行决定什么是善良，什么是美，什么不是。我喜欢自己所发现的好东西，而不愿意人家指出来的。"[②] 因此，他对于自己与鲁迅的疏离是很坦然的："鲁迅与我相得者二次，疏离者二次，其即其离，皆出自然，非吾与鲁迅有轻轩于其间也。吾始终敬鲁迅；鲁迅顾我，我喜其相知，鲁迅弃我，我亦无悔。大凡以所见相左相同，而为离合之迹，绝无私人意气存焉。……《人世间》出，左派不谅吾之文学见解，吾亦不愿牺牲吾之见解以阿附初闻鸦叫自为得道之左派，鲁迅不乐，我亦无可如何。鲁迅诚老而愈辣，而吾则向慕儒家之明性达理，鲁迅党见愈深，我愈不知党见为何物，宜其刺刺不相入也。然吾私心终以长辈事之，至于小人之捕风捉影挑拨离间，

---

① 林语堂：《无所不谈》，陕西师范大学出版社2008年版，第17页。（原文《无花蔷薇》，载《宇宙风》1935年第1期）

② 林语堂：《林语堂自传》，群言出版社2010年版，第29页。

早已置之度外矣。"① 林语堂这段话很有些冷静超远看人事的味道，明确了自己与鲁迅观念上的根本不同，一个追求儒家明性达理的人与一个坚持斗争哲学的人最终是要分道扬镳的。今天看来，就林语堂和鲁迅二人对于中国、对于世界文化的贡献来说，各有千秋，我们不能随意褒贬。鲁迅"哀其不幸，怒其不争"的忧国忧民的情怀是林语堂不能企及的，林语堂的作品也不仅仅是"为了笑笑而笑笑"地寻开心，林语堂对中西文化交流的贡献是鲁迅所不能代替的。当年二人关于小品文的论争，孰对孰错，很难定夺，只能说他们各自选择了适合自己的干预生活的方式。

很有意味的是，鲁迅最后对林语堂的评价是："辜鸿铭先生赞小脚；郑孝胥先生讲王道；林语堂先生谈性灵"②，他把林语堂与前清遗老和伪满大臣相提并论，大概觉得林语堂很无聊，很浅薄。而林语堂对鲁迅之死的评价是："然鲁迅亦有一副大心肠。狗头煮熟，饮酒烂醉，鲁迅乃独坐灯下而兴叹。此一叹也，无以名之。无名火发，无名叹兴，乃叹天地，叹圣贤，叹豪杰，叹司阍，叹佣妇，叹书贾，叹果商，叹黠者、狡者、愚者、拙者、直谅者、乡愚者；叹生人、熟人、雅人、俗人、尴尬人、盘缠人、累赘人、无生趣人、死不开交人，叹穷鬼、饿鬼、色鬼、谗鬼、牵钻鬼、串熟鬼、邋遢鬼、白蒙鬼、摸索鬼、豆腐羹饭鬼、青胖大头鬼。于是鲁迅复饮，俄而额筋浮胀，眦睚欲裂，须发尽竖，灵感至，筋更浮，眦更裂，须更竖，乃磨砚濡毫，呵的一声狂笑，复持宝剑，以刺世人。火发不已，叹兴不已，于是鲁迅肠伤，胃伤，肝伤，肺伤，血管伤，而鲁迅不起，呜呼，鲁迅以是不起。"③ 从中可以看出，林语堂认为鲁迅是气死的，刺人伤己。全段排比的写法，使读者感到稍微有些揶揄的味道，大概林语堂觉得鲁迅的死很不值得，很为鲁迅惋惜。从鲁迅与林语堂彼此的评价，我们更可以感到二人哲学观、人生观的根本差异。各自的选择都出于本性难移，无所谓对与错。我们所能做的是

---

① 林语堂：《鲁迅之死》，《林语堂文选》（下卷），中国广播电视出版社1990年版，第4页。
② 鲁迅：《"天生蛮性"》，李新宇、周海婴主编《鲁迅大全集》第9卷，长江文艺出版社2011年版，第133页。（原文载《太白》1935年第2卷第5期，署名敖者）
③ 林语堂：《鲁迅之死》，《林语堂文选》（下卷），中国广播电视出版社1990年版，第5页。

既要正视二人的差异，也要正视二人曾有的友谊。至于那种随意修改他们在厦门时期合影照的做法，是不足取的。不管结果怎样，一个诗意型的文学家，与一个战士型的思想家，他们曾经是挚友，历史就是如此复杂。

林语堂本人对于自己童年体验的钟情是这样叙述的："在造成今日的我之各种感力中，要以我在童年和家庭所身受者为最大。我对于人生、文学与平民的观念，皆在此时期得受最深刻的感力。究而言之，一个人一生出发时所需要的，除了康健的身体和灵敏的感觉之外，只是一个快乐的孩童时期——充满家庭的爱情和美丽的自然环境便够了。"[①]《林语堂传》对于林语堂童年所感受到的家庭之爱和自然环境之美作了详细的描述，从这些具体的描述中，我们可以获得解读林语堂行为的密码，从而正确理解林语堂一生的取舍。这就是该传记童年叙事的重要启示价值。

第二节 《老舍评传》对老舍文学密码的揭示

艺术源于现实又高于现实，文学作品绝对不会脱离生活凭空捏造出来。越是优秀的作品，生活基础越扎实，老舍的小说就有深厚的现实基础，其中的许多叙述和描写都有作者自己熟悉的生活原型。这些生活原型可谓是小说的文学密码。关纪新的《老舍评传》在揭示老舍小说中的生活原型方面有突出贡献。这些生活原型具体可以分为家庭生活场景原型和小说人物原型方面。

一、传记对老舍作品中生活场景原型的揭示

家庭生活场景在老舍的小说作品中反复出现。这一点被关纪新《老舍评传》所充分注意到了："铭心刻骨的童年家庭生活场景，在作者心头，早就变成了一个解也解不开的死结，他的心中所营造的、笔端所描述的故事，常要围着这个死结打转。幼年的失怙、孤儿寡母的相依度日、母亲为了养活

[①] 林语堂著，李辉主编：《林语堂自述》，大象出版社2005年版，第3页。

弱小的孩子而没日没夜地给别人苦苦地干活、孀居的姑母与自己家同住、母系的亲戚跟自己家过从密切……这一个个情节单元，简直就类似于民族民间故事的'情节母题'一般，在老舍后来写下的不少重要作品，譬如《月牙儿》《小人物自述》《正红旗下》等等中间，或拆开或拼合地，被一而再、再而三地写进去，并且每写一回，就总要比上一回更显出作家又经过了反复体会所获得的深厚意味！"[1] 这些记述揭示了老舍作品中显著的家庭生活场景原型和"童年情节"母题原型。这两种原型的出现在老舍小说中往往是密不可分的。童年时期，勤劳善良、命运悲苦的母亲给老舍留下了极深的印象。因此，老舍作品中的人物身上经常会有自己母亲的影子。关纪新认为《月牙儿》与《微神》相似之处是，作者仍然向所塑造的人物身上，倾注带有自家生活印迹的描写，例如把自己幼时对母亲劳作形象的记忆，加诸于作品女主人公对母亲的记忆中。

除了揭示《月牙儿》《正红旗下》中不断出现的家庭生活场景的原型之外，关纪新《老舍评传》还进一步揭示了《四世同堂》中所描写的祁家及其周边地带的生活场景原型，认为《四世同堂》中的许多场景描写都来自老舍自己生活过的地方，也就是说都有场景原型。《老舍评传》写道："有趣的是，据老舍夫人介绍，老舍'在动笔写这部小说之前，曾经描绘过一张各家各户的房屋居住图，某个人物住的是东房还是西房，什么门，什么窗，哪里有树，哪里有花，什么花，他都标注得一清二楚。'这很容易让人想象，作家很可能去过那个地方。果然，70年代后期，老舍家属们找到了这个地方，它就是与《四世同堂》所描述的周边，内里环境几乎完全一致的北京市西城区小杨家胡同，原名小羊圈胡同；而且，作品里祁家所居小院，恰恰就是作家本人的出生地，和他童年、少年时代的居住地！"[2] 就是这样，传记借助老舍夫人胡絜青的回忆说明了老舍小说中存在着大量的生活场景原型。

---

[1] 关纪新：《老舍评传》，商务印书馆1999年版，第75页。
[2] 关纪新：《老舍评传》，商务印书馆1999年版，第375—376页。

二、传记对老舍作品中人物原型的揭示

《老舍评传》不仅分析了老舍作品中家庭生活的场景原型,还更多地揭示了老舍作品中人物的生活原型。传记认为,《小铃儿》中的小铃儿、《离婚》中的丁二爷、《微神》中女主人公的生活原型分别是老舍本人、老舍的表哥马海亭和老舍的初恋对象。

(一)《小铃儿》中的小铃儿(原名德森)的生活原型是老舍本人

关纪新《老舍评传》对于老舍在南开中学教书时写的短篇小说《小铃儿》给予高度重视,认为这篇不足4500字的小说却是老舍文学创作的起跳板。小说的人物、故事都具有写实性,与老舍的经历有密切关系。"这个短篇,在老舍的创作生涯中,并不是可有可无的偶尔制作。易言之,我们发现,在它的内里,包藏着若干理应引起重视的、只属于老舍个人的文化'密码'。""这是一篇让人能够从作品主人公身上分明读出作者影子的小说,描写一个聪明可爱的京城小学生,本命德森,绰号'小铃儿',他的一段小故事。……小说中的故事,可以说处处来自作者的生活经历,故事一半出自小学校里,作者当过小学校的校长,另一半的故事,发生在小铃儿的家里,他的家境又跟小铃儿的家境如出一辙;小铃儿上学的学校,是'京城北郊王家镇小学校',这是舒庆春当京师北郊劝学员所分管的地界;至于其中涉及到的教堂,也刚好是他这段时间常去的地方。"① 显然,小说中的"小铃儿"自幼丧父、跟着做针线活的母亲艰难度日,因父亲在战争中死于洋人之手而特别地憎恨洋人等身世情况就是来自老舍本人的经历和体验。这些分析来自关纪新对老舍家世的充分了解,传记的深入剖析使我们对老舍作品有了进一步深入的理解和认识。

此外,传记认为小说主人公的本名叫"德森",而德姓是旗人的标志,《百家姓》中并无此姓。这就留下了为一般读者所不易觉察的"机关"。传记更是关注了小说中主人公的家里情景,如小铃儿的父亲是一名士兵,死于儿

---

① 关纪新:《老舍评传》,商务印书馆1999年版,第74—75页。

子出生后不久的一场战乱，小铃儿有一位大舅常与他家来往，以及有着一位已经故去了的姑母曾经与他们共同生活等。传记认为这些作品中的人物和情节，都能从作者自身的幼时家庭生活中找出原型。

关于老舍《小铃儿》的创作背景，故事情节、主人公经历与老舍的关系，董振修曾指出："但小说的写作不是偶然的，是与作者的亲身经历有着密切关系的。老舍是在1918年夏天从北京师范学校毕业的。毕业后，他就被学务局派到东城方家胡同小学担任校长，任职三年，于1921年又调到北郊劝学所当劝学员达一年之久。小说《小铃儿》就是从那个时候的生活中提炼的素材，而他对少年儿童喜爱的感情，也是他在北京三年的小学工作中养成的。小说主人公与作者童年的悲惨遭遇有些相似之处……"① 关纪新《老舍评传》关于老舍短篇小说《小铃儿》人物原型、故事原型的分析与董振修的观点有相似之处，但有进一步发展，即就小说的细节，逐一明确指出各部分与现实生活中的老舍的对应关系，更加明确了小说主人公的生活原型就是老舍本人。

(二)《离婚》中的丁二爷的生活原型是老舍的表哥马海亭

《老舍评传》在分析丁二爷的满人形象特点之时写道："自己的妻子跟他人私奔的故事，在老舍较短时间内创作的《热包子》、《离婚》和《我这一辈子》三篇小说中反复出现过……而这位妻子与人私奔的实有人物原型，经考证，已经知道了，不是别人，乃是老舍的一位表哥。"② 这里传记所说的丁二爷实有其人的材料来自舒乙的《有人味的爪牙——老舍笔下的巡警形象》一文。关纪新指出，有评论者认为丁二爷这个形象在小说中前后缺乏连贯性，破坏了小说的现实主义境界，而传记则认为丁二爷这个人物有着特定的社会历史背景，他铲除恶少小赵的行为是可信的，他代表了一类平时看来精神委顿、埋头于小情趣之中，但在关键时刻会做出"义事"来的一类满人。由此看出，老舍作品中的人物往往来自他所熟悉的亲朋故友。

---

① 董振修：《老舍早期在天津的活动和他的处女作》，《天津师院学报》1979年第2期。
② 关纪新：《老舍评传》，商务印书馆1999年版，第183—184页。

传记引用舒乙的话说,"(老舍的作品)凡是一个名字或一个情节,多次在不同的作品中反复出现,即或完全是不经意的,在生活中,必有其人,必有其事。"① 按照这一规律,传记在分析《我这一辈子》中的贫民形象时,再次谈到了老舍的这位表哥,并明确了其姓名:

> 这位老巡警的原型,"他叫马海亭……正黄旗人","是老舍先生母亲的娘家人,是他大舅的二儿子。老舍先生叫他'二哥'。他比老舍大四五岁。"他"当过糊棚匠,当过巡警,到过门头沟煤矿,到过河南。他的媳妇的确跟别人跑了。"

就这样,传记把老舍小说中的人物与老舍生活中所遇到的人物做了细致、准确的对照。这样的分析令人信服。传记还认为,老舍的长篇小说《离婚》中的丁二爷和短篇小说《热包子》中的小邱,在做形象设计时,也都借助了马海亭这个现实中的原型。

(三)《微神》中女主人公的生活原型是老舍的初恋对象——刘寿绵的女儿

传记在论及老舍作品中的贫民形象时,还谈及了《微神》中女主人公的原型。

> 《微神》的故事本身,缘起于老舍自己的初恋。这是罗常培所撰《我与老舍》一文提到的。罗文在忆及当年与老舍在北京雷神庙的几次见面时,写道:"假如我再泄露一个秘密,我还可以告诉你,他后来所写的《微神》,就是他自己初恋大影儿。……因为那位小姐的父亲当了和尚,累到女儿也作了带发修行的优波夷!以致这段姻缘未能缔结——虽然她的结局并不像小说描写得那么坏。"罗常培在这里讲到的

---

① 舒乙:《有人味的爪牙——老舍笔下的巡警形象》,《中国现代文学研究丛刊》1993年第2期。

小姐，即刘寿绵的女儿。于是，我们知道了，《微神》中的女主人公起初的形象原型，是老舍的恋人——一位满族姑娘，老舍首先是比照自己与她初恋时的情感状况，来投入作品创意的。①

关于《微神》中女主人公的结局——沦为暗娼以致堕胎身亡与罗常培所说的出家为尼有所不同。关纪新的《老舍评传》认为这是作者依据当时部分旗人女子的悲苦命运而对人物原型的一种典型塑造："作家在构思这篇小说时，想必思量过，若如实地叙写，与一位后来出家女子的恋情，它的感染力，将远远不及把贫寒女性沦为暗娼的内容收入作品里来的那么强烈。籍于此，老舍不但一吐了当年失恋带给个人的悲哀，更抒发了对族人眼下生计窘况的深度忧伤，这在情节构思上，可谓是再造生面，天外见天了。"② 这段话不仅揭示了《微神》中女主人公的原型就是老舍自己的初恋情人，而且进一步高度评价了老舍在运用生活原型时所进行的巧妙的改造和艺术升华。

总之，满族出身的关纪新，凭着对满族人生活的熟悉，在他的《老舍评传》中用大量事实系统地揭示了老舍诸多小说的文学密码，即老舍小说中故事场景和主要人物的生活来源，让读者真切地感受到老舍作品能够成为经典的秘密所在——有扎实的生活基础。老舍作品所聚焦的对象往往是城市里的"苦人们"。这些"苦人们"的生活是老舍最为熟悉的，自然，他们就成了老舍小说的生活原型。

第三节 《王实味传》对传主悲剧命运的剖析

黄昌勇的《王实味传》由河南人民出版社于 2000 年 5 月出版发行。从 1991 年黄昌勇看到公安部发布的为王实味平反的决定书复印件开始，作为王实味的同乡，对王实味早已关注的他加紧了对王实味研究的步伐，他用了

---

① 关纪新：《老舍评传》，商务印书馆 1999 年版，第 244 页。
② 关纪新：《老舍评传》，商务印书馆 1999 年版，第 245 页。

将近 10 年的时间整理资料、走访王实味的亲人以及《野百合花》事件的亲历者等，他采访到了王实味的侄子王礼智，王实味的遗孀刘莹及其子女，王实味延安时期的妻子薄平等人，还专访了当年《解放日报》的编辑黎辛，联系了当年直接参与《野百合花》批判事件的温济泽以及当年的托派分子而今远在英伦的王凡西等人，从而获得了大量的一手资料。依靠翔实的资料，这部传记在还原历史的叙述中使文学史上曾经十分模糊的王实味形象清晰起来。

关于王实味的研究，目前的学术成果较为丰富。代表性成果如黄昌勇的传记著作《王实味传》和论文《〈野百合花〉如何被国民党利用》（《南方周末》2000 年 5 月 19 日）、明飞龙的论文《1942 延安文学事件中的大历史与小故事——王实味命运考察》（《理论月刊》2012 年第 8 期）、胡欣的硕士学位论文《王实味：在文学和政治之间的艰难生存——兼论中国现代知识分子的选择》（西南师范大学 2002 年硕士学位论文）、张业松的论文《关于王实味的被利用和被批判》[①]、孔刘辉的论文《天有病，人知否？——〈野百合花〉事件从解放区到国统区》（《抗日战争研究》2009 年第 3 期）等，其中，黄昌勇关于王实味的相关研究成果发表的时间较早。后来的研究者大都引用了黄昌勇提供的事实材料，引用的目的主要是探讨知识分子的命运问题，而对黄昌勇的《王实味传》这部王实味研究的奠基之作本身的研究文献还比较少，尤其对这部传记作品的独特贡献肯定不足。关于黄昌勇《王实味传》的研究成果主要有朱正的《说说王实味》（《黄河》1998 年第 4 期）、钱理群《我感到惊心动魄——黄昌勇〈王实味传〉序》（《长城》2000 年第 3 期）、文学武的《悲怆的生命历程——评〈王实味传〉》（《信阳师范学院学报》（哲学社会科学版）2001 年第 3 期）和骆墨的《王实味传》（《党史研究与教学》2000 年第 6 期）。朱正深入探讨了王实味问题研究的重要性，并认为这是一部写作认真、历尽艰辛、一丝不苟的传记。钱理群称赞该著作者具有"不为尊者讳"、秉笔直书揭示事实真相的史家写作态度，感叹著作带来的关于中

---

① 张业松：《手迹与心迹》，广东教育出版社 2004 年版，第 17—25 页。

国现代思想史与知识分子命运史的沉重思考。文学武认为该著以史家的独到眼光、扎实的史料钩沉、敏锐的思想触角完整展示了王实味的人生沉浮与命运悲歌，是当时国内有关王实味的一本最权威、最见功力的传记，其学术性和文学性兼备。骆墨的《王实味传》是一般性的新书简介，其中谈到了该著史实与评论结合的特点。这些研究基本上都着眼于传记事实，探讨知识分子的悲剧命运，而对该传记对于王实味作品的充分且深入的分析、王实味文学创作与其人生经历和悲剧命运之间的关系关注较少。胡欣的硕士论文倒是对王实味艺术家的生命底色做了肯定[①]，但这篇硕士论文晚于黄昌勇《王实味传》两年发表。以下将要开展的研究正是着眼于传记阐释，挖掘黄昌勇《王实味传》的独特贡献即首次立场鲜明地确立王实味文艺家的身份以及传记关于王实味杂文创作对其命运的影响的充分剖析。

总的说来，黄昌勇《王实味传》的突出贡献在于它首次系统梳理和分析了王实味的文学作品，肯定了其文学创作成就，从而在文学研究史上正式、鲜明地确立了王实味文艺家的身份。同时，该传借助王实味的作品揭示了他早年的人生经历，并系统梳理和评述了《野百合花》事件，揭示了作品对传主悲剧命运的影响。

一、确立王实味的文艺家身份

阅读黄昌勇的《王实味传》，多数人会对延安时期这个文坛怪杰的悲剧命运唏嘘，会对历史的诡异慨叹，会对当年人们的落井下石愤怒，会对王实味的孤傲性格发生反思，而较少有人注意到该传对王实味文学创作活动及文学成就的高度评价。笔者在阅读这部传记之后，除了前述的唏嘘、慨叹、愤怒、反思等种种感受之外，另一个强烈的感觉就是：王实味早在20世纪20年代就有了那么多的文学作品，他无愧作家的称号。正如孙培新、关爱和主编的《河南大学校史》所讲："历史错误而无情地结束了他年仅41岁的生命，

[①] 胡欣：《王实味：在文学和政治之间的艰难生存——兼论中国现代知识分子的选择》，西南师范大学出版社2002年版，第11页。

历史也将永远留下这位才华卓著的现代作家、文学翻译家的名字。"① 这一点是无可怀疑的。王实味的确是现代文学史上一位具有傲骨的作家。传记系统梳理并分析了王实味的作品，特别是从其早年的作品中考察了王实味的身世经历及性格特点。

在黄昌勇的《王实味传》一书所附的《王实味年谱简编》中，作者对王实味公开发表的主要作品及译作进行了较为详细的记录。以下仅选取年谱关于王实味作品（不含译作）的记录情况：

> 1925 年年底完成中篇小说《休息》
>
> 1926 年 2 月短篇小说《杨五奶奶》刊于《晨报副刊》1926 年 2 月 27 日。
>
> 7 月中篇小说《毁灭的精神》刊于《现代评论》1927 年第 148—152 期。
>
> 1929 年 1 月小说《陈老四的故事》发表于《创造月刊》第 2 卷第 6 期。
>
> 2 月小说《小长儿与罐头荔枝》刊于《新月》第 2 卷第 8 期，此篇于 1980 年被梁实秋、叶公超收入《新月小说选》（香港雕龙出版社）。
>
> 1930 年 4 月小说《休息》由徐志摩编入"新文艺丛书"第 8 种，中华书局出版。
>
> 1942 年 2 月 26 日著《野百合花·前记》，3 月 17 日写完全文，分两次刊发于 3 月 13 日、23 日的《解放日报》副刊上。
>
> 3 月 17 日《政治家，艺术家》刊发于《谷雨》第 1 卷第 4 期。
>
> 3 月 23 日中央研究院整风壁报《矢与的》创刊，王实味发表《我对罗迈同志在整风检工动员大会上发言的批评》和《零感两则》两文。
>
> 4 月 10 日《文艺民族形式问题上的旧错误与新偏向》（上）转载于《文艺阵地》（重庆）6 卷 4 期，可能由于延安随后展开对王实味的批判，

---

① 孙培新、关爱和：《河南大学校史》，河南大学出版社 2002 年版，前言。

未见下部分刊出。①

以上所列作品基本上都属于王实味独立创作的文艺作品。针对这些文艺作品,传记进行了较为详细、系统的解读。黄昌勇写作《王实味传》,资料收集开始于王实味刚刚获得正式平反的 1991 年,第一稿完成于 1996 年,终稿出版于 2000 年。这期间,王实味研究刚刚解冻,朱鸿召的《王实味文存》于 1998 年刚刚出版。因此,关于王实味的作品,人们关注得远远不够。在这种情况下,黄昌勇《王实味传》对王实味作品的解读就显得弥足珍贵,这种解读至少具有以下几点价值和意义:第一,引起了人们对王实味文学成就的关注,这对于充分认识王实味在文学史上的地位很有帮助。第二,解读王实味的自传性作品有助于了解王实味的家庭背景、身体状况、求学历程以及个性气质等。第三,了解王实味的文学创作有助于把握其思想发展的脉络,有助于理解王实味的政治选择与政治命运。下面就传记对王实味作品的分析,做一评述。

(一)对王实味自传体小说《休息》的评价

《休息》是王实味留下的文学最多的小说,有 3 万多字。传记对这篇小说的关注揭开了王实味早年当邮务生的一段经历。今天,这篇小说的名气可能仅次于他的《野百合花》。《野百合花》是由于当年受批判而且给他带来杀身之祸而出名的,而《休息》却因其情感饱满、语言纯熟而被有的学者视作王实味的代表作。《王实味传》在第三章"人生的最初一课"里几乎用整章的内容分析了这篇作品。因为"人生的最初一课"主要是写王实味从河南留美预备学校辍学当上一名邮务生的过程。关于邮务生这段生活经历的详细状况,今天很难有其他材料可以参考,只有通过《休息》这篇自传体小说的情节来寻找传主的人生轨迹。所以,传记对《休息》的内容给予了详细的介绍,其主要内容可以归纳为如下几点:

第一,传记判断这部小说有强烈的自叙传色彩。就小说的这一特点,

---

① 黄昌勇:《王实味传》,河南人民出版社 2000 年版,第 279—284 页。

传记给出的论据是:"且不说作品中的收信人实薇其实就是王实味的笔名,就连故事展开的时空也都与王实味当时的生活一致。作品写到秋涵失学在开封、做邮务生在驻马店、故乡在潢川,这都与王实味的身世是吻合的,作品中秋涵在接到母亲病了的消息后匆匆赶到家园,这一路所经过的主要城镇信阳、孙铁铺、寨河集等现在仍然是当地沿途重要的城镇。"① 这里,黄昌勇以潢川人对周边地理环境、地名、村庄名字的熟悉证明了《休息》这部小说的纪实性,认为作品很大程度上是以王实味自己的人生经历和人生体验为摹本的。传记的这一判断是极为准确的。今天熟悉河南大学的人,对于《休息》中所记述的二斋、铁塔、铜佛寺、古城墙等都不会很陌生,因为这些地方依然存在。《休息》中所记的汴梁的景物、驻马店的邮务以及京汉车的拥挤状况到今天依然变化不大。可以说,传记不仅从这部小说的记述中梳理出了1923年王实味做邮务生时期的生活和思想状况,而且,客观上还启迪人们可以通过《休息》这部小说来研究20世纪20年代中国的邮政发展实况、社会治安状况等。这一切都是因为传记证据充足地指出了《休息》的写实性。

第二,传记认为,这部小说透露了王实味对自己立志改造社会的角色定位。作品中写到王实味常常与同学们畅谈人生理想,抒发鸿鹄之志:"我们青年底使命,就是要用我们底力去捣毁一切黑暗的洞窟,用我们底血去浇灭一切罪恶的魔火;拯救阽危的祖国,改造龌龊的社会,乃是我们应有的惟一目标与责任。"② 这种认识有助于我们理解王实味在进入北大预科不久就加入中国共产党的思想渊源。这种认识还有助于我们理解王实味在抗战爆发不久就抛妻别子投奔延安的革命行为。因为中学时代,他已经具有了朴素的进步的革命思想。此外,传记认为,由于主人公对于自己投水自尽有清醒的认识:"薇弟!最后我再告诉你,我底死并不是自杀,我只是要到那澄明静冷的清波里,休息休息我疲惫了的精神,调剂调剂我枯涸了的血液,润舒润舒我烧焦了的灵魂——待我恢复了我原有的力时,再和这妖魔社会搏斗,我是

---

① 黄昌勇:《王实味传》,河南人民出版社2000年版,第22页。
② 朱鸿召编选:《王实味文存》,上海三联书店1998年版,第30—31页。

不会死去的哟！"① 这就使得《休息》这篇作品呈现一种悲剧的壮美色彩，在绝望之中显示了更深切的期望。② 可见，"休息"只是一种暂缓斗争的方式，元气恢复之后仍然要战斗的。

第三，传记认为，《休息》集中透露了王实味对社会等级差别的不满。来自邮务生活的切身体验使他对于不平等的社会现实有了清醒的认识，这对于他未来的人生选择有至关重要的作用。早在刚刚踏入社会工作的第一年里，他就看到了政界和官场的龌龊、下层人们的愚昧混沌、等级差别的严重、洋人对中国人的压榨和掠夺。这些都直接促成了他反抗性思想和性格的形成。关于王实味对那时邮局等级的抨击，传记引用了小说原文中的部分段落，这里不妨摘引如下：

> 邮务长以下，有什么邮务官、邮务员、邮务生、捡信生，以至信差、听差、杂差、邮差等等。在"官""员""生"之中，又有什么"超""一""二""三"四等，每等又分三级。
>
> 邮局人员薪金制度和差别，真是奇特得令人惊异：自邮务员以上都是按海关银两计算，邮务长和邮务官，月薪都是几百两以至千余两，就是低级的邮务员，最少一月也可以拿到四十两。不知为什么，自邮务生以下便都按银元计算了。邮务生月薪廿十八元，拣信生十四元，信差九元，那些像牛马般累死累活的杂差邮差们，一月仅能赚八块钱，还要扣五毛做"押款"！③

传记认为，王实味后来在《野百合花》中对于延安一些问题的批评与他在《休息》中对邮局内部等级差别的不满是一脉相承的。看了以上内容，

---

① 朱鸿召编选：《王实味文存》，上海三联书店1998年版，第52页。
② 黄昌勇：《王实味传》，河南人民出版社2000年版，第22—23页。
③ 黄昌勇：《王实味传》，河南人民出版社2000年版，第24—25页。原文见朱鸿召选编《王实味文存》，上海三联书店1998年版，第20页。（《王实味传》此处引文有缺漏，笔者的引用，依据《王实味文存》做了补正）

自然明白传记这种观点的依据所在。王实味的文章多来自生活的体验和感受。他对于社会的不公平、不合理从来就是愤愤不平的——不管是20年代在驻马店还是30年代在延安。这正是其性格耿直的表现。他不会审时度势，不会阿谀逢迎，只会像炮筒子一样直来直去。

除以上三点之外，传记还分析了《休息》所体现的对于下层劳动人民的深切同情以及所展开的理想社会的蓝图等，认为王实味身上具有中国传统知识分子忧国忧民的品格。

（二）对王实味乡土小说的评价

传记除了对王实味的自传体小说《休息》进行了详细分析之外，还用了《起航的文学梦》一章的内容主要分析了王实味20年代末期创作的4篇乡土文学作品。这4篇作品分别是《杨五奶奶》《毁灭的精神》《陈老四的故事》和《小长儿与罐头荔枝》。

传记对《杨五奶奶》的写作时间、地点、内容及发表情况进行了详细的叙述。特别说明了徐志摩对于发表这篇小说的功劳，并指出这是王实味第一次与徐志摩打交道。"1926年2月14日，王实味在北大学生宿舍'北大西斋'创作了短篇小说《杨五奶奶》，这篇2000余字的作品写了春河集小镇上母老虎似的泼妇杨五奶奶依仗祖辈做官、丈夫开店的权势欺横乡里，逼死儿媳的恶行。这篇小说以叔翰的笔名发表在当年2月27日第1445期的《晨报》副刊上……徐志摩将这篇并不成熟的小说置于头条刊出，表现出他对文学青年提携的热心和对王实味文学才华的器重。"① 传记对这篇小说内容的分析也是十分到位的，认为小说中生动的、流畅的语言，夹杂着通俗的民间语汇，使人物形象在简笔中凸显出来。这样的评价是符合作品描写的。小说重点写了杨五奶奶与李武举和张家四娘子的两次吵架的场面，这里，我们不妨来看看杨五奶奶与张家四娘子在东岳庙门前看大戏时的对骂：

"喂，这位大嫂挪一挪，让俺把板凳放前面。"杨五奶奶毫不客气

---

① 黄昌勇：《王实味传》，河南人民出版社2000年版，第40页。

地向一个妇人说,那正是张家四娘子。

"前面放不下了,你就放后面吧!"那妇人说话也不大中听,微含怒意。

"谁说放不下?挪一挪又掉不了你底毛!想自在到家里陪汉子睡觉去,戏场里没恁方便!"杨五奶奶骂开了。

"你这娼妇怎么恁厉害!听戏也有个先来后到。像你这妖怪样子才浪汉子咧!像你才……"那妇人也煞是不弱。

"好不要脸的臭婊子!张四'戴绿帽子'谁不知道?!你这'贴骨老'偷汉子的烂货!你臊勺一婆娘相与东岳庙里二和尚谁还不晓得?!不要摆臭架子装正经哪!……"杨五奶奶那骂法真地道;——这也是中国的国粹吧?很值得"国故家"的研究,我以为。[1]

看了上面杨五奶奶与张家四娘子的骂语,我们不能不佩服王实味对农村泼妇形象的成功塑造,同时也确信了传记对该作品评价之准确。"不大中听""恁厉害""先来后到"等语言正是豫南农村的常用语。《杨五奶奶》着力于揭示宗法制农村的现实中'老中国儿女'的精神沉疴,挖掘国民性的愚妄和落后。……其理性批判、启蒙色彩是异常明显的。"[2] 这些都是传记的中肯评价。

传记对《毁灭的精神》的评价除了指出该作品铺叙手法的运用、人物心理活动描写外,特别强调了它对乡土风情的描写。传记将《毁灭的精神》与《杨五奶奶》所涉及的乡土风情的内容放在一起评论:"《杨五奶奶》写的是作者的故乡生活自不待言,《毁灭的精神》写的梅家洼正是'H县南乡一个僻静的乡区',而H县正是处在的'河南省东南隅、快与湖北和安徽接境'的地方,很明显这H县正是指作者的家乡豫南'潢(huáng)川'了。作品中写的正月十五至二十在东岳庙前搭戏台唱'大戏'、五领头大车上踩

---

[1] 朱鸿召编选:《王实味文存》,上海三联书店1998年版,第57页。
[2] 黄昌勇:《王实味传》,河南人民出版社2000年版,第41页。

水,就连'扳罐儿'这一民间治病的技巧,甚至包括'稻大麦'的惩人恶俗都极具豫南农村的乡土特色。"① 能够如此顺手拈来地举出诸多豫南的风土人情,这当然与黄昌勇自己是潢川人有直接关系。

传记对《陈老四的故事》的分析主要涉及以下两点:

第一点,传记认为这篇发表在《创造月刊》上的小说或许送给鲁迅看过。

传记写道:"现在,我们从鲁迅的日记中看到,鲁迅第一次提到收到张天翼的信稿是在1929年3月9日,而早在1928年10月19日,鲁迅就收到过王实味的来信,鲁迅当天的日记是这样记载的……"② 传记分析说,从来信日记看不出王实味寄给鲁迅的小说稿是什么,只是在第二年年初的《创造月刊》第2卷第6期上刊出了《陈老四的故事》。这就是说,《陈老四的故事》或许就是王实味寄给鲁迅的稿子。

第二点,传记认为这篇小说依然是王实味以故乡作为背景创作的,虽然艺术上较平淡,但其结尾点题的话语还是发人深省的:"这青天白日满地……还要挂多少时候?就是再换一种,这也没有关系,只要人再死得多些,好让他发财。"③ 以做棺材为业的木匠陈老四只顾自己发财,对瘟疫给人们带来的灾难不仅没有痛恨,反而有一种窃喜,对于国家的命运、前途更是漠然视之。这充分表现了他的自私与麻木。可见,传记揭示了王实味作品致力于批判愚弱国民性的这一特征。

对于王实味的短篇小说《小长儿与罐头荔枝》,传记在概括了其主要情节后指出了这篇小说结构严谨,布局合理,成功地运用交叉的叙述手段,尤其是对儿童心理的描写相当出色,是借儿童的视界来展示社会贫富的巨大差别。这一评述是很精到的,点出了这个短篇以小见大的艺术手法,充分肯定了其思想价值和艺术价值。下面我们来欣赏一下该小说对佣人朱妈的儿子"小长儿"的心理活动的描写:

---

① 黄昌勇:《王实味传》,河南人民出版社2000年版,第41页。
② 黄昌勇:《王实味传》,河南人民出版社2000年版,第47页。
③ 黄昌勇:《王实味传》,河南人民出版社2000年版,第48页。

想到了五姨太太，三天来历阅的新奇物事都呈现在眼前了。

"她那房里……那个是啥东西呢？在那桌子上，一个大玻璃罩子照着，滴答滴答地响……"

"……好东西多啦……那大镜子……那养花的瓶子……还有——"

想到这儿，他底小猴眼睛圆睁着仰头看天，上下唇紧合成一条可爱的弧线，整个的黧黑小面孔完全紧张着——他想到了那四五个钟头以来一直在抓着他底小灵魂的东西了！

……——总之，罐头荔枝这东西，在小长儿的脑中是一个花红柳绿的小罐儿，里面装着一颗颗像五姨太太脸样淡红色的小"？"。当时，他靠着妈站在门口，小猴眼睛瞪着那一对男女把那淡红色的小东西一颗颗往嘴里送。他心里想：一定是好吃的东西！但他只是想，他并没有流口水或咽唾液。他看见那架子上同样的小罐儿还有好几个，心里觉得发火，生气。他向妈说：妈，我想睡——于是他回到他同妈和另外一个老妈子同住的小房中去了。当然，他不会睡得着，那小花罐儿和它里面的淡红色的小东西老祟着他。在太阳偏西的时候，他终于溜到了这花园里来；花园里的景物使他暂时忘记了一切；但想头兜了个大圈子，那五姨太太脸样淡红色的小"？"又来追逐他了。

天是已经昏黑下来，在小长儿的眼中，一颗颗的星也都变成粉红色的荔枝肉了。他眼睛瞪着，想骂谁，又想打谁。他终于从草地上跳站起来，心里想——啥东西呢？啥味儿呢？想吃！真想吃！

他内心里有一种力量在冲发激动着。他咬紧着唇，小猴眼睛瞪得有些像"牛卵"了。①

小说对儿童心理的描写真是精彩！看了小长儿的这一段心理活动，不难理解小长儿何以要担着那么大的风险去五姨太屋里偷取罐头荔枝了。传记对这个短篇的肯定是有充分理由的。

---

① 朱鸿召编选：《王实味文存》，上海三联书店1998年版，第97—99页。

对于王实味的乡土小说创作，传记也进行了总体评价，认为如果把它纳入 20 世纪 20 年代末期中国新文学的整体格局中，可以看出王实味的独特追求。这种独特性在于他并没有加入当时产生较大影响的以阶级斗争为主题的无产阶级革命运动，他仍然写自己熟悉的故乡生活，表现民族沉重的生活和现实。他既给倡导无产阶级革命文学的后期创造社的刊物《创造月刊》投稿，也给当时被视为资产阶级文学团体的新月派的刊物《新月》写稿，同时，又给鲁迅先生写信求教。他有其独立自在的文学立场，不属于某帮某派。① 从这种评价中，我们似乎可以看到王实味的独立个性，他似乎对于赶潮流不感兴趣，他只按照自己的生活体验、自己的思考"一根筋"地写下去。哪怕受到阻止和批判，他也不轻易改变自己的观念。

以上梳理了《王实味传》对王实味早期文学创作活动及文学成就的叙述，在梳理的过程中，笔者愈感到这部传记对王实味文学作品前后一贯、自始至终、认真细致进行评价的意义和价值。这种评价扫除了长期以来的一种偏见：王实味主要是一位翻译家，而不是文艺家。传记对王实味文学作品全貌的整理和评论让我们扭转了对王实味的单一认识。王实味在 1947 年被杀时，仅仅 41 岁，可以推想，如果他能躲过那场灾难，他一定会有更多的作品出现，其无可遮掩的文学才华及严密的逻辑思维从他给我们留下的上述作品中可以看出。正如徐志摩当年把他的《休息》编入自己主编的丛书，由中华书局出版时介绍的那样："取材严格，文字优美。"王实味《野百合花》之外的文学作品也是值得品味的，王实味是不折不扣的文艺家，这就是传记所明确的。传记所揭示的王实味与鲁迅、徐志摩、张天翼的关系，也有力地证明了这一点。

二、反思《野百合花》事件

（一）对《野百合花》的肯定性评价

传记在第十二章《〈野百合花〉的前前后后》，对《野百合花》及《政

---

① 黄昌勇：《王实味传》，河南人民出版社 2000 年版，第 49 页。

治家，艺术家》的内容及其所受到的批判给予了细致入微的介绍，尤其逐段分析评价了《野百合花》。因为在此之前，特别是延安时期在王实味遭到批判的形势下，人们对这两篇作品基本上是先定调，后批判，断章取义、上纲上线、极尽嘲讽的。《王实味传》在王实味冤案正式平反、尘埃落定之后，不仅认真梳理、剖析了这些盈车累筐的批判文章的偏激、错误之处，而且正面评价了王实味的杂文。传记对《野百合花》的评价如下：

> 《野百合花》是王实味惟一的一篇针对解放区的现实予以批评的杂文。杂文除了《前记》外，共有四节，第一节，《我们生活里缺少什么》指出当时延安青年中"生活得有些不起劲"、"肚子里装得有不舒服"的原因并不是像有人认为的是因为生活困难或者缺少异性、生活单调等原因，接着，王实味正确估计了当时大批青年奔赴延安是"抱定牺牲精神来从事革命，并不是来追求食色的满足和生活的快乐"。……
>
> 杂文第二节，以《碰〈碰壁〉》为小标题，这是针对《解放日报》1942年2月22日"青年之页"第12期《语丝》栏目中一篇署名刘辛柏的文章《碰壁》而发的。认为不能简单地对青年人的"牢骚"、"叫嚷"、"不安"给以否定，认为青年的可贵在于他们"纯洁，敏感，热情，勇敢""充满着生命的新锐力"。……
>
> 第三节，是《"必然性""天塌不下来"与"小事情"》。主旨是说仅仅承认黑暗存在的必然性还不够，重要的是防止或消灭黑暗，即便黑暗是"小事情""天塌不下来"，也不是放任黑暗的理由。
>
> 文章的第四节《平均主义与等级制度》，这一节是此文最具争议也是批判者们攻击点最集中的。但从文章本身来看，王实味绝非绝对平均主义者，更没有无原则地去反对等级制度的合理存在，他只是强调在艰苦的革命岁月，要依照"一切应该合理与必要的原则来解决问题"，反对那些"不见得必要与合理"的地方。[①]

[①] 黄昌勇：《王实味传》，河南人民出版社2000年版，第152页。

如果说上述段落主要是在正面介绍《野百合花》的具体内容的话，那么下面的一段议论则是针对该文作为杂文的特点而言，认为它的某些尖刻用语是必要的。《野百合花》在当时受到多数人的批判，主要是因为人们先入为主，带着偏见去阅读它才造成了对王实味思想的误解。传记写道："不可否认，在此文中，王实味的确在个别地方用语相当尖刻，有些材料也许并非是事实上有的，但杂文这一文体的本身特点，就要求它不可能四平八稳、方方正正，它所取材也不必是生活中普遍存在的，它可以以生活中哪怕是刚刚出现的不良或缺点作为讽刺对象。……此文作者还是以说理为主，其态度是诚恳直率而坦白的，希望延安革命根据地变得更好的热望是迫切的。"① 这里充分肯定了《野百合花》自我批判的力量和作者对革命的赤诚，实质上指出了王实味才是真正的思想者，那些批判该作品的人多数是人云亦云，缺乏自己的思想。

此外，对于延安时期乃至今天，文艺界理论界对《野百合花》的错误批判，传记进行了一一辨析。比如，有人批判王实味歪曲了延安生活。对此，传记指出艺术描写与生活中的具体真实并不能完全等同，作家通过综合等艺术手法创造一些形象是许可的。将生活中是否有这样的事实与作品进行比较，是一种违背艺术规律的批评。

(二) 对《野百合花》事件的辨析和反思

王实味因为《野百合花》而贾祸。对于《野百合花》事件，《王实味传》在史料的开掘及其认识上有一些新的贡献，这具体表现在如下几个方面：

1. 指出了《野百合花》在延安文学新潮中的保守位置

传记叙述了1941—1942年期间延安兴起的一场新的文学思潮。这场文学新潮以杂文为主要形式，以讽刺暴露为目的，其代表性报纸及活动有：《解放日报》文艺栏、按期出版的墙报《轻骑队》，各种整风壁报如《矢与的》《西北风》《驼铃》《新马兰》等，还有画家华君武、张谔、蔡若虹组织的"讽刺画展"等。传记认为在这样的文艺新潮中，王实味其实并不是主导

---

① 黄昌勇：《王实味传》，河南人民出版社2000年版，第152页。

潮流的人物。他没有赶上潮头，只是意外地被颠上了浪峰。"王实味这两篇杂文发表时，丁玲的《我们需要杂文》《三八节有感》，艾青的《了解作家，尊重作家》，罗烽的《还是杂文的时代》等重头文章都已经发表在先。……后来，有人批判王实味时说，'那时和王实味相呼应的，就有丁玲、陈企霞、萧军、罗烽、艾青等人'，而事实与这一判断则恰恰是相反的。"[①] 传记通过注释说明这里的"有人"是指林默涵，他在1958年第2期的《文艺报》上发表的《王实味的〈野百合花〉》中说了与事实不符的话。

根据传记的记述，事实应该是：王实味并不是延安文艺新潮的潮头，而只是它的浪峰。王实味是在延安文艺整风运动开展之后，由于种种复杂因素的综合而成为被重点批判对象的。如果说有呼应的话，是王实味呼应了丁玲、陈企霞等人。因为丁玲、陈企霞等人的文章在先，王实味的文章在后。传记作者认为，从艺术力量上来看，王实味的两篇杂文在延安文学新潮中无人堪比。但是，若从其思想、意识上来分析，似乎没有太多的新识卓见。他与丁玲关于歌颂与暴露的关系实质的论述是非常一致的。与罗烽、萧军等人的要求作家拥有创作自由比起来，王实味似乎比他们都要保守些。然而，丁玲、艾青、罗烽、萧军等在整风运动中都过了关，只有王实味遭了批判。传记对《野百合花》在延安文艺思潮中的位置的辨析，不能不让我们思索事件的复杂性。

2. 分析了王实味本人性格的弱点对其命运的影响

传记指出，1942年3月，中央研究院整风检查工作动员大会上，王实味对于罗迈（李维汉）的发言激烈反对，认为罗迈的补充意见，活现了家长制作风。他要求实行民主选举。后来，在壁报《矢与的》上，王实味又书面向罗迈提出意见。李宇超、梅洛两人发表文章与王实味论争，王实味再做回应文章《答李宇超、梅洛两同志》，这次，在文章中他承认了自己骂人的错误。对此，传记指出了王实味性格中冲动、粗鲁的一面："王实味在壁报文章中也承认了自己在动员大会上对罗迈使用了'辱骂'的言辞，愿意接受批

[①] 黄昌勇：《王实味传》，河南人民出版社2000年版，第145页。

评。但是，王实味在如此公开的场所对身为中央宣传部副部长的罗迈近乎谩骂的做法的确超出了人之常情，这也可能是梅洛等文章把这次争论朝宗派主义方面理解的基础。王实味使用带有对人格伤害的言语正是他性格中弱点的又一次大暴露。"① 此外，传记对于王实味忽视来自毛泽东的意见（由胡乔木传达）这一事实给予了记载，对于温济泽《斗争日记》所记"王实味最初不接受这些劝告，拒不参加会议，甚至向组织提出退党声明，声称要走'自己所要走的路'"② 的倔强也进行了如实转述；对于王实味夫人刘莹对王实味脾气暴躁、神经质、具有他人少有的自信等个性的评价也给予了记述。总之，传记对于王实味那种"天子呼来不上船，自称臣是酒中仙"的李白式的狂放不羁给予了如实反映。显然，传记作者认为王实味本人桀骜不驯的性格也是他在整风运动中成为批判靶子的重要原因之一。

3. 明确指出丁玲、艾青对王实味的妄自批判

关于丁玲对王实味的批判，传记做了同样的毫不隐讳的披露，而且指出在 1942 年 6 月 11 日的座谈会上，第一个站起来发言的是丁玲，她指出王实味问题是一个反党的政治问题，王实味是个为人卑劣、小气、反复无常、善于纵横捭阖的、阴谋破坏革命的流氓。她号召大家要打落水狗。丁玲的这一表现在诸多丁玲传中很少有写得如此详细的。

传记记述了艾青在批判王实味的座谈会上的发言，认为艾青的发言是引人瞩目的，也是不可思议的。艾青的发言如果与他的杂文《了解作家，尊重作家》比较起来读，真可谓天壤之别，不到两个月的时间，转变竟如此之大，让人惊讶不已。他自然先给王实味戴上大帽子，然后对王实味的文章大加挞伐，说批评者要从事物的发展中和全面比较中看问题，他说"延安的一些缺点假如要和另外的地方一比，就等于拿蚂蚁比水牛了"，并认为王实味的杂文应是发表在重庆的《良心话》上。艾青还说："王实味的文章充满着阴森气，当我读到它的时候，就像走进城隍庙一样。王实味文章的风格是卑

---

① 黄昌勇：《王实味传》，河南人民出版社 2000 年版，第 176—177 页。
② 温济泽：《斗争日记——中央研究院座谈会日记》，《解放日报》（延安）1942 年 6 月 28 日。

下的……他把延安写成一团黑暗，他把政治家与艺术家、老干部与新干部对立起来……手段是毒辣的。这样的'人'，实在够不上'人'这个称号，更不应该称为'同志'。"①

为了说明艾青在整风运动之前与之后态度的巨大变化，传记对艾青在延安文学思潮前期所发表的杂文中的部分段落做了专门引证：

> 作家并不是百灵鸟，也不是专门唱歌娱乐人的歌妓。……
>
> 希望作家能把癣疥写成花朵，把脓包写成蓓蕾的人，是最没有出息的人——因为他连看见自己丑陋的勇气都没有，更何况要他改呢？
>
> 愈是身上脏的人，愈喜欢人家给他搔痒。而作家却并不是喜欢给人搔痒的人。
>
> 等人瘙痒的还是洗个澡吧。有盲肠炎就用刀割吧。有沙眼的就用硫酸铜刮吧。
>
> 生了要开刀的病而怕开刀是不行的。患伤寒症而又贪吃是不行的。鼻子被梅毒菌吃空了而要人赞美是不行的。②

由此可以知道艾青在对待杂文的态度上的急剧转变。他刚刚提倡过杂文创作，继而又厉声讨伐王实味的《野百合花》，传记认为这是颇具讽刺意味的。对于艾青批判王实味一事，无论是徐刚的《艾青传：诗坛圣火》、周红兴的《艾青传》、程光炜的《艾青传》，还是骆寒超的《艾青评传》，都没有给予记述，只有黄昌勇的《王实味传》给予了正面披露。艾青的批判文章《现实不容歪曲》就发表在1942年6月24日的《解放日报》上，然而，许多"艾青传"视而不见，写延安时期的艾青时，只强调他如何被毛泽东邀请谈话，对于其随政治风向而动的行为进行了回避。黄昌勇实事求是的写作态

---

① 黄昌勇：《王实味传》，河南人民出版社2000年版，第213页。（艾青的原话出自《现实不容许歪曲》，《解放日报》1942年6月24日）

② 黄昌勇：《王实味传》，河南人民出版社2000年版，第148页。（艾青的原话出自《了解作家，尊重作家》，《解放日报》1942年3月11日）

度受到了《中国二十世纪传记文学史》一书的高度称赞："可贵的是，作者本着对历史负责的精神，如实写出了罗迈（李维汉）、周扬、艾思奇、贺龙、朱德、丁玲、艾青等人在这些错误的批判中的各种表现，而不为尊者讳。"①

总之，黄昌勇的《王实味传》正式确立了王实味文艺家的身份。延安时期，有人在批判王实味时，认为王实味算不上什么文艺家，因为王实味除了一些杂文外，没有什么小说、诗歌。对于这个问题，该传以王实味在20年代创作的大量文学作品给予了有力的回答。传记认为王实味不仅有翻译作品，更有优秀的小说创作，他称得上是一个文艺家。

该传促使人们思考文艺与政治的关系问题。刘莹在《沉痛的诉说，无尽的思念》一文中所说，她所看到的几部现代文学史关于王实味的记述都把他认作托派奸细，这使她感到非常沉痛。黄昌勇的《王实味传》给王实味的家属带来了欣慰。该传第一次完整立体展现了王实味的人生，以扎实深入的史料说明了《野百合花》事件的来龙去脉，使读者明白了王实味虽然受托派思想影响但从来没有加入过托派组织、不是托派分子这一事实真相。传记的这一澄清事实的工作不仅恢复了王实味的历史清白，而且对于思考政治大变革中知识分子命运问题大有裨益。悲剧不仅属于个人，更属于历史。这就是黄昌勇的《王实味传》作品解读的价值所在，该传不仅从中考察出了传主的身世经历、文学史地位，还促使人们思考传主因文贾祸悲剧命运的根本原因。这正是鲁迅所讲过的"文艺与政治的歧途"的永恒命题。鲁迅说："这种文学家出来，对于社会现状不满意，这样批评，那样批评，弄得社会上个个都自己觉到，都不安起来，自然非杀头不可。但是，文艺家的话其实还是社会的话，他不过感觉灵敏，早感到早说出来（有时，他说得太早，连社会也反对他，也排轧他）。……文艺家在社会上正是这样；他说得早一点，大家都讨厌他。政治家认定文学家是社会扰乱的煽动者，心想杀掉他，社会就可平安。"② 文艺和政治的冲突似乎是个宿命。文艺与政治相互制约、相互影

---

① 郭久麟：《中国二十世纪传记文学史》，山西人民出版社2009年版，第272页。
② 鲁迅：《文艺与政治的歧途——十二月二十一日在上海暨南大学讲》，《鲁迅全集》第7卷，人民文学出版社2005年版，第118页。

响。文艺在一定意义上势必要干预政治，但政治在社会生活中常常居于优先地位，而文艺往往是从属性的。王实味的文艺生涯就是一个生动的例子。

第四节 《路翎传》原型考证的价值

记述作家的人生经历是作家传记的重要内容之一，而作家创作的内容往往与其自身经历有种种密切的关系，大部分散文作品本身就是作家生活的真实记录，即便是小说、戏剧，也往往有着作家生活、思想的印记，优秀的艺术作品更是具有这一特征。作品中的人物身上往往具有作家自己的影子，因此，许多传记作者在考证作家身世的时候，不由自主地会用其作品中的人物身世来推测和比对。同时，也会用传主的经历、命运来与其作品中的人物进行对比，有时还拿传主身边的人物来与作品中的人物对号入座。这样的探究工作其实就是为小说中的人物寻找生活原型。因此，许多作家传记在考察传主身世的过程中，对其作品中的人物会有新的发现和认识，对作家本人的创作思想、创作手法等都会有深层次的揭示。朱珩青的《路翎传》就是这样一部传记。

朱珩青的《路翎传》在叙述路翎的出生地、年龄、生父、经历的过程中，对路翎的小说《财主底儿女们》《谷》《云雀》等的人物原型和故事原型都做了扎实的考证。特别是对其家族小说《财主底儿女们》中的主要人物的生活原型进行了逐一的考证和分析，列出了这部小说的人物原型谱系图，还绘制了路翎出生地的院落结构示意图。所有这些考证对于路翎本人及其创作思想的研究都极有帮助。比如，这种考证纠正了过去文学史中关于路翎出生于南京的错误（例如，杨义《路翎传略》中写的就是路翎出生在江苏南京[①]），也明确了路翎的出生日期。该传明确指出路翎出生于苏州，而且就在他以后所写的小说《财主底儿女们》中所描写的蒋家的院子里。该传指出路翎的出生年月在不同版本的书、刊中比较混乱的原因是1922年的狗属一

[①] 杨义等：《中国现代文学史资料汇编（乙种）》，北京十月文艺出版社1993年版，第3页。

直延伸到 1923 年的 2 月 15 日。传记明确指出路翎是 1923 年 1 月 23 日（阴历是 1922 年腊月初十）出生，属狗。① 这样的考证廓清了以往人们在此问题上的模糊认识。

讨论朱珩青的《路翎传》，不能不提及刘挺生出版于 1999 年的《思索着雄大理想的旅行者——路翎传》。由于这部传记是作者此前的研究著作《一个神秘的文学天才——路翎》的副产品，关于路翎的创作成就，作者在其研究著作中已有论述，所以传记就把写作重心放在了对路翎命运的描述上。该传主要叙述了路翎悲剧的一生，详细叙述了路翎与胡风的交往以及在受压制、受批判时所做的一系列反抗行为，揭示了造成路翎悲剧命运的复杂原因。与刘挺生的《路翎传》相比，朱珩青的《路翎传》不仅揭示了路翎的悲剧命运，而且对路翎主要作品中的人物原型进行了细密的考证。下面具体谈谈《路翎传》的考证成果及考证的意义。

一、关于《财主底儿女们》的原型考证

（一）对人物原型的考证

路翎，一个有着显著创作成就而又历尽苦难的作家，他有着强劲的文学创造力，他信奉文学特有的改良人生的目的。而具有讽刺意味的是，视写作为生命的他却遭受了巨大的困厄。给这样一个富有巨大悲剧性的人物写传自然是难的，这样的传记不是随便谁都能写好的。王得后在《路翎传》的序言中认为朱珩青的文字有骨头，有血性，因此由她来写《路翎传》，很得人。而且，王得后高度肯定了《路翎传》的史学性追求："她像鲁迅《写于深夜里》为一位无名的木刻青年和他的一幅无名的木刻'立传'那样，为路翎立传。……我们中国人的为人立传，有撰史的传统，有作文的传统。撰史的传统是'实录'，作文的传统有'谀墓'。珩青走着撰史的路。"② 为了求得历史的真实，朱珩青就路翎出身问题的调查是颇费了一番心思和周折的。首

---

① 朱珩青：《路翎传》，大象出版社 2003 年版，第 173 页。
② 王得后：《路翎传·序二》，朱珩青《路翎传》，大象出版社 2003 年版，第 4 页。

先，她对路翎在出身问题上模棱两可的态度是理解和同情的。在路翎的三舅提供的关于路翎家谱的大量事实材料面前，路翎在 1990 年 4 月回复三舅的信中仍不愿意明确承认自己的真实出身，而来了个模糊应答。对此，三舅曾经愤怒而伤心："受人愚弄是不易醒悟的。何况是受了自己尊敬的祖母与母亲的隐瞒呢！须知他们是有隐痛和歉疚的。所以出此下策。我很遗憾！"① 为了考察路翎在自己出身问题上的真实心理，传记指出了北京市中级人民法院在 1979 年和 1980 年对路翎的刑事判决书中"出身"一栏内容的前后变化：1979 年的判决书上写的是江苏南京人，地主兼资本家出身；1980 年的判决书上去掉了"地主兼资本家出身"的内容。关于路翎对出身的模糊应答心理，传记的分析是这样的：

> 经过了 20 多年的折腾，又经过了两次艰难的平反，才把"地主兼资本家出身"这可怕的头衔拿掉，现在又要再戴上去！他可是为了这"地主兼资本家"受尽了折磨的。在监狱中，每次提审他时，除了"胡风反革命罪"外，还要他交代"地主兼资本家出身"的黑心，还要"深挖阶级根源"。……"地主兼资本家"出身的可怕，实在不是经历了 20 年监狱的煎熬，又进入风烛残年凄凉晚景中的路翎所能承受的。于是，他只能"出此下策"，来一个"模棱两可"。②

在 1994 年，路翎去世后一年多，朱珩青采访路翎的三舅蒋继三的时候，对他讲述了自己对路翎回避真实出身这一行为的理解。理解归理解，写传还要尊重事实。作为一名严肃的传记作者，朱珩青在路翎在世的时候，就一丝不苟地揭开了路翎出身之谜，从而也揭开了《财主底儿女们》这部传世之作的谜底。在蒋继三、傅玉华的支持和帮助下，朱珩青获得了蒋继三提供的《财主底儿女们》中的主要人物原型的生活实况。根据《路翎传》所提供的

---

① 朱珩青：《路翎传》，大象出版社 2003 年版，第 157 页。
② 朱珩青：《路翎传》，大象出版社 2003 年版，第 158—159 页。

材料，下面列出小说中的主要人物与现实生活中的人物的对应关系，表格中第一行是小说中的人名，第二行是现实生活中的人名：

蒋捷三	蒋淑华	傅蒲生	蒋淑媛	王定和	蒋慰祖	金素痕	蒋少祖	陈景惠	蒋纯祖	蒋秀菊
蒋学海	蒋慰文	傅蒲生	蒋淑媛	王复炎	蒋慰祖	陆素珩	蒋邵祖	陈韵梅	蒋绳祖	蒋静秋

由这两组人名可以看出，路翎的《财主底儿女们》中所采用的大部分的人物名字与现实生活中的人物的名字大同小异，比如有的完全是同一个名字，如傅蒲生、蒋淑媛、蒋慰祖；有的只相差一个字，而且是谐音字，比如蒋少祖与蒋邵祖；还有的是名字中有一个字重叠，另一个字的读音近似，如金素痕与陆素珩，这里的"珩"很可能转音念成"痕"了。因此，仅仅由传记所示出的这些人物原型的真实姓名，就可以大致推测出《财主底儿女们》的写实性。更不用说传记还详细出示了这些人物的生活实况，而且传记还指出了小说中的人物命运与现实中的人物命运的细微差别。如传记对蒋慰祖夫妇生活实况的记录是：

蒋慰祖《财主底儿女们》大哥蒋慰祖的原型

蒋慰祖（1906—1936），字伯尧，乳名申宝。蒋家全家的心肝宝贝。因母亲早逝，由李氏夫人抚养长大。就读于东吴大学，未毕业。19岁结婚，妻子是画师也是讼师陆筱川之女陆素珩。蒋学海为儿子结婚，在后院建了花园的洋房，全套的红木家具。请裁缝赶制了四季衣服。专请了首饰匠打了许多首饰。蒋慰祖婚后有过一段美好的生活，生有三子。不久闹起了财产纠纷。蒋慰祖的疯狂、逃跑，蒋学海的千里寻子，都被路翎非常真实而艺术地写进了《财主底儿女们》。仅一点不同的是，蒋慰祖是病死在南京下关的一间小屋子里，而不是投河自杀。

陆素珩《财主底儿女们》大嫂金素痕的原型

陆素珩（1908—？），生于南京。相貌平平，但有一张利嘴。她与其父陆筱川，是那场著名的财产纠纷的获利者。蒋慰祖死后一年（1937年），陆素珩改嫁刘姓的军官，去了重庆，把她与蒋慰祖生的三个儿子丢在了沦陷区。抗战后，仍继续打那场官司，直到解放后，经人民政府调解才告了结。"文革"中自杀身亡。对此人，《财主底儿女们》有入木三分的描写。①

上述材料的展示让我们充分领会了小说与现实的区别与联系。特别是，我们可以通过对小说人物与原型人物生活境遇的差异对比，考察路翎的艺术创作观，认识路翎的作品是如何尊重生活而又超越生活的。因此，传记所提供的这部分关于《财主底儿女们》中的主要人物的生活原型的资料十分宝贵，特别是其中对于小说人物与原型人物的差异的叙述，对于深入研究和认识《财主底儿女们》的主题意义很有帮助。如传记关于小说中二嫂陈景慧的原型陈韵梅的叙述是"陈韵梅是一个非常朴实能干的人，与《财主底儿女们》里的陈景慧有很大差别。"②对于蒋纯祖的原型蒋绳祖的记述是："蒋纯祖虽早已自食其力，然而仍因他是蒋家的后代，不断地受到刁难。'文革'期间，曾以《财主底儿女们》里的'三少爷'的身份遭到批斗。……对于蒋纯祖这个人物，路翎是将他的理想、追求都注入进去了的，与他的原型蒋绳祖有很大的差别。当然，也有不少相似之处。比如，蒋绳祖经历的坎坷，对生活的认真，以及他的坚忍不拔的性格。至于与几个姑娘恋爱，那是没有的。"③从这样深入的对比就可以看出路翎在《财主底儿女们》所寄予的人生理想。

对于路翎的创作追求，传记给予了进一步的阐述："对于路翎来说，他不想把人物政治化、标准化，又不能拘泥于人物的原型状态。如他所说，要写出人物的多面性来。他确实是这样做的。《财主底儿女们》的情节基本上依据蒋氏家族兴衰的情况发展而来。下卷主要是作者自己生活理想的表述，

---

① 朱珩青：《路翎传》，大象出版社2003年版，第163—165页。
② 朱珩青：《路翎传》，大象出版社2003年版，第165页。
③ 朱珩青：《路翎传》，大象出版社2003年版，第165—166页。

还有朋友们的影子，比如孙松鹤。"① 这里所讲的孙松鹤实际上是方管（舒芜）的一个朋友，后来也成为路翎的朋友，方管曾向路翎讲述孙松鹤的恋爱故事。这段话深刻揭示了路翎的艺术创造力，他准确而自如地处理了生活与艺术的关系，创造出了传世之作。也正因有如此认识，传记在评价路翎晚年写的那些难以发表的作品时，能够尖锐地指出路翎由于长期坐牢而精神时间停滞所造成的对作品的戕害："没有思想高度的文章不会是好文章，不感受到生活脉搏的跳动的文章不会是好文章，没有经过独立思考，没有经过体验的生活是平庸的，特别是还要刻意追求'革命化'，那简直就是虚伪，不会为读者喜欢的。"② 这些话坦直地道出了路翎晚年大部分作品不能发表的主要原因，实际上也给出了衡量优秀作品的标准，显示了一位编辑家的眼光和胆识。

传记还出示了蒋纯祖的原型蒋继三给作者的文章《我的身世——兼议路翎》，其中提到了路翎的生父赵振寰的状况：身体健壮，性格爽朗，爱说爱笑，爱讲故事。赵振寰入赘徐家，行医为生，1925年夏自戕。这样的记述与路翎自述的身世是有出入的。正是从这出入中，我们才更加了解路翎及其作品的成因。这就是该传揭示作品人物原型的现实意义。

（二）对情节原型的考证

传记不仅一一指出了《财主底儿女们》中主要人物的原型，而且对于小说中的一些主要情节也结合路翎经历的真实生活给予分析和考证。传记写道，路翎少年时代经常随祖母蒋秀贞到乡下收债。祖母靠了娘家的接济，手头有一点积蓄，有时贷给一些穷人。秦淮河的收账，使少年路翎深刻感受到了下层人民的不幸与苦难，同时又受到了关于"善良"的教育：

> 秦淮河的水发绿、发臭，一只船停在岸边，毫无动静，"没有丝毫生命的表征"。船里只有一个不懂的、哮喘着的"赤裸裸、骨棱棱的、

---

① 朱珩青：《路翎传》，大象出版社2003年版，第167页。
② 朱珩青：《路翎传》，大象出版社2003年版，第79页。

焦黑而弯曲的上身","颤动着的流着涎水的嘴、浮肿的脸"。姑妈看见借贷者如此狼狈的情景,她流下了眼泪,口里说着"我来看你",一边掏出钱袋,数出两块钱。"陆明栋,带着极大的虔诚,和极单纯的少年的谦逊,走上了踏板,把钱交给了那只可怕的肿着的手,觉得这只手有某种神圣,在心里怀着敬畏,交了钱。他站在踏板上,以闪烁的眼睛顾盼,他觉得这个世界是起了某种变化了。"这时候,姑妈似乎想起了自己本来是来收债的。"走,死囚!来要债反贴本!人家知道了又说我不中用!不准告诉人,知道不知道!"[1]

朱珩青认为,这段《财主底儿女们》的场景完全可以看成是路翎的真实经历。其中的陆明栋就是路翎,姑妈就是路翎的祖母蒋秀贞。关于《财主底儿女们》的自传色彩,传记列举了小说中许多与陆明栋有关的情节,并对照路翎的童年经历来加以印证。再如传记认为小说中蒋纯祖和陆明栋心灵角逐的那一段就可以看作是路翎与大他七八岁的三舅之间的生活片段的升华:

  蒋纯祖更骄傲些,统治着陆明栋,要他服从他的热情的法律和不断的、强烈的奇想。陆明栋柔顺地服从他,对他有着一种奇特的爱情。蒋纯祖为这种爱情,这种情欲苦闷,于是和陆明栋吵架了。
  蒋纯祖神圣地沉默着,陆明栋发出了尖锐的欢悦的叫喊,于是蒋纯祖立刻就有了强烈的嫉妒:他觉得这种尖锐的欢悦正是他所神圣地藏匿在心中的。他觉得陆明栋不应该有这种感情,他感到强大的屈辱。
  "他走了。我一个人了!"陆明栋突然哭出了野兽般的声音来。蒋纯祖,这个新兴的贵族,听见了他的奴隶的哭声,不回头,感到快乐。[2]

---

[1] 朱珩青:《路翎传》,大象出版社2003年版,第25页。
[2] 朱珩青:《路翎传》,大象出版社2003年版,第20页。

对于两个少年之间这种互相依恋又互相格斗的复杂感情，尤其是其中细腻的心理描写，若不是亲身经历过，是不可能写到这个程度的。《路翎传》在考察了"路翎从八岁以后，每年暑假都随祖母到龙潭乡下住上半个月到二十天，其间经常与亲戚的孩子们在一起玩耍"这一事实的基础上，做出了上述推测，这种推测是比较可信的。

传记中还引用了路翎的异父弟弟张达明的一段回忆。这段回忆讲的是1937年南京沦陷前，路翎一家逃离南京时的情景：

> 当时，一辆马车焦急地在门前等着，马不时地错着蹄子，全家带着几只网篮，坐在车上。一只猫爬上了车，家人将它赶了下去。这时，大哥（指嗣兴）不知哪里去了，奶奶急死了，四处喊叫着去找他。嗣兴家沿着当年送孙中山的灵柩往中山陵的路线，逆向出了挹江门，到了下关码头，上了船。眼看船就要开了，奶奶和哥哥才乘着一条小船远远地冲这边开来。大家拼命地叫喊、挥手。到此，全家人才松了一口气。①

传记指出，路翎15岁时的这段经历，被他写进了《财主底儿女们》里，就成了小说主人公之一的陆明栋抛开家人投身抗战的一段故事。在那里，不少的"财主底儿女们"离开了家庭，像自由的小鸟飞向了抗战的各条战线。总之，传记的考证结果是：路翎于1923年1月23日出生在苏州，而不是南京。《财主底儿女们》所写的蒋家大院就是路翎的出生地，小说中的陆明栋的原型就是路翎本人。

杨根红在《论路翎小说中的生命原型》中写道："我们说，曹雪芹如果不是出生在一个大家族、大社会环境下，他一定写不出《红楼梦》，这是可以肯定的。同样，我相信，22岁的路翎所以能写出《财主底儿女们》这样的巨作，也绝不是只听他祖母和母亲讲讲过去的事情所能做到的。路翎当然

---

① 朱珩青：《路翎传》，大象出版社2003年版，第32页。

是天才，与他有同样生活的人想写也不一定写得出来。余光中写出一吟诵起就要掉下思念和幸福的泪水的《乡愁》，据他说，只用了二十几分钟。这当然是天才。但他又说，这可是他二十几年思乡的积累。二十几年与二十分钟，这就是社会生活与创作的关系、文化与天才的关系吧。"① 天才只是人们杰出人物的赞美，世上从来没有什么天才，有的只是天赋加勤奋才能创造奇迹这样的事实。朱珩青《路翎传》对路翎身世的考证、对《财主底儿女们》的人物原型和事件原型的考证也正说明了这个问题。《路翎传》把路翎幼年的生活经历与他在《财主底儿女们》中关于陆明栋的描写结合起来，由史观文，再从文入史，说明了《财主底儿女们》的确包含了路翎诸多的少年记忆：

> 嗣兴的外祖母在丈夫死后，又失去了惟一的儿子，只遗一女，于是外祖母即以女代子，招赘女婿，自己当家。于是"外祖母"成了"祖母"。徐家属于"单传"，嗣兴是全家的宝贝。尤其是"祖母"的宝贝，经常带在身边。嗣兴之名，也在图子嗣兴旺的意思。
>
> 祖母去苏州蒋家，经常带着嗣兴，这应当是路翎写出《财主底儿女们》的少年记忆和经验的储备了。对嗣兴来说，去富裕的亲戚家住，在他幼小的心灵上是有着许多压抑的。他每每羞于见"舅爷"，经常是躲在祖母的背后，这在《财主底儿女们》里，是由陆明栋来表演的：祖母让他叫"舅爷"，陆明栋畏缩地站着，脸死白。祖母捣他……进屋之后，"姑妈在火边坐下来，低声谴责孙儿，因孙儿不懂事而痛苦着"。
>
> 蒋家闹财产纠纷时，姑妈也带着孙儿去了。小说中这样写道："'哥哥，亲哥哥，哥哥……'老姑妈在门前激动地喊，小脚乱闪，老姑妈带着12岁的孙儿陆明栋。她和小孩身上都有雪。"②

---

① 杨根红：《论路翎小说中的生命原型》，《乐山师范学院学报》2008年第3期。
② 朱珩青：《路翎传》，大象出版社2003年版，第168—169页。

这里，传记把路翎（嗣兴）小时候跟随祖母到"舅爷"家做客的情形借助小说《财主底儿女们》的描绘展现了出来。

此外，关于路翎作为继子身份的特殊的童年感受，传记通过《财主底儿女们》的一段描述做了淋漓尽致的展示，这一段描写的背景是：在陆明栋决定出走的前一天晚上，他的继父陆牧生表现出从未有的高兴，决定要给他姐弟10元钱：

> 陆明栋流泪了。陆明栋低头，眼泪落到地板上。
> "明栋，你接住吧"。祖母忧愁地看着他。"谢谢你！"陆明栋小声说……是的，他们从来没有这样待我！我们是多么可怜的人啊！我多么负心啊！今天以后，只有死能够报答了……①

传记把《财主底儿女们》的一些生活细节描写摘引出来，与路翎的童年和少年生活进行对比，找到了路翎性格的根源，这不仅不是穿凿附会，而是证据确凿的细密考证，颇有意义。结合路翎的身世自述就会更加相信小说中的上述情节与路翎自身经历的密切关系。路翎在给胡风的信中写到自己备受压抑的童年："这里的家是我母亲底后一个丈夫的家，他是一个公务员，是精神上的赤贫者，有小感情：愤怒、暴躁和感叹。我简直一点也不愿意提起这些，在小学的时候，我就有绰号叫'拖油瓶'，我的童年是在压抑、神经质、对世界的不可解的爱和憎恨里度过的，匆匆地度过的。我在心理上和生理上都很早熟，悲哀是那么不可分解地压着我的少年时代，压着我的恋爱，我现在二十岁。"② 从这段叙述可以感受到童年路翎的性格和思想，从而更加明白朱珩青的这种考证充分证明了路翎并不是什么天才，吹拉弹唱、能言善辩、爱讲故事的生父赵振寰将艺术天赋遗传给了他，魁伟高大、生性执拗的生父赵振寰也给他带来了强健的体魄和倔强的性格。路翎的《财主底儿

---

① 朱珩青：《路翎传》，大象出版社2003年版，第171页。
② 胡风、路翎著，晓风编：《胡风路翎文学书简》，安徽文艺出版社1994年版，第8页。

《女们》只不过写了他所熟悉的家族及其他所熟悉的人物和事件,路翎是依靠独特而富裕的生活积累和生活体验而创作的。

二、关于《谷》和《云雀》的原型考证

结合路翎的生活经历,对作品人物原型进行考证,是《路翎传》的重要特征之一。该传不仅考证了《财主底儿女们》的人物原型,对路翎其他作品如中篇小说《谷》和话剧《云雀》的人物原型也有考证。传记指出《谷》描写了1940年初路翎与李露玲在合川县育才学校时期的一段爱情纠葛。传记认为:《谷》中所描写的庙宇、田地与山谷,都是以当时的育才学校的周围环境为蓝本的,因为育才学校坐落在凤凰山古圣寺、山门前有一片开阔的田地,小说《谷》中故事的发生地与此非常相似。传记还引用了小说中的一段描写来说明这一事实:

> 林伟奇高声喊着:"我把我的尸首交给你!"奔下山岩,跃在一块包谷地里,疯狂地踩倒干枯的包谷,向谷底溪流冲去了⋯⋯
>
> 左莎抱起额角负伤的昏过去的林伟奇。
>
> 俯下她南方型的脸,让她散开的发辫长久地披在林伟奇的脸上,吻着他。
>
> 左莎对他说:"你是有才能的,我知道。你的野心很大。你要去做社会的事业,完全不顾自己。原谅我,伟奇,我不能够这样,我害怕⋯⋯"[1]

朱珩青对路翎作品的熟悉,使她在叙述路翎的生活历程时随时可以联想到其作品中的某些人物和某些故事情节。上述一段引用正是这样。在写路翎失恋的经历时自然想到了《谷》中的一对恋人分手前的这一情节。非常可贵的是,传记不仅揭示了路翎《谷》的人物原型,还分析了它源于生活又高

---

[1] 朱珩青:《路翎传》,大象出版社2003年版,第72页。

于生活的艺术价值:"对路翎来说,把自己的恋爱经历写成一个中篇,是容易的。写恋爱和失恋中恋人的心理冲突,路翎手到擒来。但恰恰是要淡化或部分割去那已经融入血液之中的情思,加进去虽存在却被爱情遮掩的社会因素的驱迫,又是要艺术化了的、有'诗的单纯'的和谐的东西,这是太艰难了。不过,路翎还是做到了。我想,这就是人们所说的'天才'吧。"[1] 这里,传记在分析了《谷》源于路翎的恋爱经历又升华了这种经历的基础上,充分肯定了路翎的艺术创作力。

此外,传记还指出《云雀》以路翎的好朋友阿龙的妻子张瑞为原型,但同时又强调不能简单地把《云雀》看成是张瑞的"本事",因为《云雀》仅仅以张瑞的某些事为载体,而路翎要表达的是知识分子普遍的性格悲剧。传记指出1946年阿龙的妻子张瑞在成都自杀,那时,她与阿龙的孩子刚出生不久。对于张瑞的这种选择,传记认为张瑞是不甘于被社会、被秩序融化,在个人性格刚烈的因素与社会强大力量之间的巨大冲突中,她选择了"死亡"的终端对抗。这也说明了社会对于人的个性的残酷泯灭。这样的深刻认识说明朱珩青对路翎作品的熟悉程度,使得她能够在现实人物与作品人物之间进行深入对比。这样的对比有助于读者认识路翎关于死亡描写和心理描写的现实生活来源。传记还认为《云雀》中的王品群有路翎在育才学校时的朋友姚抡达的影子。小说中王品群对朋友李立人的妻子陈芝庆说道:"你原来是一只云雀,可是现在,你在这个巢里面!"(意思是变成了一只母鸡)这段话颇似现实生活中姚抡达劝李露玲不要埋没在乡村的说法。《云雀》中的王品群最终带走了这只"云雀",生活中的姚抡达的确带也走了李露玲。从人物的言行到故事的结局,传记把《云雀》与路翎的生活经历联系在了一起。由此可见朱珩青对作品人物原型的考证是如何的细密。朱珩青《路翎传》对《谷》和《云雀》的原型考证具体说明了艺术是如何源于生活又高于生活的:小说中的人物与情节与其生活原型之间是有距离的;为了展现主题,小说中的人物及情节的设置往往有对生活原型变形的地方。

---

[1] 朱珩青:《路翎传》,大象出版社2003年版,第91—92页。

三、《路翎传》原型考证的价值

20世纪20年代末至30年代初，中国诞生了史料学派，其代表人物傅斯年曾说："史学便是史料学。"① 在史学研究中，他强调实证而忌讳空论，他在《〈史料与史学〉发刊词》中明确指出："本所同人之治史学，不以空论为学问，亦不以'史观'为急图，乃纯就史料以探史实也。史料有之，则可因钩稽有此知识，史料所无，则不敢臆测，亦不敢比附成式。"② 他还说："我们反对疏通，我们只是要把材料整理好，则事实自然很明显了。一分材料出一分货，十分材料出十分货，没有材料便不出货。"③ 他认为史学家的责任就是"上穷碧落下黄泉，动手动脚找东西。"④ 意在强调材料作为证据在史学研究中的重要性。无疑，材料是一切推理、论断的重要依据，一切的判断都必须建立在材料的基础上。新材料的发掘是新观点出现的重要前提。从这一层面上说，傅斯年的话反映了他的科学史观，有其积极意义。传记虽然不是史学研究，但是它具有史学的写实特征，同样要求材料的实证性。史料是传记写作所必须取资和借鉴的材料。路翎自己在《路翎书信集年谱》中谈到过《财主底儿女们》以祖母的亲戚家的故事为素材。朱珩青的《路翎传》以自己调查所获得的材料更加具体化了路翎的说法，比如，传记出示了"蒋家族谱"及《财主底儿女们》中主要人物的生活原型的资料，这些资料至少为我们确认《财主底儿女们》是有故事原型和人物原型的这一论断提供了另一种证据。所有这些证据都说明小说中所写的人和事的确有许多是路翎亲身经历和亲眼见过的。

---

① 傅斯年：《史学方法导论·史料略论》，《傅斯年全集》第2册，（台北）联经出版事业公司1980年版，第9页。
② 傅斯年：《〈史料与史学〉发刊词》，《傅斯年全集》第4册，（台北）联经出版事业公司1980年版，第276页。
③ 傅斯年：《历史语言研究所工作之旨趣》，《傅斯年全集》第4册，（台北）联经出版事业公司1980年版，第262页。
④ 傅斯年：《历史语言研究所工作之旨趣》，《傅斯年全集》第4册，（台北）联经出版事业公司1980年版，第264页。

朱珩青的《路翎传》在史料上所下的功夫是显而易见的。它不是简单的现有资料的剪裁与汇编，而是躬身调查、实地采访的结果。她的传记写作过程很像科学考察，首先是熟读资料，其次是实地采访，并对现有资料中错漏的地方进行修正和补充完善。另外，她几乎阅读过路翎的全部作品，包括大量未刊稿。她在出版社工作，负责路翎照片的选编工作，编辑出版了路翎的大量作品。因此说，她是在熟悉路翎作品的基础上萌生写作《路翎传》的想法的。而且她与路翎及其家人有了十分亲密的接触，获得了大量一手资料。她还走访了几十位熟悉路翎的人，考察了路翎曾经生活过的许多地方，获得了路翎本人所回避的一些信息资源，比如路翎"地主兼资本家"出身的档案记录信息等。她的《路翎传》展示了许多探秘的过程，揭示了许多谜底，既有事实，又有推理和分析，颇有《福尔摩斯探案记》的味道，有很强的可读性。可以说，该传的每章都是一篇逻辑严密的论文。该传原型考证的重要价值在于为证明路翎作品的自传性提供了切实的证据，同时也为"文学作品源于生活而又高于生活"做了很好的注脚。

第五节 《曹禺传》戏剧史视角的专业考察

田本相的《曹禺传》最早于1988年由北京十月文艺出版社出版，以后又多次修订出版。该传采用作者亲自调查采访所获得的大量的一手材料讲述了曹禺这位"中国的莎士比亚"的人生传奇。尽管这部传记对曹禺的人格没有全面揭示和反映，存在着种种遗憾，但是这部传记在对曹禺剧作的认识上却非常专业，它系统地评价了曹禺的经典作品，更为重要的是，它把曹禺所取得的戏剧成就与扶植其成才的戏剧家张彭春联系起来，与南开剧团这块培育戏剧人才的沃土联系起来，使人们看到曹禺作品的经典性是有深厚历史渊源的，曹禺只不过是站在了巨人的肩膀上，曹禺的作品是中国戏剧发展进程中的一环。

一、对曹禺戏剧作品价值的独特发现

田本相的《曹禺传》对曹禺每部重要戏剧作品都给予行家点评,指出其得失。下面主要考察田本相对曹禺《雷雨》《日出》《家》《北京人》的创作成就的独特发现。

(一) 对《雷雨》的故事深刻性、戏剧结构、人物刻画的高度评价

对于《雷雨》,田本相不仅指出了它在编织故事上受到了希腊悲剧、易卜生戏剧,甚至佳构剧的影响,更重要的是他指出了《雷雨》在故事的深刻性上以及在戏剧结构、人物塑造、戏剧语言上的独创性。在故事的深刻性上,田本相指出:"曹禺的独创之处,在于他在这些纠缠着血缘关系和令人惊奇的命运巧合中,深刻地反映着现实的社会内容,以及斗争的残酷性和必然性。周朴园明知鲁大海是自己的儿子,但却不以亲子关系而放弃开除鲁大海的念头,残酷的阶级关系把骨肉之情抛至九霄云外。侍萍明知周萍是自己的儿子,却不能相认,而且她也深知周萍不会认她是母亲。当时的曹禺并不是阶级论者,但这种真实的描写,是把严酷的人生真实相当深刻地描绘出来。"[1] 田本相认为《雷雨》中的这种命运悲剧不同于希腊悲剧中人类童年时代对命运的神秘感,也不同于易卜生戏剧中的"自然法则",而是把日常生活中残忍的阶级压迫戏剧化了,反映了历史的必然性。

对于《雷雨》的戏剧结构,田本相更是以一个戏剧理论家的眼光指出了曹禺的独创性。他认为曹禺在《雷雨》的结构建构上,比他的前辈和同时代剧作家要高明很多。他说:"对写过剧本的人来说,大概体验最深也觉得最困难的是搞戏剧的结构。特别是一出多幕剧的结构,真是谈何容易。《雷雨》那么复杂的人物关系,纠集着那么多矛盾,集聚着那么多内在的容量,一部《雷雨》都是巧合。没有多少拖泥带水的东西,一切都又是顺乎自然的。看看'五四'以来的剧本创作,还没有一个人像曹禺写出这样一部杰出的多幕剧,在戏剧结构上这样高超,这样妙手天成。一幕看完,让观众瞪大

---

[1] 田本相:《曹禺传》,东方出版社 2009 年版,第 165 页。

了惊奇的眼睛巴望着第二幕、第三幕。他把几条线索交织起来，错综地推进，一环套着一环，环环相扣，并非完全没有丝毫雕饰的痕迹，但就其严谨完整来说，在中国话剧史上也堪称典范。故事发生在不到24小时之内，时间集中，地点也集中，为了这个结构，他费了好大的劲儿，不是把一切都能想个明白，想个透彻，是搞不起来的。"①这里点明了曹禺在《雷雨》创作上所下的功夫，指出了《雷雨》的结构特点：时间、地点集中，线索交织，剧情发展合乎逻辑等，认为《雷雨》是五四以来结构最为高超的剧作。

同时，田本相还高度肯定了《雷雨》的人物刻画，认为其中的8个人物，个个栩栩如生，在新文学的人物画廊中，独树一帜。《雷雨》的戏剧语言是迷人的。对于外来戏剧形式的接受，最困难的是能否形成一种为中国人所欣赏的戏剧语言。《雷雨》创造了一种具有高度戏剧性的文学语言，具有丰富的潜台词，又富于极强的抒情性，人物的每一句话、每一个字都是有色彩和容量的，有一种逗人的诱惑力。②在此，田本相以中外戏剧对比的宏阔视野，从戏剧是否既能供演出又能供欣赏的角度对《雷雨》进行了评价。

（二）强调《日出》第三幕的重要作用

针对关于《日出》第三幕的批评意见，美籍教授谢迪克认为《日出》的"主要缺憾是结构的欠统一。第三幕本身是一段极美妙的写实，作者可以不必担心观众会视为浮荡。但这幕仅仅是一个插曲，一个穿插，如果删掉，对全剧毫无损伤。即便将这幕删去，读者也还不容易找到一个清楚的结构"③。传记写到，1937年，由欧阳予倩导演的删去了第三幕的《日出》在上海卡尔登大戏院公演。演出结束后同演员及舞台工作人员晤面时，曹禺直率地说，把第三幕删去是太可惜了。为此，曹禺还在《大公报》上发表了《我如何写〈日出〉》，指出《日出》的第三幕无论如何应该有。挖了它，等于挖去《日出》的心脏，任它惨亡。他还陈述了第三幕写作时那种寝食不安的情况。为了把第三幕搬上舞台，他自己做导演，组织剧校学生来排演《日

---

① 田本相：《曹禺传》，东方出版社2009年版，第166页。
② 田本相：《曹禺传》，东方出版社2009年版，第169页。
③ 田本相：《曹禺传》，东方出版社2009年版，第222页。

出》。① 对于曹禺坚持保留第三幕的种种努力，田本相给予了充分肯定："尽管由于演员阵容较弱，效果不够理想。但是，曹禺那种执意把四幕《日出》全部排出来的艺术信念始终未曾动摇过，表现了他高度的艺术自信心。后来的艺术实践证明，曹禺所坚持的是有道理的。""一个敢于独创的作家，对自己所追求的美学目标应该充满自信心，这也是一个艺术家内心自由的境界。对曹禺来说，这是十分难能可贵的。"② 作为一个戏剧研究者，田本相看到了曹禺对自己作品充满自信、执着追求的精神。这种对曹禺的肯定也表明了田本相的戏剧观，体现了传记作者的主体性。田本相的这种戏剧理论观在传记的"《日出》问世"一章中就有明确表达："这种所谓片段的方法，正是同《日出》的内容相适应的。结构的方法总是对象的适应性的产物，从来没有固定的格式。它的构架特点，即以陈白露的休息厅为活动地点，展开上层腐败混乱的社会相，同以翠喜所在的宝和下处为活动地点，展开下层的地狱般的生活对照起来，交织起来。……他加上第三幕，即宝和下处的妓女的生活片段，这就加强了他对现实的抨击力量，加深了对社会人生相的深刻概括。这是曹禺的艺术独创之处。正是在这里，显示着他那富于艺术胆识和打破陈规、超越自我的创新力。"③ 这里，田本相指出了《日出》结构的创新性，而且，特别强调了第三幕的重要作用，显示了不同于一般评论家的卓识。

（三）对《家》的戏剧改编的充分肯定

关于曹禺对巴金小说《家》的戏剧改编，传记做了这样的记述：1942年夏季，在重庆附近唐家沱的长江上浮泊的一只江轮上，曹禺把巴金的小说《家》改编成了戏剧。此时，他与郑秀的家庭婚姻正经历着痛苦和不幸，两人在情感上已经很难弥合了。在艰苦的改编过程中，他得到了来自方瑞的帮助和情感上的慰藉。方瑞的来信成为他创作的动力，方瑞的形象也渗入到他的作品中，《家》中瑞珏的形象与现实生活中方瑞的形象黏合在一起了。在这样的心境下，他从巴金的《家》中感受最深的是不幸婚姻给青年带来的痛

---

① 田本相：《曹禺传》，东方出版社 2009 年版，第 224 页。
② 田本相：《曹禺传》，东方出版社 2009 年版，第 224 页。
③ 田本相：《曹禺传》，东方出版社 2009 年版，第 203—204 页。

苦，而且，在改编时，他还写出了对美好生活的憧憬和追求。这样，他改编后的《家》，重心在表现觉新、瑞珏和梅表姐这三个人物的命运及其情感纠葛，而割舍了小说《家》中其他丰富的内容，如觉慧所参加的斗争、学潮等。1943年4月8日，《家》由中国艺术剧社首演。之后，连续上演两个月，盛况空前。[①] 但是，评论界对《家》的改编是有争议的。例如，何其芳认为《家》的改编偏离了原作的主题"歌颂新生一代的反抗和奋斗"，这样的改编是失败的："无论怎样艺术性高的作品，当它的内容与当前的现实不相适应的时候，它是无法震撼人心的。"[②] 像小亚的《〈家〉的人物处理》一文也认为戏剧《家》给观众的印象是一场情致缠绵的恋爱悲剧，而不是鲜明的，有积极意义的反叛封建家庭，寻找新的道路的故事。[③]

对上述关于《家》的改编的种种批评，田本相以一个戏剧理论家的身份作出了自己的思考，提出了一个关于文学作品改编的理论问题："这种批评，在当时是作为马克思主义的文艺批评而出现的，它对《家》的改编成功所具有的思想和艺术价值都贬低了。而令人深思的是，为什么在一些批评家看来缺乏现实意义的戏，却受到广大观众的欢迎，而且久演不衰呢？这里，究竟有什么内在的隐秘？这却是这些批评家所忽视的而又不能做出回答的课题，它还有待历史的考验和证明。"[④] 这样，传记作者的独立思考就体现了出来，特别是作为一个长期从事戏剧研究的学者来说，田本相提出了一个严峻而又有重要价值的理论问题。许多文学名著改编的例子说明，原作因为具有广泛的社会影响，观众对其内容已经有了较稳定的认知态度，故而改编时常常会引来各种意见。虽然说，尊重原著是进行改编的基础，但是，改编本身就是一种再创造，改编后的作品往往赋予了改编者的价值取向。因此，改编后的作品难免与原作有距离，这之间的矛盾是客观存在的。曹禺对巴金

---

① 田本相：《曹禺传》，东方出版社2009年版，第325—329页。
② 何其芳：《关于〈家〉》，《关于现实主义》，新文艺出版社1958年版。转引自田本相《曹禺传》，东方出版社2009年版，第330—331页。
③ 田本相：《曹禺传》，东方出版社2009年版，第331页。
④ 田本相：《曹禺传》，东方出版社2009年版，第331页。

《家》的改编，使它获得了新的美学生命力，使它通过戏剧的形式得到了更广泛的传播，这一点是不应该被忽略的。很显然，《曹禺传》注意到了这一点，显示了一个戏剧理论家的眼光和水准。

(四) 对《北京人》的独特评价

《北京人》这部作品，从诞生起就备受争议。例如，茜萍认为："抗战期间固然应该多写活生生的英勇战绩和抗战人物，但也不妨写些暴露旧社会黑暗面的剧本，去惊醒那些被旧社会底框梏束缚得喘不过气来的人们，助之走向光明，走向新生活。"① 但也有人认为，在抗战的环境下，曹禺写出这样与抗战无关的剧作，脱离现实生活，又悖时代精神。比如胡风在指出该剧取得了较高的艺术成就的同时，也认为：《北京人》里的那个封建家庭过于孤立了点，人物形象也单纯化了点，对于当时应有的民族斗争和社会斗争的政治浪潮，没有任何涉及。② 传记还提到了邵荃麟、杨晦对《北京人》的批评意见，二人都认为《北京人》对于社会问题没有很好把握，没有把人物放到更大的社会斗争中去发展。③ 对此，田本相认为，是批评本身出现了矛盾，这些批评家一方面认为《北京人》是一般公式主义的作品难以望其项背的，另一方面，又用公式来要求《北京人》，要求它反映现实，要求它的人物应该塑造社会典型性格。针对这种关于对《北京人》的批评意见，田本相以戏剧理论家的胆识做出了自己的判断，认为"《北京人》是曹禺写得最好的剧本，的确是一部传世杰作"④，并进一步探讨了曹禺在《北京人》中所贯穿的戏剧美学追求："自他写《雷雨》以来，他的《日出》、《原野》，都一直追求戏剧的神韵、味道，或者说是韵味、境界。用他的话来说，既是写实主义的，又不是那么写实的。在这方面，不但体现着他的戏剧美的独特追求，而且积淀着传统艺术的审美文化心理。这些凝聚在他的审美个性之中，是很牢很牢

---

① 茜萍：《关于〈北京人〉》，《新华日报》1942年2月6日。转引自田本相《曹禺传》，东方出版社2009年版，第312页。
② 田本相：《曹禺传》，东方出版社2009年版，第313页。
③ 田本相：《曹禺传》，东方出版社2009年版，第314页。
④ 田本相：《曹禺传》，东方出版社2009年版，第296页。

的。《蜕变》是个例外。《北京人》又回到他原来的审美个性追求的轨道上。一个作家的选择和创造，总是有他的一个创造天地，或者说是'基地'，这个基地既有着作家的现实制约，又有着历史的（包括传统的美学影响等等）积累，从而成为这基地的构成的错综复杂的因素，他正是带着这些历史的和现实的血液和乳汁而进行创造的。作家要实现自我超越，都不能不从他自己的基地出发，这其中是隐含着一种必然性的。《北京人》之所以取得成功，在很大程度上体现了这种必然性。他又把他的美学超越目标，审美价值的取向，题材的选择，植根在这个基地之中了。"① 总之，对于《北京人》，田本相给予了独特的理解和评价，而且还谨慎地提出："对《北京人》的真正的思想艺术价值的肯定和发掘，还有待历史的检验！"② 这种评价显示了一个学者的谨严作风。田本相类似的谨严同样表现在对曹禺《原野》的评价上，传记在列举了李南卓、杨晦、吕荧对《原野》的否定意见和唐弢、司徒珂对《原野》的肯定性意见之后，给出了自己的理解和判断："如果说，《雷雨》、《日出》曹禺曾就它们写过自我剖析和自我辩护的文字；那么，面对《原野》的批评他沉默了。其实一部作品，特别是一部有争议的作品，只要它有着潜在的美学价值，它总是会为人发现出来的。《原野》也许就属于这种情形，它等候着时间的考验、艺术规律的抉择。"③ 在这里，田本相没有为《原野》做过多的辩护，只是指出它还有待时间的考验。实际上，从田本相的话语中可以看出他对《原野》美学价值的被发掘是满含期待的，希望人们对《原野》的艺术价值有更深入的认识。

总之，在《曹禺传》中，田本相以自己的戏剧修养和戏剧专业知识，对曹禺的戏剧创作、戏剧思想进行了独特的筛选和透彻的评价。比如，许多人都认为曹禺早在1942年完成《原野》之后就江郎才尽了，但是，田本相却详细介绍了曹禺在1960年与梅阡、于是之一起创作《胆剑篇》时所显示出的专业水平。传记引用了梅阡的一段谈话："在开始构思阶段，就不是就

---

① 田本相：《曹禺传》，东方出版社2009年版，第304—305页。
② 田本相：《曹禺传》，东方出版社2009年版，第315页。
③ 田本相：《曹禺传》，东方出版社2009年版，第239页。

历史写历史，曹禺就是想写人物，写勾践，写夫差，写伯嚭，写范蠡，写伍子胥……琢磨人物性格，以人物性格写出历史来，这恐怕可以说是'以人带史'吧！他先不急于搞提纲，他总是让我和是之先想细节。……当我们集中力量琢磨人物性格时，他的构思是有特色的，就是采取性格对比的表现方法。他对我们说：'没有对比就没有戏剧。人物性格要对比着写，性格的鲜明性通过对比表现出来，互相衬托。'这是他的构思的特点，也是他对历史人物作了研究之后，琢磨出来的路子。"[1] 这里，传记借梅阡之口，道出了曹禺写戏的一贯思路，也是戏剧写作的规律和秘诀，即注重人物性格的刻画、以细节取胜、采用对比手法等，以此说明曹禺的戏剧思想是深厚而宽广的。他并没有江郎才尽，而是宝刀不老。至于他后期没有创作出像《雷雨》《日出》那样的作品，原因是多方面的，主要不在于曹禺创作水平的下降，而与政治形势以及曹禺的身份转变有较大关系。

田本相充分认识到了这一点，因此，他对这一时期的曹禺仍给予了极高的评价："对比，是表现方法，但也不单是表现方法。一个杰出的艺术家，他对艺术技巧的把握，是同他的美学思想分不开的；同时，也是对艺术创作规律进行不断探寻的结果。曹禺是一个深谙戏剧三昧的剧作家。他的对比艺术，是对真与假、美与丑、刚与柔、浓与淡、动与静、常与反等对立统一的把握和运用。在对比中展开矛盾斗争，在对比中寻求美的和谐和完整。在此剧创作中，又一次展现了他的艺术才华。"[2] 这里看似是对曹禺的评价，实质上也表明了田本相自己的戏剧美学思想。这是一个长期从事戏剧研究的学者对戏剧创作的本质认识，是其自身理论水平的表现。就此意义来说，传记看似是写传主，实质上，也是传记作者特殊形式的"自传"。《曹禺传》中类似的对曹禺戏剧思想的准确把握和评价的地方还有多处，如对1962年曹禺发表在《戏剧报》上的《漫谈创作》一文中关于"理胜于情"和"情胜于理"的辩证讨论，给予了高度肯定，认为曹禺敢于触及时弊，讲出了戏剧创作的

---

[1] 田本相：《曹禺传》，东方出版社2009年版，第443—444页。
[2] 田本相：《曹禺传》，东方出版社2009年版，第445—446页。

真谛。对新中国成立后的曹禺有这样的认识，这是很难得的。这一切，都显示了传记作者的远见卓识，体现了专业的学术功力。

二、对曹禺创作成功的戏剧史因素的分析

田本相《曹禺传》之所以能够对曹禺剧作有精辟的分析，很大程度上在于作者对戏剧理论、戏剧人才的成长规律特别是对中国戏剧史的透彻了解和深刻把握。田本相"没有张彭春，就没有曹禺"的判断，明确了曹禺在中国戏剧史链条中的位置，揭示了曹禺能够成为大剧作家的重要原因之一。没有对戏剧史的研究，就不会有这样的判断。

《曹禺传》写出了传主成功的原因，特别指出了培养传主成功的背后的功臣人物，鲜明地提出"曹禺的戏剧创作是建立在大量戏剧的表演实践基础之上的""没有张彭春，就没有曹禺"这样的观点。这就从戏剧发展史的角度，揭开了普通人的一个认识误区。通常，人们认为曹禺在23岁写出《雷雨》，是个戏剧天才。实际上，任何一个天才都是因为有了成长的肥沃土壤才崭露头角的。《曹禺传》的深刻之处就在于揭示了天才之为天才的原因。传记不仅写到了家庭对曹禺戏剧爱好的培养，而且，还写出了南开中学对于曹禺走向戏剧之路的重要作用。传记花了大量笔墨写了南开校长张伯苓对新剧运动的倡导，周恩来在新剧理论建设上的贡献、张彭春对南开新剧团的作用等，重点写到了张彭春对曹禺的提携和培养。传记在第六章"在南开新剧团里"、第七章"绽露表演才华"和第十三章"重返天津"中，就张彭春在中国现代戏剧史上的贡献、地位及他对曹禺的重大影响都做了充分的展开叙述。

传记在"在南开新剧团里"这一章对人称"九先生"的张彭春做了详细的介绍，并引用胡适对张彭春的评价以及南开校刊对张彭春的报道，点明了张彭春留美期间对戏剧的深入钻研以及戏剧创作的成绩，并进而指出张彭春创作的《新村正》的发表和演出，在南开新剧史上具有里程碑的意义，即使在中国话剧史上，也是一部具有历史意义的剧作。田本相认为《新村正》就创作时间、思想和艺术造诣来说，都比胡适的《终身大事》要领先，称得

上是中国现代话剧史上的先驱作品。

南开新剧团在张彭春的引领下,有了相当雄厚的基础。虽然曹禺进入南开中学时,张彭春已经到清华大学任教务长了,但是,"九先生"的盛名是他早就耳闻的。"九先生"为南开新剧团留下的演剧传统使曹禺对戏剧更加热爱,他参加了《温德米尔夫人的扇子》《打渔杀家》《南天门》的排演,并一度成为《南开双周》的戏剧编辑。这些演剧、编剧活动大大激发了他的戏剧潜能,使他成为南开的活跃分子。

传记在第七章"绽露表演才华"中,专门写了张彭春对曹禺的启迪作用。"1926年,张彭春从清华大学又回到南开中学来了。他一面在南开大学兼课,一面做中学的代理主任。张彭春这次回来,不但导致了南开新剧运动的再次振兴,而且在很大程度上决定着曹禺未来的命运。一个人的一生,有着许许多多偶然的因素在起着作用。一本书,一个事件,一次机遇,一个朋友,一个老师往往导致一个人一生命运的奇妙变化,突然转折,导致成功与失败,幸福与痛苦。有时使人回忆起来,未免感到惊讶,感到奇妙。但是,人生就存在着这样的偶然的组合和碰击。如果说,张彭春没有重返南开,曹禺的命运又该是怎样的呢?"[①] 从后来张彭春对曹禺的巨大影响来看,假如曹禺没有遇到张彭春,那么他的发展很可能是另外一个样子。张彭春对曹禺的及时发现和重点培养,对于曹禺在戏剧表演和戏剧创作方面的成长至关重要。传记详细记述了曹禺第一次接受张彭春指导排演《压迫》和《获虎之夜》时的详细情况,点出了受欧美小剧场运动影响的张彭春排戏的严格正规与精雕细刻,也指出了这次排演成为张彭春和曹禺互为发现的过程,作为老师的张彭春发现了曹禺的表演天赋,当他决定把易卜生的《国民公敌》搬上舞台时,便挑中了曹禺担任女主角。在排演《国民公敌》的过程中,曹禺充分体会到了戏剧的社会意义。也是在这次排演过程中,曹禺发现了张彭春老师杰出的艺术修养、渊博的知识和严谨的作风。这种发现和了解对于曹禺日后成为一代戏剧大师起到了至关重要的作用。这之后,曹禺又被张彭春选作

---

① 田本相:《曹禺传》,东方出版社2009年版,第86页。

扮演《娜拉》的女主角，曹禺的表演获得了极大的成功。因此，田本相在《曹禺传》中判定："不了解张彭春，也就很难懂得曹禺。"① 他认为，曹禺在张彭春慧眼识珠的提拔下，走了一条正确的戏剧家成长的道路，即从戏剧舞台实践走上戏剧创作之路。正像曹禺自己所说："一个写戏的人如果会演戏，写起戏来就会知道演过戏的好处。"② 传记记述了张彭春曾经把改编高尔斯华绥《争强》的任务交给曹禺，这对曹禺是一次很好的锻炼。这也说明了张彭春对曹禺进一步的赏识和重用。

传记还写道，张彭春1929年再次去美国前夕，特意把一部英文的《易卜生全集》送给曹禺，表达对他的殷切希望。这部《易卜生全集》被曹禺视作珍宝，潜心攻读。当1934年，张彭春回到天津南开大学时，他酝酿在校庆纪念时再度上演《新村正》，请曹禺合作，一起改编《新村正》。这次以曹禺为主笔改编的《新村正》的公演，与16年前的老本比起来，无论从哪一方面来说，都取得了很大的进步，受到了欢迎。1935年，张彭春与曹禺再次合作，将莫里哀的《悭吝人》改编为《财狂》，在南开公演，曹禺扮演的主角韩伯康的形象获得了极大的成功。传记引用了萧乾对曹禺这次表演的评价："这一出性格戏……全剧的成败大事由这主角支撑着。这里，我们不能遏止对万家宝先生表演才能的称许。许多人把演戏本事置诸口才、动作、神情上，但万君所显示的却不是任何局部的努力，他运用的是想象。他简直把整个自我投入了韩伯康的灵魂中。灯光一明，我们看到的是一个为悭吝附了体的人，一声低浊的嘘喘，一个尖锐的哼，一阵格格的骷髅的笑，这一切都来得那么和谐，谁还能剖析地观察局部呵。……失财以后那段著名的'有贼呀'的独白，已为万君血肉活灵的表演，将那悲喜交集的情绪都传染给我们整个感官了。"③ 萧乾的评价不仅说明了曹禺杰出的表演才能，它还提醒我们：曹禺在最好的年华遇到了最好的老师，是张彭春的发现和赏识，曹禺才

---

① 田本相：《曹禺传》，东方出版社2009年版，第86页。
② 张葆莘：《曹禺同志谈剧作》，《文艺报》1957年2月1日。
③ 萧乾：《〈财旺〉演出》，《南开校友》1935年第1卷第3期。转引自田本相《曹禺传》，东方出版社2009年版，第187—188页。

得以早早地登台演出，施展自己的艺术才华，丰富自己的舞台实践经验。剧本的生命在于演出，剧作家的创作来自舞台演出经验。千里马衹辱于奴隶人之手、骈死于槽枥之间是常有的事，曹禺被张彭春提携，可谓贤才遇明主，这是曹禺的幸运。名师出高徒，自古皆然，传记对张彭春的高度肯定，也就是对曹禺戏剧成就的肯定。

  传记在充分肯定曹禺在《财狂》中的表演才能的同时，还特意介绍了作为这部戏导演的张彭春的戏剧美学思想。张彭春所提出的两条戏剧表演的美学原则如下：第一条是"一"和"多"的原则，即在"一"中求"多"，在"多"中求"一"。"一"贯穿戏剧的内在逻辑，"多"使戏剧内容得以丰赡。在舞台上，无论多少句话，若干动作，几许线条，举凡灯光、表情、化妆等，都要合乎"一"和"多"的原则。第二条原则是所谓"动韵"原则，即舞台上的缓急、大小、高低、动静、显晦、虚实等都应该有种"生动"的意味。这种"味儿"就是由"动韵"得来的。可见，张彭春的戏剧美学思想既包含了艺术辩证法的因素，又传承了中国传统戏剧讲究意境的思想。[①] 传记对张彭春美学思想的透彻分析实质上是为了帮助读者理解曹禺所受到的张彭春戏剧美学思想的影响，明确曹禺与张彭春之间的师承关系。田本相肯定地说："在这方面，不难看到曹禺在创作中所受到的张彭春戏剧美学思想的影响。曹禺同样是一个熟谙中国传统文学艺术的作家，他在创作中，也是强调韵味，讲究戏剧意境的创造的。张彭春决不是一个西方话剧艺术的模仿者，他把传统美学思想渗透在他的导演艺术中，是一位有胆识有创造的中国话剧导演的先驱。可惜这方面，我们对他在话剧艺术贡献上的研究是未免过于怠慢了。没有张彭春，也就没有曹禺。"[②] 这种大胆判断来自田本相对张彭春戏剧贡献的熟悉，来自田本相对中国戏剧史的了解，更来自田本相自己深厚的戏剧理论学养。这种判断体现了田本相对历史的敬畏，对戏剧先驱的尊重。

[①] 田本相：《曹禺传》，东方出版社 2009 年版，第 188—189 页。
[②] 田本相：《曹禺传》，东方出版社 2009 年版，第 189 页。

第六节 《搏击暗夜——鲁迅传》的时代性、学理性与文采性

《搏击暗夜——鲁迅传》是作家出版社于 2016 年 1 月出版的《中国百位文化名人传记》丛书之一。该传所记述的许多问题以及引用的材料都具有当下性。该传的作者陈漱渝长期致力于鲁迅研究，并以史料研究见长，同时，作者又具有很高的文学素养，这从他此前的一系列著作中可以明显看出。这部鲁迅传保持了作者一贯的写作风格。由此，下面主要从时代性、学理性和文采性三个方面来考察这部传记。

一、时代性

该传的时代性主要体现在其写作背景的当下性以及其内容的时代特色两个方面。写作背景的当下性是指该传诞生于中国现代传记繁荣的大时代。内容的时代特色一方面指该传对当下鲁迅研究界的一些观点给予了考辨与评论，所引用的批驳靶子和错误观点多来自网络媒体，具有时效性；另一方面指该传在论述时所引用的材料包含许多近几年的最新考古发现、学术成果、科技信息等，充满了时代感。

20 世纪 50—70 年代，在特殊的背景下，传记领域长期处于沉寂的状态，传记创作几乎停滞，仅有少量英雄传记和伟人传记。80 年代，随着国门的打开、思想的解放，中国传记文学创作才逐渐走出低谷。90 年代以后，人物传记的写作蔚然成风，出现了大量各类人物的传记。从领袖传到平民传，从科学家传到文学家传，创作都极其活跃。各大出版社纷纷推出了系列人物传记丛书，如上海文艺出版社的"世纪回眸·人物系列"丛书、南京出版社的"中国近现代通俗作家评传丛书"、浙江人民出版社的"浙江文化名人传记丛书"、北京十月文艺出版社的"中国现代作家传记丛书"等。这样的传记创作热一直持续到今天，最显著的证明就是 2012 年，中国作家协会启动重大国家出版工程"《中国历史文化名人传》大型丛书"。丛书共 124

部，传主系由专家委员会论证审核确定，传记写作者系从全国作家和专业研究权威人士中选出。这是截至目前所出版的传记丛书中传主数量最多、传记作者阵容最为强大的一套丛书。该丛书包含有124位传主，其中入选的现代作家有鲁迅、郭沫若、茅盾、朱自清、冰心。陈漱渝的《鲁迅传》就是在这样的时代背景和写作契机下诞生的，它属于这一巨大文化工程的一部分，是时代的产物。

一方面，该传内容的当下性体现在它对于当前鲁迅研究界存在的热点问题、疑点问题给予了及时的回应和解答。这些问题大多在现代电子媒体上传播，影响广泛，混淆视听。例如，传记列举了微信上一篇耸人听闻的文章，并对文章制造的噱头给予了有力的批驳：

> 有一条微信在朋友圈里疯传，着实吓了我一跳。那标题是：《鲁迅承认内山完造是日本间谍》。鲁迅在哪里"承认"过呢？作者从鲁迅《伪自由书·后记》中援引了一段奇文："内山书店是日本浪人内山完造开的，他表面是开书店，实在差不多是替日本政府做侦探。他每次和中国人谈了点什么话，马上就报告日本领事馆。这已经成了'公开的秘密'了，只要是略微和内山书店接近的人都知道。"作者据此立论："鲁迅的这段话表明，他对内山的间谍身份一清二楚。"如果没有读过鲁迅原著的人，很可能就会被这位作者牵着鼻子走，但只要认真翻阅一下原著就会知晓，这段话节引自"白羽遐"的《内山书店小坐记》，刊登在1933年7月1日出版的《文艺座谈》半月刊第1期……鲁迅引用这篇化名文章公开示众，就是要让读者看看有些别有用心的人是如何对左翼文坛进行诬蔑陷害的。①

关于内山完造的身份与评价问题，传记指出微信圈里的文章《鲁迅承认内山完造是日本间谍》是对鲁迅《伪自由书·后记》中援引白羽遐《内山

---

① 陈漱渝：《搏击暗夜——鲁迅传》，作家出版社2016年版，第255页。

书店小坐记》的严重误读，并进一步引导读者去阅读鲁迅的原文，认识鲁迅1933年引用白羽遐文章的目的就是要让天真厚道的读者看看有些别有用心的人是如何对左翼文坛进行诬蔑陷害的。传记对内山完造的身份、开书店的背景、与鲁迅的关系、许广平周海婴母子对他曾有的怀疑等，都做了一一分析，最终的结论是：内山完造在日本侵华期间，未必没有做过任何一件错事，但他与日本军国主义分子存在本质区别。这样的评述与结论既道出了问题的复杂性，又廓清了基本事实，批驳了错误，令人信服。对于网络上一些关于鲁迅的不实评价，给予了有力的反击和辩证。

再如，在"一个天方夜谭式的话题"一节中，针对最近网络上关于"鲁迅是汉奸"的论点以及2014年在海外出版的孙乃修的《思想的毁灭——鲁迅传》，作者一一列举其错误论点并给予反驳。从20世纪20年代，有人以鲁迅结识俄国盲诗人爱罗先珂为理由称他是汉奸；到20世纪70年代胡菊人以"鲁迅六天行踪不明""躲进日本人的安全庇护之下"为理由称他是汉奸；再到21世纪的今天，网名为"清水君"的作者称鲁迅攻讦国民政府的效果是间接助日本侵略者一臂之力，因而呼吁取消他"中华民族魂"的称号；网名为"佚名"的作者断言"鲁迅有仇华"情结；最后，又写到孙乃修谴责鲁迅对日军罪行保持缄默，具有亲日立场等等。针对这些以种种理由而断定鲁迅是汉奸的论点，传记除了列举了鲁迅《"友邦惊诧"论》中痛批日本侵略者罪行的段落，还不厌其烦地列举了表明鲁迅主张积极抗战思想的文章如《"民族主义文学"的人物和命运》《沉渣的泛起》等29篇，有力地证明了鲁迅主张抗日、反对汉奸的鲜明立场。此外，传记还写到了表明鲁迅反对日本侵略的种种证据如给萧军的抗日题材小说《八月的乡村》作序，"一二·八"战争爆发后，与茅盾、叶圣陶等人联名发表《上海文艺界告全世界无产阶级和革命的文化团体及作家书》，反对日本惨无人道的杀戮等。这些真实的材料无可辩驳地证明了鲁迅鲜明的民族立场和强烈的爱国主义，使那些称"鲁迅是汉奸"的种种论点不攻自破。

这里，传记批驳的靶子多来自各种现代媒体上广为传播的谣言。传记作者及时捕捉新媒体上关于否定鲁迅的种种谬论，运用扎实的史料，给予辨析。这种辨析具有鲜明的时代性。

另一方面，该传内容的当下性还体现在它引用了许多最新的考古发现、学术成果、科技信息等。如，传记在写到越文化的悠久历史时，引用了2013年《光明日报》7月9日发表的《中国最早原始文字在浙江发现》的新闻报道，指出浙江省文物界对位于平湖市林埭镇群丰村的古墓进行发掘，在越文化（良渚文化）的遗址中发现了最早的原始文字，颠覆了史学界关于中国最早的文字是距今3600多年的甲骨文的一贯认识，将中国的文字史向前推了1000多年。[1] 该传在介绍鲁迅和顾琅留日期间合作编撰《中国矿产志》一书的背景以及该书与宏文学院教师佐藤传藏编撰的《矿物学及地质学》的异同时，引用了我国台湾地区秀威资讯科技股份有限公司2010年出版的谢泳著《中国现代文学史料的搜集与应用》[2]。该传在介绍鲁迅何以选择翻译俄国作家安特莱夫的《谩》时，引用了鲁迅曾对日本学者橘朴说的一段话："中国的事情一切都糟糕透了。……在这样荒谬的社会里生活的中国人，不论老人还是青年，无论想什么也无论怎样的运动，最终除了'说谎'什么也作不成的。"这则材料来自《新文学史料》2013年第4期发表的橘朴《与周氏兄弟的对话》[3]。传记引证的这些材料基本上是2010年以来公开发表的，时代特色鲜明。

此外，该传在介绍鲁迅翻译的法国小说家儒勒·凡尔纳的科学幻想小说《月界旅行》时，有这样一段评论："现代科学的发展业已证明，凡尔纳的作品不但具有科学性，幻想性，而且具有预言性。1969年阿波罗号登月，就证明了凡尔纳以火箭推动飞船设想的正确性。同样，鲁迅撰写的《〈月界旅行〉辩言》也同样具有预言性。他预言中华民族必将振兴，迎来'殖民星球，旅行月界'的一天。现在已为中国的'嫦娥''玉兔'登月所证实！"[4] 2013年12月2日，中国在西昌卫星发射中心成功将由着陆器和"玉兔号"

---

[1] 陈漱渝：《搏击暗夜——鲁迅传》，作家出版社2016年版，第4页。
[2] 陈漱渝：《搏击暗夜——鲁迅传》，作家出版社2016年版，第37页。
[3] 陈漱渝：《搏击暗夜——鲁迅传》，作家出版社2016年版，第52页。
[4] 陈漱渝：《搏击暗夜——鲁迅传》，作家出版社2016年版，第37页。

月球车组成的嫦娥三号探测器送入轨道,承担巡视功能的玉兔号是中国首辆月球车。传记使用"'玉兔'登月"这样的语言、词汇,显示了作者敏锐地捕捉最新科技信息的意识,使得这部传记更显时代感。

二、学理性

所谓"学理",就是指科学的原理或法则,学理性是指学术性和科学性。本传记的学理性主要体现在资料翔实、善于辩驳;爱憎分明,评价客观;实事求是,有疑即存等方面。

(一)资料翔实、考辨驳诘

此传记最大的特点是关于鲁迅生平经历的史料陈述十分详尽。例如,在第五章"迎接光复"中记述鲁迅在绍兴府中学堂任职期间的主要成果是编辑了《会稽郡故书杂集》。传记一一列举了所收录的古代8种逸书:谢承《会稽先贤传》、虞预《会稽典录》、钟离岫《会稽后贤传记》、贺氏《会稽先贤像赞》、朱育《会稽土地记》、贺循《会稽记》、灵符《会稽记》、夏侯曾先《会稽地志》,并指出这些逸书的主要内容是记载古代会稽的人物事迹、山川地理、名胜传说。从这些看似枯燥的古代逸书罗列,却可以感受到传记作者文史知识的丰富,对鲁迅相关著述的谙熟。传记写道:"在该书的现存手稿中,有的使用的就是'绍兴府中学堂的稿纸'。"这说明作者很可能亲眼看过《会稽郡故书杂集》的手稿。这大概得益于他是鲁迅博物馆的研究人员的便利条件。

再如,在"奴隶之爱"一节中,关于鲁迅对青年作家叶紫的帮助,记述甚为详尽,如鲁迅为叶紫修改小说《王伯伯》《夜哨线》,鲁迅把刚出炉的烧饼送到叶紫住的亭子间,分给他的两个孩子。鲁迅日记中有69处有关叶紫的记载,其中27次提到叶紫缺衣少吃的境况。在两个口号的论争中,少不更事的叶紫受周扬之托,以"公事"之名盛气凌人地约鲁迅出门谈话,这令鲁迅十分气愤,但鲁迅并未因此而对叶紫心存芥蒂。而且,在他自己离世的前不久,得知叶紫住院,还送上50元钱,并叮嘱叶紫安心静养。[①] 传记

[①] 陈漱渝:《搏击暗夜——鲁迅传》,作家出版社2016年版,第239—240页。

就是这样细致记述的,让读者深刻体会到鲁迅对青年作家深沉的父爱。

该传在提供大量翔实资料的基础上,对材料还有甄别、对比,力争从多种材料中分析、获得历史真相。例如,传记在论及陈独秀1917年1月到北京大学任文科学长的推荐人时,不仅引用了1960年6月1日沈伊默对《鲁迅传》摄制组谈话的内容以及沈伊默的回忆文章《我和北大》,同时,还引用蔡元培的文章《我在北京大学的经历》,说明推荐陈独秀到北大的还有一位重要的人物汤尔和(当时的医专校长)。这样,就沈伊默关于此事的回忆进行了订正和补充。对此,传记作者的观点是:"对沈的回忆和蔡的回忆,应互相参照,而不应用排他法。"① 这里就体现了作者使用材料的严谨性,充分显示了作者的史料考辨功夫。

此外,该传还善于辩驳:比如,在该著第三章"藤野先生"一节,在谈到该文的"幻灯事件"是否真实这个问题时,在目前还没有确切发现中国人围观同胞被杀的那一张幻灯片的情况下,作者通过旁引曲证、条分缕析地得出自己的结论:"《藤野先生》一文中的某些细节或许有虚构成分,与客观事实略有出入,但所揭示出的却是历史的本真事实,完全符合鲁迅当时的心路历程。"确立这种观点的主要依据是:日本《河北新报》1905年7月28日发表的"风云儿"的题为《俄探四名被斩首》的内容。该文详细叙述了被迫成为俄探的4名中国人被砍头的场面。这一材料的出示具有很强的说服力。事实上,读过李冬木翻译的《吉田富夫:周树人的选择——"幻灯事件"前后》② 这篇文章的人应该了解,在关于"幻灯片事件"的回忆中,鲁迅当年的同学铃木逸太所说的"没有发生匿名信的一类事情、没有鼓掌欢呼中国人被砍头的集体行为"等证言不足为信。因为他的回忆前后不一,多处矛盾。出于一种民族保护心理,铃木逸太显然遮蔽了一些事实。陈漱渝的《鲁迅传》使自己的论点建立在翔实的史料基础上,显示了扎实的学理支撑。

---

① 陈漱渝:《搏击暗夜——鲁迅传》,作家出版社2016年版,第77页。
② 李冬木:《吉田富夫:周树人的选择——"幻灯事件"前后》,《鲁迅研究》2006年第2期。

(二) 爱憎分明，评价客观

传记真实再现了鲁迅与胡适、陈西滢、章士钊、杨荫榆、梁实秋、徐志摩、胡秋原、顾颉刚、周扬等人的是非恩怨、矛盾纠葛等，以客观公正的态度去品评鲁迅以及与鲁迅论战过的或是与鲁迅有过过节的历史人物。不为尊者讳耻，不为贤者讳过，同时也不随意否定任何一个普通的人物。

例如，对当年被张闻天、瞿秋白、鲁迅等人写文章批驳的胡秋原，传记给予了客观评价，认为他是一位贡献突出的史学家、哲学家和著作家，是一位敬重鲁迅、帮助过瞿秋白的具有独立思想的学者，他对马克思主义经典文献的熟悉程度，超过了当时左翼文艺界的很多批评家。[①] 传记表明了自己鲜明的观点："胡秋原的一生证明作为一个社会的人，不可能没有特定的政治倾向，完全超然于世外，但在国共两党的生死搏斗中，的确有一种秉持相对独立立场的自由主义者，他们是革命党团结争取的对象，而不应该推到敌对的营垒一边。"[②] 这些评价是中肯的、实事求是的，甚至是警世名言，因为它提出了一种评价历史人物的方法论。它警示人们不可简单武断地一棍子打死那些与自己持不同意见的人。

再如，对于当年鲁迅明确表示不满甚至讨厌的人，传记没有一味认同鲁迅的观点、简单地一概否定，而是实事求是、客观地展现这些人的历史贡献，分析他们与鲁迅观点分歧的历史原因，如对厦门大学校长林文庆的记述就是这样的。传记写道："鲁迅对林文庆的不满主要表现在'尊孔崇儒'与'压缩经费'这两方面。但对这两点都应进行具体分析。"传记指出，当年，林文庆等人组织孔教会，宣传儒家学说，是为了唤醒流徙华人的民族意识。这是一场跟殖民者"归化政策"相对抗的"归顺运动"，跟企图维护或复辟封建帝制者的"尊孔"是有本质区别的。对于林文庆试图压缩国学院经费一事，传记指出这是因为当时为厦大提供资金支持的陈嘉庚遇到了世界经济萧条、橡胶价格浮动的困境，从而导致学校经费支绌。"为维持校务，林文庆

---

① 陈漱渝：《搏击暗夜——鲁迅传》，作家出版社 2016 年版，第 212 页。
② 陈漱渝：《搏击暗夜——鲁迅传》，作家出版社 2016 年版，第 215 页。

捐出了他一九二七年在厦大的全年工资共六千元,又将新加坡兀兰五十一英亩土地的五分之三捐赠厦大。临终前,他还口嘱将占地甚广的笔架山别墅捐赠给厦大。这些都充分证明林文庆当年调整厦大的经费预算是迫于无奈,并非营私利已。"①这些具体材料的出示明确表达了传记作者的立场:由于当时鲁迅不了解实际情况而对校长林文庆本人以及厦大文科的人事安排都有所误解。传记并没有因为热爱鲁迅而事事为他辩护。这种不虚美的写法正是现代传记所提倡的。郁达夫在《什么是传记文学》一文中写道:"长处短处,公生活与私生活,一颦一笑,一死一生,择其要者,尽量写来,才可以见得真,说得像。"②郁达夫认为新传记要全面反映一个人的思想和个性特点,就要既写传主的优点,也要写缺点。《搏击暗夜——鲁迅传》尊重历史事实、不为尊者讳的写法值得称赞。

由以上两个实例可以说明,这部传记"其文直,其事核,不虚美,不隐恶",该赞就赞,该否就否,洋溢着一股浩然正气,尤其对于那些为历史作出贡献的人们,明确表示自己热烈的敬仰之情。陈漱渝在为房向东的《房向东鲁迅研究文集》写的总序里指出:"洋溢正气的文章就是血性文章,而血性源自明确的是非,热烈的好恶,而且为了表达这种情感能够不计功利,不计利害!"③陈漱渝本人的《鲁迅传》正体现了这种血性文章的特点。

(三)实事求是,对于自己一时无法研究透彻的问题暂时存疑

关于鲁迅的一些疑案,该著能够澄清的,就给出了明确的结论,对于一时无法澄清的,就明确表示存疑。如,关于须藤医生对鲁迅的疾病是否蓄意误诊,传记写道:

须藤医生1946年随日本侨民被国民政府遣返回国,长期在他的故乡日本冈山县行医,于1959年去世。他的生平泉彪之助编撰的《须藤

---

① 陈漱渝:《搏击暗夜——鲁迅传》,作家出版社2016年版,第52页。
② 郁达夫:《什么是传记文学》,《郁达夫文集》第6卷,花城出版社1983年版,第283页。
③ 陈漱渝:《血性的文章——"房向东鲁迅研究文集"总序》,转引自房向东《鲁迅研究文集》,上海交通大学出版社2016年版。

五百三年谱》记述得十分清楚，不存在鲁迅死后他突然在人间蒸发的情况。至于他对鲁迅的诊断是否给力，是否存在误诊的情况，以及究竟是"一般性误诊"，还是"蓄意误诊"，这属于医患纠纷的范畴，非传记作者所能判断。①

这表现了作者实事求是的写作态度，坚持有一份材料说一分话，不超越材料妄下结论。若遇不能推断者，则存疑，体现了实事求是的精神，也表现了作者严谨的治学态度。这样既避免了随意判断，也为他人留下了研究空间。这种存疑的处理方式看似无准确的结论，实质上，它也是对学术研究的一种推进方式。

除了资料翔实、评价客观、不随意评判等特点之外，该传还在诸多方面体现了学理性，如在书的后面附录了许寿裳著的权威性的《鲁迅先生年谱》，使得这部传记更加完整、严谨和科学，同时也充分体现了传记的史料价值。这显示了作者的专业眼光，也正是作者史才、史识超越的地方。在写作体例上，该传遵循现代学术规范，页下有注释，文后有参考文献，体现了作者严谨的治学态度。

三、文采性

该著作虽然不是文学性传记，但它采用了恰当的文学性表现手法，给读者带来了阅读的轻松与快乐，避免了学术传记的枯燥。其文采的魅力主要体现在古典诗词的运用、修辞手法的使用、抒情性语言的采纳、场面性的细节描写等方面。

第一，大量使用古典诗词，营造诗美的意境。这一点，仅从该著作的目录上就可以体现出来，如第一章 / 梦魂常向故乡驰；第三章 / 扶桑正是秋光好；第六章 / 寂寞新文苑平安旧战场；第九章 / 荆天棘地钻文网文坛艺苑播芳馨等。这些诗句有的是作者自己根据每章内容而拟定的，有的直接来自

---

① 陈漱渝：《搏击暗夜——鲁迅传》，作家出版社2016年版，第302页。

鲁迅的古体诗。不管是哪一类，都恰如其分地概括了各章的主旨，自然、巧妙地表达了作者的感情倾向。此外，在每一章下属的"节"的标题也十分讲究诗美艺术，如"东有启明，西有长庚""所向披靡，令人神往""子之遭兮不自由，子之遇兮多烦忧""人生得一知己足矣"等。这样值得涵泳的表达随处可见，让全书充满了诗学之美。

第二，传记中文采的体现除了古典诗词之外，还体现在使用了多种修辞手法，如类比、比喻、排比等。传记在形容鲁迅对萧军萧红的文学帮助之大时，就使用了比喻，例如"萧红曾写过一首《春曲》：'那边清溪唱着，这边树叶绿了，姑娘啊！春天到了。'然而，萧军和萧红文学生活中的春天，却是在结识鲁迅之后才真正开始的。"① 这里，把鲁迅给二萧带来的文学上的巨大帮助形容成促成了二萧文学春天的到来，形象而生动。再如，为了强调鲁迅的杰出贡献和巨大影响，使用排比句式把鲁迅与荷马、莎士比亚、歌德、泰戈尔、惠特曼进行类比："你在中国读者心中的神圣位置，如同荷马之于希腊人，莎士比亚之于英国人，歌德之于德国人，泰戈尔之于印度人，惠特曼之于美国人。"为了突出鲁迅搏击黑暗、克服缺点的顽强的斗争精神，传记也使用了一连串的排比手法："你跟重于磐石的黑暗势力搏斗，跟人类灵魂深处的丑陋面搏斗，跟自身的弱点、局限乃至缺点、错误搏斗。"修辞手法的使用加强了语言的表现力。

第三，大量使用抒情性的语言，表达丰富的感情。这些抒情性的语言有第三人称抒情，也有第二人称抒情。

例如，对鲁迅刚刚去世后的卧室陈设的描写，带有强烈的抒情性，饱含深沉悲凉的感情：

> 鲁迅安详地躺在卧室的床上。……床边，是鲁迅打腹稿时常坐的破旧藤躺椅。靠门的旧式红漆木桌上，整齐地堆放着参考书，以及未完成的文稿；两支"金不换"毛笔挺然立在笔插里。鲁迅正是用这种

---

① 陈漱渝：《搏击暗夜——鲁迅传》，作家出版社2016年版，第237页。

价廉物美的绍兴土产毛笔，绵绵不断地写下了近千万字的译文和著作，好像春蚕在悄然无声地吐丝作茧，直至耗尽最后的一丝精力；好像耕牛紧拽着犁杖，在莽原上不知疲惫地耕耘……那衣橱中，依然挂着鲁迅最后出门时所穿的那件青紫色哔叽长袍。鲁迅生前，"囚首垢面而读诗书"，从不注意自己的穿着。直至最后一年，因身体瘦弱，不堪重压，才特地做了一件丝绵的棕色湖绉长袍，不料这竟成了他临终穿在身上的寿衣……①

这些抒情性的描写不禁让人潸然泪下。那破旧的藤躺椅、价廉的绍兴土产毛笔、青紫色哔叽长袍、丝绵的棕色湖绉长袍无不在向人们诉说这是一个吃的是草、挤出的是奶、是血的文化巨匠，使人回想起鲁迅无私奉献的一生，缅怀他光辉的业绩。

再如，对鲁迅去世后小海婴的反应的描写，也使用了抒情性的语言：

10月19日清晨，小海婴刚从睡梦中醒来，保姆许妈就低声对他说："弟弟，今朝侬勿要上学堂去了……侬爸爸呒没了。"海婴没有思索，立即奔向父亲的卧室。他看到，母亲正垂泪伫立在父亲的灵床前，而父亲已不能再亲昵地叫他"小红象"，不能再用那粗硬的胡须来扎他细嫩的双颊了……②

这段话写鲁迅去世当日晨周海婴的反应和感受，从海婴的角度描写孩子痛失慈父的悲哀，间接抒发了对鲁迅离世的惋惜之情。

上面的抒情段落采用的都是第三人称的叙述方式。除此之外，传记在"尾声：忘不了的人是你"部分特别使用了第二人称，抒发了更为强烈的感情，表达了对鲁迅的崇敬之情。同时，这样的第二人称叙述具有代入感和呼

---

① 陈漱渝：《搏击暗夜——鲁迅传》，作家出版社2016年版，第311页。
② 陈漱渝：《搏击暗夜——鲁迅传》，作家出版社2016年版，第311页。

告效果,增加了感染力,令读者感到亲切、认同。

> 1936年10月19日,当你溘然长逝的时候,曾留下遗嘱:"忘记我,管自己生活。"然而,80年以来,你的友与仇从来没有忘记你,在你棺木上覆盖"民族魂"锦旗的人民大众从来没有忘记你。你的死印证了马克思的名言:"死亡对于死者并非灾难,对于生者才是不幸。"……你的"俯首甘为孺子牛"的精神,你的甘为泥土、甘为人梯、甘为崇楼广厦一砖一石的精神,仍然是当今时代热切呼唤的时代精神。是的,你离开我们将近整整80年了。29000多个日日夜夜,这是多么悠长的岁月。但岁月的流水并没有冲淡我们对你的记忆。你的精神背影在我们为实现"中国梦"而奋斗的征程中显得愈益清晰,愈益高大。你没有死!你的事业属于人类,你的生命属于永恒。[①]

第四,传记通过大量场面性的细节描写增强了文学性、可读性,彰显了细节的魅力。

传记是写人的艺术,事件和细节是传记的重要组成部分,具有典型意义的事件和细节最能够传达人物个性,最能让读者感同身受。《搏击暗夜——鲁迅传》的作者深谙此道,作者采用了大量的细节描写。例如,传记详细记述了鲁迅在17日到鹿地亘家去的缘由以及进门后其乐融融的场面:

> 当时他在胡风协助下正编译一部《鲁迅杂感选集》。十七日这天,胡风在鹿地亘家一同翻译鲁迅作品,遇到了一些疑难问题,便主动提出要找鲁迅请教,因为鹿地亘住在窦乐安路(今多伦多路)燕山别墅,离鲁迅寓所不远。在去鲁迅家的途中,正巧碰到独自在虹口公园散步的鲁迅,于是两人就一同到了鹿地亘家。
>
> 鹿地亘夫妇高兴地把穿着青紫色哔叽长袍的鲁迅迎进北房,先关

[①] 陈漱渝:《搏击暗夜——鲁迅传》,作家出版社2016年版,第317—318页。

上窗户，怕鲁迅着凉，然后拉过一把帆布躺椅，想让鲁迅坐得舒服一点。鲁迅自己拉过一把木椅坐下说："躺椅怕不稳当。"鲁迅指着胡风说："他有一次做客，就一屁股把人家的躺椅坐折了"。说得大家都笑了起来。①

这段对鲁迅去世前一天到日本反战作家鹿地亘夫妇家聊天情形的描写非常细腻。鲁迅当时的穿着、音容笑貌给人以深刻的印象。这样的描写一方面说明了鲁迅与鹿地亘夫妇的亲密关系，另一方面也说明鲁迅在这一天的精神状态还是不错的。因而，18日的病情突发、意外而亡使大家难以接受。

此外，关于鲁迅关心、栽培木刻青年的事迹，传记的记述也十分生动逼真。《新兴木刻园圃的拓荒者》一节记述了鲁迅参加首次木刻讲习会的情形：1931年8月17日9时整，在上海北四川路底长春路北的日语学校，"身着白色夏布长衫的鲁迅走进一间教室——这件长衫的料子是史沫特莱馈赠的，鲁迅一般在庄重场合才穿。"②这一细节的记述说明鲁迅对邀请内山嘉吉给青年人讲授木刻艺术这件事情的高度重视，可以说，这次木刻讲习会是中国国内首次举办，充分证明了鲁迅是新兴木刻之父。

关于场面性的细节描写，还有很多，如萧军扑倒在鲁迅灵床前的哀痛通过一顶帽子的滚落展现无遗："接着，黄源夫妇又带来了萧军。这个东北汉子狮子似的扑向灵床，石破天惊地号啕大哭。他的帽子掉在床上，沿着鲁迅的遗体急速滚动，一直滚到床边。"③这里，萧军因为痛哭而导致帽子滚落的情景描述极富场面感，给人以身临其境的感觉。

这部传记在古典诗词、修辞手法、抒情性语言的运用以及场面性的细节描写方面的成功，大大增添了其文采性，使得它与西方传记大师莫洛亚的作品有些类似。这种文采性区别于一般文学作品的虚构和杜撰，主要凭借的是作者的文字功力和史料功底。正像当代传记评论家全展所说："翔实的材

---

① 陈漱渝：《搏击暗夜——鲁迅传》，作家出版社2016年版，第306页。
② 陈漱渝：《搏击暗夜——鲁迅传》，作家出版社2016年版，第240页。
③ 陈漱渝：《搏击暗夜——鲁迅传》，作家出版社2016年版，第312页。

料，平实而不事铺陈的文字，娓娓道来，构成了似散文般鲜活而富有情韵的特点。"①

  史料、史识和文采的统一，是陈漱渝一贯的学术追求。陈漱渝在《史料·史识·文采——谈谈闽教社的"叙旧文丛"》一文中写道："当然，学术随笔要受到读者欢迎，光靠文体这个架子支撑不行，还必须通体散发学术气息，而决定学术高度的是史料、史识和史笔。对史料的要求就是要提供一些新材料，即使不是十分新，起码也应该有三分新。史识就是对史料的解读，多少要有些新的看法和新的视角。史笔就是描述历史的文笔。对这种文笔的基本要求是简明清晰。为了好看，耐读，还应该多少有点文采，也就是要有一点文学性。"② 按照这一阐释标准，陈漱渝本人的《搏击暗夜——鲁迅传》在史料、史识和文采方面均有突出贡献，此外，这部传记本身具有鲜明的时代特征。一言以蔽之，这是一部兼备时代性、学理性与文采性的人物传记。它立体、生动地活化出了本真的鲁迅，是一部值得推荐的优秀之作。

---

① 全展：《传记文学：阐释与批评》，湖北人民出版社2007年版，第62页。
② 陈漱渝：《史料·史识·文采——谈谈闽教社的"叙旧文丛"》，《中华读书报》2016年1月20日。

参考文献

一、专著类

艾伟：《中学国文教学心理学》，台北编辑馆 1979 年版。

曹明海：《文学解读学导论》，人民文学出版社 1997 年版。

陈其泰：《范义澜学术思想评传》，北京图书馆出版社 2000 年版。

陈漱渝：《搏击暗夜——鲁迅传》，作家出版社 2016 年版。

房向东：《鲁迅研究文集》，上海交通大学出版社 2016 年版。

陈孝全、刘泰隆著：《朱自清作品欣赏》，广西人民出版社 1981 年版。

陈孝全：《朱自清传》，北京十月文艺出版社 1991 年版。

陈星：《白马湖作家群》，浙江文艺出版社 1998 年版。

丁玲：《丁玲创作生涯》，百花文艺出版社 1984 年版。

丁玲：《丁玲选集》，四川人民出版社 1984 年版。

[法] 丹纳：《艺术哲学》，傅雷译，人民文学出版社 1963 年版。

樊星：《当代文学与地域文化》，华中师范大学出版社 1997 年版。

傅斯年：《傅斯年全集》，（台北）联经出版事业公司 1980 年版。

顾黄初、李杏保：《二十世纪后期中国语文教育论集》，四川教育出版社 1991 年版。

顾黄初、李杏保：《中国现代语文教育史》，四川教育出版社 2000 年版。

顾黄初：《中国现代语文教育百事事典》，上海教育出版社 2001 年版。

关坤英：《朱自清评传》，北京燕山出版社 1995 年版。

郭成、陈宗敏：《丁玲作品欣赏》，广西人民出版社 1986 年版。

郭志刚、孙中田：《中国现代文学史》，高等教育出版社 1989 年版。

黄济、王策三主编：《现代教育论》，人民教育出版社 1996 年版。

黄修已：《中国新文学史编纂史》，北京大学出版社 1995 年版。

李创新主编：《中学语文创新教法》，学苑出版社 1999 年版。

林非：《现代六十家散文札记》，百花文艺出版社 1980 年版。

林蓝：《林蓝作品选集》，湖南文艺出版社 2006 年版。

林语堂：《林语堂自传》，工爻、谢绮霞、张振玉译，群言出版社 2010 年版。

林语堂：《林语堂文选》，中国广播电视出版社 1990 年版。

林语堂：《无所不谈》，陕西师范大学出版社 2008 年版。

林语堂著，纪秀荣编：《林语堂散文选集》，百花文艺出版社 2009 年版。

林语堂著、李辉主编：《林语堂自述》，大象出版社 2005 年版。

林毓生：《中国意识的危机——五四时期激烈的反传统主义》，贵州人民出版社 1986 年版。

刘白羽：《刘白羽文集》，华艺出版社 1995 年版。

刘纳：《论五四新文学》，浙江文艺出版社 1987 年版。

刘思谦等：《文学研究：理论方法与实践》，河南大学出版社 2004 年版。

刘锡庆：《新中国文学史略》，北京师范大学出版社 1996 年版。

刘震云：《温故一九四二》，人民文学出版社 2009 年版。

李新宇，周海婴主编：《鲁迅大全集》，长江文艺出版社 2011 年版。

鲁迅：《鲁迅全集》，人民文学出版社 2005 年版。

马蹄疾、陈漱渝：《二十世纪中国作家怀人散文·丁玲集》，知识出版社 1997 年版。

茅盾：《腐蚀》，人民文学出版社 1997 年版。

茅盾：《茅盾全集》第 19 卷，人民文学出版社 1991 年版。

茅盾：《茅盾全集》第 36 卷，人民文学出版社 1997 年版。

[美] 尼姆·威尔斯：《续西行漫记》，陶宜、徐复译，解放军文艺出版社 2002 年版。

[美] 尼姆·威尔斯：《续西行漫记》下册，陶宜、徐复译，上海复兴出版社 1939 年版。

[美] 托马斯·沃尔夫：《一位美国小说家的自传》，黄雨石译，上海人民出版社

2008 年版。

倪宝元：《语言学与语文教育》，上海教育出版社 1995 年版。

钱理群：《名作重读》，上海教育出版社 1996 年版。

秦方奇：《徐玉诺诗文辑存》，河南大学出版社 2008 年版。

全展：《传记文学：阐释与批评》，湖北人民出版社 2007 年版。

饶杰腾：《语文学科教育探索》，首都师范大学出版社 2000 年版。

[日] 藤井省三：《鲁迅〈故乡〉阅读史——近代中国的文学空间》，董炳月译，新世界出版社 2002 年版。

《汝州全志》，上海图书馆清道光二十年刻本。

[瑞士] 费尔迪南德·索绪尔：《普通语言学教程》，高名凯译，商务印书馆 1985 年版。

盛海耕：《品味文学》，上海教育出版社 2001 年版。

施建伟：《林语堂传》，北京十月文艺出版社 1999 年版。

时萌：《闻一多朱自清论》，上海文艺出版社 1982 年版。

孙瑞珍、王中忱：《丁玲研究在国外》，湖南人民出版社 1985 年版。

童庆炳主编：《文学理论学刊》，北京师范大学出版社 2000 年版。

王纪人：《文艺学与语文教育》，上海教育出版社 1995 年版。

王任叔：王任叔：《点滴集》，浙江人民出版社 1982 年版。

王瑶：《中国现代文学史论集》，北京大学出版社 1998 年版。

王一川：《修辞论美学》，东北师范大学出版社 1997 年版。

王一川：《语言乌托邦——二十世纪西方语言论美学探究》，云南人民出版社 1994 年版。

王一川：《中国现代卡里斯马典型——二十世纪小说人物的修辞论阐释》，云南人民出版社 1995 年版。

王增如、李向东：《丁玲年谱长编》，天津人民出版社 2006 年版。

魏子云：《国文与教学》，（台湾）成文出版社 1997 年版。

薛永年、陈新：《中国传统相声小段汇集》，文化艺术出版社 2002 年版。

痖弦、杨稼生：《两岸书》，河南文艺出版社 2014 年版。

阎苹、张正君主编：《中学优秀语文教师教学评价》，北京师范大学出版社 2000 年版。

杨桂欣：《观察丁玲》，大众文艺出版社 2001 年版。

杨里昂、彭国梁：《绝代的张扬：民国文坛新女性》，广东人民出版社 2016 年版。

姚雪垠：《春暖花开的时候》，中州古籍出版社 2015 年版。

姚雪垠：《四月交响曲》，中州古籍出版社 2015 年版。

尹鸿、张法：《二十世纪中国文学大师文库·散文卷》，海南出版社 1994 年版。

于信主编：《初中语文创新性教学指导》，吉林大学出版社 2001 年版。

于亚中、鱼浦江主编：《中学语文教育学》，高等教育出版社 1992 年版。

郁达夫：《郁达夫文集》第 6 卷，花城出版社 1983 年版。

张环、魏麟、李志远、杨义：《中国现代文学史资料汇编（乙种）》，北京十月文艺出版社 1993 年版。

郑国民：《新世纪语文课程改革研究》，北京师范大学出版社 2003 年版。

钟敬文：《兰窗诗论集》，北京师范大学出版社 1993 年版。

朱珩青：《路翎传》，大象出版社 2003 年版。

朱金顺：《朱自清研究资料》，北京师范大学出版社 1981 年版。

朱乔森等编：《朱自清全集》，江苏教育出版社 1996 年版。

朱自清著，中央教育科学研究所编：《朱自清论语文教育》，河南教育出版社 1988 年版。

陈徒手：《人有病天知否———一九四九年后的中国文坛纪实》，人民文学出版社 2000 年版。

宗白华：《美学散步》，上海人民出版社 1981 年版。

宗诚：《丁玲传》，中国文联出版社 1988 年版。

二、期刊类

编者：《劫后传书泯恩怨——作家刘白羽与徐光耀通信》，《炎黄春秋》2001 年第 6 期。

编者按：《对〈背影〉的意见》，《人民教育》1951 年第 10 期。

陈合汉：《略谈〈背影〉的艺术特色》，《语言文学》1982 年。

陈为人：《从丁玲展开的马烽人生》，《新文学史料》2008年第2期。

陈孝全：《〈背影〉的艺术魅力》，《语文教学通讯》1980年第1期。

范文澜：《从烦恼到快乐》，《中国青年》1941年第3期。

贺明洲：《抗战初期的河南战教团》，《新文化史料》2000年第2期。

黎风：《鲁迅最早的知音——谈谈茅盾前期对鲁迅的评价》，《陕西师范大学报》（哲学社会科学版）1986年第1期。

黎辛：《读〈丁玲与胡风〉一文所想起的》，《新文学史料》2008年第1期。

黎辛：《关于中国作家协会的反右派斗争及其它——〈黄秋耘访谈录〉读后》，《新文学史料》1998年第4期。

黎辛：《送白羽》，《文艺理论与批评》2005年第6期。

李冬木：《吉田富夫：周树人的选择——"幻灯事件"前后》，《鲁迅研究月刊》2006年第2期。

李宗刚：《论"文学想象"与"历史存在"的差异性——对十七年文学英雄叙事的再反思》，《东北师范大学学报》（哲学社会科学版）2019年第1期。

梁诗雄、刘白羽：《首先是共产党员，然后才是作家》，《报林》2005年第9期。

林传祥：《鲁迅与茅盾的交往及其史料》，《中国档案》2002年第2期。

茅盾：《"最理想的人性"——为纪念鲁迅先生逝世五周年》，《纪念与研究》1983年增刊。

庆基、洱泠：《墨淡情浓说〈背影〉》，《语文学习》1982年第6期。

唐嗣德：《〈背影〉——破产家庭的缩影》，《语文教学之友》1982年第4期。

童庆炳：《作家的童年经验及其对创作的影响》，《文学评论》1993年第4期。

王雪瑛：《论丁玲的小说创作》，《上海文论》1988年第5期。

武新军：《徐玉诺诗人的苦与痛——谈徐玉诺的诗》，《平顶山学院学报》2007年第6期。

心感（林憾）：《漫话·怀玉诺》，《语丝》1928年第25期。

徐玉诺：《泉州的民众艺术致顾颉刚》，《歌谣》（周刊）1925年第91期。

许传宏：《析丁玲晚年的文学价值取向》，《当代作家评论》2001年第4期。

杨桂欣：《"我丁玲就是丁玲"》，《炎黄春秋》1993年第7期。

杨正润：《论传记的要素》，《江苏社会科学》2002年第6期。

赵焕亭：《丁玲与冯雪峰的"德娃利斯"情谊》，《文艺理论与批评》2008年第2期。

郑伯农：《烈士暮年壮心不已——我所接触的晚年刘白羽》，《中华魂》2006年第4期。

周良沛：《未能如烟而去的往事》，《文艺理论与批评》2001年第4期。

三、报纸类

陈漱渝：《史料·史识·文采——谈谈闽教社的"叙旧文丛"》，《中华读书报》2016年1月20日。

陈徒手、丁玲：《在北大荒的日子》，《南方周末》1999年10月15日。

邓高峰：《从抗训班到战教团，开封学子的青春之歌》，《开封日报》2011年9月16日。

解华福：《九旬老兵讲抗战：炸城墙子弹从头顶擦过》，《华西都市报》2014年12月1日。

石湾：《刘白羽的忏悔与反悔》，《文学报》2012年1月12日。

王维玲：《至真至诚刘白羽》，《北京日报》2005年11月25日。

四、电子资源类

海滨：《以笔为枪投身抗战——记姚雪垠抗战作品座谈会》http：//www.hbzjw.org.cn/article.php？act=view&id=4607，2015-09-08。

刘宝瑞、郭启儒：《相声〈蛤蟆鼓〉》，央视网CCTV—11戏曲频道，http：//tv.cctv.com/2012/03/16/VIDE5Ly9GspFxhluarz3jTB0120316.shtml.2012年03月16日17：52。

吴玉东、方展荣演唱：《潮剧〈蚯蚓歌〉》，腾讯视频，https：//v.qq.com/x/page/o09703wtose.html？2020-05-23。

西东：《蚯蚓歌——潮剧〈桃花过渡〉选段》，https：//www.douban.com/group/topic/131932354/？type=like，2019-01-25。

后　记

　　文学是作家对社会生活和人生百态的反映，它是观察、研究社会和人的一种学问，是关于社会和人生的一种艺术生产活动，是一种具有审美特征的社会意识形态。"文学文本"作为意识形态的载体，蕴含着丰富的社会信息和文化信息，为文学研究提供了多层面的对象。本书的基本内容就是通过对中国现当代文学中部分文学文本的细读来透视社会与人生，其所关照文本的创作时间从20世纪20年代一直到21世纪第一个10年，跨度近一个世纪，内容丰富，涉及政治、经济、历史、文化、人性、人情等诸多方面，反映社会，洞见人生。因此本书的正标题取名"文学里的社会和人生"。

　　相比于"作品"，"文本"更加注重作品的构成本身，能够与作品之外的事物相区分，这就是本书之所以把研究对象无论是篇目还是著作统称为"文本"的原因。韦勒克认为，文本是一个隐含着并需要意义和价值的符号结构。文本细读既然以文本为中心，就需要强调文本的内部组织结构，强调文本语言和思想的关系。本书在对各类不同文本的解读的过程中，既重视语义分析，又重视语境阐释。首先，从文本语言的功能和意义出发，注重对文本含义、感情、语气等方面的分析，从而较为全面准确地理解作品，探索作品的历史价值和现实意义。其次，重视语境对语义分析的影响。语境是指使用语言的环境，它分为内部语境和外部语境。内部语境指一定的言语片段和一定的上下文之间的关系，外部语境指存在于言语片段之外的语言的社会环境。无论是对于一篇作品的分析，还是对于一部著作的分析，本书都关注了语境。

全书共分三章，每章设置六个小节。每章各节的安排顺序以作品发表或出版时间的先后为准则。三章的标题依次是"散文里的人间真情""诗歌、小说、剧本里的历史侧影""传记里的纪实人生"。第一章分析的文本都是散文，第二章第一节和第二节分析的都是诗歌，第三节、第四节和第五节分析的是小说，第六节分析的是电影剧本。第三章分析的文本都是传记著作。

从研究文本的丰富性、章节划分依据、关注传记著作和节数安排上来讲，本书有四个特点：

第一，研究文本种类丰富，既包含经典作品，也包含非经典的地域文学作品。本书不仅涉及了现当代文学中的经典作品如《背影》《牛棚小品》《春暖花开的时候》《腐蚀》等，同时还关注了文学史上被忽略的一些地域作家的作品，如徐玉诺的诗歌《雨夜》《聊且号叫》《蚯蚓歌新抄》《最后咱两个换了换裤子》、林蓝的电影文学剧本《童年泪》等，这样拓展了现当代文学学科的研究对象。

第二，按照研究对象的文体划分章节。这样既保证了全书三章的内在逻辑体系，也保证了每节专题内容的独立性。本书三章的标题"散文里的人间真情""诗歌、小说、剧本里的历史侧影""传记里的纪实人生"分别概括了每章各节研究对象的所属文体、思想内容。每章开头部分都设置一个小序，概述该章各节的主要议题和中心论点，起到导读的作用。

第三，重视对传记著作的解读。本书第三章专门设置了关于传记作品的解读。传记著作理应成为文学史的重要组成部分，而一般的文学史却往往忽略这类作品。评论界关于传记著作的专题性研究相对较少，本书对此给予关照。

第四，本书"十八题"这个数量的内容安排与大多数本科高校每学期的教学周数18周相对应。"十八题"这样的安排便于其作为本科生或研究生"中国现当代文学专题"课程的教材或参考书来选用。本书的正标题"文学里的社会和人生"是对三章内容的抽象概括和高度凝练，副标题"中国现当代文学文本细读十八题"具体指明了该著的学科范畴、专题性质。

从2002年读研究生步入学术之路到2023年，已经20多年，此书的出版可以作为这一段人生之路的纪念。感念引导我走上学术之路的王一川老师和陈雪虎老师，他们是我硕士论文的指导老师；感恩刘勇老师将我带入更高一层的学术殿堂，他是我博士论文的指导老师。

本书由河南省人文社科重点研究基地——伏牛山文化圈研究中心和平顶山学院河南省第九批重点学科"中国现当代文学"资助出版。在此谨表谢意！

由于本人水平所限，书中难免有错误和疏漏之处，敬请各位读者批评指正。

2023 年 8 月